Kleins Große Sache

DANIELA ENGIST

KLEINS GROSSE SACHE

ROMAN

KLÖPFER&MEYER

Wie ich hineinkam, weiß ich nicht zu sagen,
so schlafbefangen war ich zu der Stunde,
als von dem rechten Weg ich abgewichen.

Dante, Die Göttliche Komödie

*

Präludium

Die Marmorvase stand auf ihrem Platz, als ob nie etwas geschehen wäre – dort, wo die mächtige Eichentreppe zum ersten Stock ihren Ausgang nahm. Vorsichtig legte Harald seinen dicken Klarsichtfolienstapel nieder, um beide Hände freizubekommen. Er strich ihr zärtlich über die üppigen Schultern, umschloss ihren Fuß mit sanftem Griff und rüttelte. Sie rührte sich nicht. Seine Finger wanderten hinauf zum Deckel, der in einer steifen Spitze gipfelte. Sie war mehr Urne denn Vase, und selbst zu diesem Zweck nicht geeignet, denn sie war massiv, aus einem Stück gehauen – kalt, glatt und makellos. Sinnfrei, irgendwie. Nichts deutete darauf hin, dass sie gestürzt wäre, damals in jener traumwandlerischen Nacht. Bis heute fragte er sich, ob ihm tatsächlich niemand auf die Schliche gekommen war.

Als er sich bückte, um seine Unterlagen wieder aufzunehmen, glitt sein Ausweis aus der Brusttasche und blieb mit ein paar lustigen Umdrehungen auf einer der polierten Stufen liegen. Harald schwindelte. Besser kurz hinsetzen! Der schmale junge Mann auf dem Foto blickte ihn mit hochgerecktem Kinn aus tief liegenden Augen an. Topmanager lächeln nicht, war einer der Glaubenssätze des unglückseligen Dexter gewesen. Sah professionell aus, seine Eintrittskarte zum Konzernleitungsbau. Mit Sesam-öffne-dich-Funktion. Wurde auch Zeit. Sie zu bekommen, war erschreckend einfach gewesen; ein Anruf beim Sicherheitsbeauftragten hatte genügt. Er brauche das jetzt, blabla, Duke, Bale, Sonderprojekt, geheim, geheim, neues Bild, neuer Magnetstreifen und schon war er drin. Es machte was her, wenn man den direkten Weg durch die heiligen Hallen nehmen konnte, statt über den Hof zu gehen wie das gemeine Fußvolk. Am besten war es um die Mittagszeit, wenn möglichst viele Kantinengänger dem Schauspiel der sich öffnenden Doppelglastüren beiwohnten. Diese heimlichen Blicke voll Neid und Bewunderung!

Jetzt aber war er allein. So allein wie noch nie in seinem Leben. Denn oben am Ende der Eichentreppe, links den Gang entlang, in seinem gläsernen Thronsaal wartete der Sonnenkönig. Er hatte ihn gerufen. Endlich. Nach all der Zeit. Niemand sonst war in dieser Nacht mehr im Gebäude. Fast wollte es Harald scheinen, als seien sie überhaupt die einzigen Menschen auf der ganzen Welt.

Als er aufstehen wollte, wurde ihm wieder schwarz vor Augen. Nur einen Moment noch, dachte er, und sank zurück auf die Treppenstufe.

OSTEN

Überfahrt

Am Bahnhof standen bereits zahlreiche Reisende in kleinen, gedecktfarbigen Gruppen zusammen. Unter den Mänteln schauten Anzugbeine und blickdicht bestrumpfte Waden hervor. Ellbogen klemmten Zeitungen, Hände hielten Kaffeebecher. Als der Schnellzug einfuhr, flossen die Grenzgänger zu dichten Trauben zusammen, die sich hin- und herschiebend in Erwartung der Türen in Stellung brachten.

Harald stieg als einer der Letzten ein. Natürlich war kein Doppelsitz mehr frei, und so musste er sich wohl oder übel irgendwo dazusetzen. Er entschied sich für eine schmale Person, die ihren eigenen Platz weniger als ganz ausfüllte und ihm ausreichend uninteressiert an einem Gespräch mit einem Fremden erschien. Tatsächlich schaute sie kaum von ihrem Laptop auf, als er sich, eine Entschuldigung murmelnd, auf den Sessel neben ihr gleiten ließ.

Vorbei an der Laptopfrau überprüfte er unauffällig sein Spiegelbild im Abteilfenster. Die neue Anzugjacke saß ihm recht ansehnlich auf den schmalen Schultern. Sein sorgfältig rasiertes Kinn fühlte sich gut an, und die frisch geschnittenen Haare am Hinterkopf kitzelten angenehm, wenn man mit dem Daumen darüberstreifte. Sie waren von dieser undefinierbaren Als-Kind-mal-blond-gewesen-Farbe. So hatte Beate das genannt. Sie hatte auch behauptet, dass seine Augen zwischen Blau, Grau und Grün changierten, je nachdem, was er gerade anhatte. Und dass sie etwas zu eng stünden.

Vierzig Minuten später trat er aus dem Badischen Bahnhof in Basel. Rechts und links überholten ihn seine Mitpendler und strömten auf den Vorplatz, wo immer neue Menschen aus Straßenbahnen und Bussen gespült wurden und sich am Rande einer mehrspurigen Durchgangsstraße stauten, die jede arme Seele überqueren musste, um an den Ort ihrer Bestimmung zu gelangen. Haralds Ziel lag direkt auf der gegenüberliegenden Seite.

Im Pförtnerhäuschen neben dem Firmentor saß hinter einer dicken Panzerglasscheibe der uniformierte Herr über Ein- und Auslass. Ob er angemeldet sei, blaffte das Bulldoggengesicht.

»Selbstverständlich. Klein, Harald Klein. Herr Huber weiß, dass ich komme. Mein erster Arbeitstag heute, wissen Sie?«

Der Uniformierte ignorierte Haralds unsicheres Lächeln und fuhr mit seinem Kugelschreiber eine Liste entlang, hielt etwa bei der Hälfte inne, führte ein kurzes Telefonat und bellte dann:

»Hier kann nicht jeder einfach so reinspazieren. Muss alles mit rechten Dingen zugehen, gemäß den Sicherheitsvorschriften, Sie verstehen.«

Er stellte einen Tagesausweis aus mit der Ermahnung, diesen am Abend unbedingt wieder auszuhändigen, und wies den Neuankömmling an, in Sichtweite zu warten, bis er abgeholt werde.

Vor Harald lag die Firma im morgendlichen Dämmerlicht. Immer mehr Menschen passierten das Pförtnerhäuschen, verschwanden in den nächstgelegenen Drehtüren oder verloren sich im hinteren Teil des Areals. In den schemenhaft aufragenden Gebäuden verrieten hell erleuchtete Fenster bereits geschäftige Betriebsamkeit.

So hatten auch die Fassadenfenster des Intercity-Hotels geleuchtet, nur in verschiedenen Farben mit Zahlen drin. Etwas über ein Jahr war das jetzt her. Damals auf der Stadtbahnbrücke hatte er stur auf diesen Adventskalender aus Fensterscheiben gestarrt und sich darauf konzentriert, die seit dem ersten Dezember verstrichenen Tage in die richtige Reihenfolge zu bringen, damit er Beate nicht nachzusehen brauchte, die die Rolltreppe zum Gleis Eins hinunterfuhr. Wenn sie schon diese Show abzog, dann ohne ihn als mitleidendes Publikum. Sie hatte Jura in Mannheim studiert und wollte was Besseres. Sie waren seit der elften Klasse zusammen gewesen. Unter achttausend im Monat würde sie mal keinen nehmen, hatte sie damals schon postuliert. Ungeheuerlich hatte er das gefunden, und dann aber doch beschlossen zu glauben, dass sie das nur im Scherz gesagt hatte. Ihr zuliebe. Oder seiner Liebe zuliebe? Und dann Beates entsetzliche Studienkollegen. Wetten hatten sie abgeschlossen, dass keine ihrer Schulfreundschaften über das erste Staatsexamen hinaus halten werde. Wenn ihn jemand nach seinem Studienfach fragte, dann schickte er den immer gleichen Satz voraus: Mit meinem hervorragenden Abiturschnitt hätte ich alles machen können. Um dann nachzuschieben, dass er sich für den Idealismus entschieden habe und Philosophie studiere. Nach vier Jahren in unterschiedlichen Städten und an unterschiedlichen Fakultäten dann die Trennung. Aber darüber war er weg. Wenn die ihn jetzt sehen könnten!

»Guten Morgen! Geht's gut?«, riss ihn Herr Huber aus seinen Gedanken, und noch bevor Harald etwas zu seiner Befindlichkeit erwidern konnte, fuhr dieser fort: »Ganz schön frisch, was? Und ganz schön unangenehm diese Jahreszeit, in der man bei Nacht aus dem Haus muss und in der Dunkelheit wieder nachhause kommt.«

Er lächelte, wobei er die Lippen ein wenig zu weit über das Zahnfleisch zurückzog, und blinzelte Harald von unten mit wässrigen Augen an. Die rotblonden Haare hingen ihm strähnig in die Stirn. Er zog die Anzugjacke, die er offen über seinem kleinen Bauchansatz trug, enger zusammen und setzte sich in Bewegung: »Nun kommen Sie mal mit. Ich zeige Ihnen, wo wir Sie untergebracht haben. Sie werden sich nicht beklagen können.«

Harald beeilte sich, dem Staccatoschritt seines neuen Chefs zu folgen, der auf ein mehrstöckiges Sandsteingebäude zusteuerte und erklärte, dass sie die Abkürzung durch die heiligen Hallen nehmen würden.

»Wir sind die Abteilung mit den großen Ohren. Wir hören alles, wir wissen alles, wir haben zu allem was zu sagen und wir kommen überall rein«, grinste er, und wie von Geisterhand öffnete sich mit einem soliden Klack eine doppelte Glastür.

Sie durchquerten ein nüchternes Treppenhaus und traten auf einen breiten, mit Teppich ausgelegten Gang. Nur durch Glaswände getrennt, lagen zu beiden Seiten großzügige Büros, in deren leerer Aufgeräumtheit einsame Schreibtischinseln trieben. Daran saßen vereinzelte Männer in weißen Hemden und Krawatten. Es war still wie in einem Museum. Hier und da hörte man gedämpfte Stimmen. Huber nickte leicht nach links und rechts:

»Konzernleitung. Sitzen hier auf dem Präsentierteller. Die hier sind aber nur zweite Wahl, Personalchef, Forschungsleiter und so was. Das eigentliche Epizentrum mit unserem, na Sie wissen schon, *Si–ii–ou* und den *Si–ou–ous* ist genau über uns, im ersten Stock. Auch hinter Glas, versteht sich.«

»Das lässt wohl auf eine sehr transparente Firmenführung schließen«, sagte Harald, nur um irgendwas zu sagen, und verlor seinen Gedanken, ohne ihn zu Ende zu führen.

Der Gang mündete jetzt in eine riesige, mit rotbraunem Travertin ausgekleidete Halle. Zur Rechten befand sich der

Haupteingang des Gebäudes, bewacht von einem weiteren Pförtner, zur Linken aber erhob sich eine mächtige Freitreppe aus polierter Eiche.

Durch eine weitere Schleuse gelangten sie ins angrenzende Gebäude. Das Schachbrettmuster des linoleumbedeckten Bodens erinnerte Harald an die Fluchtpunktzeichnungen, die er einst im Kunstunterricht hatte herstellen müssen. Alle paar Meter gab es eine Tür, dazwischen moderne Bilder an den Wänden. Bei einem sehr farbigen, kleinformatigen Druck blieb Huber stehen:

»Ihr Reich, mit allem, was man hier zum Leben braucht!«

Sein Büro! Sein erstes, eigenes Büro. Es schien zweckmäßig ausgestattet, großer Schreibtisch, zwei Regalschränke. Am fernen Ende des schmalen Schlauchs befand sich ein kleines, vergittertes Fenster.

»Keine Sorge, hier werden keine Mitarbeiter eingesperrt. Aber wir wollen die bösen Buben draußen halten.« Huber war hinter ihm eingetreten. »Und hier ist die Bescherung!« Er wies auf einen quadratischen Besprechungstisch hinter der Tür, wo ein Stapel bunter Broschüren, eine Laptoptasche und ein schwarzer Pappkarton lagen. »Machen Sie es sich gemütlich und nehmen Sie Kontakt auf mit dem technischen Teufelszeug. Wir sehen uns dann zum Mittagessen. Falls was ist, ich bin ein paar Türen weiter den Gang entlang.«

Dann war Harald allein. Er setzte sich auf einen der Besucherstühle und öffnete den Pappkarton. In der samtigen Vertiefung lag ein kleines, flaches Lederetui. Behutsam ließ er das schimmernde Gerät darin in seine Hand gleiten. Es war kühl und angenehm schwer und lag ein wenig breit auf seiner Handfläche. Die untere Hälfte war mit fingernagelgroßen Tasten besetzt, oben spiegelten sich Haralds eng stehende Kinderaugen in einem glänzenden Display. Nein, das war kein Fimenhandy. Das war viel besser.

»Willkommen im Blackberry-Club!«, flüsterte er.

Dann sah er die andere kleine Schachtel. Das mussten über hundert Visitenkarten sein, edel in weiß, mit dezentem Firmenlogo. Umständlich fummelte er die erste davon aus dem Karton. »Global Communications Manager« stand da in grauen Fettdruckbuchstaben, darunter, zierlicher, sein Name: Harald Klein. Auch das eine Erkenntnis von Beate, dass Harald ein ganz gewöhnlicher Name sei, der in den Siebzigern den Zenit seiner Gebräuchlichkeit erreicht habe, um kurz darauf in der Bedeutungslosigkeit zu verschwinden. Einen Zweitnamen gab es nicht. Extravaganzen hatte sich der Vater verboten. Wozu denn mehrere Namen, wenn man doch nur einen brauche? Überhaupt sei es eine Strafe, Kinder mit einer ganzen Namenskette wie der seinen, Hermann Heinrich Gottlob, an übergroße Erwartungen zu schmieden. Ärgerlich war nur, dass sie seinen Doktortitel vergessen hatten. Vielleicht sollte er das reklamieren.

Das Laptop war schick, wenn auch nicht gerade von der allerleichtesten Bauart. Es machte Schnurr- und Kratzgeräusche in der Dockingstation und forderte ihn auf, ein Passwort zu kreieren. »Allesneu123« erschien ihm gerade angemessen.

Schließlich machte er sich daran, seinen Anrufbeantworter zu besprechen. Nach kurzem Studium der mehrseitigen Anleitung gelang es ihm, geführt von einer weiblichen Automatenstimme, sich bis zur entsprechenden Stelle vorzuarbeiten.

»Dann drücken Sie bitte die Eins. Dann drücken Sie bitte die Vier. Sind Sie noch da?«

Harald räusperte sich und startete die Aufnahme. »Hallo, ich bin gerade nicht da.« Stopp. Das war ja peinlich.

Start. »Hier ist Harald Klein.« Stopp.

Gut, dass keiner sehen konnte, wie sich auf seinen Wangen rote, heiße Flecken bildeten. Das kam öfters vor, und er hasste es.

Start. »Sie haben den Anschluss von Harald Klein erreicht.« Stopp.

Wie lautete eigentlich die offizielle Firmenansprache? Gab es da irgendeine Vorgabe, etwas, was er beachten musste? Er machte sich ein paar Notizen. Jetzt stimmten die Worte, aber wie kläglich das klang! Harald tippte auf der Telefontastatur herum. Start, Stopp, Start, Stopp.

»Sind Sie mit Ihrer Aufnahme zufrieden?«, fragte die Automatenstimme rund ein dutzend Mal.

Da klingelte der Apparat. Eine Dame von der Personalabteilung teilte ihm mit, dass er sich in der nächsten halben Stunde zur Ausweisstelle in Gebäude Vierundsiebzig begeben solle, um seine persönliche Mitarbeideridentitätskarte erstellen zu lassen.

Hatte er nicht irgendwo in dem Broschüren- und Handzettelstapel auf dem Besuchertisch einen Arealplan gesehen? Wie sich herausstellte, befand sich die Ausweisstelle ganz am anderen Ende des Firmengeländes. Also streifte er vorsorglich seinen Mantel wieder über. Den Plan behielt er in der Hand, denn die Nummerierung der Bauten folgte keiner ersichtlichen Logik und war zur Orientierung nicht zu gebrauchen.

Sein Gebäude sah von außen genauso aus, wie der Konzernleitungsbau, durch den er am Morgen gekommen war, eine Art schlichter Jugendstil, verhältnismäßig niedrig, mit nur vier Stockwerken, besonders im Kontrast zu den umstehenden vielgeschossigen grauen Blöcken, die wohl aus den Sechzigern und Siebzigern stammten. Putzig anzuschauen war das beige Häuschen mit Satteldach und Gauben, das sich dazwischen duckte, als wäre es vergessen worden. Den Turm konnte man von überall auf dem Areal sehen. Er überragte alles.

Bau Vierundsiebzig war ein Betonklotz von undefinierbarer Farbe und dem Charme eines Kreiskrankenhauses. Der Beschilderung folgend fuhr Harald mit dem kanarienvogelgelben Aufzug ins zweite Untergeschoss und stand schließlich vor einer moosgrünen Tür mit der Aufschrift »Ausweisstelle«. Sie führte in einen winzigen, schwach beleuchteten Raum, der größtenteils von einem mit Computerbildschirmen eingefriedeten Schreibtisch eingenommen wurde. Dahinter hatte sich eine kleine Figur mit blassem Gesicht verschanzt, die ihn mit knapper Geste aufforderte, auf dem Stuhl an der gegenüberliegenden Wand Platz zu nehmen. Während er auf weitere Anweisungen des Blassen wartete, der sich jetzt seinem Rechner zuwandte, probierte Harald aus, wie ein möglichst seriöses Gesicht zu machen sei. Doch noch bevor er zu einem befriedigenden Ergebnis gelangt war, tönte es schon hinter der Bildschirmwand hervor:

»Danke. Morgen können Sie Ihren endgültigen Ausweis abholen.«

Überrumpelt und etwas peinlich berührt, weil er befürchtete, der Mann habe ihn beim Grimassenschneiden beobachtet, murmelte Harald etwas Zustimmendes, obwohl er am liebsten eine erneute Aufnahme gefordert hätte, und stolperte hinaus.

Vorstellungen

Harald war nicht besonders aufgeregt gewesen, an dem Sommertag, an dem er zum Vorstellungsgespräch gefahren war. Eher von wacher Aufmerksamkeit, wenn nicht Neugierde, als ob es nicht um ihn ginge, sondern um eine andere, ihm gänzlich unbekannte Person so wie bei einem der vielen Pressetermine, die er in den letzten Jahren als freier Mitarbeiter verschiedener Zeitungen absolviert hatte. Wie hatte er das geliebt, von Anfang an: Händeschütteln, Extrabegrüßung, Platz in der ersten Reihe, Blick hinter die Kulissen und der Mitteilungsdrang seiner Gesprächspartner, die mit ihm und nur mit ihm sprechen wollten. Es war schön, in fremde Geschichten und fremde Leben einzutauchen, so wie ein Schmetterling, der von Kelch zu Kelch flattert, um Nektar zu schlürfen. Fremden Nektar, der mit der Zeit fad wurde und ihn einsam zurückließ, sodass in ihm die Sehnsucht nach Heimat wuchs. Er wollte etwas, wo er dazugehören konnte. Also bewarb er sich bei diesem Großkonzern.

Jetzt sitzt ihm seit etwa zwanzig Minuten gegenüber: Herr Bale von der Konzernleitung, oberste Instanz für Produktion und Corporate-Funktionen, vermutlich in seinen Fünfzigern, der sich als Steve vorgestellt hat. Sein offenes, aber fast unbewegtes Gesicht schwebt vor einem wandfüllenden abstrakten Gemälde mit rau gespachtelten Farbflächen. Seine Augen sind schmal, abwartend. Dann blitzen sie auf:

»Journalist also?«

Harald sagt: »Ja.«

Denkt: Was will er jetzt hören? Meine bisherigen Stationen waren alle nicht besonders spektakulär, nichts

Prestigeträchtiges dabei, aber das muss er ja nicht wissen. Ist Ausländer, wird sich nicht auskennen im deutschen Blätterwald.

Er könne Journalisten nicht ausstehen. Sie würden tausend Fragen stellen, aber wollten die Antworten nicht hören. Sie würden keinen Dialog wollen, sondern nur die Bestätigung ihrer Vorurteile. Alles, was sie von sich gäben, stecke voller Fehler, Fehler, Fehler. Fehler aus Unvermögen und Fehler aus Mutwillen. Alles, was zähle, seien Skandale, Sensationen und die Auflage. Macht und Geld, das sei es, was die Medien interessiere. Und alles unter dem Deckmäntelchen der Aufklärung.

Harald spürt die Röte in seinem Gesicht.

Sagt: »Ja. Aber so einer war ich nicht. Lokaljournalismus, wissen Sie? Da ist man nahe dran an seinem Gegenüber. Da geht's ums Menschliche.«

Denkt: Und schreibt, was sie hören wollen, damit man nächstes Mal wieder eingeladen wird oder überhaupt einen Gesprächspartner findet. Besonders investigativ ist das nicht.

Sagt: »Jedenfalls weiß ich, wie Journalisten denken und arbeiten, und würde diese Erfahrung gerne hier einbringen, auf der anderen Seite des Gartenzauns sozusagen.«

Denkt: Dort, wo das Gras grüner und vor allem fetter ist. Und jetzt wird es Zeit, seine Aufmerksamkeit von mir wegzulenken. Mal schauen, ob es nicht etwas gibt, worüber er gerne sprechen möchte. Sich selbst zum Beispiel.

Und Harald setzt den Rüssel an, fragt den anderen, was *er* denn an seiner Firma schätze, und der Nektar beginnt zu sprudeln: Er könne gestalten, wie er wolle. Er könne ganz neue Wege gehen, um Werte zu schaffen. Die Firma habe großes Wachstumspotenzial und hervorragende, innovative Leute. Und er, Bale, könne dazu beitragen, ein

Unternehmen zu formen, wie er es für richtig halte. Sie stünden an einem Wendepunkt der Unternehmenskultur. Vor wenigen Monaten hätten sie begonnen, die »Große Sache« auszurollen, deren Ziel es sei, die kreative Energie der Mitarbeitenden freizusetzen.

Während er spricht, lassen seine Augen endlich von Harald ab und wandern zur breiten Fensterfront des Büros. Das Blitzen weicht einem schwachen Leuchten. Dann plötzlich, als hätte er aus der Ferne ein Signal erhalten, erhebt er sich von seinem Lederstuhl, streckt Harald die gepflegte Rechte hin, die aus einem blütenweißen, von einem großen Manschettenknopf zusammengehaltenen Hemdsärmel ragt, und entlässt ihn mit einem verbindlichen Händedruck. Harald atmet unmerklich auf.

Draußen auf dem Gang glüht sein Gesicht noch immer. Hastig folgt er der Vorstandssekretärin, die ihn, ohne ein einziges überflüssiges Wort zu verlieren, in ein schlichtes Besprechungszimmer führt, wo er auf sein nächstes Gespräch warten soll – diesmal mit der Personalmanagerin. Er setzt sich so, dass er den Flur durch die Glastür im Auge behält, und geht in Gedanken seinen Lebenslauf durch.

Aufgewachsen auf dem Dorf, sollte er als Einziger seiner Grundschulklasse das Gymnasium in der nächstgelegenen Stadt besuchen, was ihn in Angst und Schrecken versetzte, denn er war davon überzeugt, dass dort alle Anzug und Krawatte trügen und sich siezten. Unerklärlicherweise mischte sich eine kleine Note der Enttäuschung in seine Erleichterung, als er am ersten Schultag feststellte, dass alle in den gleichen Jeans und Pullovern wie er selbst herumliefen. Und während ihm anfangs die ganze Unternehmung wie ein unbezwingbares Gebirge vorgekommen war, in das er sich schlecht ausgerüstet und seine Kräfte maßlos überschätzend gewagt hatte, erschien ihm im Rückblick selbst das Abitur wie ein Spaziergang über einen breiten, ebenen Weg, der durch weit geöffnete Tore führte. Jeder Idiot konnte das schaffen.

Dann die Universität. Mit Verehrung und Bewunderung hatte er sich den Professoren genähert, besonders den Fleisch gewordenen Denkmälern, von deren Schwergewicht und Geistesgröße in den Gängen und Hörsälen geraunt wurde. Eines Tages erhielt er nach einer Hausarbeit über Wittgenstein einen persönlichen Brief, der, neben einer ausgezeichneten Note, auch die Einladung enthielt, wissenschaftliche Hilfskraft zu werden. Er hatte den Brief gehütet wie einen Schatz. Aber wie lächerlich war ihm dann die eigentliche Tätigkeit erschienen, die hauptsächlich darin bestand, die neuesten Veröffentlichungen zu den ewig gleichen fünf Themenbereichen in die Höhle des Professors zu schleppen, wo er sie sich durch Handauflegen zu eigen machte. Anschließend musste Harald die entsprechende bibliografische Liste aus seinem Zettelkasten per Schreibmaschine verlängern und den Bücherstapel zurück in die Bibliothek tragen. Und wie der eitle Alte nach seiner Bewunderung heischte, und danach, an seiner Jugend teilzuhaben! Es sei so wunderbar und anregend, sich mit jungen Leuten zu umgeben, die ihre ganze Zukunft noch vor sich hätten, pflegte er zu schwärmen. Alles sei noch Möglichkeit, alles noch ganz unverdorben. Den Arm hatte er um Haralds Schultern gelegt und ließ seine Hand wie zufällig nach unten gleiten, während seine Hilfskraft den Bücherstapel vor sich balancierte. Jetzt war der Professor tot. Früh verstorben. Herzinfarkt. Er hatte es durch Zufall erfahren, wie das Leben manchmal so spielt.

Warmes Lachen näherte sich auf dem Flur. Eine schwarze, schlanke Gestalt verharrte mit dem Rücken zur Glastür. Blonde Haare wippten über den knabenhaften Schultern, die in einer Kostümjacke steckten, der schmale Rock und die hohen Absätze setzten ihre Beine in Szene. Kurze Scherzworte fielen, wieder Lachen, draußen entfernte sich ihr unsichtbarer Gesprächspartner. Mit einer raschen Drehung öffnete sie die Tür und schlüpfte katzengleich durch den Spalt.

Der letzte Rest des amüsierten Funkelns verschwand aus ihren grünen Augen, sie nahm Harald mit großer Ruhe in den Blick, das Kinn hatte sie leicht erhoben: »Herzlich Willkommen, Herr Klein. Mein Name ist Carola Pardus. Ich hoffe, Sie hatten eine gute Anreise?«

Ihr Händedruck war unerwartet fest, fast männlich. Er hoffte, dass sein Gesicht in der Zwischenzeit wieder eine halbwegs normale Farbe angenommen hatte.

Sie war jung, etwa in seinem Alter oder jünger, und doch war sie von einer beängstigenden Professionalität. Sie sprach. Sie sprach wie gedruckt. Das Unternehmen sprach aus ihr, wie aus einem Medium, und doch klang jeder Satz, als wäre er ihr eben in diesem Moment eingefallen, als hätte sie all die Wohltaten, die das Unternehmen seinem potenziellen neuen Mitarbeiter bot, gerade erst für ihn ersonnen.

»Wir sind ein weltweit führendes Unternehmen mit mehr als fünfzigtausend Mitarbeitenden in über neunzig Ländern. Wir haben ein gemeinsames Ziel: Wachstum durch Innovation für alle Anspruchsgruppen. Es gehört zu unserem Selbstverständnis, nicht nur unseren wirtschaftlichen Herausforderungen aktiv zu begegnen, sondern auch den sozialen und ökologischen Herausforderungen.

Eine besonders hohe Verantwortung tragen wir für unsere Mitarbeiterinnen und Mitarbeiter. Qualifikation und Motivation der Mitarbeitenden sind für die Erreichung unserer strategischen Geschäftsziele entscheidend. Wir bieten erstklassige Möglichkeiten zur persönlichen und beruflichen Weiterentwicklung.«

Es war bezaubernd. Sie war bezaubernd. Und es erschien Harald als das Natürlichste der Welt, dass sie kaum eine Frage an ihn stellte, schon gar keine der Standardfragen, wie man sie auf jeder Bewerbungswebseite finden konnte.

Sie sprach und entwarf dabei auf der Rückseite seines Lebenslaufs, den sie vor sich auf den Tisch gelegt hatte, eine mehrdimensionale Skizze der Konzernstruktur:

»Unser Kerngeschäft ruht auf drei Säulen, die regional organisiert sind. *Emeia* und *Nafta* sind die größten, *Latam* und *Eipäk* die wachstumsstärksten Regionen. *Arändii* sowie *Piiändes* sind global aufgestellt, mit Standorten auf allen Kontinenten. Die Corporate-Funktionen sitzen hier am *Eitschkjuu* in Basel. Dazu gehören Finanzen, *Eitschar*, Recht, *Biidii* und Ihre potenzielle neue Heimat, *Siisii*.«

Sie versah das Konstrukt aus Geschäftsbereichen, Geografien und Hierarchien mit zahlreichen Akronymen, die Harald ebenso kryptisch wie gottgegeben vorkamen. Auf den unteren zwei Dritteln des Blattes verdichteten sich die senkrecht und waagrecht übereinander geschichteten Rechtecke und Kreise. Daraus ragte einsam ein spitz zulaufendes Dreieck hervor, in dessen Nähe seine zukünftige Stelle verortet war. Das sah doch sehr verheißungsvoll aus! Wie es schien, stieg er tatsächlich sehr weit oben ein.

Harald war wie elektrisiert und pflichtete allem bei, was Carola sagte. Er half, jedes ihrer Argumente zu untermauern, spiegelte, verstärkte und multiplizierte ihre Aussagen.

Nein, er finde es wirklich nicht zu viel verlangt, für einen solchen Job eine Stunde Arbeitsweg in Kauf zu nehmen. Er könne ja den Zug nehmen, dann müsse er nur einfach über die Straße fallen, haha, und schon sitze er in seinem Büro. Einfache Strecke, ja. Aber es sei noch nicht mal ganz eine Stunde. Und schließlich könne man während der Zugfahrt Zeitung lesen, schlafen oder sich sonst irgendwie entspannen. Das sei ja praktisch wie Freizeit.

Ja, Leistungskultur, das sei genau sein Ding. Leistungsgerechte Bezahlung mit einem variablen Anteil. Zur Hälfte abhängig vom Unternehmenserfolg? Das sei nur gerecht. Schließlich könne man nur das bezahlen, was auch erwirtschaftet würde. Und was den Anteil seiner eigenen Leistung betreffe – auch das sei nur gerecht. Es sei geradezu zu seinen Gunsten, denn er wisse, was er bringen könne. Man müsse, was man verdiene, ja auch schließlich verdienen. Ob sie verstehe?

Wie beiläufig tippte Carola jetzt mit ihrem Kugelschreiber auf drei verschiedene Zahlen und sprach, als ob es die einfachste und selbstverständlichste Sache der Welt wäre: »Grundgehalt hier, persönlicher variabler Anteil und variabler Firmenanteil hier und hier.«

Harald bemühte sich, ebenfalls ein möglichst unbeteiligtes Gesicht zu machen, während ihm das Herz etwa auf Höhe seines Adamsapfels so sehr pochte, dass er befürchtete, man könne es sehen. Die sechsstellige Zahl tanzte vor seinen Augen. Bisher hatte er sich selbst besten Falls für guten oder vielleicht vortrefflichen Durchschnitt gehalten. Aber diese Zahl sagte etwas anderes.

Einhundertzwanzigtausend! Da könnt ihr mal sehen, wohin man mit Philosophie kommen kann, und damit, dass man ein bisschen besser schreiben und ein bisschen besser zuhören kann als andere!

Carola hatte jetzt das Kinn gesenkt, den Kopf leicht schräg gelegt und nickte und lächelte. Sie drehten und wiegten sich in innerem Einverständnis, und als seine Partnerin aufstand und ihm zum Abschied die Hand reichte, hätte sich Harald am liebsten tief verbeugt und sie am Arm zur Tür geleitet. Für einen Augenblick genoss er den Nachklang des Gesprächs, vermischt mit dem leiser werdenden warmen Lachen.

Schlaraffenland

Gegen Mittag steckte Huber den Kopf zur Tür herein:

»Geht's gut? Einmal am Tag ein warmes Essen muss schon sein. Mit unserer Kantine sind wir gesegnet. Sie ist stadtbekannt, und zu Recht. Ich bin übrigens der Urs«, sagte er kumpelhaft und zeigte sein Zahnfleischlächeln.

Er trippelte im Staccato voraus. Harald musste sich beeilen, mit ihm Schritt zu halten. Den Konzernleitungsbau im Rücken überquerten sie den weitläufigen Innenhof.

»Das ist unser Leuchtturm.« Urs deutete mit einer Kopfbewegung auf das alles überragende Hochhaus. »Wenn du wissen willst, ob wir wieder einen Deal am Laufen haben, dann musst du nur schauen, ob im dreizehnten Stock Tag und Nacht das Licht brennt. Da sitzt nämlich unsere *Emänei*-Abteilung, zuständig für freundliche und feindliche Übernahmen. Gleich darüber, im obersten Stockwerk, befindet sich das Direktionsrestaurant, nichts für die Normalsterblichen. Da kommt man nur auf Einladung für besondere Verdienste rein oder eben als Direktor. Stellvertretender Direktor reicht eigentlich auch schon. Tischdecken, Stoffservietten und so. Mit Bedienung natürlich. Und das Dessertbüffet solltest du sehen. Mal schauen, was wir anstellen, damit wir bald mal da oben lunchen können.« Er sagte *löntschen* mit ö.

»Übrigens ist das Gebäude nicht erdbebensicher. Wir sitzen hier im Oberrheingraben, der ist ziemlich aktiv. Im Mittelalter gab es in Basel mal ein verheerendes Erdbeben, das stärkste nördlich der Alpen seit Menschengedenken. Mein Schreibtisch hat auch schon mal gewackelt.« In seiner Stimme schwang ein bisschen Stolz.

Sie näherten sich einer Gruppe Anzugträger, die vor ihnen den Hof überquerten. Aus dem Quartett ragte ein breiter Rücken in Dunkelgrau heraus. Der dazugehörige Kopf neigte sich fast unmerklich zu der neben ihm gestikulierenden Gestalt, während die beiden anderen die Hälse reckten, um etwas von den offensichtlich bedeutsamen Bemerkungen mitzubekommen.

»Bale und seine Entourage«, zischte Urs und setzte zum Überholen an.

Im selben Moment erkannte Harald sein Gegenüber aus dem Bewerbungsgespräch. Er wandte den Kopf und versuchte, Blickkontakt herzustellen, um einen Gruß anzubringen. Doch die Augen des Topmanagers schweiften achtlos über ihn hinweg. Dafür hatte der Kleine an der rechten Flanke etwas bemerkt und schickte Harald ein mitleidiges Lächeln hinterher.

Im Foyer der Kantine ging es zu wie in einem Bahnhof. Große Drehtüren schaufelten Menschenmengen hinein und hinaus. Wartende standen unter Anzeigetafeln und tippten auf ihren Blackberrys herum oder telefonierten. Ankommende wurden begrüßt, wie lang verschollene Freunde, Hände wurden geschüttelt und Wangenküsse verteilt.

»Voilà, der virtuelle Sarkophag!« Urs deutete mit einer Kopfbewegung nach oben auf die Flachbildschirme, auf denen in langsamer Folge verschiedene Menüs in dreierlei Sprachen angezeigt wurden. »Früher gab es hier richtige kleine Vitrinen, in denen man hinter Plexiglas aufgebahrte Teller mit den Tagesangeboten betrachten konnte. Da wusste man gleich, was Sache ist.«

Harald starrte nach oben und versuchte, eine Auswahl aus den angeschriebenen Speisen zu treffen, aber das Stimmengewirr um ihn herum machte es ihm unmöglich, sich zu konzentrieren. Gesprächsfetzen sprangen ihn an und eilten vorbei, während er mühsam die Worte »Rindfleischvogel«, »Pizza Vongole« und »Pad Thai« entzifferte, ohne dass sich dazu die entsprechenden inneren Bilder einstellten. Er fühlte sich ziemlich planlos, als Urs ihn weiter Richtung Treppe drängte.

Die Speisenausgabe befand sich im ersten Stock. Mit den letzten Stufen öffnete sich der Blick auf einen weitläufigen, mit Tageslicht gefluteten Saal. Glänzende Theken zogen sich entlang der Wände. In der Mitte des Raumes erhob sich ein riesiges Buffet, dessen Edelstahlbassins in allen Farben leuchteten und auf dessen Halbgeschoss gefüllte Schüsselchen und Gläser funkelten.

Das lärmende Durcheinander des Foyers war hier einem geordneten Gemurmel gewichen. In einer langsam fließenden Bewegung passierten die Hungrigen die Tablett- und Besteckausgabe, wo die geübten Kantinengänger sich wie beiläufig mit dem Nötigen versorgten. Harald als Neuling brauchte für jeden Handgriff einen extra Blick und verursachte so eine kleine Stauung, obwohl er die Systematik rasch erfasst hatte: von links nach rechts je zwei Behälter übereinander enthielten dasselbe: Gabel, Löffel, Messer, ganz rechts außen die Kaffeelöffel, nur im oberen Fach, darunter die Servietten. Weil er immer noch nicht wusste, was er essen sollte, deckte er sich vorsichtshalber mit allem ein.

Urs war aus dem Strom herausgetreten und wartete. Die Zeichen seiner Ungeduld nur schwer verbergend, kündigte er eine Einführungsrunde für den Novizen an, wobei er diesem und auch den folgenden Scherzen durch ein Zahnfleischlächeln Nachdruck verlieh.

»Hier findest du die Sandwichesser, fast alles Engländer. Die haben sich auch nach Jahren noch nicht an mitteleuropäische Essgewohnheiten angepasst und bringen es nicht fertig, zu Mittag eine warme Mahlzeit zu sich zu nehmen. Meistens lassen sie sich ihre Toastbrotecken einpacken und schleppen sie an ihren Schreibtisch, um damit dann die Tastatur vollzukrümeln, während sie *BBC News* oder eines ihrer Revolverblätter online lesen. Viele von denen kommen aber gar nicht bis in die Kantine, sondern bleiben auf halber Strecke am Kiosk hängen.

Gleich im Anschluss die ewigen Frühstücker, die sich hier an der Obst- und Cerealientheke eindecken: Birchermüsli, Joghurt mit Knusperflocken, Ananas für die Enzyme und Erdbeeren von April bis September, Smoothies für die Eiligen und Nüsse und Trockenobst für die Nager. Abgesehen von den immer gleichen Wiederholungstätern, vor allem aus der IT-Abteilung, sieht man hier selten einen. Ist also ein Geheimtipp, wenn es mal schnell gehen soll.

Das in der Mitte ist der Salat- und Freeflow-Bereich. Neben Rucola, Radicchio, Nüsslisalat und anderen grünen Blättchen findest du hier auch erste Ansätze von ordentlichem Mittagessen: Wurst-Käse-Salat, Nudelsalat, frittiertes Gemüse, Fleischbällchen.«

Was Urs sonst noch zum Salatbuffet zu sagen hatte, nahm Harald nicht mehr wahr. In der langen Reihe derer, die ihr Tablett über die umläufigen Edelstahlschienen schoben, hatte er ein bekanntes Gesicht entdeckt. Gleich würde Carola ihre Runde beendet haben. Er verlangsamte seinen Schritt und schaute vorsichtig in ihre Richtung, jederzeit bereit, den Blick zu senken und so zu tun, als ob er sie gar nicht gesehen hätte, falls sie ihn ignorieren sollte. Jetzt bog sie um die Ecke, ihr wiedererkennender Blick und ihr warmes Lachen machten ihn ein bisschen froh.

»Herr Klein! Ich freue mich, Sie zu sehen. Hatten Sie einen guten Start?«

»Heute ist mein erster Tag«, entgegnet er geistlos, und während er fieberhaft überlegte, welchen Satz von bleibender Wirkung er anschließen könnte, machte sie irgendeine nette Bemerkung und wandte sich im gleichen Atemzug an Urs: »*Salli* Urs, wir müssen da mal noch was klären wegen der Jahresendgespräche.«

»*Hoi* Lola, geht's gut?«

»Ich komme heute Nachmittag vorbei, wenn es dir passt? Ist dein Kalender gepflegt? Ich schicke dir einen Termin. Und wir sollten unbedingt wieder lunchen gehen. Schick ich dir auch. Guten Appetit euch. Ich muss dann.«

»Die hat's drauf!« Urs grinste hinter Carola her, die sich, mal hierhin, mal dorthin grüßend, entfernte. »Sie ist gerade aufgestiegen zur Personalleiterin für unsere Abteilung und für die Rechtsabteilung. Karriere geht hier übrigens auch durch den Magen. Es kommt nicht nur drauf an, mit wem du essen gehst, sondern auch, wer dich mit wem essen gehen sieht.«

Emsig plaudernd schob er Harald weiter, vorbei an der italienischen Sektion. Hier dampften Rigatoni, Gnocchi und Spaghettini in riesigen Schüsseln, daneben die Saucen dazu, *al pesto*, *all'amatriciana*, *al pomodoro*. Mit Essen kannte Harald sich aus.

Beate hatte ihn ausgelacht, als sie zum ersten Mal zusammen beim Italiener gewesen waren. Zwei Siebzehnjährige in den Achtzigern, die etwas fehl am Platz auf den Rändern ihrer Stühle saßen und sich nicht gewundert hätten, wenn der Kellner gefragt hätte, wann denn ihre Eltern kämen. Harald, der Dörfling, kannte damals Ravioli nur aus der Dose, und Spaghettisoße bestand für ihn aus Tomatenmark, Fertiggewürzmischung und Parmesanstaub. Beides war fester Bestandteil des Standardrepertoires seiner Mutter gewesen. Beate aber hatte vom Toskanaurlaub geschwärmt, den sie mit ihren Eltern und einem befreundeten Zahnarztehepaar verbracht hatte. Ihr Vater war ein stadtbekannter Bauunternehmer, ihre Mutter Kunsthistorikerin.

Der Duft von frisch gebackener Pizza verfolgte Harald bis zu einer offenen Kochstelle, an der ein weiß geschürzter Mann mit einem Wok hantierte. Er blieb stehen und beobachtete die Handgriffe des Asiaten, der ihm bereitwillig zugenickt hatte und nun zu schütteln und zu rühren begann. Klein geschnittener Knoblauch tanzte mit Schalotten, dazu gesellten sich Hühnerfleisch und Tofuwürfel, die sich lustig herumwälzten. Die Eier folgten mit einem kurzen Trommelwirbel, gekrönt vom Tusch der Soßen und

Pasten, die rasch aus drei verschiedenen Tiegelchen hinzugefügt wurden. Gut vermischt mit Sprossen und Reisnudeln landete die Komposition auf einem großen Teller, den der kochende Solist samt Zugabe aus gehackten Frühlingszwiebeln, Erdnüssen und Korianderblättern mit einer angedeuteten Verbeugung an seinen Zuschauer überreichte.

Das habe ich nicht bestellt, dachte Harald, sagte aber nichts, denn es wäre ziemlich unangebracht gewesen, das Ganze abzulehnen, nachdem der Koch sich so viel Mühe gegeben hatte. »Gute Wahl!«, unterbrach Urs seinen Redefluss und bemerkte zum Glück nicht, dass Harald den Teller verblüfft betrachtete, bevor er ihn zögernd auf sein Tablett stellte.

»Jetzt kommen sowieso nur noch die normalen Menüs. Es gibt drei davon, ein Vegetarisches und freitags immer eins mit Fisch, ansonsten jeweils Fleisch, Beilage und Gemüse. Kannst du auch kombinieren, wie du willst, volle Wahlfreiheit sozusagen. Es gibt hier für jeden was, zu moderaten Preisen, unser Schweizer Volksessen eben. Salat oder Kompott dazu kostet extra«, erläuterte Urs und stellte sich ein Schälchen mit Dosenpfirsichen neben seinen Teller, den ihm eine teilnahmslos dienstwillige Serviererin auf seine Aufforderung hin mit einem zweiten Schöpflöffel Geschnetzeltem vollgehäuft hatte.

Die Essensausgabe hinter sich lassend, durchquerten sie den Getränkebereich, wo es sogar halbe Flaschen Rotwein zu kaufen gab, was Urs zu irgendeiner Bemerkung über Franzosen ermunterte, und stellten sich in eine der Schlangen vor den vier Kassen, die den Übergang zum Speisesaal markierten.

»Normalerweise kannst du mit dem Mitarbeiterausweis bezahlen, wird dann direkt vom Lohn abgezogen. Aber du mit deiner Ersatzidentität musst heute bar bezahlen. Natürlich nur den Mitarbeitertarif. Besucher dürfen hier ganz gehörig in die Tasche greifen, bei der tollen Qualität auch verständlich.« Urs trippelte von einem Bein aufs andere.

Während die Warteschlangen nebenan langsam vorwärtskrochen, schien ihre nicht vom Fleck zu kommen. Urs reckte den Kopf: »Was soll denn das? Man hat ja nicht ewig Zeit.« Rasch entschlossen verschob er Harald parallel. Jetzt erst sahen sie, dass vorne in der Reihe, in der sie eben noch gestanden hatten, gestritten wurde:

»Sehe ich aus, als ob ich es nötig hätte? Oder er? Ich bitte Sie, jeden Tag komme ich hierher. Sie kennen mich«, rief ein Mann mit hochrotem Kopf. Er hatte die Hände in die Hüften gestemmt, und seine Krawatte zitterte über der Kassiererin, die sich mit verschränkten Armen vor der Brust in ihrem Stuhl verschanzt hatte.

»Aber wenn er doch keinen Besucherausweis hat. Vorschrift ist Vorschrift. Sie müssen an der Pforte einen Besucherausweis ausstellen lassen«, konterte sie.

»Gute Frau, dieser Mann hat einen Besucherausweis! Der befindet sich aber zufällig in seiner Jacke, die sich zufällig in meinem Büro befindet! Jetzt kassieren Sie die beiden Essen ab und lassen uns durch.«

»Dann muss er sie holen.«

»Dann wird aber das Essen kalt.«

»Ich habe die Vorschriften nicht gemacht.«

»Das ist wirklich peinlich für meinen Gast hier. Jetzt benutzen Sie mal Ihren gesunden Menschenverstand!«

»Dazu bin ich nicht befugt.«

»Tun Sie's einfach!«

»Nein, das kann ich nicht. Das übersteigt meine Kompetenzen!«

Der Mann stieß ein wütendes Lachen aus, packte sein Tablett und stapfte fluchend zurück Richtung Essensausgabe. Der Gast folgte seinem Beispiel.

Urs grinste die beiden mitleidig an und zuckte mit den Schultern.

Sie hatten sich eben im Schatten eines riesigen Pflanzkübels voller Palmen und anderem Gesträuch niedergelassen, als plötzlich Haralds alter Bekannter aus dem Vorstellungsgespräch wieder auftauchte. »Ist das nicht Bale?« Er wies mit der Gabel durchs Grün. »Da hinten ist er. Mit seiner, wie sagtest du noch gleich, Entourage. Waren die nicht auf dem Weg ins Direktionsrestaurant?«

»Oh, man sieht hier jetzt öfters welche aus der Beletage, die sich volksnah geben wollen«, sagte Urs, ohne von seinem Geschnetzelten aufzublicken. »Ist Teil der neuen Kultur. Wir haben dazu auch ein neues Programm gestartet, unsere monatlichen Frühstücks-Meetings. Da können die Mitarbeitenden der Konzernleitung mal ganz nah sein.«

»Und wer entscheidet, wer eingeladen wird?«

»Rotationsprinzip. Jeder hier am Standort kann theoretisch teilnehmen. Du bekommst eine persönliche E-Mail, so können wir gut überblicken, wer schon dran war. Kommt gut an. Oder zumindest hat sich bisher keiner getraut abzusagen. Und unsere *top eight* finden es inzwischen auch ganz erfrischend, ab und zu mal auf echte Menschen zu treffen. Sogar unser, na du weißt schon, Sonnenkönig macht mit.«

Gedankenverloren betrachtete Harald den Blättervorhang, hinter dem Bale endgültig entschwunden war. So ein Frühstücks-Meeting war sicher eine gute Gelegenheit, um an oberster Stelle auf sich aufmerksam zu machen. Er müsste es nur geschickt anstellen und ein bisschen früher

da sein, um sich den besten Platz zu sichern. Konzernleitung. Solche Leute waren bestimmt spannend. Er wüsste
schon gerne, was die so an- und umtreibt. Natürlich nicht,
um sich einzuschleimen, einfach nur so – aus Interesse.

»Heute Nachmittag stelle ich dich den Kollegen vor.«

Eine Frage der Präsenz

Harald saß im Stuhlkreis. Er hatte sich auf dem einzigen
noch freien Platz niedergelassen, sich flüchtig seinen Nachbarn vorgestellt, ohne dass er sie wirklich wahrgenommen
hätte, geschweige denn, dass ihm ihre Namen ins Bewusstsein gedrungen wären, und ließ jetzt seinen Blick
ohne Fokus über die Gegenübersitzenden gleiten. Etwa auf
zwei Uhr saß sein Chef und zwinkerte ihm zu.

Das Sitzungszimmer lag im Untergeschoss, ein Stockwerk tiefer als Haralds Büro. Ab und zu sah man Anzug-
hosen oder Frauenbeine an den Fenstern vorübergehen.
Jemand hatte die Deckenbeleuchtung eingeschaltet. Die
Längsseite des Raumes bestand hauptsächlich aus groß-
flächigen, blendend weißen Tafeln, auf denen bunte Magnet-
knöpfe hafteten, und an der Querseite über der Eingangstür
hingen vier Uhren, die auf ihren runden Ziffernblättern die
Zeit in Basel, New York, Singapur und São Paulo anzeigten,
was einem jeweils darunter angebrachten Holztäfelchen zu
entnehmen war. Auf der Basler Uhr war es fünf nach zwei.

»Guten Tag zusammen, geht's gut?«, eröffnete Urs die
Sitzung. »Die ›Interrogatio Praesentia‹ lautet: Was muss
ich außerhalb dieses Kreises lassen, damit ich ganz gegen-
wärtig bin? Wir beginnen im Uhrzeigersinn.«

Es kribbelte Harald in der Nackengegend. Was wurde hier verlangt? Einer um den anderen sprach ein paar Sätze in den Raum, tippte sich dann kurz mit der flachen Hand an die Stirn und führte eine wegwischende Handbewegung aus. Von Abgabeterminen, wichtigen Projekten auf dem Schreibtisch oder der nächsten Sitzung war die Rede. Harald hörte kaum zu, aber er spürte, dass die Stimmung locker war und jeder Beitrag wohlwollend zur Kenntnis genommen wurde. Was um alles in der Welt sollte er sagen? Er schwitzte und prüfte fieberhaft verschiedene Gedanken auf ihre Bedeutungsschwere und Adäquatheit. Plötzlich wurde es still, alle Augen waren auf ihn gerichtet.

»Hallo, heute ist mein erster Tag.« Schnell ein Blick zu Urs, dann auf das mit rotblonden Locken eingerahmte, strahlende Frauengesicht daneben. Er brachte noch etwas in der Art von »Ich freue mich hier zu sein« hervor, dann duckte er sich in seinen Stuhl.

Nachdem die Gruppe den Kreislauf tippend und wischend vollendet hatte, stellte Urs Harald formell als neuen Mitarbeiter und Nachfolger einer gewissen Anna vor, wobei er der Rotblonden neben sich komplizenhaft zulächelte, deren auffallend großer, voller Mund noch immer ein breites, aber nicht unsympathisches Lächeln zeigte: »Unsere geschätzte Kollegin wird, wie einige von euch wahrscheinlich schon wissen, ihrer höheren Berufung folgen und ›Großmeisterin‹ im Kulturteam werden.«

Inmitten des beifälligen und Glück wünschenden Gemurmels kämpfte Harald sein aufsteigendes Ärgergefühl nieder. Dass er Nachfolger von irgendjemand war, hörte er zum ersten Mal. Anna saß bequem zurückgelehnt und strahlte in die Runde. Sie hatte die Schultern leicht zurückgenommen, wodurch sich ihre üppige Brust deutlich unter dem engen weißen Rollkragenpullover abzeichnete. Ihre übereinandergeschlagenen Beine, die sie leicht von sich gestreckt hatte, steckten in schwarzen Reiterstiefeln unter einem knielangen Rock. Prinzessin und Froschkönig in Personalunion, schoss es Harald durch den Kopf. Er nahm sich vor, seinem Chef und dieser Anna wegen der Nachfolgersache auf den Zahn zu fühlen.

Urs war inzwischen zu einem Flipchart geschritten, um den, wie er sagte, »Spielplan« der Sitzung mit Hilfe von durch Pfeile verbundene Wölkchen und Kaffeetassen zu erläutern. Harald fand das erstaunlich albern und versuchte, in den Gesichtern der anderen Spuren desselben Erstaunens zu finden. Rechts von ihm saß ein kleines, unansehnliches Wesen in Schwarz, an deren Haarhelm deutlich ein grauer Ansatz zu erkennen war. Darunter, was noch schlimmer war, schimmerte die Kopfhaut rosa hervor. In ihrem Spitzmausgesicht glommen zwei Kohlen, die sie aufmerksam freundlich auf das Geschehen am Flipchart gerichtet hielt. Dieselbe freundliche Aufmerksamkeit fand Harald auch zu seiner Linken, in dem frisch gebliebenen Bubengesicht mit der hohen Stirn unter den blonden Haarstoppeln.

Zufällig oder doch magisch angezogen von dem Gefühl, beobachtet zu werden, wandte Harald den Kopf. Ihm genau gegenüber lümmelte ein junger Mann im modischen Anzug auf einem aus der Reihe geschobenen Stuhl, sodass sich der ansonsten perfekte Kreis an dieser Stelle etwas ausbeulte, und musterte ihn über seine verschränkten Arme hinweg. Er sah sehr gut aus, zumindest soweit Harald das beurteilen konnte. Beate hatte immer behauptet, Männer wären nicht in der Lage, über das Aussehen anderer Männer zu urteilen. Wie er Haralds Blick in seinem hielt, hatte etwas Sportliches, ja, Herausforderndes. Schon zu Schulzeiten war Harald offen zur Schau gestelltes Wettbewerbsverhalten zuwider gewesen. Um die Bundesjugendspiele hatte er stets einen großen Bogen gemacht oder hätte es zumindest gerne gemacht, wenn da nicht die Anwesenheitspflicht gewesen wäre. Und so blieb ihm oft nur der innere Boykott mit Hundertmeterzeiten von zwanzig Sekunden und Weitsprüngen, die entweder übertreten waren oder den ersten Teil des Kompositums »Weitsprung« ad absurdum führten. Nicht dass er unsportlich gewesen wäre, er wusste nur einfach nicht, was schlimmer war: über andere triumphieren oder verlieren, obwohl man sein Bestes gegeben hatte.

In der ersten Sitzungspause steuerte der schöne Sportsmann direkt auf Harald zu: »Du bist also die neue rechte Hand vom Chef. Meinen Glückwunsch!« Er hatte sich vor ihm aufgebaut, sich als Dexter Irgendwas vorgestellt und rührte nun in seiner Tasse, sodass der Kaffee in die Untertasse schwappte. Er hatte etwas Linkisches an sich, was sich nicht recht zu seiner Schönheit fügen wollte.

»Hätte nicht gedacht, dass sie so schnell jemanden finden. Da hast du was vor. Ich weiß, wovon ich spreche, nach sechs Jahren im Geschäft. Ich bin Leiter der Kommunikation bei *Emia*, natürlich als Mitglied des erweiterten Managementteams. Sonst macht das alles keinen Sinn, wenn man nicht den direkten Zugang zu seinen Stakeholdern hat und die Informationen nicht aus erster Hand bekommt. Urs ist da ein Phänomen, der kennt jeden und weiß alles, sobald es etwas zu wissen gibt. Manchmal auch schon früher. Wir sollten mal zum Lunch gehen, wenn du dich eingelebt hast. Nächsten Monat wird's allerdings schon eng. Da haben wir Managementsitzung, und dann bin ich eine Woche in Barcelona auf einer Fachtagung. Die haben mich angefragt. Ich soll über Kommunikationsstrategie referieren. Ist eine gute Gelegenheit zum Netzwerken. Es kommen viele Kollegen, auch von europäischen Bluechips.«

Harald tat Dexter den Gefallen und spielte den mit Bewunderung Lauschenden. Die Rolle fiel ihm leider allzu leicht, denn insgeheim regte sich doch leise der Neid auf den schneidigen Platzhirsch, ob er wollte oder nicht. Gleichzeitig machte er sich mentale Notizen:

Wichtig: »Leiter von« sein, Mitglied im Managementteam, vielbeschäftigt. Recherchieren: Wie war noch mal sein Nachname? Und dann habe ich immer noch nicht nach EMEA und diesen anderen englischen Akronymen gegoogelt. Und ich sollte besser auch noch gleich klären, was es mit den blauen Chips auf sich hat. Und was soll das bedeuten, die rechte Hand vom Chef?

Dexter trollte sich, sichtlich zufrieden mit den Treffern, die er gesetzt hatte. In dieser Pause kam Harald nicht mehr dazu, Urs wegen Anna zur Rede zu stellen. Und auch in der folgenden nicht, in der er mit zahlreichen neuen Kollegen, die seltsam namen- und gesichtslos blieben, Nettigkeiten austauschte. Einzig, dass die schwarze Spitzmaus mit schweizerischem Einschlag sprach und für irgendetwas am Standort verantwortlich war, und der Junggebliebene mit den blonden Stoppeln irgendwas mit Medien machte, prägte sich ihm ein.

Noch zweimal in dieser Sitzung hatten Fragewellen den Stuhlkreis durchlaufen, wie einst in den von Harald gehassten Mathestunden, als alle reihum Rechenaufgaben lösen mussten. Allerdings wurde hier nicht willkürlich die Richtung geändert, sodass er sich seine Antworten halbwegs zurechtlegen konnte. Nach Ablauf der zweistündigen

Sitzung hatte er darin bereits eine gewisse Fertigkeit erworben, und so erwartete er mit Gelassenheit seinen Einsatz auf die von Urs als »Interrogatio Conclusio« eingeführte Fragestellung.

Verlassen stand ein gutes Dutzend ehemals kreisförmig angeordneter Stühle kreuz und quer im Raum, verlassen von den Kollegen, die sich nun wieder dem wichtigen Projekt, dem Abgabetermin oder der nächsten Sitzung widmeten. Nur Harald war mit seinem Chef und seiner Vorgängerin im Sitzungszimmer zurückgeblieben.

Anna riss die Fenster auf: »Energie! Wir brauchen eine andere Energie hier drin.«

Urs zog sich einen Stuhl heran, auf den er sich rittlings setzte, und fragte: »Bereit für einen flotten Dreier?«, was ihm einen tadelnden Blick von Anna eintrug. »Also gut«, er drehte seinen Stuhl und machte eine einladende Geste Richtung Harald. »Sie ist die Großmeisterin. Ich bin nur ein Stümper auf dem Gebiet der ›Soziofertigkeiten‹. Bereit für einen Trialog? Rück mal heran, damit wir ein schönes Dreieck bilden. Ich denke, auf eine *Aipii* können wir verzichten?« Er versicherte sich kurz bei Anna, die ebenfalls Platz genommen hatte.

Harald war irritiert, mal wieder. »Auf was können wir verzichten?«, fragte er in einem etwas gereizteren Ton als eigentlich beabsichtigt. Ging das denn immer so weiter?

»Eine IP, eine Interrogatio Praesentia. Soll jedem die Gelegenheit geben, ganz präsent zu werden, bevor es zur Sache geht. So machen wir das hier«, erklärte Anna sanft.

Für meinen Geschmack bist du sowieso schon ein bisschen sehr präsent, dachte Harald und rückte unmerklich nach hinten, um zu verhindern, dass sich seine und ihre und Urs' Knie berührten.

»Anna brauche ich dir ja nun nicht mehr vorzustellen«, begann Urs. »Sie wird uns also in wenigen Wochen verlassen, und bis dahin solltet ihr zwei eng zusammenarbeiten. In Zukunft wirst du mich bei Reden, Präsentationen und sonstigen Absonderungen der Konzernleitung, zum Beispiel im Geschäftsbericht, unterstützen, vor allem von, na du weißt schon wem. Im Grunde übernimmst du Annas altes Aufgabengebiet, wie besprochen.«

Mit mir hast du das aber nicht besprochen, war der Satz, den Harald nicht artikulierte. Intuitiv verzichtete er lieber auf eine Konfrontation, um Urs nicht vor Anna bloßzustellen oder um sich selbst keine Blöße zu geben. Vielleicht hatte er die Nachfolgersache wirklich irgendwie irgendwann einmal erwähnt, es sagten hier ja andauernd irgendwelche Leute irgendwas, das Harald nicht decodieren konnte. Die Worte hörte er wohl, jedoch verschwammen ihm immer wieder die Begrifflichkeiten und ließen ihn mit nicht mehr als einer wagen Ahnung von den Dingen zurück. Dabei hatte er doch in seinem Philosophiestudium zumindest eins gelernt: professionell zu denken – analytisch, abstrakt und strukturiert. Aber unerklärlicherweise schien sich die Unternehmensrealität diesen Denkkategorien zu entziehen.

Urs fuhr fort: »Teil der Aufgabe ist es auch, die Große Sache mithilfe der Soziofertigkeiten in der täglichen Arbeit zu verankern.«

»Wie bitte?«

»Na, die neue Kultur. Also das sind so bestimme Sachen, die wir hier bei uns machen. Genaugenommen, die wir hier bei uns anders machen, damit unsere Kreativität freigesetzt werden kann«, sagte Anna und ließ die Sonne in ihrem Gesicht aufgehen.

»Aha.«

»Ich habe dich bereits auf die Warteliste für ›Große Sache II‹ setzen lassen. Sind zurzeit völlig überbucht die Kurse. Aber als Teil deines offiziellen Einführungstags nächste Woche bekommst du schon mal ›Große Sache I‹ geliefert, als Einstiegsdroge sozusagen.« Urs zeigte sein Zahnfleisch und erntete ein Augenrollen vom Sonnenkind.

»Der Einführungstag«, erläuterte Anna, »ist eine Veranstaltung, die alle drei Monate gemeinsam vom Kulturteam und der Personalabteilung organisiert wird. Eine gute Gelegenheit, das Was und Wie im Unternehmen besser kennenzulernen und mit anderen neuen Kollegen in intensiven Kontakt zu kommen.«

Die Stichworte »kennenlernen« und »intensiver Kontakt« regten plötzlich einen anderen Gedanken an, den Harald seit dem Mittagessen unverdaut mit sich herumtrug. Dass ihm das nicht schon vorher eingefallen war! Einer oder eine derer, die eben noch mit ihm im Kreis gesessen hatten, war bestimmt für die Frühstücks-Meetings zuständig. Wie ärgerlich, dass er die Gelegenheit hatte verstreichen lassen, diese Person ganz unverfänglich kennenzulernen. Nach einer netten Plauderei unter Kollegen wäre es sicher ein Leichtes gewesen, mehr über die Veranstaltungsreihe zu erfahren, zum Beispiel, wer aus der Konzernleitung an welchem Termin den Vorsitz hatte. Schließlich war Harald Teil der »Abteilung mit den großen Ohren«, wie Urs gesagt hatte, die immer ein bisschen mehr und alles ein bisschen früher als alle anderen wusste, und er wäre dumm, diesen kleinen Vorteil nicht zu nutzen.

Er machte ein harmloses Gesicht und ließ eine Sprechblase im Raum aufsteigen, ohne sie direkt an Anna oder Urs zu adressieren: »Apropos kennenlernen, wer aus unserem

Team ist denn für die Frühstücks-Meetings verantwortlich? Das erscheint mir auch ein hochinteressantes Konzept.«

»Das ist Jolanda Stein, unsere Standort-Kommunikatorin«, gab Anna Auskunft.

»Du hast dich doch mit ihr unterhalten?«, setzte Urs hinzu.

Harald machte eine entschuldigende Geste: »Oh, ich habe mit so vielen gesprochen, und was mein Namensgedächtnis angeht, das ist nicht gerade eine meiner Stärken.«

»Sie saß direkt neben dir im Kreis.«

Peinlich. Es war die Spitzmaus! Er sollte mal mit ihr in die Kantine gehen.

Nach unten

Nachdem Harald am nächsten Morgen an der Pforte erneut das beschämende Ritual durchlaufen hatte, sich von dem Bulldoggengesicht einen vorläufigen Tagesausweis ausstellen und zur Rückgabe am Abend ermahnen zu lassen, steuerte er direkt auf das Gebäude Vierundsiebzig zu, um sich endlich seiner Zugehörigkeit in Form eines permanenten Mitarbeiterausweises zu versichern. Die weiße Chipkarte mit dem wie befürchtet etwas unvorteilhaften Foto neben dem Firmenlogo steckte in einer robusten Plastikhülle, die sich mit einer schwergängigen Klammer an die Kleidung heften ließ. Wieder hatten sie seinen Doktortitel vergessen.

Kaum aus der moosgrünen Tür der Ausweisstelle getreten, ließ Harald den Tagesausweis in seiner Tasche verschwinden und fummelte sich im Gehen die neue Identitätskarte ans Revers. Jetzt hing sie schief. Also befestigte er sie an der Brusttasche, wo sie wie ein Verdienstorden prangte.

Irgendwo musste er fehlgegangen sein. Er hielt nach dem gelben Aufzug Ausschau, sah aber nur Moosgrün, wohin er sich auch wandte. Nach einer Weile machte er kehrt, erreichte vermeintlich die letzte Abzweigung, entschied sich diesmal für rechts und stand schon bald vor einer neuen Gabelung des moosgrünen Labyrinths. Da bemerkte er eine gestrichelte Linie auf dem Boden, die vermutlich den Weg ins Treppenhaus wies. An einer Metalltür angelangt, musste er beide Hände zu Hilfe nehmen, um sie einen Spalt zu öffnen, und schlüpfte hinein. Dumpfes, rhythmisches Maschinenbrummen erfüllte den Raum. Langsam gewöhnten sich seine Augen an das Dämmerlicht. Er stand auf einem Metallgitter, einer Art Podest, von dem aus ein paar Stufen nach unten führten. An den Wänden waren Rohre, fingerdicke, armdicke und gewaltige mit Nieten verschweißte Leitungen, die sich in der Dunkelheit verloren. Harald lauschte. Zischen, Fauchen und Gurgeln mischte sich unter das Brummen, mal näher, mal weiter entfernt. Der Raum schien zu atmen.

Jetzt hat es mich verschluckt, das Unternehmensungeheuer, fuhr es ihm durch den Kopf, während er den Mantel abstreifte. Er schwitzte. Kaum einen Tag hier, schon finde ich mich in den Eingeweiden der Firma wieder. Die Vorstellung amüsierte ihn, und doch vermochte er nicht zu sagen, ob ihm tatsächlich die Knie zitterten oder nur der Gitterboden unter seinen Füßen vibrierte. Unwillkürlich hielt er sich am Geländer fest, als er auf die andere Metalltür jenseits des Podestes zusteuerte. Fast war er enttäuscht, dahinter nicht den innersten Kreis der

Hölle zu finden, sondern nur wieder einen langen Gang. Die vorherrschende Farbe war hier Grellorange und gab ihm zu verstehen, dass er in einen neuen Bereich vorgedrungen war.

Plötzlich schwang eine der orangenen Türen auf, und eine Rollkarre polterte heraus, gefolgt vom dazugehörigen Anschieber. Haralds ohnehin schon erhitztes Gesicht färbte sich noch etwas dunkler in der Gewissheit, dass er hier unten nichts verloren hatte. Der Mann mit der Karre wischte sich mit dem Ärmel seines blauen Arbeitskittels über Mund und Schnauzbart und rumpelte beiläufig nickend an Harald vorbei. Nichts schien für ihn natürlicher zu sein, als dass ein Anzugträger mit hochrotem Kopf und Mantel über dem Arm in seinem unterirdischen Territorium stand.

Aus der Türöffnung drang der Geruch von gebratenem Fleisch. In dem kleinen Kellerraum saßen, ebenfalls in blauer Arbeitskleidung, ein Zwergenwüchsiger und ein Pockennarbiger um eine mobile Kochplatte, die sie auf einem ausrangierten Schreibtisch platziert hatten, und brutzelten Würstchen in einer Pfanne. Sie waren umzingelt von alten Rollcontainern, Drehstühlen, Aktenschränken, die sich bis unter die Decke stapelten.

»*Ä guede Bonjour!*« Das Narbengesicht mit dem elsässischen Akzent sprang auf und drängte Harald hinaus auf den Gang. »Wenn Sie einen Umzug anmelden möchten, wenden Sie sich bitte an Herrn Meili, ein Stockwerk höher.«

»Ja, nein. Eigentlich wollte ich ... Also wie komme ich denn hinauf?«

»Na, so wie Sie runtergekommen sind.«

»Ich meine, wo geht's hier nach oben?«

»Na, da lang, immer da lang!« Der Narbenmann fuchtelte mit den Armen, als versuchte er, ein wildes Tier zu verscheuchen.

»Hier lang?«

»Ja, ja, ja!«

Verdattert stand Harald vor der zugeschlagenen Tür und lauschte auf den heftigen Wortwechsel, der nun drinnen anhob, dann setzte er sich – zuversichtlich, wieder auf dem rechten Weg zu sein – in Bewegung. Er gelangte in ein Treppenhaus. »U2« stand an der Wand. Es roch nach Tiefgarage.

»Gerade erst angefangen und schon einen Parkplatz ergattert, das nenne ich vielversprechendes Talent.« Hinter Harald war aus dem Nichts der schöne Dexter aufgetaucht, die schweinslederne Laptoptasche unterm Arm und die Barbour-Jacke über der Schulter. »Ich habe fünf Jahre gebraucht, bis ich mein Wägelchen zwischen Bales BMW und Hubers Alfa stellen durfte. Schon etwas eingelebt bei uns hier?«

»Ja, danke. Ich finde mich zurecht.« Harald fühlte sich, als sei er eben aus einem Traum erwacht. »Ein bisschen akklimatisieren muss ich mich aber schon noch.« Er verzichtete geflissentlich darauf, Dexter über sein Missverständnis, was den Grund seines Aufenthalts in der Tiefgarage betraf, aufzuklären.

»Ein Tipp von mir: Nutze die Zeit, solange du noch alles mit frischem Blick siehst.« Der Kollege nahm die Stufen dynamisch federnd, sodass Harald sich beeilen musste, um mit ihm Schritt zu halten. »Das ist der unschätzbare Beitrag, den nur ihr Neuen leisten könnt, dass ihr unseren Kosmos mit anderen Augen seht. Darin steckt viel Verbesserungspotenzial. Nur immer frisch ran an die Ungereimtheiten, das wird sehr geschätzt. Wem es gelingt, sich seinen Idealismus so lang wie möglich zu bewahren, der kommt hier weit.«

Lächelnd wünschten die zwei jungen Männer einen guten Tag und trennten sich im trüben Morgenlicht auf dem mit Raureif überzogenen Innenhof. Mit Erstaunen stellte Harald fest, dass der Ort, an dem ihn die Unterwelt wieder ausgespuckt hatte, ziemlich weit vom Ausweisstellengebäude entfernt, aber ganz in der Nähe des Konzernleitungsbaus lag.

Er schlug denselben Weg ein, den er am Tag zuvor mit Urs gegangen war, hielt seinen neuen Ausweis an die Schließanlage, wie Urs es getan hatte. Nichts rührte sich. Die Doppelglastür wollte sich nicht öffnen. Enttäuscht drehte Harald ab. Hoffend, dass ihn niemand beobachtet hatte, wanderte er fröstelnd außen an den heiligen Hallen entlang. Bei seinem Gebäude funktionierte der Magnetstreifen seiner Identitätskarte reibungslos.

Kunst und Krempel

Kurz vor seinem Büro kam ihm Urs entgegen: »Guten Morgen, geht's gut? Ich habe dir den letztjährigen Geschäftsbericht auf den Schreibtisch gepackt. Studier den mal und sag mir, was dir auffällt. Du hast bestimmt ein paar frische Ideen, die wir in Zukunft umsetzen können. Wenn du fertig bist, komm einfach rüber. Ich bin den ganzen Nachmittag da.«

Noch bevor Harald etwas erwidern konnte, fuhr Urs fort: »Und dann hat noch die Dame vom Archiv angerufen. Du sollst heute um zwei vorbeikommen, dein Bild aussuchen.«

»Was für ein Bild?«

»Na, eins aus dem Kunstarchiv!« Urs trat hinter Harald ein und begann eine hübsche Geschichte über eine gewisse Marga Meier zu erzählen. Die sei die Frau des ehemaligen Firmenbesitzers, also vor der Fusion und dem Börsengang, und hätte früher leidenschaftlich regionale Gegenwartskunst gesammelt. Mit den Jahren seien tausende Bilder zusammengekommen, die schließlich ins Firmenvermögen übergegangen seien. Jetzt werde jeder Mitarbeitende mit Kunst versorgt – als Teil der Großen Sache. Die Familie sei übrigens noch immer einer der Großaktionäre des Unternehmens.

»Ich hoffe, das Archiv ist nicht wieder im Keller«, sagte Harald und revanchierte sich mit einer Anekdote über seinen morgendlichen Ausflug. Ein paar Details behielt er allerdings lieber für sich.

Urs schien sich zu amüsieren. »Das ganze Areal ist von einem Netz unterirdischer Gänge durchzogen,« grinste er. »Man kann auf diesem Weg fast jedes Gebäude erreichen. Ist ganz praktisch bei schlechtem Wetter. Offizielle Verbindungen sind das allerdings nicht, was man schon an der fehlenden Beschilderung sieht. Nur unsere Infrastrukturmenschen finden sich darin auch blind bestens zurecht.« Mit einer Bewegung von Zeige- und Mittelfinger setzte er das Wörtchen »blind« in Anführungszeichen.

»Weißt du eigentlich, warum ich unbedingt dich für die Stelle haben wollte?«, sagte er unvermittelt und ließ sich auf Haralds Bürostuhl fallen.

»Jetzt bin ich aber gespannt.«

»Weil du die Dinge siehst.«

»Wie meinst du das?« Harald blickte erwartungsvoll auf seinen Chef, der angefangen hatte, sich mit den Händen am Schreibtisch abstoßend auf dem Stuhl im Kreis zu drehen. Nach jeder Rotation stieß er ein weiteres Wort hervor: »Weil … du … die … Dinge … siehst!« Dann stoppte er abrupt, griff sich ein bedrucktes Blatt vom Schreibtisch, und wedelte damit vor Haralds Nase herum.

»Diesen Brief von unserem, na du weißt schon wem, Sonnenkönig, an alle Mitarbeitenden, den ich dir im Bewerbungsgespräch vorgelegt hatte.«

Harald erinnerte sich sehr gut an den Schrieb und an die Aufgabe, den Text nach seinem Gutdünken zu verbessern. Er hatte genau verstanden, dass es darum ging, seine analytischen Fähigkeiten und seine schriftliche Ausdrucksfähigkeit zu testen, und er hatte sich noch gewundert, dass sie es ihm mit diesem offensichtlich frei erfundenen Brief so leicht gemacht hatten.

»Du hast ihn nach allen Regeln der Kunst zerpflückt. Du hast so viel Luft rausgelassen, dass am Ende fast nichts mehr übrig blieb. Und du hast unzweifelhaft dargelegt, warum dieser Kommunikationsakt im Leeren verlaufen muss.«

»Kein vernünftiger Mensch würde so etwas je zu Ende lesen. Nach dem ersten Abschnitt hatte der Absender schon alle verloren.«

»Ich hab das geschrieben.«

»Ach.«

»Und jetzt bist du dran.«

Urs schnellte auf und war hinaus zur Tür. Harald ließ sich auf seinen unangenehm vorgewärmten Schreibtischstuhl fallen und schüttelte, das heiße Gesicht in den Händen verbergend, fassungslos den Kopf.

Schließlich nahm er den Geschäftsbericht und begann, darin zu blättern. Er fühlte sich recht gewichtig an, was nicht nur an der Anzahl der Seiten lag, sondern auch der schweren Qualität des Papiers geschuldet war. Das Werk schien aus zwei Teilen zu bestehen, etwa ab der Hälfte wechselte die Papierfarbe von weiß in ein zartes Dollargrün. Der erste Teil wurde durch ein paar großformatige Hochglanzbilder aufgelockert, meist Aufnahmen von zwei oder mehreren Personen inmitten großartiger Landschaften.

Den Auftakt aber machte ein halbseitiges Männerporträt, das einen Endfünfziger in Frontalansicht mit hellblauer Seidenkrawatte über der breiten Brust zeigte. Schwarz wuchs die Figur ab der Hüfte aus der linken Bildecke in den schwimmbadblauen Hintergrund. Ein Arm ruhte angewinkelt auf einem Metallgeländer, die Hand lag locker auf, nein, genau genommen nur der mit einem Goldreif geschmückte Ringfinger, während Daumen, Zeige- und Mittelfinger ein entspanntes, nach unten offenes »u« bildeten. Der runde Schädel, mit der hohen, von spärlichem Silberhaar gekrönten Stirn, saß praktisch übergangslos auf dem lilienweißen Kragen. Aus hellblauen Augen blickte die Gestalt ernst, aber nicht streng. Das linke Augenlid hing etwas, die Braue darüber schien im Gegenzug aus der Zeile gesprungen, was dem ansonsten unbewegten Gesicht einen Hauch von Skepsis einschrieb. Darunter stand: »Sam B. Duke, Vorstandsvorsitzender und Präsident des Verwaltungsrats«. Und weiter: »Sehr geehrte Aktionärinnen und Aktionäre. Im letzten Jahr hat Ihr Unternehmen die positive Geschäftsentwicklung der vergangenen Jahre fortgesetzt und erreichte in einem schwieriger gewordenen Marktumfeld erneut ein außerordentlich gutes Ergebnis.«

Harald stutzte, diesen Satz hatte er doch schon einmal gelesen? Er angelte nach dem Brief, der bei Urs abruptem Abgang auf dem Boden gelandet war. Und tatsächlich:

»Sehr geehrte Mitarbeiterinnen und Mitarbeiter, im letzten Jahr hat Ihr Unternehmen die positive Geschäftsentwicklung der vergangenen Jahre fortgesetzt ...«

Er blätterte weiter. Dukes einführende Worte waren hübsch in zwei Kolonnen gesetzt und mit farblich und typografisch hervorgehobenen Zitaten durchbrochen. Befremdlicherweise trugen sie den Titel: »Adresse des Präsidenten«. Sollte das nicht eher »Vorwort« heißen? Auch das nächste Kapitel hatte eine seltsame Überschrift: »Gesellschaftsorgane«. Es enthielt zwei exakt gleich aufgebaute Gruppenfotos, die sich nur in der Stärke der Mannschaft unterschieden, die sich rings um den milden, skeptischen Sonnenkönig scharte. Alle trugen gedeckte Anzüge mit weißen Hemden, nur in den Krawattenfarben regte sich ein bisschen Individualität.

Auf dem ersten Foto mit der kleineren, achtköpfigen Gruppe entdeckte Harald seinen Freund Bale. Die Bildunterschrift listete die Namen der abgebildeten Konzernleitungsmitglieder, fast alle mit Doktortitel, auch ein Professor war darunter. Demnach war also die Nennung des akademischen Grades in der Firma doch nicht so unüblich. Er versenkte sich in die Gesichter und prüfte in seinem Herzen, mit wem er wohl am liebsten einmal ein Frühstücksei essen würde. Bale war natürlich ein heißer Kandidat, aber dem würde er wahrscheinlich auch noch bei anderer Gelegenheit näherkommen, war er doch Hubers Chef und damit sein Chef-Chef. Vielleicht mit dem Forschungsleiter? Schönen guten Morgen, Herr Professor, darf ich mich vorstellen, Dr. Harald Klein, sehr erfreut. Immer wieder aber verfing er sich in dem schwimmbadblauen Blick des Sonnenkönigs. Konnte er es wirklich wagen? Warum sollte er sich lange mit den andern aufhalten? Zumindest könnte er mal überprüfen, wie denn die Chancen stünden.

Beherzt weckte er seinen Computer auf, suchte im Firmenverzeichnis nach »Stein, Jolanda« und tippte eine Einladung zum Lunch. Er wolle ja so gerne alle Teammitglieder ein bisschen besser kennenlernen, und nachdem sie sich bereits am letzten Meeting so nett unterhalten hätten, würde er sich freuen, das Gespräch fortzusetzen blablabla.

Zufrieden wandte er sich wieder dem Geschäftsbericht zu. Ganz hinten, auf einer Doppelseite, befand sich eine in grenzenlosem Hellgrau gehaltene, von blauen Punkten übersäte Weltkarte, darunter eine Liste der Länder, in denen der Konzern verkaufend, produzierend, forschend, entwickelnd, dienstleistend oder finanzierend tätig war. Harald brauchte einen kurzen Moment, um zu verstehen, warum die Reihe der ansonsten alphabetisch gelisteten Staaten von der Schweiz angeführt wurde. Dann breitete sich ein wohlig warmes Gefühl in seiner Magengegend aus: Ja, er befand sich genau am rechten Platz, im Gravitationszentrum eines Reichs, in dem die Sonne niemals unterging. Jeder der blauen Punkte repräsentierte eine Stadt, einen Standort, war ein Sammelpunkt für Gebäude und Büros wie das seine. Vielleicht saß gerade irgendwo am Rande dieser Welt auch jemand, der neu angefangen hatte, an seinem Schreibtisch und blickte nach oben, ahnungslos, dass Harald ihn von weit, weit her beobachtete. Er fühlte sich diesem Jemand auf eigentümliche Weise verbunden. Waren sie nicht beide Teil einer großen, erfolgreichen Familie? In Harald regte sich die Ahnung, dass globale Marktpräsenz die Vorstufe für den wahren Weltfrieden sein könnte.

All diese Menschen an ihren Arbeitsplätzen steckten tagtäglich ihre Energie in dieses eine Unternehmen, erbrachten Leistung, notierten Zahlen in Euro, Dollar, Yen und Real, die in langen virtuellen Kolonnen um die Welt marschierten und sich am Ende ihrer Wanderung alljährlich zu fünf Ziffern – Maßeinheit Millionen Franken – vereinigten, in derselben mysteriösen Perfektion, mit der Wale durch die Weltmeere ziehen oder Gnuherden durch die afrikanische Savanne. Die Deutung dieses Mysteriums war fürwahr eine verantwortungsvolle und schwere Aufgabe. Mit deutlich mehr Respekt wandte sich Harald wieder der »Adresse« des Präsidenten zu, um die er sich laut Auftrag seines Chefs kümmern sollte, und begann, den Text konzentriert durchzuarbeiten.

Harald wanderte quer über den menschenleeren Firmenhof. Der Turm war sein Ziel. Den ganzen Vormittag hatte er versucht, dem Zahlenmysterium mit gesundem Menschenverstand beizukommen, hatte mit Textbausteinen gespielt, Phrasen jongliert. Dem Rhythmus der Schritte folgend, hüpften die Worte in seinem Hirn:

> Gestiegen, gesteigert, Rekord,
> verglichen, gemessen, bereinigt.
> Gestiegen, gesteigert, Rekord,
> verglichen, gemessen, bereinigt.

Das Kunstarchiv befand sich tatsächlich im Untergeschoss, bildete gewissermaßen das Fundament des Leuchtturms. Harald drückte auf den untersten Aufzugsknopf, nach oben reichte die Nummerierung bis vierzehn. Die Aussicht, sein Büro mit einem echten Gemälde zu schmücken, erfüllte ihn mit kindlicher Vorfreude. Er fand das eine ausgesprochen noble Geste seines Arbeitgebers. Bei Beate zu Hause hatte es im Wohnzimmer eine Wand gegeben, die von einem befreundeten Künstler mit einem abstrakten Fresko gestaltet worden war. Bunte konkave und konvexe, weichkonturige Figuren schwammen oder schwebten dort auf dunkelblauem Grund, wie Zellbestandteile. Der Entwurf dazu in Öl hatte in Beates Mädchenzimmer gehangen, später dann in jeder ihrer Studentenwohnungen. Sie hatte nie im Wohnheim oder in einer WG gelebt.

Bei Minus-zwei stieg Harald aus. Eine zeitlose Dame wallte ihm in schwarze Stoffbahnen gehüllt mit ausgebreiteten Armen entgegen und sprach aus ihrem dunkelrot gemalten Mund: »Da sind Sie ja! Nur herein, nur herein. Sie sind doch Herr Klein?«, vergewisserte sie sich. Dann gab sie den Blick frei auf ihre Welt.

Der riesige Raum musste sich fast über das ganze Stockwerk erstrecken. Sie gingen an einer langen Reihe deckenhoher Schiebegitter entlang, die sowohl auf der Vorder- als auch auf der Rückseite dicht mit Bildern bestückt waren.

»Kunst vermittelt Managern alles, was sie tagtäglich brauchen: Mut zur Kreativität, Risikobereitschaft, Selbstdisziplin, Verantwortung. Ginge es nach mir, wäre regelmäßiger Kunstdiskurs Pflicht für Führungskräfte«, dozierte die Herrin der Bilder. »Haben Sie einen Wunsch bezüglich Motiv, Stil oder Technik? Oder haben Sie gar einen bestimmten Künstler im Auge?«

»Nein, tut mir leid«, wehrte Harald ab, »ich bin ein ziemlicher Laie auf diesem Gebiet.«

»Warum sehen Sie sich nicht einfach um? Folgen Sie Ihrer Intuition. Die Kunst wird dann schon zu Ihnen sprechen. Aber nichts anfassen«, setzte sie nicht unfreundlich hinzu und zog sich, den schwarzen Umhang enger fassend, in eine Ecke zurück, von wo sie aufmerksam beobachtete, wie Harald das erste Schiebegitter herauszog, kurz die

Exponate musterte, und sie dann unentschlossen zurückgleiten ließ. Er begann, sich rasch und systematisch Gitter für Gitter vorzuarbeiten. Er hatte bereits ein Drittel hinter sich gelassen, da sah er es. Es war zwar kein Ölgemälde, was er sich eigentlich vorgestellt hatte, sondern wohl nur Acryl. Aber es war verhältnismäßig groß. Und bunt. Und abstrakt. Auf weißem Grund schwebten rote, blaue und gelbe Mitochondrien.

»Gibt es auch größere Formate?«, fragte er mit einem zweifelnden Blick auf die restlichen Schiebegitter.

»In der Sammlung schon, aber nicht in der Auswahl für die Büros. Schließlich kann man nicht jedes Kunstwerk in jeden Raum hängen. Der Kontext und die Lichtverhältnisse – das verstehen Sie doch sicher.«

Die Schwarze segelte heran, markierte den schlichten weißen Rahmen um Haralds neue Büroveredelung mit einem roten Punkt und setzte zu einem Vortrag über Werk und Künstler an, dem Harald kaum Aufmerksamkeit widmete.

Eben rumpelte der schnauzbärtige Karrenmann herein, diesmal mit einer Ladung ins Archiv zurückkehrender Bilder, nickte Harald im Vorübergehen zu und verschwand.

Nachmittags, in Urs' Büro, klärte sein Chef ihn auf, dass die wirklich großen Großformate für »die oberen Zehntausend« reserviert seien, und Bildgröße beziehungsweise Wert des Werks mit dem Status dessen korrespondierten, der seine Umgebung damit schmücke. Zahnfleischlächelnd fügte er hinzu: »Bale sitzt vor hunderttausend Stutz, und unser, na du weißt schon, Sonnenkönig hat sicher insgesamt eine halbe Million an den Wänden hängen.«

Harald musterte nachdenklich die Serie von drei Druckgrafiken über Urs' Schreibtisch. Zuvor hatte er die Bilder nicht einmal wahrgenommen.

Nur wenige Tage später quälte er sich in seiner Rolle als der nette neue Kollege durch eine unendlich zähe Essensverabredung. Die unansehnliche Spitzmaus hatte sich höflich und förmlich dafür bedankt, dass er an sie gedacht habe, und war danach in stumpfes Schweigen verfallen, das sie nur für kurze, höflich-förmliche Antworten auf seine Fragen unterbrach. Niemals sprach sie von sich aus. Er musste jeden Satz unter Aufwendung seiner ganzen Interviewkunst aus ihr herauspressen. Wahrscheinlich hatte sie nur deshalb seine Einladung postwendend angenommen, weil sonst niemand mit ihr essen gehen wollte. Aber seine Mühsal wurde belohnt: Am Ende hatte er einen roten Eintrag mit Dukes Frühstücks-Meeting im Kalender sowie die Zusicherung, dass er dabei sein werde, in der Tasche.

Der heilige Gral

Und es begab sich aber zu der Zeit, als viele alle Hoffnung fahren ließen, dass sich ein Trupp Auserwählter im Namen aller auf die Suche machte nach dem ersten und letzten Daseinsgrund ihres Unternehmens, nach der ihm ureigenen, lebensspendenden Kraft, auf dass das zerstörte Land wieder zu einem Paradies erblühe.

Das Unternehmen galt in Analystenkreisen als eine der wenigen erfolgreichen Fusionen überhaupt, doch die Anfangsjahre des Schmelzens, Schlachtens und Schacherns hatten eine hochsensibilisierte Versehrtengeneration zurückgelassen, die vor allem eines konnte: kämpfen und verteidigen, und die ratlos vor der Aufgabe stand, den alten

Panzerkreuzer in voller Fahrt zu einem Expeditionsschiff umzubauen, das die unendlichen Weiten unbekannter Ozeane erobern sollte.

Die Gralssucher hatten sich fünf ganze Tage aus ihren kostbaren Managerkalendern geschnitten. Aller Statussymbole beraubt, in T-Shirts und kurzen Hosen, staubbedeckt und rucksacktragend zogen sie auf den kahlen Berg inmitten der Insel, die in der seismisch aktivsten Zone des gesamten Mittelmeerraums liegt, nämlich genau dort, wo sich die nordwärts driftende Afrikanische Platte unter die Ägäische Platte am Südrand der eurasischen Landmasse schiebt, wo Orient und Okzident sich begegnen.

Dort, wohin Rhea sich auf der Flucht vor Kronos gerettet hatte, um den Besieger der Titanen und den Begründer des olympischen Göttergeschlechts großzuziehen, verbrachten sie die Tage wandernd und im Kreis sitzend, auf der nackten Erde, den Wind um die Nase, die Sonne auf den baren Häuptern. Und mit ihnen waren der weise Lehrer und sein Adept. Und sie enthüllten ihr menschliches Antlitz und sie erkannten sich. Und sie kamen sich nahe, ihrem Selbst und ihrem Nächsten. Und sie tauchten hinab ins kollektive Unterbewusstsein ihrer Organisation und förderten zutage, was in den Ritzen zwischen der Vergangenheit, Gegenwart und Zukunft verborgen lag, erweckten, was in ihnen selbst und zwischen ihnen schlummerte.

Und wie Minos die Gesetze für sein zukünftiges Reich, brachten sie Worte mit vom Berg, deren Schlichtheit und Eleganz von ihrer tiefen Wahrheit zeugten: »Leistung fürs Leben«.

Sie hatten gekreißt und einen Elefanten geboren, der von diesem Tag an im Raum stand, in jedem Raum des Unternehmens. So also entdeckte und erkannte die Organisation ihren wahren inneren Antrieb, ihren »Interior Movens«, und umarmte ihn wie einen alten Freund. Und so begann die Große Sache.

Der Redner schwieg. Er hatte sich schon vorher häufig längerer Atempausen in seinem freien Vortrag bedient, und nun schien es, als sei er endgültig verstummt. Dennoch räumte er seinen Platz auf dem Podium nicht, sondern ließ bedeutungsvoll den Blick über die Menge der Neulinge schweifen, die sich an diesem Morgen versammelt hatten, um mit wildfremden Kollegen in kreisrunden Kleingruppen sitzend ihren offiziellen Einführungstag zu absolvieren. Während die Generalpause andauerte, dämmerte es Harald, dass dieser Mann mit der Fliege und dem sorgfältigen Seitenscheitel selbst Teil der Kreta-Expedition gewesen sein musste.

»Den Spruch hätten sie auch billiger haben können«, zischte eine Puppengesichtige aus Haralds Kreisgruppe. »Eine Woche Managementzeit haben sie darauf verwendet. Wo gibt's denn so was?« Sie warf mit einer Kopfbewegung ihre langen Haare zurück und kreuzte Arme und Beine.

»Aber das ist es ja gerade«, entgegnete ein gewichtiger Endvierziger gedämpft. »Das gibt es eben nur hier. Jeder andere Konzern hätte eine PR-Agentur beauftragt und in ein paar Sitzungen einen Slogan abgenickt. Aber der Prozess ist entscheidend, der Weg, der zum Ziel führt. Wirkungsmächtig ist allein das Selbstdurchlebte. Das erzeugt den nötigen Impuls, die Worte selbst sind weniger bedeutend.«

Das leuchtete Harald sofort ein. Die Arbitrarität von sprachlichen Zeichen war eines seiner Lieblingstheoreme. Schon als Kind hatte er sich gefragt, ob es nicht sein könne, dass grün in Wirklichkeit gar nicht grün, sondern rot sei, es aber den Menschen nicht möglich sei, das zu erkennen. Oder dass weich eigentlich hart oder lustig eigentlich traurig sei, aber irgendjemand sich einen Spaß daraus machte, dass wir alles falsch fühlten? Jeder glaubt nur, grün sei grün und weich sei weich und lustig sei lustig, weil er es so gelernt hat, weil alle sagen, weich ist weich, weil alle sich so verhalten, als ob lustig lustig sei, und weil niemand je daran gezweifelt hat, dass grün grün ist. Was, wenn das alles nur ein Spiel war, das sich jemand ausgedacht hatte? Der kleine Harald war zu dem Schluss gekommen, dass es sich nicht lohne, weiter darüber nachzudenken, denn wenn alle denselben Fehler machten, dann fiele das ja nicht mehr ins Gewicht. Umso faszinierter war er, als er im Studium auf Ferdinand de Saussure traf, der ihm bestätigte, dass es keine im sprachlichen Zeichen selbst liegende oder ihm vorausgehende Qualität gäbe, die eine bestimmte Bedeutung rechtfertigen könne. Bedeutung werde einzig im sozialen Austausch erzeugt. Demnach war das Sprechen selbst der Ort der Sinngenese. Ergo, wenn alle dasselbe sagen, niemand daran zweifelt und jeder sich entsprechend verhält, dann entsteht kollektiver Sinn. Bis heute war Harald ein bisschen stolz auf seine frühreifen Thesen und schämte sich doch gleichzeitig der unzulänglichen Hirngespinste seines Kinder-Ichs.

»Wenigstens scheint der Erfolg ihnen Recht zu geben«, murmelte das Püppchen. »Der Aktienkurs steigt und steigt.«

»Ich finde, der ganze Laden fühlt sich anders an, als alle Unternehmen, für die ich bisher gearbeitet habe«, sagte der Mann. »Ich bin jetzt drei Monate hier, und egal, mit wem man sich unterhält, alle scheinen erfüllt von dem Wunsch, dass die Dinge gelingen mögen. Überall bin ich nur auf offene, hilfsbereite Kollegen gestoßen, auch über Abteilungs- oder Ländergrenzen hinweg. Das habe ich so noch nie erlebt.«

Der Puppe huschte ein Lächeln über das Gesicht: »Zumindest habe ich seit dem Kindergarten nicht mehr so oft in Stuhlkreisen gesessen.«

Durch das zunehmende Getuschel und Gemurmel drang plötzlich leise, aber sehr vernehmlich die Stimme des Mannes der ersten Stunde: »Seit über einem Jahr begleitet uns unser Interior Movens, Leistung fürs Leben, nun auf unserer Reise. Mehr als zweitausend Führungskräfte weltweit sind inzwischen an Bord gegangen, unterstützt von den Männern und Frauen unseres Kulturteams, und gemeinsam tragen sie die Bewegung weiter ins Unternehmen hinein. In spätestens neun Monaten werden alle Mitarbeitenden die ›Große Sache II‹-Workshops durchlaufen und die erste Transformationsstufe erreicht haben.«

»Amen!«, ergänzte die Frau.

Auf dem Podium erschien nun ein Jüngling, der, halb mit dem Rücken zum Publikum gewandt, begann, Sätze von einer Folienpräsentation abzulesen. Um was ging es da? Harald versuchte, sich zu konzentrieren, aber seine Gedanken wanderten immer wieder zu dem Fliegenträger, der jetzt in einem der vorderen Stuhlkreise Platz genommen hatte.

Er sitzt hier unter uns wie unter seinesgleichen. Und doch war er dabei in der Stunde Null, als sich das fusionierte Unternehmen neu erfand. Er muss zur Führungsriege gehören, und doch verhält er sich nicht so. Wie freundlich und aufmerksam er sich diesem Langweiler da oben zuwendet. Kein Anzeichen von Ungeduld. Er hat doch sicher Besseres zu tun, als sich diesen Mist anzuhören. Von Mitarbeitendeninteressenvertretung dozierte der Knilch –

allein was für ein Wort! Wie anders der tiefe, menschenfreundliche Ernst des Fliegenträgers. Er hatte es nicht nötig, sich zu ereifern, er war einfach nur er selbst. Wenn es sich mit der Großen Sache genauso verhielt, als deren Repräsentant er hier auftrat? Zugegeben, über den einen oder anderen pseudo-lateinischen Ausdruck musste Harald noch immer schmunzeln. Aber irgendwie klang doch »Interior Movens« besser als »Daseinsgrund«, und schließlich war da ja noch die Sache mit der Arbitrarität. Jede abstrakte Idee war so viel wert wie das Handeln und Wirken derer, die sie vertraten.

Der Vertreter der Mitarbeitendeninteressen ging, nachdem seine Aufforderung, Fragen zu stellen, resonanzlos verhallt war, unter Höflichkeitsapplaus ab.

Katz und Maus

»Hallo Anna, hier ist Harald. Können wir uns heute oder die Tage zusammensetzen? Es geht um den Aktionärsbrief von Duke. Ich meine die Dings, die ›Adresse‹ im Geschäftsbericht. Melde dich doch mal, oder ich ruf einfach wieder an. Tschüss.«

»Anna, hier ist Harald. Hast du morgen mal eine halbe Stunde für mich? Du kannst mir sicher sagen, wie das mit dem Brief abläuft. Ich habe hier so ein paar Stichworte von Urs. Melde dich doch mal. Danke.«

»Anna, Harald nochmal. Morgen Nachmittag ist eine Sitzung mit der Finanzabteilung. Da geht es um Kernbotschaften für den Brief. Wäre gut, wenn du mich vorher noch kurz anrufen könntest. Danke.«

»Hallo Harald, hier ist Anna. Ich habe deine Nachricht leider erst jetzt gesehen. Ich könnte dir anbieten, morgen zwischen zehn Uhr und zehn Uhr dreißig oder nach sechzehn Uhr. Schick mir doch eine Sitzungseinladung. Bis dann!«

Betreff:	Aktionärsbrief
Absender:	Harald Klein
Empfänger:	Anna Zier
Zeit:	10.00–10.30 Uhr

Hallo Anna,
wie besprochen,
Harald

Abgelehnt

Betreff:	Aktionärsbrief
Absender:	Anna Zier
Empfänger:	Harald Klein
Zeit:	10.00–10.30 Uhr

Harald,
entschuldige, mir ist da leider was dazwischengekommen.
Lieben Gruß,
Anna

Harald folgte Urs durch die doppelte Schleuse in den Konzernleitungsbau. Sie waren auf dem Weg zu ihrer Nachmittagssitzung, und Harald war gänzlich unvorbereitet. Eine Vorstandssekretärin schwebte vorbei und musterte ihn streng und missbilligend, als ob sie seinen Angstschweiß witterte.

»Hans ist der erste Diener unseres Herrn der Finanzen«, plauderte Urs, der im Staccato vorantrippelte, »unser

V-Mann zum Allerheiligsten sozusagen. Er wird uns heute, natürlich unter dem Mantel der Verschwiegenheit, einen ersten Einblick in die Lage der Nation geben. Du hast doch das Schweigegelübde geleistet, oder?«

»Wenn du diesen Mehrseiter von der Rechtsabteilung meinst ...«

»Gelesen?«

»Nein, aber unterschrieben.«

Urs zeigte sein Zahnfleisch und zwinkerte mit den wässrigen Äuglein, dann stieß er die angelehnte Tür zu einem Sitzungszimmer auf und machte Front zu einer kleinen Gruppe von Männern, die um einen runden Tisch versammelt waren.

»Geht's gut? Darf ich vorstellen, Harald Klein, mein neuer Mitarbeiter. Hans Attinger, Marcus Schwiezer und Lukas Schiele, unsere Finanzwesen. Diese guten Hirten sorgen dafür, dass unsere um die Welt wandernden Zahlenherden in Tabellen zusammengetrieben und eingepfercht werden.«

»Der alljährliche Moment der Wahrheit«, ergänzte Attinger, der sich wie die anderen beiden zur Begrüßung von seinem Platz erhoben hatte. An Harald gewandt, fuhr er fort: »Und Sie helfen uns jetzt also, die richtigen Worte dafür zu finden, warum sich die Schäfchen so zahlreich vermehrt haben, oder wo die verlorenen Schafe abgeblieben sind? Sie haben einen Finanzbackground, nehme ich an?«

»Das nicht gerade«, sagte Harald zögernd.

Attinger warf rasch einen prüfenden Blick auf Urs, der grinste und mit den Schultern zuckte: »Na, dann lasst mal sehen. Was haben wir denn Schönes?«

Sie setzten sich, und einer von Attingers Mitarbeitern – Harald konnte sich nicht erinnern, ob es Schwiezer oder Schiele war – teilte mit Heftklammern schlecht und recht zusammengehaltene Papierpakete aus. Jede Seite trug in großen Druckbuchstaben die Aufschrift »vertraulich«. Ansonsten gab es nur mit Zahlen und Buchstabenkürzeln vollgestopfte Tabellen, deren Spalten und Reihen fast über den Papierrand hinauszuquellen schienen. Während Attinger die monotone Lesung aus dem Buch der Zahlen begann, verfolgte Urs mit zusammengekniffenen Äuglein die jeweiligen Kenngrößen, indem er das Blatt etwa eine Armlänge vor sich ausgestreckt hielt. In blindem Verständnis und völlig synchron blätterten Urs, Attinger und seine Mitarbeiter Seite um Seite weiter, einem geheimnisvollen Rhythmus folgend.

Harald hinkte stets hinterher. Den Versuch, inhaltlich zu folgen, hatte er bereits nach zwei Seiten aufgegeben, dann versuchte er noch, wenigstens die genannte Zahl – etwa fünfzig oder tausendachtundzwanzig – innerhalb der bis zur nächsten Seite verbleibenden Zeit irgendwo in dem Zifferngewirr zu orten, schließlich resignierte er ganz und konzentrierte sich aufs Umblättern.

»Ich darf noch mal zusammenfassen«, sagte Urs, als sie die letzte Seite umgewendet hatten, und wedelte mit seinem Blätterstapel, als versuche er, die korrekten Aussagen herauszuschütteln. »Harald, kannst du bitte Notizen machen? Umsatz in lokalen Währungen gesteigert. Rekordergebnis.«

»Rekordergebnis!«, echoten Schwiezer und Schiele.

»In Schweizer Franken sieht's nicht ganz so toll aus. Erwähnen wir nicht. Dann haben alle Geschäftsbereiche brav ihren Obolus geleistet und jeder für sich liegt im Verkaufswachstum über seinem Markt. Daraus lässt sich was machen. Aber jetzt: Der bereinigte Betriebsgewinn wächst um elf Prozent, sagen wir mal zweistellig, und nennen es sehr erfreulich.«

»Sehr erfreulich!«, bekräftigten Schwiezer und Schiele.

»Begründung?«, fragte Attinger und gab die Antwort gleich selber, »Weil das Umsatzwachstum größer als das Ausgabenwachstum war.«

»Letzteres schreiben wir mal unserem Programm *Reshaping for Future Growth* zu, Umsetzung rasch und sozialverträglich«, ergänzte Urs. »Und die Marge hat sich auch in die richtige Richtung entwickelt.«

»Der geringere Konzerngewinn sollte uns eigentlich auch nicht um die Ohren fliegen«, sinnierte Attinger. »Kommt ja nicht unerwartet. Bei der weltweiten Finanzlage hätte es schon mit dem Teufel zugehen müssen, wenn wir kein enttäuschendes Nettofinanzergebnis eingefahren hätten. Blöderweise mussten wir deshalb auch noch mehr Steuern berappen.«

»Was können wir denn als Ausblick sagen?«, fragte Urs in die Runde.

»Aussichtsreich«, sagte Schwiezer.

»Zuversichtlich«, sagte Schiele.

»Optimistisch«, sagte Attinger.

»Die künftigen tatsächlichen Resultate können wesentlich von den zukunftsgerichteten Aussagen abweichen«, sagte Urs und entblößte sein Zahnfleisch. Alle lachten, auch Harald, der sich freute, weil er erkannt hatte, dass dieser Warnhinweis direkt von der vorletzten Seite des Geschäftsberichts stammte.

Als er später in seinem Büro auf seine dürren Aufzeichnungen starrte, aus denen er bis zum nächsten Tag einen ersten Entwurf für den Aktionärsbrief zaubern sollte, überkam ihn ein flaues Gefühl. Er griff zum Telefon und wählte Annas Nummer, aber bevor der Anrufbeantworter abnehmen konnte, legte er wieder auf. Immer wieder blätterte er die vertrauliche Tabellensammlung durch, auf eine Art Erleuchtung hoffend. Aber die Zahlen, die Urs und die Finanzkollegen eben noch so lebendig hatten umherspringen lassen, die sie wie alte Bekannte durchgekaut, sie mit Anekdoten und Mutmaßungen versehen, die ihnen rote Bäckchen und leuchtende Augen gemacht hatten, sprachen nicht zu Harald. Und es lag einzig und allein an ihm.

»Mach eine Banklehre, da hast du was Solides«, hatte seine Mutter damals gefleht und auch darin kein Hindernis gesehen, dass sich ihr Sohn von Kindesbeinen an mit dem Rechnen schwergetan hatte. Denn schließlich war »Schaffen ein Gschäft« und reimte sich in der pietistischen Gegend, in der Harald aufgewachsen war, nun mal nicht auf Neigung oder gar Vergnügen. Da er offensichtlich nicht ganz dumm war, galt es in der Familie als ausgemacht, dass er schlicht nicht rechnen können wollte. Verstockt, nannte das der Großvater.

Seit er denken konnte, hatte sein Opa Gottlob, genau wie sein Vater, »auf der Bank« gearbeitet. Sie waren gewissermaßen die Bank. Und die Bank war der Ort, an dem das hart verdiente Geld der Einwohner des kleinen Dörfchens sicher bewacht und zu ihrem Nutzen aufbewahrt wurde. Sie war neben dem Rathaus und dem Pfarrhaus die dritte wohltätige Einrichtung am Platz. Sie war der Ort, an dem der kleine Harald nach der Schule in einem Nebenzimmer Lochkarten bemalte oder unter dem Tresen der freundlichen Frau Wagner beim Auszahlen von Mark und Pfennigen aus der Kasse zusah, die bei Bedarf mit Münzen aus fest gepackten Papierröllchen aufgefüllt wurde. Die Bank war der Ort, an dem in einer sonderbar appetitlich riechenden Lagerhalle säckeweise Kunstdünger und Saatgut bis unters Dach gestapelt auf die Bauern der Umgebung warteten, und die im Herbst vom süßlichen Duft gepresster Äpfel geflutet wurde.

Der Weltspartag gehörte ebenso fest zum Jahreskalender der Kleins wie Heiligabend und Karfreitag. Und fast übertraf er noch die beiden anderen Feste, waren doch die schönen Gaben, aus denen es alljährlich auszuwählen galt, durch fleißiges Sparen selbst verdient. Und wenn dann sein schweres rotes Blechkässlein endlich geleert worden war, half Harald mit, die unzähligen Luftballons zu verteilen, die er zuvor eigenhändig mit der riesigen Luftspritze aufgepumpt hatte. Es gab auch noch eine Sparkasse am Ort. Aber dass manche Kinder ihr Geld in kleinen, runden Plastikdosen dort hintragen mussten, anstatt zu seiner Bank zu kommen, war für Harald ebenso rätselhaft und bedauernswert, wie die Tatsache, dass einige wenige Kinder, die katholischen nämlich, nicht am Religionsunterricht teilnehmen durften, sondern für diese Schulstunden in ein anderes Klassenzimmer im Erdgeschoss mit einem ihm gänzlich unbekannten Lehrer verbannt wurden.

Die mit ihrer Dorfbank. Eine lächerliche, kleine Filiale war es gewesen, ein Pups im großen Genossenschaftsverband, Lichtjahre entfernt vom Zentrum der Macht. Wetten, dass denen auch Hören und Sehen vergangen wäre, wenn sie mit solchen Finanzgrößen zusammengesessen hätten? Verglichen damit hatte er sich sogar noch recht gut in der Sitzung geschlagen, fand Harald. Attinger und die seinen und natürlich auch Urs verstanden wirklich etwas von Finanzen höherer Ordnung. Sie waren heimisch im Sehnsuchtsland der eindeutigen mathematischen und betriebswirtschaftlichen Wahrheiten.

Entschlossen griff Harald nach dem alten Geschäftsbericht, den er in den letzten Tagen so genau studiert hatte, und begann seine Sitzungsnotizen mit der »Adresse des Präsidenten« zu vergleichen. Identische Ausdrücke markierte er mit einem Leuchtstift. Dann schrieb er:

»Sehr geehrte Aktionärinnen und Aktionäre. Im letzten Jahr hat Ihr Unternehmen seine positive Geschäftsentwicklung fortgesetzt und erreichte in einem schwieriger gewordenen Umfeld erneut ein Rekordergebnis.«

Er las den Satz zwei, drei Mal durch. Dann lächelte er zufrieden und arbeitete weiter.

Betreff:	Aktionärsbrief
Absender:	Harald Klein
Empfänger:	Urs Huber
Zeit:	21.50 Uhr

Hallo Urs,

anbei der erste Entwurf für den Brief. Er ist noch etwas grob geschnitzt und weist einige Lücken auf. Ich hoffe aber, dass er eine gute Grundlage für unser Gespräch morgen darstellt.

Gruß,

Harald

Harald hatte die soeben verschickte E-Mail im Ordner »Gesendete Objekte« noch mal geöffnet, jetzt klickte er auch noch das angehängte Dokument auf, und überflog den Briefentwurf erneut. Den Ton hatte er gut getroffen, fand er. Und dank der intensiven Internetrecherche, mit der er den größten Teil des Tages verbracht hatte, kamen ihm die meisten Begriffe schon recht vertraut vor. Er kannte jetzt den Unterschied zwischen Betriebsgewinn, Finanzgewinn und Konzerngewinn und hatte halbwegs verstanden, was Marge bedeutete. Jetzt kam es darauf an, was Urs sagen würde.

Harald fuhr den Computer herunter und machte sich summend auf den Weg:

Gestiegen, gesteigert, Rekord,
verglichen, gemessen, bereinigt.

Er musste sich beeilen, wenn er den letzten Intercity um halb zwölf nicht verpassen wollte. In den obersten Stockwerken des Turms brannte noch Licht.

Neue Perspektiven

Am nächsten Morgen stand Harald pünktlich um neun Uhr vor Urs' Büro, in der Hand einen Ausdruck seines Briefentwurfs. Die Tür war geschlossen. Harald linste durch die schmale Scheibe an deren Längsseite. Carola saß dicht an dicht mit Urs über irgendwelche Papiere gebeugt am Besprechungstisch. Ihr Pferdeschwanz war über die Schulter nach vorne gerutscht und schaukelte bei jedem Auflachen leicht hin und her. Ab und zu strich sie sich eine Strähne aus der Stirn, die sich aus dem strengen Zopf gelöst hatte. Jetzt hatte Urs ihn gesehen, zwinkerte mit den Äuglein und bedeutete ihm mit einer Hand, dass er sich noch fünf Minuten gedulden solle. Carola blickte sich nicht um.

Er trat zurück und stellte sich diskret neben die Tür, sodass er von drinnen nicht mehr gesehen werden konnte. Warmes Lachen drang aus dem Raum und vermischte sich immer wieder mit Urs' gleichförmig dahinfließendem Sprechgeräusch. Der unverhoffte Anblick Lolas hatte Haralds freudige Erregung, mit der er der Begutachtung seiner nächtlichen Arbeit entgegensah, noch verstärkt.

Plötzlich verspürte er große Lust, auf dem Schachbrett-muster des Ganges in Himmel-und-Hölle-Manier umher-zuhüpfen. Seine Beinmuskeln spannten sich in Erwartung der Aktion, ein freudiges Glucksen war bereits von seiner Brust bis in den Hals vorgedrungen, wo es allerdings ste-cken blieb. Schritte kamen näher. Harald streckte sich und setzte eine seriöse Geduldsmiene auf. Jemand kam den Gang entlang, und dieser Jemand signalisierte schon von Weitem, dass sie sich kannten, wünschte im Vorüber-gehen freundlich »Guten Morgen« und bog um die Ecke, ohne dass es dem Wartenden gelungen wäre, sich an das Gesicht, den Ort einer früheren Begegnung oder gar den Namen zu erinnern.

Harald schaute auf die Uhr. Er begann, langsam auf und ab zu wandern, schließlich lehnte er sich an die Wand gegenüber der Tür und beschränkte sich darauf, seinen Blick den Gang entlangschweifen zu lassen. Perspektivisch korrekt verjüngte sich der rechteckige Raum auf einen imaginären Fluchtpunkt hin. Genaugenommen gab es auf jeder Seite einen Punkt, in den die Sehstrahlen fluchte-ten. Die längeren Fluchtstrahlen führten an Haralds Büro vorbei, die kürzeren endeten an der gläsernen Schleuse zum Konzernleitungsbau. Wie still es war! Wenn er mit geschlossenen Augen konzentriert lauschte, glaubte er Telefonklingeln und Tastaturklackern zu vernehmen. Es roch nach frisch gewischt.

Plötzlich flog die Bürotür auf, und Urs klackerte im Staccato an Harald vorbei. »Muss schnell wohin. Bin in fünf Minuten wieder da!« Der Chef zwinkerte mit den Schweinsäuglein und verschwand in der gläsernen Schleuse.

Da hörte er Carolas Stimme neben sich. »Entschuldigen Sie bitte, dass wir überzogen haben.«

»Das macht doch nichts. Sie hatten sicher Wichtiges zu besprechen.«

»Wir sollten uns duzen. Ich bin Carola, aber ...«

»Harald. Weißt du ja schon. Freut mich! «

»... nenn mich ruhig Lola, so wie alle.«

Sie nahm seine ausgestreckte Rechte und zog ihn ohne Vorwarnung zu sich heran. Für einen irritierenden Augenblick näherte sich ihr Gesicht dem seinen, doch dann wich sie aus und hauchte hinter jedes Ohr einen Luftkuss – er konnte die Wärme ihrer Wange spüren – und dann noch einen als Zugabe.

»Freut mich auch.« Sie lächelte und vermied es, Harald direkt anzuschauen, wofür er dankbar war, denn er bot einen jämmerlichen Anblick mit seinen hektischen Flecken und dem kalten Schweiß auf der Stirn.

Er machte ein paar schnelle Schritte auf Urs' Büro zu und sagte, halb von ihr abgewendet: »Ich geh dann mal rein. Lange kann's ja nicht dauern.«

»Duke wollte ihn sprechen. Irgendwas wegen der Jahresergebnisse. Ich muss dann.« Lola strebte Richtung Glasschleuse.

»Wie wär's mal mit Lunch?« Harald sagte Lunch mit »a«.

»Gerne. Mein Kalender ist gepflegt. Schau einfach nach und schick mir eine Einladung.« Mit einem satten Klack verschluckte die Schleuse ihr warmes Lachen.

An den Türpfosten gelehnt, den Brief zwischen die Lippen geklemmt, fummelte Harald seinen Blackberry aus der Halterung, die er am Gürtel trug, und grübelte über seinem elektronischen Kalender, welchen Termin er für ihr gemeinsames Mittagessen vorschlagen sollte. Von seiner Seite aus wäre jeder Tag infrage gekommen, am besten gleich morgen oder sogar heute. Aber vielleicht wäre es doch besser, bis nächste Woche abzuwarten, damit es nicht so aussah, als hätte er sonst keine Verabredungen. Also nächsten Donnerstag. Er legte einen neuen Kalendereintrag an und tippte mit dicken Fingerkuppen auf winzigen Tasten »Lynvg Lola unf Garals«. Weil er nicht wusste, wie er den Cursor bewegen sollte, ohne alles zu löschen, brauchte er etliche Anläufe, bis er endlich »Lunch Lola und Harald« zustande gebracht hatte. Dann stellte er fest, dass ihm sein mobiles Gerät nicht ermöglichte, Lolas Kalender einzusehen, so wie er das von seinem Computer aus gewohnt war. Er unterdrückte den Impuls, die Einladung trotzdem sofort zu verschicken, wollte lieber sichergehen, dass sie auch wirklich Zeit hatte. Außerdem sollte sie nicht merken, dass er es kaum erwarten konnte, sie wiederzusehen.

Ein sattes Klack, gefolgt von Staccatoschritten, kündigte Urs' Rückkehr an. »Muss noch schnell ein Telefonat machen. Dauert nur fünf Minuten!« Und schon flog die Tür vor Haralds Nase zu.

Neun Uhr zwanzig zeigte der Blackberry an. Harald steckte ihn stirnrunzelnd wieder ein. Er rollte seinen Briefentwurf fest zusammen und begann, gedankenlos damit auf die linke Handfläche zu trommeln. Sollte er in sein Büro zurückgehen? Aber sicher war Urs gleich so weit. Und wenn er dann einfach verschwunden wäre? Das ging nicht.

Da kam der Jemand wieder zurück. Wenn der ihn jetzt immer noch in derselben blöden Wartehaltung antraf? Harald tat so, als hätte er eben Urs' Tür hinter sich geschlossen, und marschierte den langen Fluchtlinien folgend los. Als er mit dem Kollegen auf gleicher Höhe war, nickte er ihm geschäftsmäßig zu. Er lauschte, wie sich die

Schritte entfernten, dann schlich er zurück auf seinen Platz vor Urs' Büro, entrollte den Brief und begann, ihn zum hundertsten Mal zu überfliegen.

Schon wieder Schritte! Bitte nicht der Jemand. Aber diesmal war es Dexter, der, eine schwarzlederne Schreibmappe unter dem Arm und den Blackberry in der Hand, auf seinen Kollegen zuschlenderte.

»Hast du kein Zuhause?«, fragte er spöttisch.

»Ich habe gleich eine Besprechung mit Urs«, sagte Harald und hielt den Brief wie zufällig so, dass Dexter den Absender Sam B. Duke erkennen musste.

»So was. Ich auch. Halb zehn.« Wie zum Beweis hielt er ihm seine Armbanduhr unter die Nase. Sie zeigte fünf vor halb.

»Schöner Wecker!«, lenkte Harald ab, während es irgendwo oberhalb seiner rechten Schläfe zu ticken begann. Er hatte nicht damit gerechnet, dass Urs nur begrenzte Zeit für eine so grenzenlos wichtige Sache wie den Aktionärsbrief eingeplant haben könnte. Und jetzt blieben gerade mal noch fünf Minuten! Wie sollte das gehen? Urs konnte seine Leistung unmöglich in fünf Minuten ausreichend würdigen.

»Hab ich mir selbst zum Geburtstag geschenkt. Vom letzten Bonus. Das war vielleicht ein Ergebnis letztes Jahr! Da hat's ganz schön geklingelt in den Kassen. Fürchte nur, dass wir uns die Latte damit ziemlich hoch gelegt haben. Da nützt wohl auch das ganze *Reshaping* der letzten Monate nichts. Nach dem, was ich so höre.«

»Wer weiß«, sagte Harald, faltete seinen Brief umständlich zusammen und ließ eine bedeutungsvolle Pause folgen.

»Ich gehe morgen übrigens zum Frühstücks-Meeting, das mit Duke.«

»Bingo! Das nenne ich einen Glückspilz. Oder hast du die Stein bestochen?«

»Natürlich, ich habe ihr das Blaue vom Himmel versprochen!« Harald bemühte sich, so ironisch, wie nur möglich zu klingen, dann machte er ein entrüstetes Gesicht. »Was denkst du denn? Das fiele mir im Traum nicht ein! Reiner Zufall. Glücklich, zugegeben.«

»Schon klar. Hätte mich auch gewundert. Die Stein ist nämlich sowas wie der wandelnde Verhaltenskodex, immer korrekt, immer integer.« Dexter verstummte und begann mit seinem Blackberry herumzuspielen.

»Ich glaube, ich gehe mir mal bei Jenny einen Kaffee holen«, sagte er endlich. »So wie ich Urs kenne, wird meine Sitzung sowieso gleich wegen höherer Gewalt auf unbestimmt verschoben. Im Priorisieren ist er knallhart. Nutze jede Gelegenheit, den Kontakt zur Abteilungsassistentin zu pflegen! Eine der wichtigsten Grundregeln des Netzwerkens.«

»Wieso?«

»Der Weg zur Macht führt immer durchs Vorzimmer«, dozierte der Jungmanager. »Wusstest Du übrigens, dass Qualität und Ausprägung der Assistenz einer der Macht-Marker in unserem System hier ist?«

»Du meinst, etwa so wie die Größe der Kunstwerke an der Wand?«

»Du lernst schnell, muss ich sagen. Es macht schon einen Unterschied, ob jemand eine persönliche Assistentin da sitzen hat oder eben nur eine für die ganze Kompanie. Es gibt auch noch andere Feinheiten, die es sich lohnt zu kennen. Die Stationierung im Einzelbüro, im Büro mit Mehrfachbelegung oder gar im Großraumbüro gehört da noch zu den augenfälligsten Kriterien. Lass dich bloß nicht beschwatzen, wenn sie dir eines Tages aus angeblichem Platzmangel jemand in dein Revier pflanzen wollen. Aber auch bei den Einzelbüros musst du mal auf die Details achten: Quadratmeterzahl, Anzahl Fenster, Vorhandensein und Form des Besprechungstischs, Anzahl der Besucherstühle.«

»Jetzt aber!« Harald bedeutete Dexter mit einer wischenden Handbewegung vor dem Gesicht, dass er ihm den Quatsch nicht länger abnahm.

Der aber fuhr unbeirrt fort: »Und dann natürlich das hier!« Er schwenkte seinen Blackberry. »Glaub nur nicht, jeder bekommt so ein Ding. Oder ein Laptop. Oder einen eigenen Drucker.«

Urs trat aus der Tür. »Dexter! Geht's gut? Können wir unsere Sitzung bitte verschieben? Schick mir doch einen neuen Terminvorschlag. Es war doch nichts Dringendes, oder? Harald!«

Harald war geschmeichelt. Ja, er hatte fast eine halbe Stunde auf dem Gang herumgestanden, aber geschenkt! Offensichtlich schätze Urs sein Anliegen wichtiger ein als das von Dexter. Aber ein bisschen leid tat es ihm schon, dass der andere so ausgebootet worden war.

Der Chef und sein Mitarbeiter saßen am Besprechungstisch. Die runde Tischplatte war furniert, irgendein Holz mit schwacher Maserung, Buche vielleicht, überlegte Harald. Darauf schichteten sich bunte Plastikhüllen, zum Teil übervoll mit Papieren, und geheftete Ausdrucke von PowerPoint-Präsentationen. Vor den Fenstern rauschte gedämpft der Verkehr vorbei. Anzahl Fenster? Zwei.

Urs hatte sich den Brief, dem man die Roll- und Faltspuren des Wartens deutlich ansah, vorgenommen. Misstrauisch lauschte Harald den Lobeshymnen, die da über seinem Entwurf ausgegossen wurden. Urs schwärmte geradezu. Kaum auszuhalten. Dann endlich das erlösende Aber.

»Aber hier im Ausblick«, Urs schnippte mit dem Finger ans Papier, »würde ich das eine oder andere etwas zuversichtlicher formulieren. Und dann fehlt noch der Dank an die Mitarbeitenden. Kannst du das noch mal überarbeiten?«

»Was meinst du denn genau?«

»Weiß auch nicht. Irgendwie optimistischer halt.«

»Hast du einen Vorschlag?«

»Ja, nein. Weiß nicht. Warum bringst du mir nicht heute Nachmittag die nächste Version? Er sagte übrigens grade, dass er's morgen Früh auf seinem Schreibtisch haben will. Du weißt schon wer.«

Herrje! Morgen war ja auch das Frühstücks-Meeting! Wenn das mal kein guter Aufhänger für ein persönliches Gespräch war. Er sah schon das schöne Tableau vor sich, wie er zum Sonnenkönig gebeugt ein paar wichtige Sätze raunen und so kostbare Augenblicke seines schwimmbadblauen Interesses auf sich ziehen würde. Nur Urs ging ihm auf die Nerven: Warum verrätst du mir nicht einfach deine Wunschformulierung, und schon wäre die Sache geritzt? Aber diesen Satz behielt Harald mal wieder lieber für sich.

Zurück an seinem Schreibtisch versuchte er sich schlecht gelaunt an optimistischeren Formulierungen. Weil ihm aber nichts Rechtes einfallen wollte, nahm er erneut den alten Geschäftsbericht zur Hand und fing an, alle stimmungsaufhellenden Bei- und Nebenwörter zu kennzeichnen, die seinen Leuchtstift kreuzten: günstig, deutlich, erfreulich, erheblich, vielversprechend, signifikant, substanziell, stark und klar. Nach fünf Seiten fand er, dass es genug sei. Er öffnete die Briefdatei auf seinem Computer, bewegte den Cursor zum letzten Abschnitt und streute mit leichter Hand eine kleine Auswahl seiner Trouvaillen über den Text. Dann montierte er noch rasch einen kurzen, weihevollen Abschnitt, der sich um die Worte »persönlicher Einsatz« und »Professionalität« rankte. Als Version Nummer zwei speichern, E-Mail öffnen, Datei einfügen, abschicken.

Bis zum Nachmittag wurde sein Erstlingswerk noch einige Male zwischen seinem und Urs' Rechner hin und her gebeamt. Man zählte inzwischen Version neun, da ereignete sich etwas, womit der Neue nie gerechnet hätte.

»Schick du's ihm«, hatte Urs gesagt.

Er, Harald Klein, sollte also in direkten Kontakt treten mit dem Obersten der Oberen!

Harald brütete über dem E-Mail-Anschreiben, mit dem er den Briefentwurf dem Empfänger und eigentlichen Absender offerieren wollte. Sollte er sich persönlich vorstellen? Sie kannten sich doch noch gar nicht. Das würde vielleicht so wirken, als nähme er sich selbst zu wichtig. Was interessierte Duke, wer er war? Ihn interessierte sicher nur der Brief und ob er in seinem Sinne und seinem Stil mit seiner Wortwahl genau das ausdrückte, was er selbst gesagt hätte, wenn er Zeit gehabt hätte, sich damit zu beschäftigen. Oder vielleicht mit noch besseren Worten genau das transportierte, was er hätte sagen wollen, wenn man ihn gefragt hätte. Wer und was da in seiner Kommunikationsabteilung arbeitete, konnte dem großen Mann doch vollkommen egal sein.

Aber wäre es nicht furchtbar unhöflich und unprofessionell, sich nicht vorzustellen? Vielleicht würde Duke den Anhang der E-Mail überhaupt nicht öffnen, weil er den Absender für zu unbedeutend erachtete. Vielleicht fände er es anmaßend, dass ihn irgend so ein Kerl direkt ohne Vorwarnung kontaktierte.

Er erwog, die E-Mail »im Namen von Urs Huber« zu unterschreiben, verwarf die Idee aber sofort wieder. Trotz allem existierte die Chance, dass er selbst kurz im Lichtkegel der Aufmerksamkeit stünde, und da würde der Schatten seines Chefs nur stören.

Aber erwähnen würde er ihn schon müssen. Schließlich hatte Urs einen nicht unerheblichen Teil beigetragen. Und ohne die Anrufung dessen Autorität würde er kaum auskommen. Duke erwartete sicher, dass der langjährige Mann seines Vertrauens die Versuche des Anfängers geprüft und für gut befunden hatte, bevor dieser ihn damit behelligen durfte.

Aber, wer weiß, vielleicht war der Entwurf so schlecht, dass Urs ihn nur vorschicken wollte? Wieso hatte er ihm so leichthin den Vortritt gelassen? War es die großzügige Geste eines Mannes, der schon alles erreicht hatte und nichts mehr beweisen musste, oder wollte er ihm eine Lektion erteilen?

Harald las den Brief zum hundertfünfzigsten Mal.

Da klingelte das Telefon. Es war Anna. Sie ließ die Sonne durch die Leitung strahlen und entschuldigte sich tausendfach, dass sie sich nicht früher gemeldet hatte. Ihre neue Stelle fordere sie bereits mehr, als ihr lieb sei. Aber so wie sie ihn einschätze, käme er sicher ganz gut alleine zurecht. Und er könne sie gerne jederzeit kontaktieren und man sollte auch unbedingt bald mal zum Lunch gehen. Er wolle den Briefentwurf jetzt an Duke schicken? Aber das sei ja ganz hervorragend! Aber er wisse schon, dass Duke auf nichts so empfindlich reagiere wie auf Fehler? Der Teufel stecke bei ihm im Detail. Ein falsches Komma, und er komme völlig vom Thema ab.

Harald las den Brief zum hunderteinundfünfzigsten Mal. Dann druckte er ihn aus und las ihn erneut, dieses Mal von hinten nach vorne. Tatsächlich fand er noch zwei doppelte Leerschläge und – er fasste es kaum – einen Buchstabendreher!

Er fügte Version zehn als Anhang in die E-Mail ein und starrte auf die zwei ungenügenden Sätze, mit denen er sich an Duke wenden würde. Sätze, die dieser persönlich lesen und über die er sich in Hundertstelsekundenschnelle ein Urteil bilden würde. Der Cursor zitterte über dem Senden-Knopf, Haralds Zeigefinger klebte auf der linken Maustaste.

Nein, lieber noch mal den Anhang öffnen. In Ordnung, das ist die Version ohne den Buchstabendreher.

Noch mal das Anschreiben lesen. Sollte zwischen »Mit freundlichen Grüßen« und dem Namen nicht eine Leerzeile sein? Doch, sieht besser aus. Den Doktortitel lieber weglassen, der steht ja schon weiter unten in der E-Mail-Signatur. Da bleibt er aber drin! Vielleicht die Signatur noch zwei, drei Zeilen nach unten rücken? Urs Huber in Kopie, jawohl. Sam Duke als Empfänger einfügen. Wie wenigen der Fünfzigtausend ist es wohl jemals vergönnt, diese E-Mail-Adresse als Empfänger zu verwenden?

Version zehn des Briefentwurfs? Lieber die Datei noch mal umbenennen, dann »Aktionärsbrief Entwurf 1.0« einfügen. Sieht doch viel besser aus. Datei noch mal öffnen. In Ordnung, das ist die ohne Buchstabendreher.

Harald atmete ein, schloss die Augen und drückte den Senden-Knopf. Fort war er, der Brief.

Bei der Überprüfung im Ordner »Gesendete Objekte« sah er, dass die E-Mail um neunzehn Uhr achtundfünfzig versendet worden war. Wenn er sich beeilte, würde er den Zug um zwanzig nach acht bekommen. Aber vorher wollte er unbedingt noch den Lunchtermin mit Lola verabreden.

Achterbahn

Am nächsten Morgen war es Harald, als hätten sich die Gravitationsgesetze über Nacht verändert. Er federte über den Bahnsteig und seine Mundwinkel strebten beharrlich nach oben. Er hatte sich ganz besonders sorgfältig rasiert und achtete peinlich darauf, mit seinen frisch polierten Schuhen nicht in den grauen, aufgehäufelten Matsch zu treten. Obwohl er nicht besonders gut geschlafen hatte – immer wieder hatte er in der Nacht virtuelle Frühstücks-Dialoge mit Duke geprobt – fühlte er sich wach, fast überwach. Mit Leichtigkeit schlüpfte er als einer der Ersten durch das Gedrängel an der ICE-Tür, ließ sich in einen Sitz fallen und zog, wie immer, seinen Blackberry aus der Tasche. Da fand er die sprichwörtliche gute und schlechte Nachricht in seinem Posteingang. Lola hatte seine Luncheinladung akzeptiert, versehen mit einem doppelten Freugesicht. Die schlechte Nachricht stammte von dreiundzwanzig Uhr vierunddreißig des Vorabends:

»Vielen Dank für das Versenden des Aktionärsbriefs. Wenn ich mich nicht irre, könnte es sein, dass die Datierung nicht ganz korrekt ist. Aber wahrscheinlich hast du das längst selbst entdeckt. Grüsse, Urs.«

Ohne zu atmen und mit zittrigen Fingern rief er die E-Mail auf, die er gestern an Duke gesendet hatte, öffnete den Anhang, und da stand es. Selbst auf dem kleinen Display schrie es ihn an: du Idiot! Du hast das Datum nicht geändert! Daran hatte er nicht gedacht, als er sich den Brief des Vorjahres als Vorlage genommen und den alten Text einfach überschrieben hatte. Hier stand sie und schrie: die Jahreszahl vom letzten Jahr.

Auf dem ganzen Weg nach Basel starrte er wieder und wieder fassungslos auf das kleine Kommunikationsgerät, in der Hoffnung, dass, was nicht sein dürfe, auch nicht sein könne. Ihm musste das passieren! Warum denn gerade ihm? Er hatte doch alles hunderttausendmal geprüft! Ausgerechnet bei seinem ersten Kontakt mit Duke ging alles schief. Sooft er die Datei auch öffnete, da stand sie, die verdammte Zahl! Diese kurze Ziffernfolge in der rechten oberen Ecke – wie leicht war sie zu übersehen! Vielleicht würde Duke den Fehler gar nicht bemerken? Wenn Harald Glück hätte. Aber hatte nicht Anna noch extra betont, wie detailversessen er war? Wie konnte er annehmen, dass dieser schwimmbadblaue Blick etwas übersehen würde? Es war aussichtslos. Harald presste den Kopf gegen die Rückenlehne und schloss die Augen. Gott, was war er müde!

Das Frühstücks-Meeting konnte er jetzt auch vergessen! Auf gar keinen Fall durfte Harald dem Sonnenkönig so unter die Augen treten. Verdammt, die ganze Aktion mit der Spitzmaus umsonst! Die wird sich hüten, dir noch mal einen Gefallen zu tun. Aber du bist selber schuld. Das hast du jetzt davon, dass du dich nicht genug angestrengt hast! Hochmut kommt vor dem Fall, und die Strafe folgt auf dem Fuß. Zerknirscht reihte er mit viel zu großen Daumenkuppen auf viel zu kleinen Tasten Buchstabe an Buchstabe: »absagen«, »furchtbar leid«, »dazwischengekommen«, »unaufschiebbar«, und drückte auf »Senden«.

Auch Urs würde sicher enttäuscht sein und es sich in Zukunft zweimal überlegen, bevor er Harald Verantwortung übertrug.

Aber war Urs nicht eigentlich ganz in Ordnung? Meistens schien er über der Sache zu stehen, nahm die Dinge mit Humor. Objektiv gesehen konnte man die Datumsverwechslung auch für eine Lappalie halten. Was geschehen war, war nun einmal geschehen und nicht mehr rückgängig zu machen. Man konnte sich dafür entschuldigen und Besserung geloben. Wenn er in der Gunst seines Chefs gefallen war, dann würde er sich mit doppeltem Einsatz wieder hocharbeiten. Warum bummelte denn der ICE heute so?

Endlich in der Firma angekommen, steckte Harald den Kopf in Urs' Büro, wo er ihn allein vor dem Computer fand.

»Tut mir leid, echt. Ich könnte mich irgendwohin beißen, dass mir dieses blöde Datum entgangen ist«, sagte er mit einem angedeuteten Lächeln und lauerte auf ein wenig Zahnfleischgrinsen und Zwinkern seines Chefs.

Der aber presste aus schmalen Lippen hervor: »Der Teufel steckt immer im Detail. Damit steht und fällt die Qualität unserer Arbeit.« Der wässrige Glanz seiner Schweinsäuglein war zu Eis erstarrt. »Du weißt schon wer wird das glatt als Nachlässigkeit interpretieren und glauben, dass da jemand die Bedeutsamkeit der Aufgabe unterschätzt hat. Das wirft ein schlechtes Licht auf unsere gesamte Abteilung.«

Für den Rest des Tages ging Harald Urs aus dem Weg. Von Duke kam keine Reaktion. Das hatte er auch nicht wirklich erwartet. Wahrscheinlich hatte der Wichtigeres zu tun.

Aber auch übers Wochenende und am Montag blieb die Antwort aus, und am Dienstag verkündete Urs im Vorübergehen, dass der Sonnenkönig die nächsten Tage außer Haus sei.

»Wir brauchen doch seine Rückmeldung, um den Brief abzuschließen! Sagtest du nicht, der Geschäftsbericht geht nächste Woche in Druck?«, rief Harald hinter ihm her, und es wurde ihm ganz flau bei dem Gedanken, dass er davon in seinem Anschreiben nichts erwähnt hatte. Er hatte angenommen, dass Duke sicherlich die Abläufe kannte. Und wie hätte er es wagen können, dem Meistbeschäftigten des ganzen Konzerns eine Frist für seine Antwort zu setzen?

Urs zuckte mit den Schultern, ohne sich umzudrehen.

Sicher würde Duke noch Änderungswünsche haben, die man einarbeiten und an ihn zurückspielen müsste. Der Druck des Geschäftsberichts würde sich verzögern. Aber ging das denn überhaupt? Das würde sicherlich hohe Zusatzkosten verursachen. Und alles war seine Schuld. Womöglich hatte sich Duke über die falsche Jahreszahl und wer weiß was sonst noch für Fehler geärgert und ließ ihn nun zur Strafe zappeln. Hätte er doch die ganze verdammte E-Mail noch einmal Urs gezeigt, statt sie eigenmächtig loszuschicken!

Auch am Lunchtag mit Lola war immer noch keine Antwort von Duke eingegangen.

»Du schaust wie drei Tage Regenwetter!« Sie hauchte ihre drei Küsse neben seine Wangen.

»Kleines Problem mit Duke.« Harald versuchte, lässig zu klingen.

»Oho, mit dem Sonnenkönig höchstpersönlich?«

»Er antwortet nicht auf meine E-Mail.«

»Wenn es weiter nichts ist. Das wird schon.« Für einen kurzen Moment strich sie ihm zärtlich über den Oberarm.

Es war tröstlich, so nah neben ihr die Kantinentreppe hochzugehen. Ihr warmes Lachen brandete sanft an seine Schulter und ergoss sich in sein Ohr.

»Weißt du,«, plauderte Lola, während sie sich am Salatbuffet bedienten, »ich habe auch hin und wieder mit ihm zu tun und finde ihn ganz verträglich. Ich kann mir nicht erklären, wo die ganzen Geschichten über seinen Jähzorn und seine Boshaftigkeit herkommen. Angeblich soll er höllisch Spaß daran haben, andere auflaufenzulassen und vorzuführen. Manche sagen sogar, seine Mittelinitiale stünde für Beelzebub. Bei mir war er bisher stets charmant, ein Gentleman alter Schule. Natürlich lässt er sich nicht blenden. Er ist wahnsinnig schnell im Kopf, und man kann ihm nicht mit Halbheiten kommen, sonst zerlegt er einen in der Luft. Und man sollte stets auf alle Fragen eine wasserdichte Antwort parat haben. Einfach mal unvorbereitet aufkreuzen ist keine gute Idee.«

Mit den Tabletts in der Hand mussten sie eine Warteschleife im Speisesaal drehen. Es war ein ungeschriebenes Kantinengesetz, dass man sich nie näher als nötig neben fremden Personen platzierte und nur im äußersten Notfall – also, wenn wirklich alle der Achtertische mit mindestens zwei Pärchen besetzt waren – die Mindestdistanzzone von einem Stuhl zum nächsten Esser missachtete. Von ritterlichem Ehrgeiz getrieben, preschte Harald plötzlich vor und stieß auf eine geeignete Lücke herab, um sie für sich und seine Begleiterin zu erobern. Triumphierend lächelte er einem Konkurrenten zu, der, nur noch wenige Flügelschläge entfernt, den Versuch, ihm zuvorzukommen, abbrach.

»Ich find's toll, dass hier in der Konzernzentrale so viele clevere Leute sind, die einen intellektuell fordern«, sagte Lola und spießte eine der auf ihrem Teller übersichtlich angeordneten Cocktailtomaten auf. »Versteh mich nicht falsch, aber das ist einfach ein ganz anderes Arbeiten als mit kleinen Büroangestellten. Also nichts gegen die, ich komme auch aus kleinen Verhältnissen.«

Harald horchte auf. Das hätte er nicht gedacht! Normalerweise hatte er ein sehr feines Gespür dafür, wie jemand einzuordnen war. Im Laufe der Jahre hatte er sein persönliches Sozialschichtensystem entwickelt, mit einer Vielzahl von fließend ineinander übergehenden Kategorien und Unterkategorien. Es existierte nur in seinem Kopf, genauer gesagt, in einer Art vorbewusstem Zustand, weit davon entfernt, ausformuliert zu sein. Und doch gab es so etwas wie einen Standardprozess: Schon der erste Eindruck war entscheidend für die Grobsortierung, in Sekundenbruchteilen wurden hunderte Kriterien abgearbeitet: Kleidung, Haarschnitt, Haltung, Ausstrahlung, Sprechweise und so weiter. Mit der Zeit erfolgte die Feineinteilung: Freunde, Ansichten, Musikgeschmack, Herkunft …

»Bist du aus der Gegend?«

»Ja, hier geboren und aufgewachsen, genau wie Urs übrigens. Allerdings bin ich eine Seconda. Meine Eltern stammen ursprünglich aus Polen.«

»Dann kennst du Urs schon länger?«

»Wir haben uns bei seinem alten Arbeitgeber kennengelernt. Du weißt schon, der große Konkurrent jenseits des Rheins. Ich war dort als Doktorandin und habe ein wichtiges Outsourcing-Projekt begleitet.«

»Und was hast du studiert? Wie wird man überhaupt Personalmanagerin? Ist doch ungerecht, dass du alles über mich weißt, aber ich nichts über dich«, sagte Harald mit gespielter Empörung.

»Da gibt's nicht nur den einen Weg. Bei mir war's die Psychologie. Es hat mich schon immer interessiert, wie die Leute ticken. Über die Arbeits- und Organisationspsychologie bin ich zum Personalmanagement gekommen. Veränderungsprozesse sind mein Lieblingsthema – und meine

Arbeitsversicherung.« Sie zwinkerte, was wesentlich netter aussah als Urs' ständiges Augenkneifen. »Nichts ist so beständig wie der Wandel.«

»Die Vorstellung, dass alles stets beim Alten bleibt, ist aber auch der Horror«, bekräftigte Harald. Ermutigt durch Lolas Offenheit fuhr er fort: »Weißt du, was mich schon seit Langem interessiert, noch bevor ich hier angefangen habe? Wie Topmanager wie Duke oder Bale gestrickt sind. Was treibt so einen an? Was haben die, was andere nicht haben?«

»Davon hast du im Vorstellungsgespräch aber nichts erwähnt«, scherzte die Personalerin und wechselte das Thema.

Als Harald zu seinem Arbeitsplatz zurückkehrte, fand er die bang ersehnte Mail im Posteingang. Eine Kopie war auch an Urs gegangen. Die Nachricht enthielt nur fünf Buchstaben: »OK SBD.« Er verschob sie in seinen persönlichen Ordner und bewahrte sie wie einen Schatz.

Verlautbarungen

Der Geschäftsbericht war rechtzeitig in Druck gegangen. Der darin abgedruckte Aktionärsbrief enthielt übrigens gar kein Datum, da er dem Layout des Gesamtberichts angepasst worden war. Pünktlich zur Generalversammlung in wenigen Wochen würde das gewichtige Werk verteilt werden, stand aber bereits jetzt als Vorabdruck für die internationalen Wirtschaftsjournalisten zur Verfügung, die sich zur unmittelbar bevorstehenden Bilanzmedienkonferenz angemeldet hatten, mit der das Kommunikationsjahr gewöhnlich seinen Anfang nahm.

Seit seinem ersten Praktikum bei einer Lokalzeitung war Harald das Wirtschaftsressort als die Krone des Journalismus erschienen. Nur gestandene Männer mit grauen Schläfen und randlosen Brillen, die laut sprachen und gelegentlich verächtlich auflachten, waren diesem Bereich gewachsen. Da musste man richtig Bescheid wissen, vom Fach sein, tatsächlich etwas von der Materie verstehen. Das war anders als Gemeinderatsversammlungen und Kleintierzuchtpreisverleihungen, anders als Krankenkassengebäudeeröffnungen und Streuobstwiesenreportagen. Und nun würden die Männer vom *Wallstreet Journal*, von der *Financial Times* und von der *FAZ* seinen Aktionärsbrief in Händen halten und sein Wort für Dukes Wort nehmen.

»Showtime für unsere *top eight*!«, riss Urs Harald aus seinen Träumereien. In der Hand schwenkte er einen Stapel ausgedruckter Folien. Breit zahnfleischlächelnd hieb er seinem Mitarbeiter auf die Schulter und nickte beidäugig zwinkernd.

»Das sind die bunten Bilder, die unsere Heerführer übermorgen der versammelten Journaille vorführen wollen. Die von, na du weißt schon wem, sind makellos und stilbildend – sind ja auch mit meiner bescheidenen Hilfe entstanden.« Hier folgte eine kurze Kunstpause. »Aber unsere drei Herren Geschäftsführer haben mal wieder Kraut und Rüben abgeliefert. Du findest das Sammelsurium auch in elektronischer Form in deiner Inbox. Wäre froh, wenn ich am Ende des Tages eine einheitliche Version hätte. Anna hat im Bereich der PowerPoint-Kosmetik stets wahre Wunder vollbracht, und sie hilft dir sicher gerne weiter.«

»So wie mit dem Aktionärsbrief?«, grummelte Harald.

Urs verschwand, ohne auf seine Bemerkung einzugehen.

Fünf E-Mails seines Chefs, vier davon mit je zehn Megabyte, verstopften Haralds Posteingang. Neben den angekündigten Präsentationen gab es eine weitere Textdatei, von der Urs nichts erwähnt hatte. Dabei handelte es sich um Dukes Redemanuskript für die Medienveranstaltung – ebenfalls mit der Aufforderung, dass Harald sich dessen mit seinem gewohnt kritischen Blick annehme.

Er stürzte sich zuerst auf den Text, wo er sich auf sicherem Terrain wähnte, und tatsächlich fand er dieselben Botschaften wie im Aktionärsbrief – er hätte sie inzwischen im Halbschlaf herbeten können. Nur im Grad der Detaillierung war ein Unterschied auszumachen. Ein eklatanter Unterschied! Was Harald noch in wenigen Abschnitten untergebracht hatte, blähte sich nun über viele Seiten hinweg. Bandwurmsätze schlängelten sich von Blatt zu Blatt und drohten, jeden zu ersticken, der versuchte, diese unter Einsatz seiner Stimmbänder zu Gehör zu bringen.

Harald wusste sofort, was zu tun war: Er würde Duke vor dem sicheren Atemstillstand bewahren! Er würde ihm seinen Redetext so umschreiben, dass seine Stärken wie nie zuvor zur Geltung kämen. Zweifellos entsprach Urs' Entwurf Dukes Vorstellungen, er schrieb ja nicht erst seit gestern für den Sonnenkönig und genoss offensichtlich dessen Vertrauen, aber Harald war bereit, heldenhaft an Althergebrachtem zu rütteln. Schließlich wurde das hier geschätzt. Hatte Dexter doch gesagt. Sein Herz klopfte heftiger. Ohne auch nur die geringste inhaltliche Änderung vorzunehmen, durchforstete er den Text, brach Satzformationen auf und setzte sie neu zusammen, verwandelte Passivgletscher in reißende Aktivbäche, schuf Rastplätze und Aussichtspunkte, wanderte laut rezitierend im Zimmer herum und erfühlte den Rhythmus und den Takt der Macht.

Am Ende hatte er noch die Eingebung, das Manuskript auch formal zu perfektionieren. Hatte denn wirklich keiner je daran gedacht? Das musste doch Standard sein. Unfassbar. Es lag doch auf der Hand: Er vergrößerte die Schrift und den Zeilenabstand, schaltete die Silbentrennung aus und sorgte dafür, dass jede Seite mit einem Punkt als Satzzeichen endete.

Mit glühenden Backen schickte er die neue Version an Urs, dem er in der begleitenden E-Mail ausführlich darlegte, was er wie und warum verändert hatte.

Dann öffnete er die dazugehörige Präsentation. Auf blauem Grund drängten sich im Querformat Aufzählungen, Tabellen und Schaubilder über viele Seiten hinweg. Weiße Fettdrucklettern im oberen Bildbereich schrien Botschaften, während sich am unteren Ende haarfeine Buchstabenketten aufreihten, die – wenn auch vollkommen unleserlich – dafür bürgten, dass es tatsächlich für jedes der unzähligen Akronyme auch eine ausgeschriebene Vollversion gab. Den lustigen Miniaturbuchstabenreigen vervollständigten zahlreiche Fußnoten, die den fetten Botschaften durch ihre relativierende Funktion eine zusätzliche Dimension verliehen.

Harald hatte noch nie mit PowerPoint gearbeitet. Sein Studium hatte noch weitgehend ohne Computer stattgefunden. Hausarbeiten tippte er auf einer elektronischen Schreibmaschine mit Korrekturband, und für Seminarbeiträge wäre niemand auf die Idee gekommen, etwas anderes zu tun, als aus einem Manuskript vorzutragen, das man im Anschluss in zigfacher Kopie verteilte. Vorlesungen bestritten die Professoren im eigentlichen Wortsinn lesend, die Studierenden mit Kuli auf Papier schreibend. Und selbst das journalistische Nebengeschäft absolvierte er zu Anfang, als Gast in verschiedenen Redaktionen, noch mit Schreibmaschinen auf Matrizen hämmernd. Erst für die Magisterarbeit hatte er sich einen Rechner angeschafft, der ihm dann auch bei der Promotion und seiner Tätigkeit als Freier gute Dienste leistete. Er war nie technikfeindlich gewesen, eher ahnungslos, und er verfügte über einen sehr pragmatischen Sinn, der es ihm ermöglichte, technische Hilfsmittel ganz unbedarft, wenn auch vielleicht etwas unorthodox, einzusetzen, um zum Ziel zu kommen.

Es klopfte, und fast gleichzeitig öffnete sich die Tür. Annas strahlendes Lächeln verbreite sich im Raum.

»Ich war bei Urs, der meinte, ich solle mal bei dir reinschauen?«

»Du kommst wie gerufen«, erwiderte Harald und wedelte mit den Präsentationsausdrucken. »Ich soll hier Stroh zu Gold spinnen.«

»Da hast du Glück, dass Rumpelstilzchen gerade eine Lücke im Terminkalender hat.«

Sie zog einen Stuhl heran und setzte sich neben Harald. Ein bisschen zu dicht, wie er fand. Wenn sie sich vorbeugte, um mit dem Finger auf dem Bildschirm herumzudeuten, oder quer über die Tastatur hinweg nach der Maus griff, streiften ihre Locken sein Gesicht. Sie dufteten auf unangenehme Weise gut.

»Du musst einfach nur einige Handgriffe beherrschen und ein paar Grundregeln konsistent durchziehen. Alles kein Hexenwerk, wie du siehst.«

Anna zeigte ihm eine ganze Menagerie von Abartigkeiten – springende Überschriften, flatternde Aufzählungen, einsame Hurenkinder, verbotene Farben, verstümmelte Logos, tanzende Schaubilder, flackernde Folienübergänge – und wie man ihnen mit einfachen Mitteln aus der Taskleiste zu Leibe rückte. Dabei schien sie gar nicht zu bemerken, dass Harald selbst die einfachsten Grundkenntnisse des Programms fehlten. Wahrscheinlich sah sie nur geflissentlich darüber hinweg, wofür er ihr dankbar war. Vielleicht wirkte er aber auch um einiges kompetenter, als er sich selber fühlte?

Egal ob gefühlte oder echte Inkompetenz, nachdem Anna auf ihrer Sonnenbahn weitergezogen war, verbrachte er den Rest des Tages mit Ausrichten, Umformatieren und überflüssige Wörter Löschen und entwickelte alsbald eine gewisse Routine. Er hatte sich die Anwendung der elektronischen Werkzeuge sehr genau bei Anna abgeschaut und fand sogar durch eigenes Herumprobieren weitere Tricks heraus.

Was ihn am meisten ins Schwitzen brachte, war nicht technischer Natur. Eine der Grundregeln, die Anna ihm ans Herz gelegt hatte, lautete, dass der Lesbarkeit wegen die Geschäftsergebnisse gerundet in Milliarden Schweizer Franken präsentiert werden sollten, nicht, wie von der Finanzabteilung geliefert, in Millionen. Rechnerisch fühlte er sich der Aufgabe durchaus gewachsen. Dass aber aus 1.265 Millionen 1,3 Milliarden wurden und er damit 35 Millionen einfach dazu erfand, oder dass er von 1.542 Millionen durch zweimaliges Tippen auf die Löschen-Taste 42 Millionen verschwinden ließ, um daraus 1,5 Milliarden zu machen, schmeckte nach verbotenen Früchten. Er musste wieder an die vielen Menschen denken, die sich weltweit jeden Tag für das Unternehmen ins Zeug legen, um die Millionen zu verdienen, die von ihm und seinesgleichen dann so leichthin weggestrichen oder hinzugedichtet wurden. Aber am Ende würde das Zahlenspiel schon aufgehen, beruhigte er sich.

Am nächsten Morgen traf man sich in der Aula, ziemlich genau im Herzen des Firmengeländes, zum technischen Probelauf der Medienkonferenz. Der lang gestreckte Saal lag im Dämmerlicht, durch die herabgelassenen

Jalousien der bodentiefen Glasfront konnte man die gepflegten Gartenanlagen samt Seerosenteich, die das Gebäude umgaben, erahnen. Eine auf einem schritthohen Podest exponierte Tischreihe mit acht Stühlen und ebenso vielen Tischmikrofonen machte Front zu vielen weiteren ähnlich ausgestatteten Tischreihen, die den Saal durchschnitten. Schräg davor ein Rednerpult, an dem der blonde Jemand stand, der Harald neulich auf dem Gang so freundlich gegrüßt hatte. Er hatte die Augen zugekniffen und die eine Hälfte seines Gesichts war ganz blau von der Projektion, die ihn aus dem hinteren Bereich des Saales streifte. Er bedeutete mit den Händen fuchtelnd, dass der Beamer noch etwas nach links verschoben gehöre, und fing dann an, das Pult unter großem Lärm weiter nach rechts zu rütteln. Jetzt erinnerte sich Harald: Es war der Blonde, der in Urs' Team-Sitzung neben ihm gesessen hatte. Und noch etwas wurde ihm klar: Der machte nicht irgendwas mit Medien, er *war* etwas mit Medien, nämlich Pressesprecher. Da spürte Harald eine Hand auf seiner Schulter.

»Geht's gut?«

Er war froh, Urs zu sehen und ließ sich vom Elan, mit dem sein Chef den Saal betrat, von der Türschwelle wegspülen, wo er sich bisher abwartend herumgedrückt hatte. Im Bewusstsein seiner wichtigen Mission schritt er lang aus. Urs trippelte nebenher.

»Hast du klasse gemacht mit dem Redemanuskript. Das wird du weißt schon wem gefallen.«

»Ich dachte, ich mach mal einen Versuch. Wir können natürlich jederzeit auf das alte Format zurückgreifen.«

»Ach was. Hab ich doch gesagt: Du siehst die Dinge eben. *Hoi*, Teo! Du machst dich aber gut da oben! Nur nicht übermütig werden. Nachher gewöhnst du dich noch an die dünne Luft und redest nicht mehr mit uns Normal-sterblichen.«

Urs' breites Zahnfleischgrinsen galt dem Mann am Rednerpult, mit dem er jetzt den Kopf zusammensteckte. Harald war in einiger Entfernung stehen geblieben und trat von einem Bein aufs andere.

»Um Vergebung!«

Harald schreckte auf. Hinter ihm stand plötzlich der Karrenmann. Er schob eine Ladung Konferenzstühle vor sich her. Harald trat zur Seite und begab sich, da er schon mal in Bewegung war, den Anschein der Zielstrebigkeit wahrend, zu den Pulten im rückwärtigen Saalbereich, wo sich hinter einem Schutzwall von aufgeklappten Laptops zwei Gestalten in Jeans und Pulli verschanzt hatten. Der eine nahm keinerlei Notiz von Harald, sondern bewegte auf einen Bildschirm starrend die Mischpulthebel neben sich. Der andere schnarrte ohne Begrüßung: »USB-Stick?«

Harald fädelte mit ungeschickten Fingern den an ei-nem Band baumelnden Datenträger vom Hals und über-reichte ihn dem Informatiklakaien. Wenige Augenblicke später leuchtete das erste Dia hinter Urs und Teo auf.

»Da kommen wir ja gerade zur rechten Zeit!« Harald blickte suchend in die Richtung, aus der die schrille Frau-enstimme gekommen war. Drei Damen mittleren Alters durchmaßen im Gleichschritt den Saal. Alle drei steckten in grauen Hosenanzügen, aus denen oben weiße Blusen und unten schwarze Pumps schauten. Sie hätten Drillinge sein können, wären da nicht die unterschiedlichen Haar-farben in Abstufung von Hellblond bis Dunkelbraun und die unterschiedlichen Haarlängen von kurz bis lang ge-wesen, die sie eher als Konfigurationen ein und desselben Modells erscheinen ließen. Sie setzten sich in eine der vorderen Tischreihen, schlugen die Beine übereinander, klappten ihre schwarzledernen Schreibmappen auf und brachten ihre Blackberrys in Anschlag.

Urs überließ Teo seinem Schicksal und schlüpfte zu Harald hinter die Laptopbarriere. Er flüsterte: »Auftritt Tick, Trick und Track!«

Amüsiert über Haralds fragendes Gesicht, gab er ein paar Details zum Besten: »Also von links nach rechts: Alexandra Hunter, genannt Ally, zeichnet sich vor allem durch ihre Treffgenauigkeit aus, schließlich hat sie bereits auf der elterlichen Farm in Australien Kängurus erschossen. Theresa Rechermann, genannt TC, ist besonders stolz darauf, dass sie schon mit dem Vorstandsvorsitzenden eines der weltgrößten Automobilkonzerne in seiner Limousine chauffiert wurde, und Margaret Malis, genannt Maggie, betont immer wieder gerne, dass sie mit ihrem betriebswirtschaftlichen Studium auch einen ganz anderen Beruf hätte ergreifen können.«

»Aus welchem Bereich sind die denn?«, wollte Harald wissen.

»Kommunikation.«

»Was, bei uns?«

»Nein, sie gehören zu den drei Geschäftsbereichen. Paralleluniversum.«

»Aber du hast doch die gesamte Kommunikation unter dir?«

»Die globale Kommunikation«, zwinkerte Urs.

»Sag ich doch.«

Harald sah, wie Urs die Augen verdrehte, offensichtlich noch etwas zum Unterschied zwischen »global« und »gesamt« sagen wollte, dann aber von Schwiezer und Schiele abgelenkt wurde, die eben den Saal betraten.

Teo, der kraft seines Amtes für die Veranstaltung verantwortlich war, gab Urs ein Zeichen, der wiederum dem IT-Mann ein Zeichen gab, der mit nervösem Finger über der Steuerungstaste begann, langsam durch die Präsentationen zu klicken.

Mit verhohlenem Stolz betrachtete Harald Dia um Dia, fand, dass er gute Arbeit geleistet hatte. Da hörte er, wie jemand plötzlich ganz scharf die Luft einzog.

»Das ist ja eine schöne Bescherung!«, polterte Schwiezer los. Oder war es Schiele? »Wenn ihr euch schon an den Zahlen vergreift, dann macht es wenigstens richtig. Wenn wir das morgen so gezeigt hätten!«, rief er erregt.

Harald starrte schwitzend auf die Tabelle mit Ergebniszahlen, die Weiß auf Blau an der Wand leuchtete, und konnte beim besten Willen nicht erkennen, was die Finanzler so in Rage brachte. Urs stieß ihn in die Seite und flüsterte: »Millionen, Milliarden!«

»Herrje!«

Alle Augen richten sich auf den aufgesprungenen Harald, der auf das Dia starrte, als hätte er den Leibhaftigen gesehen. Er hatte zwar die Millionen korrekt in Milliarden Franken umgerechnet, aber vergessen, die Einheit zu ändern. Aus 1.265 Millionen hatte er 1,3 Millionen gemacht.

»Müssen wir anpassen«, murmelte Urs mit unbewegter Miene und machte sich, die entgeisterten Blicke der anderen ignorierend, eine Notiz. »Dafür gibt's Generalproben.« Insbesondere das aufgeregte Gezwitscher der drei Damen überhörte er. Voller Dankbarkeit hockte Harald neben Urs und wagte kaum, ihn anzuschauen. Sehr ritterlich, sich so vor seinen Mitarbeiter zu werfen! Sein Chef war eben doch ein prima Kerl.

Der restliche Durchlauf von Dukes Präsentation verlief ohne weitere Vorkommnisse. Das Zwitschern hatte sich zu einem gelegentlichen Piepen gemildert. Aber welch ein Zetern und Flügelschlagen erhob sich, als die bereinigten Folien der drei Geschäftsführer an die Wand projiziert wurden.

»Wer hat meine Farben geändert?«

»Wer hat meine Überschriften gekürzt?«

»Wer hat in meinen Schaubildern herumgefuhrwerkt?«

»Ohne Vorwarnung!«

»Ohne Rücksprache!«

»Ohne Freigabe!«

Urs hob beschwichtigend die Hände und sprach in staatsmännischem Ton: »Meine Damen, wir sind uns doch alle einig, dass die Corporate Identity gewahrt werden muss. Aber selbstverständlich werden wir berechtigte Einwände von eurer Seite berücksichtigen. Wir wollen ja nicht übers Ziel hinausschießen, nicht?«

Er forderte sie auf, Korrekturwünsche auf elektronischem Weg an Harald zu schicken. »Gute Arbeit!«, flüsterte er seinem Mitarbeiter ins Ohr.

Natürlich trudelten die Wünsche sehr spät und sehr zahlreich ein. Weil die Damen selbstredend in ihren ursprünglichen Versionen gearbeitet und Änderungen nicht gekennzeichnet hatten, musste Harald erneut eine Spätschicht einlegen. Bis in die Nacht suchte er nach den Unterschieden, wog ab, sortierte die Guten ins Töpfchen und die schlechten ins elektronische Nirwana.

Maggie streicht sich die langen dunklen Haare ununterbrochen hinters Ohr. Sie steuert einen Range Rover. Auf dem Beifahrersitz reckt TC die Arme in die Luft und skandiert: »Millionen! Milliarden! Millionen! Milliarden!«

Im offenen Fond des Wagens aber steht Ally in derben Stiefeln, ein Tuch lässig um den Bubikopf gebunden und ballert in die Luft.

Mit einem Ruck erwachte Harald, als der Zug im nächtlichen Heimatbahnhof einfuhr.

Zwischenbilanz

Er hatte ihn gesehen. Er hatte ihn leibhaftig gesehen. Kaum zwei Meter entfernt von ihm hatte er gestanden, und wenn Urs nicht dazwischengekommen wäre, hätte er Harald vielleicht sogar entdeckt, wäre auf ihn zugegangen und hätte etwas zu dem dramatisch verbesserten Redemanuskript gesagt. Aber Urs war dazwischengekommen. Er war achtlos zwischen sie getreten, hatte den Weg versperrt und ein Gespräch begonnen, das den Sonnenkönig voll und ganz absorbierte. Oder zumindest hatte Urs schräg von unten mit glänzenden Schweinsäuglein intensiv auf ihn eingeredet, während Dukes hellblauer Blick ins Unendliche gerichtet war.

Mit Hochspannung hatte Harald die Pressekonferenz verfolgt, wie sein Chef genau im richtigen Moment, nicht zu früh und nicht zu spät, ein Dia nach dem anderen für den Sonnenkönig weiterbewegt hatte. Da bedurfte es nicht mal eines Zunickens, geschweige denn einer verbalen Aufforderung. Selbst an den wenigen Stellen, an denen der Redner sich nicht exakt an das von Harald so liebevoll vorbereitete Skript gehalten hatte, hatte sein Kommunikationschef jede seismische Welle registriert, die ein elektronisches Umblättern nach sich zog. Wie ein hochsensibler Liedbegleiter hatte Urs auf die Gestaltung des Gesangssolisten Duke reagiert. Harald war sehr zufrieden damit, wie die beiden seine Komposition aus Bild und Text dargeboten hatten. Umso ungehaltener war er über die nach der Medienkonferenz erschienenen Artikel.

»Überall sind falsche Zitate und fehlerhafte Verkürzungen drin!« Er knallte die Presseschau, die Teo Schiller mit zum Meeting gebracht hatte, auf Urs' Besprechungstisch. »Können diese sogenannten Wirtschaftsexperten denn nicht mal konzentriert einen Text lesen oder fehlerfrei abschreiben? Wieso händigen wir das Redemanuskript eigentlich jedem Teilnehmer aus, wenn sie sich sowieso nicht daran halten?«

»Die kochen eben auch alle nur mit Wasser«, schmunzelte der Pressesprecher. »Ganz schlimm wird's, wenn sie anfangen zu rechnen. Da werden dann schon mal Äpfel mit Birnen verglichen und Prozentpunkte mit Prozenten verwechselt. Einer schrieb uns mal einen Konzerngewinn in Billionenhöhe zu, weil er unsere Unterlagen ignoriert und sich nur auf seine Notizen, die er während Matt Reeds Ausführungen machte, verlassen hatte. Reed hatte natürlich Englisch gesprochen. *Billions, millions,* Milliarden, Millionen, du verstehst?«

»Wir können eben nicht jeden retten. Die groben Überschriften stimmen jedenfalls, die wichtigsten Botschaften haben wir glatt durchbekommen«, bilanzierte Urs.

Harald konnte nicht verstehen, warum die beiden anderen so zufrieden waren. »Wir hängen uns voll rein, um aus Attingers Zahlensammlung eine ansehnliche Malvorlage zu machen, die Duke meisterhaft koloriert, und dann sitzen da diese Kunststümper mit ihrem Skizzenblock und kritzeln ihr eigenes Bild, das nur noch entfernt ans Original erinnert.«

»Sagen wir mal, es ist eher wie Stille Post.« Teo lehnte sich zurück und verschränkte die Hände hinter dem blonden Stoppelkopf. »Attinger sagt's uns, wir sagen's Duke, der sagt's den Journalisten, und die schreiben's auf.«

Urs ergänzte: »Wenn das Endprodukt mit dem Ausgangsprodukt noch eine entfernte Ähnlichkeit aufweist, ist das als Erfolg zu werten.«

Harald schwieg, machte sich aber einen mentalen Eintrag auf seiner Liste der Dinge, die in seinem Fachbereich schiefliefen und doch so einfach zu beheben waren. Dexter hatte Recht. Es gab hier ganz enormes Verbesserungspotenzial.

Das Telefon klingelte. Ein kurzer Blick aufs Display genügte, um Urs ein breites Zahnfleischlächeln ins Gesicht zu zaubern. Mit leicht verfärbten Wangen, wie es Harald schien, sang er in den Apparat, ohne sich um die Anwesenden zu scheren:

»Aber selbstverständlich, meine Liebe! Nein, das macht gar keine Umstände. Wir treffen uns einfach eine Viertelstunde Stunde früher. Ich freu mich auch!«

Seine beiden Mitarbeiter hinauskomplimentierend sagte er: »Mein Lunchtermin. Wir sind hier fertig, oder?«

Draußen auf dem Gang stieß Teo Harald in die Seite: »Der hatte es aber plötzlich eilig. Da kann es sich nur um die fesche Lola handeln.«

»Wie meinst du das?«

»Die beiden hängen doch andauernd miteinander rum.«

»Ach Quatsch!«, sagte Harald und forschte im Gesicht des anderen nach einem Zeichen, dass er hochgenommen wurde, obwohl ihm natürlich auch nicht entgangen war, wie ausgesprochen gut sich Urs und Lola verstanden. »Urs erzählt doch immer von seiner kleinen Tochter. Der ist doch stolzer Familienvater.«

»Ja und nein. Geschieden seit letztem Jahr«, sagte Teo ohne besondere Betonung, als ob für ihn das Thema damit erledigt sei.

Aber Harald war noch nicht fertig: »Und außerdem ist er bestimmt zwanzig Jahre älter.«

»Und ganz schön weit oben im Management.«

Harald blieb stehen. »Jetzt lass aber mal die Klischeegäule im Stall. Ich kann mir nicht vorstellen, dass Lola so eine ist.«

»Was für eine?« Teo schaute plötzlich interessiert.

»Ach, nur so. Hast du schon ein Lunchdate?«

Während des Mittagessens unterhielten sich die beiden Männer über dies und das, amüsierten sich sogar und fanden Gefallen aneinander. Nur das Thema »Lola und Urs« berührten sie nicht wieder, auch wenn Teo wahrscheinlich durchaus bemerkte, wie Harald betont unauffällig den Hals drehte und immer wieder erfolglos den ganzen Speisesaal und anschließend auch die Cafeteria nach einem ganz bestimmten Pärchen absuchte.

Statt des ersehnten warmen Lachens ging plötzlich Annas Sonnenlächeln über ihren Espressotassen auf.

»Hast du dich schon angemeldet zu ›Große Sache II‹? Die Einladungen sind letzte Woche raus, aber da wart ihr ja anderweitig beschäftigt. Darf ich?«

Anna setzte sich neben Harald. Ein bisschen zu dicht, wie er fand. Auf Teos Erkundigung, wie die Große Sache denn so laufe, öffneten sich sämtliche Schleusen und eine Flut von Zahlen, Daten und Fakten, gefolgt von Anekdoten, schwappte über den Tisch und schlug über ihren Köpfen zusammen.

»Fast fünfzig Workshops in zehn Ländern in sechs Monaten. Es ist der Wahnsinn. Die Abteilungen betteln beim Kulturteam um Termine. Das gesamte Management steht voll dahinter. Und fast alle Teilnehmer, die das Programm durchlaufen haben, sind total inspiriert davon, wie menschlich ihre Führungskräfte plötzlich rüberkommen. Die spielen nämlich eine Schlüsselrolle bei der Vermittlung der neuen Kultur. Und wir haben in jedem Workshop einen Vertreter des Topmanagements dabei. Dem einen oder anderen ist auch schon mal vor Ergriffenheit die Stimme weggeblieben. Das glaubt ihr nicht! So was passiert unseren Silberrücken, unseren hartgesottenen Alphatieren. Da rühren wir an ganz tiefe Schichten. Das ist Kulturwandel. Nur so kann es gehen!«

»Wäre wirklich zu schön!«, sinnierte Harald. »Meiner Erfahrung nach menschelt es einfach überall. Egal wie groß und wichtig einem eine Person oder sogar eine Sache vorkommt, egal wie beeindruckend, unerreichbar oder Respekt einflößend. Wenn man nur nahe genug rangeht, dann bleibt bloß noch das nackte Kreatürliche übrig, und das ist alles andere als überwältigend. Das ist im besten Fall bemitleidenswert, ganz im wörtlichen Sinn von mit-leiden.«

Plötzlich war es still am Tisch. Teo untersuchte die Kaffeereste in seiner Tasse. Annas Gesicht verglühte fast, so sehr strahlte sie Harald an. Hatte er etwas Falsches gesagt?

»Wie geht es voran mit eurem Garten?«, wechselte Teo das Thema. Unverblümter ging es kaum. »Du musst wissen, Anna hat ein Haus im Elsass gekauft. Ach was, ein Anwesen!«

Und er verwickelte die Kultur-Großmeisterin in ein Gespräch über Schwimmteiche, deren optimale Tiefe und Bepflanzung, Vor- und Nachteile von Stegen aus behandeltem und unbehandeltem Holz. Harald stieg inhaltlich aus, beobachtete aber irritiert, mit welch unverminderter Strahlkraft Anna auch diese weltlichen Themen behandelte. Er ertappte sich bei dem Gedanken, dass sie vermutlich auch die Frage der Empfängnisverhütung oder das einfache »bei mir oder bei dir« mit derselben hitzigen Intensität diskutieren würde. Ihn schauderte.

Auf dem Weg zurück ins Büro verabschiedete sich Teo in Richtung Leuchtturm, während Anna mit Harald über den Innenhof schlenderte. Immer wenn sie beim Gehen, wenn auch unabsichtlich, an seine Schulter stieß, wich er einen halben Schritt aus. Es war ein klarer, sonniger Wintertag.

»Hast du dir eigentlich schon die Stadt angesehen?«, fragte Anna.

»Ja kurz, als ich die Vorstellungsgespräche hatte. Aber seit ich hier angefangen habe, bin ich noch nicht dazu gekommen. Sollte ich wirklich mal machen.«

»Solltest du. Sonst geht's dir noch wie vielen unserer Grenzgänger. Manche arbeiten seit zehn Jahren hier und sind nie weitergekommen als bis zum Firmentor. Höchstens mal in eines der lokalen Hotels für einen Workshop.«

»Basel ist schon ziemlich international, nicht?«

»Für Schweizer Verhältnisse geradezu weltoffen. Hier kann jeder bleiben, wie er ist. Die großen Konzerne beschäftigen sehr viele hoch qualifizierte Ausländer, und viele davon leben hier natürlich auch, Amerikaner, Engländer, Südamerikaner.«

Harald überlegte laut: »Vielleicht sollte ich hierher ziehen? Dann würde ich mir den langen Arbeitsweg sparen.«

»Und Steuern noch dazu. Du zahlst dich ja dumm und dämlich in Deutschland.«

Auf seine Rückfrage, warum Anna im Elsass wohne, wo sie doch aus Basel stamme, folgte eine wortreiche Erklärung zum Gefälle zwischen den beiden Halbkantonen Basel-Stadt und Basel-Land, zu Grundstücks- und Handwerkerpreisen, zur optimalen Lage zwischen Arbeit, Natur und Kultur.

Da rief sie völlig unvermittelt: »Du musst mit zum *Morgestreich* gehen!«

»Zu wem? Gehört das zur Großen Sache?«

»Morgenstreich. Basler Fasnacht. *Die drey scheenschte Dääg!*« Annas Augen sprühten vor Begeisterung.

Seinen Einwand, dass er noch nie etwas mit Fasching hatte anfangen können, funkelte sie einfach beiseite und freute sich über sein Gesicht, als sie ihm mitteilte, dass er sich bitte um drei Uhr nachts in der Baseler Innenstadt einfinden solle. Details würden sie terminnah besprechen, und Urs käme wahrscheinlich auch mit. Dann zog sie weiter auf ihrer Bahn. Harald betrat sein Gebäude.

Tschingderassabums

Gleichförmig schiebt sich die zähe Masse durch die dunkle Häuserschlucht der Rosentalstraße. Ich treibe zwischen untergehakten Paaren und losen Gruppen, umgeben von dumpfem Gemurmel, das in der Nachtluft kondensiert. Auf dem Messeplatz verbreitert sich der Menschenstrom, fließt vorbei an blinden Glashallen und Hochhäusern und mündet sich erneut verdichtend in die Clarastraße.

Männer bieten lautstark metallene Abzeichen an, hemmen den Fluss, werden umspült wie Felsen in der Brandung. Sind es Souvenirverkäufer? Ich verstehe nicht und lasse mich weiter mitreißen. Dann sehe ich das Abzeichen am Revers des Nachbarn und am Ärmel dort drüben und dort an der Handtasche, überall, überall. Zögernd bleibe ich stehen, da schreit mir der Fels ins Gesicht:

»*Blagedde!*«

Eingeschüchtert erwerbe ich die günstigste Version in Bronze. Dann geht es über den Claraplatz in die Greiffengasse. Gedämpfte Schritte auf Gummisohlen, die Trottenden tragen noch Winterschuhe. Der Rhein fließt schwarz unter den mächtigen Pfeilern der Mittleren Brücke, an der dritten Laterne, wie verabredet, winken Anna und Urs.

»Geht's gut?«

Urs kommentiert wohlwollend das Abzeichen auf meiner Brust, klärt mich auf, dass die Plakette praktisch die Eintrittskarte zur Fasnacht sei. Das mache man hier bei ihnen so. Überhaupt mache man in Basel so einiges anders als woanders. Ich brauche mich nicht zu wundern, dass keiner der Zuschauer verkleidet sei. Mummenschanz und Totentanz seien Sache der Aktiven und eine ernste Angelegenheit. An Urs' dunkelgrauem Mantel schimmert die Plakette in Gold.

Anna verteilt drei strahlende Luftküsse. Ihre Locken kitzeln zu sehr in meinem Gesicht. Ihre Aufgewecktheit entspricht mitnichten der Tageszeit. Sie hallt unangenehm in meinen halb wachen Zustand hinüber, erinnert mich daran, dass wir hier alle fehl am Platz sind. Diese Fasnacht ist im doppelten Sinn aus der Zeit gefallen, sie findet nicht nur später im Kalender statt, wenn für alle anderen Narren schon alles vorbei ist, sondern auch zu einer früheren Uhrzeit als überall sonst.

Plaudernd hat sich Anna bei Urs eingehängt, meinen Arm bekam sie nicht zu fassen. Ich gehe wie im Traum neben den beiden her. Deutlich spüre ich die frühmorgendliche Kälte in meinem Gesicht, muss also wach sein, aber die Erklärungen meiner einheimischen Führer rauschen ohne Nachhall durch mein nachtleeres Hirn. *Guggemuusigg, Schnitzelbängg, Chäller, Zeedel.*

Wir erreichen den Marktplatz, an dessen Längsseite ein mehrstöckiges mittelalterliches Gebäude blutrot droht. Im fahlen Licht der Straßenlampen drängen sich nachtbleiche Gesichter. Anna und Urs bleiben jetzt öfters stehen, begrüßen Bekannte, die meisten stammen noch aus der Schulzeit oder sogar aus Kindergartentagen, *ussem Kindsgi.* Zum Glück muss ich nicht viel sagen, sondern nur ein bisschen staunende Begeisterung zeigen. Ich merke, dass ich auch gar keine angemessene Sprache zur Verfügung habe. Vielleicht sollte ich besser gleich so tun, als spräche ich nur Englisch, aber das geht natürlich nicht, wegen Urs und Anna. Die würden sich wundern.

Langsam schieben wir durchs Gedränge, lassen einen weiteren menschenvollen Platz hinter uns. *Waggis, Ueli, Alde Dandi, Räppli.* Schließlich sind sich meine beiden Führer einig, den richtigen Standort gefunden zu haben. *Süüschee, Pfyffer, Dambuur, Chopfladäärnli.* An einer leicht abschüssigen Straße beziehen wir Stellung.

Und jetzt? Ich schaue auf die Uhr, zehn vor vier. Hinter mir plätschert es. Der Ton drückt auf meine Blase. Um mich abzulenken, drehe ich mich zu dem Brunnen um. In einem flachen Bassin vollführen Maschinengeripe hospitalistische Bewegungen: Ein Apparat schöpft unablässig Wasser mit einer löchrigen Riesenkelle, einem anderen schießen Tränenfontänen aus dem gelockten Maskenkopf, einer müht sich mit zierlichen Füßchen strampelnd, andere stoßen vor und zurück und spritzen in rhythmischen Stößen Wasserstrahlen durch die Luft. Plötzlich erstarrt die Maschinenmenagerie.

»Komm, komm!« Anna zieht mich aufgeregt nach vorne, sehr zum Unmut einiger anderer Zuschauer, die sich in Dreierreihen am Straßenrand drängen. Da erlischt das Licht. Ein erwartungsfroher Seufzer entfährt tausenden Kehlen und saust durch die Gassen und Plätze, wird eingefangen von den einsetzenden Trommeln und Flöten. Das Vieruhrläuten geht unter. Gellender Piccoloklang füllt die Ohren, blechernes Trommelprasseln rüttelt Brustkorb und Bauch. *Tamtarram, tamtarram.*

Schwankend schweben bunte Laternen in langsamem Marschschritt über dem hypnotisierenden Klangmeer, darunter schwarze Menschenumrisse, die im Blitzlicht für Sekundenbruchteile kaltblau aufleuchten. Durch die Adern und Kapillare der Stadt fließende Lichtkörperchen erwecken das große Tier zum Leben.

Ein gekrönter Knochenmann tanzt heran, mit schlenkernden Armen und Beinen, und beäugt mit aufgerissenem Kiefer die Massen. Scharf zeichnet er sich ab vor dem gleißenden Lichtkreis, der ihn umgibt. *Tamtarram, tamtarram.* Auf der Rückseite des Laternenwagens erscheint er in vielfacher Gestalt, wiegt sich mit einem dicken Bankdirektor, wirbelt einen blassen Manager im Bürostuhl umher, führt eine Herde Anzugträger in den Abgrund.

»Als Lyych isch jede glyych«, liest Urs vor, seine gebleckten Zähne blitzen kaltblau auf.

Riesige Nasen wippen vorüber, leichenblasse Gesichter glotzen aus schwarzen Gucklöchern, deformierte Blähköpfe kauen auf winzigen Pfeifen, Monstren mit totenstarrenden Augen hämmern mechanisch auf Blech. *Tamtarram, tamtarram.*

Wie Naturgewalten ziehen Larven und Laternen ihre Bahn, gleichgültig, gleichförmig, ohne Kontakt zu den

Umstehenden. Schlafwandlerisch bewegen sie sich durch die Zuschauermenge, die zurückweicht, ausweicht, wenn nötig. Sie sind sich selbst genug, erfüllt von ihrer Sendung.

Was mache ich hier? Ich gehöre nicht hierher, ich sollte nicht hier sein. Plötzlich bin ich ganz einsam, wie einer der träumt und weiß, dass er träumt, während der Traum an ihm vorüberzieht. Jemand hat auf lautlos gestellt. Annas Froschmund formt Luftblasen in Superzeitlupe, ihr Gesicht schwebt auf und nieder. Das Gefühl kenne ich. Als ob ich Luft wäre, als ob ich aus Raum und Zeit gefallen wäre, wie ein Zuschauer im eigenen Leben.

»Hey, aufwachen!«, schreit Urs in mein Ohr. Schrillende Knochenflöten, prasselnde Gewehrsalven. *Tamtarram, tamtarram.*

»Komm, wir gehen uns aufwärmen«, dringt Annas Stimme von der anderen Seite in meinen Gehörgang. Meine Hände sind eiskalt. Ihre Hand ist heiß. Sie zieht mich durch die Straßen.

In der großen Halle ist es hell und laut. Es riecht nach Angebranntem und nach Zwiebeln. Menschengesichter erscheinen unter hochgeschobenen Masken, Menschenhände balancieren Tabletts mit dampfender Suppe und Käsewürfeln.

Urs bestellt für alle *Ziibelewaije* und *Määlsupp*. Erwartungsvoll versenke ich meinen Löffel in der rötlich-braunen Flüssigkeit. Die Suppe brennt leicht auf der Zunge, lässt Brustkorb und Bauch erstrahlen. Zum ersten Mal in dieser Nacht habe ich das Gefühl, bei vollem Bewusstsein zu sein.

Plötzlich scharen sich fünf farbenfrohe Fasnächtler flatternd und kreischend um Anna, lassen sich rings um sie nieder. Das hell verzückte Sonnenkind begrüßt die bunte Schar überschwänglich, lässt sich von ihr fortreißen, ruft:

»Ihr kommt doch ohne mich klar? Tschau!« Und fügt noch etwas hinzu, was im Lärmen untergeht.

Ich bin völlig perplex: »Was war das denn?«

»Kollegen von früher.«

»Kollegen?«

»Nicht Arbeitskollegen, sondern Freunde, wie man bei euch sagen würde«, korrigiert Urs.

»Wo gehen sie hin?« Ich springe auf, um zu sehen, wohin die Schar verschwunden ist. »Sie kommen doch wieder?« Kaum zu glauben, dass Anna uns einfach so sitzen gelassen hat.

Urs zwinkert nur und greift nach Annas verwaistem Zwiebelkuchenstück. »Für mich wird's auch langsam Zeit«, sagt er kauend. »Ihr Jungvolk könnt das noch ohne Reue, euch die Nacht um die Ohren schlagen. Aber unsereins muss auch mal den Akku wieder laden.« Genüsslich stopft er das letzte Stück Kuchenrand in den Mund.

Während ich den Saal nach Anna abscanne, verfängt sich mein Blick an einer seidig glänzenden Gestalt, die sich gerade die Larve wieder vors Gesicht schiebt. Gewandt verstauen weiß behandschuhte Finger den blonden Pferdeschwanz unter der schwarz-weißen Kapuze mit einem kleinen Hahnenkamm am Hinterkopf, dann steht sie auf. Das vertikal geteilte Kostüm unterstreicht ihre schmale Figur. Sie kommt. Ihr voller, roter Kussmund leuchtet zwischen erhitzten Wangen im weiß getünchten Gesicht, ein Schönheitspflaster sitzt kokett auf dem hohen Wangenknochen, unschuldig blickt sie aus riesigen blauen Teilleraugen. Sie kommt näher, senkt das Kinn, legt den Kopf leicht schräg, sodass die Schellen an der Narrenkappe klingeln, geht katzengleich vorbei. Sie blickt sich an der Tür noch einmal lockend um, dann schlüpft sie hinaus.

Von fern dringen Urs' Worte in mein Bewusstsein: »Das ist der Ueli, eine der traditionellen Masken. Der mittelalterliche Hofnarr …« Schon im Hinausstürzen werfe ich ihm einen Dank für das nächtliche Erlebnis hin, für eine Verabschiedung bleibt keine Zeit. Ich muss hinaus ins tolle Treiben.

Der Ueli scheint es jetzt eilig zu haben. Geschmeidig schlängelt er sich durch die Frierenden, die in die Halle streben, taucht ein in die Menschenflut auf der Straße. Die Schellenhörner wippen neckend, blinken schwarz, weiß, schwarz, weiß, sind gut zu erkennen im Zuschauerstrom. Da bricht er nach rechts aus, strudelt in einem Schwall von Narren umher, blaue Telleraugen, roter Kussmund, riesennasige, hakennasige, spitznasige Larven, irrsinnige Lachfratzen, Seidengeflatter. Mein Herz trommelt. *Tamtarram, tamtarram.*

Wohin, wohin?

Dort, die Pierrots schreiten heran, pfeifend und prasselnd, zwei lüsterne Damen mit geschürzten Lippen folgen hintendrein. Eine bunte Flickenschar steht eng beieinander, lässt sie passieren. Daneben der Ueli, uns trennt nur ein Zug marschierender Lichter, der nicht enden will. Schaut er, wartet er? Reizend wirbeln Schellenhörner und Kragenzipfel herum, als der Ueli sich umwendet und losläuft. Feindselig zischend halten mich die Umherstehenden zurück, als ich versuche, die Laternenlinie zu durchbrechen. Der Ueli verschwindet in einer dunklen Gasse. Durch die nächste sich auftuende Lücke jage ich hinterher, hinauf über steiles Kopfsteinpflaster, das Trommeln und Pfeifen bleibt zurück. Oben am Berg ringe ich nach Atem, muss mich gegen eine Mauer stützen, mein Herz hämmert.

Kaum merklich ist die Nacht dabei, sich in ein dunkles Morgengrau zu wandeln. Von sehr weit her riecht es nach Tag. Am schwarz aufragenden Münster vorbei gehe ich zur Rheinterrasse. Nebelhauch liegt über dem Fluss. Das Lärmen der Stadt klingt melancholisch nach.

Da höre ich Schellenklingen, folge dem Kichern, sehe eine Knollennasenmaske mit orangenen Zotteln steil in den Himmel ragen, ein nickender erigierter Riesenpenis, ebenso weiß wie die wippenden Pobacken über den heruntergelassenen Hosen, davor in gebückter Haltung jemand, von dem nur die seidenglänzenden Arme sich schwarz und weiß an der Balustrade abspreizen, höre das Keuchen und Pfeifen im sich steigernden Trommelrhythmus.

Ich taumele vom Berg hinunter, lasse mich von der Masse mitspülen, rette mich aufs menschenleere Firmengelände. Die Sonne steht kurz vor dem Durchbruch.

SÜDEN

Die Weisen vom Berg

Harald war überrascht, wie wenig es zog. Er war froh, dass er sich einen Kommentar verkniffen hatte, als Dexter mit dem offenen Wagen vorgefahren war, sonst hätte er womöglich verraten, dass er Cabrios bisher nur von außen kannte. Zu Gymnasialzeiten hatten sie eindeutig zur Welt der anderen gehört, und damals war es ihm vorgekommen, als gäbe es nur zwei Modelle: den silbernen Mercedes SL für den Erfolgsvater und das weiße Golf-Cabriolet für die dazugehörige Gattin mit der blonden Helmfrisur. All diese Mitschülermütter schienen denselben Frisör zu haben und trugen dieselben pastellfarbenen Lacoste-Poloshirts. Dexter fuhr einen Mazda. Er war rot und hatte aufklappbare Lichter. Die Taschen, die die beiden Kollegen für ein paar Tage »Große Sache II« gepackt hatten, passten gut in den kleinen Kofferraum. Sie würden nicht viel brauchen. Es war außergewöhnlich warm für Anfang April.

»Die Halbinsel, auf der das Tagungszentrum liegt, gehört zu den Altlasten, die wir uns mit der Fusion eingehandelt haben. Noch so eine Liebhaberei des alten Patriarchen. Der Meier hatte die Liegenschaft den Vorbesitzern beim Golfen abgeschwatzt. Mit Schloss und Stallungen und Dienstbotenhaus und Park und Bootssteg und allem Drum und Dran. Alles kulturgeschichtlich bedeutsam und denkmalgeschützt. Der ganze Horror. Beweg deinen Schrotthaufen zur Seite!«, schrie Dexter.

Auf dem Beifahrersitz machte Harald eine unwillkürliche Bremsbewegung im leeren Fußraum. Der Wagen vor ihnen zog auf die rechte Spur und der rote Mazda vorbei.

»Schnarcher! Hier glaubt jeder, rechts sei nur für Radler und Rollstuhlfahrer. Wo war ich stehen geblieben?«

»Der Horror«, soufflierte Harald und lockerte die Hand, ohne den Griff der Tür ganz loszulassen.

»Ja. Aber dann, nach der Interior-Movens-Expedition, erwies sich das Ganze doch als Glücksfall. Der Kanton Zug erteilte, ohne die geringsten Bedenken anzumelden, eine Baugenehmigung, und in nur vierzehn Monaten konnten wir die perfekte Umgebung für die Große Sache schaffen.«

»Eure Gralsburg, sozusagen«, witzelte Harald.

»Unsere, meinst du wohl?«

Ein heiliger Schauer durchlief Harald. Ja, es war auch seine Firma. Und war es nicht eine außergewöhnliche Firma, die derart großzügig und sichtbar in die Ausbildung der eigenen Führungskräfte investierte? Hier wurden Worte zu Taten. Hier wurde nicht geschwafelt, sondern für die Ewigkeit gebaut.

Dexter kam ins Schwärmen – von der herausragenden Architektur, die funktional und edel gleichermaßen sei, vom geradlinigen Stil und den auserlesenen Materialien – und dabei immer wieder bedenklich nahe an den Fahrbahnrand, weil er der Wirkung seiner Worte auf seinen Beifahrer mehr Aufmerksamkeit widmete als der Spur.

Nach gut einer Stunde schälte sich Harald etwas mitgenommen aus dem Roadster. Sie durchquerten den von Kameras bewachten Parkplatz. Dexters Rollköfferchen rumpelte über die hellen Steinplatten des Fußwegs.

»Travertin!«, murmelte Harald beifällig.

Dexter wies auf die hohe Eibenhecke neben ihnen: »Das ist nebenbei für unseren Finanzheiligen, Reed, abgefallen. Baut sich hier seine Familienvilla, damit er endlich in der Schweiz heimisch werden kann.«

Harald grinste, weil er verstanden hatte.

»Ist keine schlechte Nachbarschaft.« Dexter deutete ins Ungewisse. »Da hinten wohnt der CEO unseres großen lokalen Konkurrenten. Er lässt sich gerne mit dem Hubschrauber abholen, wenn's mal eilt. Wenn du je zu Geld kommen solltest, kann ich dir den Kanton Zug nur empfehlen. Nirgends zahlst du weniger Steuern, außer vielleicht in Monaco.«

Sie stoppten an einem Eisengatter. Dexter betätigte die Klingel, worauf sich zwei Kameraaugen leise surrend auf die beiden jungen Männer richteten. Sie schwenkten ihre Ausweise und traten durch die lautlos sich öffnenden Torflügel.

Vor ihnen lagen an einer mit Travertin verkleideten Mauer aufgespannt zwei übereinandergestapelte Schuhkartons. Der obere ragte keck über den unteren hinaus und beäugte mit seiner Glasfront die beiden menschlichen Ameisen, die über den langgestreckten Zugangsbereich gekrochen kamen. Fast weiß strahlte die Anlage im frühlingshaften Grün des sanft nach dem See hin abfallenden Geländes.

Im lichtdurchfluteten Foyer befand sich die Rezeption. Verschämt lehnte Harald seinen Rucksack an den weißen Steinquader, über den ihn eine elegant uniformierte Hostess willkommen hieß, und nahm sich vor, bei nächster Gelegenheit auch so ein Rollköfferchen, wie er es bei Dexter gesehen hatte, zu kaufen. Am Ende der Theke türmte sich mannshoch ein florales Gebilde und verstellte den Blick auf den rückwärtigen Teil des Gebäudes, von wo Stimmengewirr zu hören war.

Dexter hielt ihm seine Breitling unter die Nase: »Um zehn geht's los im roten Saal.«

»Klingt wie roter Salon«, grinste Harald.

»Die ganze Farbgebung des Gebäudes basiert auf dem Energiekonzept der Großen Sache. Rot steht für Aktivität, Blau für Kontemplation. Wirst schon sehen.«

Dexter bedeutete Harald, ihm zu folgen und lotste ihn in einen Anbau. Hier befand sich der Zimmertrakt.

»Und für was steht das hier?« Harald betrachtete die über eine freiliegende Metalltreppe zugänglichen Türen, die sich auf drei Stockwerken wie Bienenwaben schichteten.

»Rückzug ins Private?« Dexter verschwand ohne ein weiteres Wort.

Als Harald die Tür zu seinem Zimmer aufdrückte, hatte er sofort den Geruch von neu in der Nase, irgendwas zwischen Schreinerwerkstatt und Möbelhaus. In der Mitte des mit Nussbaumparkett ausgelegten Raumes erhob sich ein fast deckenhoher Holzwürfel, eine Kombination aus Möbel und Raumteiler. Zur Eingangsseite hin barg dieser Spiegel und Waschbecken, auf der Rückseite befand sich ein Schreibpult, davor ein Stuhl, einer dieser Klassiker der Moderne.

Und plötzlich wähnte sich Harald im Freien: Vor ihm lag eine Rasenfläche, begrenzt von zart sprießenden Büschen, dahinter Laubbäume kurz vor dem Ausschlagen. Die gesamte Zimmerfront bestand aus einem riesigen rahmenlosen Fenster. Sacht klopfte er mit dem Finger gegen die Scheibe. Er kam sich vor wie ein Schauspieler, der an die Rampe tritt. Ob man wohl von außen ebenso gut hineinsah wie von innen hinaus? Oder waren die Scheiben verspiegelt? Zumindest gab es einen mächtigen Vorhang, mit dem man bei Bedarf seine private Szenerie blickdicht verhüllen konnte.

Harald ließ sich auf das überbreite Bett fallen und atmete tief ein. Sein Zimmer! Seine Firma! Einen Augenblick später sprang er wieder auf, musste aufs Klo.

Toilette und Dusche teilten sich eine einzige Glastür auf Rollen, sodass entweder die eine oder die andere sanitäre Einrichtung aber niemals beide gleichzeitig zu schließen waren. Zweifelsfrei war der Raum als Einzelzimmer ausgelegt. Harald pinkelte im Sitzen bei offener Tür und betrachtet dabei sein Abbild im bodentiefen Spiegel gegenüber. Er stellte sich vor, wie Duke von Travertin und Nussbaumholz umrahmt auf der Toilette thronte und mit schwimmbadblauem Blick seine Haltung überprüfte, und er fand, dass diese Art der Transparenz dann doch ein bisschen zu weit ging.

Kurz vor zehn trat Harald in die Vorhalle des Konferenzsaals. Porzellantassen wurden abgeräumt, ein Mann lehnte rücklings an der Fensterfront in seinen Blackberry versunken. Unter den riesigen Glasscheiben hindurch strebte der Steinboden dem dunstigen Seeufer und den in den Himmel gemalten Bergen zu.

»Schön!«, sagte Harald leise zu sich selbst.

»Unbezahlbar«, überbot ihn Dexter, der, einen Kaffee in der Hand, neben ihm auftauchte. In seiner Untertasse verteilte sich das Übergeschwappte. Der Jungmanager war frisch rasiert und umgezogen. Er trug einen lässig geknoteten Pullover über dem figurbetonten Karohemd. So musste man also aussehen! Den einen oder anderen Kollegen beiläufig grüßend, trat er mit Harald durch eine Flügeltür in den Saal.

Der weitläufige Kreis aus weißen Lederstühlen war perfekt und schien über dem Teppichboden zu schweben wie ein Ring in einem mit rotem Samt ausgeschlagenen Kästchen. Vier Personen hatten ihre Plätze bereits eingenommen. Zwei davon trugen schwarz, und wäre der Kreis ein Kompass gewesen, hätten diese Rabenvögel Osten und Westen markiert. Auf Süd strahlte Anna, das Sonnenkind, in die Runde, und auf Nord saß der Fliegenträger, für den sich Harald schon bei der Einführungsveranstaltung so begeistert hatte. Er hatte ihn sofort erkannt.

Schweigend strömten die Teilnehmer in den Kreis, bis alle Lücken geschlossen waren. Dexter stieß den neben ihm sitzenden Harald an und grinste, dann streckte er die Beine von sich, wobei er seinen Stuhl leicht nach hinten rückte, und verschränkte die Arme. Ein Glöckchen klang durch die Stille, dann ein zweites Mal und noch ein Mal. Es kam aus Richtung des schwarzen Mannes im Westen. Sein Zwilling im Osten hob an zu sprechen.

Guten Morgen und herzlich willkommen. Ich begrüße Sie zu unserem Seminar und freue mich, dass Sie so zahlreich erschienen sind, hätte er sagen können.

Sagte er aber nicht.

Er sagte nur: »Präsenz.« Sagte es leise, fast zärtlich, und weiter: »Präsenz ist der erste Schritt. Nehmt euch einen Moment, um ganz anzukommen. Stellt beide Füße fest auf den Boden, richtet euch auf, lockert die Schultern und lächelt. Wer möchte, schließt die Augen. Achtet auf euren Atem, atmet langsamer und tiefer.«

Unter seinen Lidern hindurch musterte Harald die Kreissitzer. Da waren etwa vierzig Männer und ein paar Frauen aus der mittleren Führungsebene und ließen sich ganz selbstverständlich auf diese esoterisch anmutende Art der Eröffnung ein. Nur Dexter folgte den Anweisungen nicht, sondern saß unverändert grinsend auf seinem aus der perfekten Kreislinie gerückten Platz.

Harald schloss die Augen. Aus dem Raum jenseits der tanzenden Lichtpunkte drang die zärtliche Stimme: »Gedanken kommen. Nehmt sie wahr und verabschiedet sie wieder. Konzentriert euch auf euren Atem.«

Nach einer gefühlten Ewigkeit, in der Harald immer wieder blinzelnd prüfte, ob er sich nicht besser auf Dexters Seite schlagen sollte, kam, was kommen musste: die Interrogatio Praesentia.

»Wie empfindest du es, hier zu sein? Und was erwartest du von dir als Führungskraft während dieses Workshops? Bitte stellt euch auch kurz persönlich vor. Ich beginne, dann geht es weiter im Uhrzeigersinn.« Der Ostrabe ließ seinen Blick zur Decke wandern, atmete sichtbar ein und aus und sprach: »Mein Name ist John Gottman. Ich bin hier, um euch zu helfen, eure kreative Energie freizusetzen.«

Harald suchte angestrengt nach passenden Worten in den kurzen, festen Fäden des schamroten Teppichbodens.

Ich als Führungskraft? Ich bin doch gar keine Führungskraft. Wenn ich ein paar Leute unter mir hätte, ja dann. Fünf Leute oder fünfzehn. Jemanden, dem ich Anweisungen geben könnte, dem ich sagen könnte, wo es langgeht. Jemanden, der respektvoll zu mir aufschaut, der sich für ein lobendes Wort von mir ins Zeug legt. Aber so? Ich bin doch nur ich. Ich und meine globale Verantwortlichkeit, zuständig für alles und nichts. Und dann gibt es noch Urs und Bale und dann kommt schon Duke. Immerhin, ich bin nur zwei Stufen von der Konzernleitung entfernt und drei vom Alleobersten. Das ist ganz schön nahe an der Sonne, lieber Ikarus! Es gibt Zigtausende unter mir! Wenn das mal keine Führungsebene ist. Und wo kein Team ist, kann ja noch eins werden.

Der Moment der Antwort tickte Stuhl um Stuhl näher. Das Blut rauschte in Haralds Ohren. Wie von fern hörte er sich selbst etwas Unverfängliches in den unendlichen Raum sprechen, merkte, wie er sich verhedderte, blickte in die freundlich zugewandten Gesichter, brach ab. Dann war es vorbei.

Auf Nord kam der Fliegenträger an die Reihe, stellte sich als Wolfgang Notter vor. Er sprach vom Im-Hier-und-Jetzt-Sein und davon, dass er all seine Energie auf das Gelingen des Workshops fokussieren wolle. Harald nickte mehrmals unwillkürlich.

Nachdem jeder reihum sein Sprüchlein getan und die obligatorische Tipp-Wisch-Bewegung vollführt hatte, ergriff Anna das Wort: »Zeit zum Netzwerken!«, rief sie in den Kreis und erklärte den Übungsaufbau: »Zuerst sucht ihr euch jemanden, den ihr noch nicht kennt, der signalisiert, dass er bereit ist, euch kennenzulernen. Fragt ihn, ob ihr euch einen Moment zu ihm gesellen dürft. Sagt kurz was zu euch, dann stellt eine Frage, die es dem anderen erlaubt, sich zu öffnen. Wenn das Glöckchen erklingt, löst ihr den Kontakt höflich und begebt euch zum nächsten Partner.«

»Und vergesst nicht, eure Hände vor dem Essen zu waschen«, zischte Dexter.

»Aufgestanden! Und bitte bleibt innerhalb des Kreises. Zehn Minuten ab jetzt!«

Auf diese Gelegenheit hatte Harald gewartet. Kühn steuerte er direkt auf Notter zu.

»Sie waren mit auf Kreta, nicht?«

»Wir müssen uns nicht siezen.«

»Ah, OK.« Harald schluckte. »Das ist eine Wahnsinnsgeschichte, die du am Einführungstag erzählt hast.«

»Es war wirklich eine sehr außergewöhnliche Reise. Ich war anfangs sehr skeptisch, was das alles bringen soll. Aber die beiden Johns haben wahre Wunder bewirkt.«

Er wies mit dem Kopf auf die schwarzen Gestalten, die außerhalb des Kreises beieinanderstanden und das Geschehen mit wachem Blick verfolgten.

»Die Große Sache funktioniert nur, wenn sich alle voll darauf einlassen. Das erfordert persönlichen Mut und gegenseitiges Vertrauen. Man muss bereit sein, seine innere kritische Stimme zum Schweigen zu bringen, sich von allen vorgefassten Urteilen und Annahmen zu befreien, seine verwundbare Seite zu zeigen. Und wenn dann noch einer vorangeht, von dem man es nie erwartet hätte …«

»Sie meinen, äh, du meinst Duke?«

»Er hat den Unterschied gemacht.«

»Wie das?«

»Er hat dem Weg vertraut!«

Durch das Stimmengewirr drang bereits zum zweiten Mal das Glöckchen. Notter machte Anstalten, sich einem anderen Gesprächspartner zuzuwenden. Harald stand einen Moment in sich gekehrt, dann rief er hinter ihm her: »Ich bin übrigens Harald Klein. Kommunikationsabteilung.«

Im Weggehen hob Notter die Hand, was wohl soviel wie »sehr erfreut« heißen sollte.

Den Rest des Vormittags hatte Harald Gelegenheit, die beiden wundertätigen Johns eingehend zu studieren. Wie schwarze Schutzengel umschwebten sie Notter und Anna, die als Hauptakteure des Seminars mit Hilfe von handgeschriebenen Flipcharts und fein säuberlich ausgeschnittenen Formen aus Pappkarton die Große Sache vor den Teilnehmern ausbreiteten.

John Gottman, der die Statur eines barocken Putto hatte, nahm die beiden Seminarleiter immer wieder zur Seite und sprach, begleitet von einer Art Finger-Tai-Chi, mit großer Ernsthaftigkeit auf sie ein. Kehrten sie nach einer solchen Auszeit in den Kreis zurück, stieg jedes Mal der Energielevel merklich an. Befeuert von den frisch geladenen Akkus der Seminarleiter, begann es, zwischen den Teilnehmern und dem behandelten Gegenstand zu knistern und zu funken.

Während der Mittagspause gesellte sich Anna zu Harald. »Er ist fantastisch, findest du nicht?«, strahlte sie. Sie hatte bemerkt, wie er Gottman beobachtete. »Es heißt, er hätte zehn Jahre in einem buddhistischen Tempel verbracht.«

Harald hob die Augenbrauen: »Dabei ist er doch noch keine Dreißig!«

»Er hatte irgendein Erweckungserlebnis, war schwer krank oder so was.«

»Zumindest erklärt das den kahl geschorenen Kopf.«

»Ich kann jedenfalls gut verstehen, warum Duke die Unsichtbaren ins Boot geholt hat. Und es ist nicht gerade leicht, ihn von etwas zu überzeugen.«

»Die Unsichtbaren?« In Haralds Stimme schwang spöttischer Zweifel mit.

»So nennen sie sich, weil sie der Überzeugung sind, dass jede Veränderung allein von dem getragen werden muss, der etwas verändern will. Das und nicht nur das unterscheidet sie von anderen Beratern. Sie mischen sich nicht ein, sie sagen ihren Klienten nicht, was sie tun sollen, sondern helfen ihnen, ihre kreative Energie freizusetzen, die es ihnen möglich macht, Veränderungen selbst herbeizuführen. Sie sehen sich als Katalysatoren, die am Prozess unbeteiligt sind.«

Mit glühenden Wangen stand sie dicht bei Harald, ihr Busen in dem engen Pulli wogte. Er trat einen Schritt zur Seite und hätte um ein Haar den anderen schwarzen Unsichtbaren angerempelt, der sich unauffällig zwischen den Seminarteilnehmern umhertrieb, wohl um den energetischen Schwankungen im Raum nachzuspüren.

»Und John Hope?« Harald sah dem glatzköpfigen Mann nach, der nur halb so viel Raum wie sein Namensvetter einnahm, dafür alle Anwesenden um einen Kopf überragte.

»Oh, der andere John? Offiziell sind sie gleichberechtigte Partner, obwohl Hope älter und erfahrener ist. In jungen Jahren war er ein klassischer Unternehmensberater, anscheinend sehr erfolgreich. Aber dann schmiss er seinen Job, bestieg einen VW-Bus und kutschierte damit quer durch Europa, den Iran und Afghanistan bis nach Indien.

Große Sachen

Als Harald am Nachmittag den roten Saal betrat, waren die Fenster fast vollständig verdunkelt, der Stuhlkreis schimmerte im Dämmerlicht. In seinem Zentrum aber zeichnete ein Lichtkegel einen scharf umrissenen Kreis auf den Boden, in dem die Worte des Interior Movens flimmerten: Leistung fürs Leben. Techno-Musik begleitete die Teilnehmer zu ihren Plätzen, steigerte sich in langen Bögen, beschleunigte den Herzschlag, zerbarst in einem musikalischen Orgasmus. Von drei Seiten traten Anna und die Rabenvögel in den Lichtkegel und legten feierlich drei Pappkreise auf die Umlaufbahn des Interior Movens. Jeder trug eine Aufschrift:

Wer sind wir?
Woher kommen wir?
Wohin gehen wir?

Jetzt erklang Notters Stimme im Norden: »Die ›Drei Fragen‹ geben uns Struktur und Stärke als Individuum und als Organisation. Die Drei Fragen sind die Quellen, aus denen unser Interior Movens entspringt. Die Drei Fragen leiten uns auf kreative, integrative Weise durch alle Veränderungen. Sie setzen den Rahmen für Wandel und Erneuerung.«

Harald versuchte, die kritische Stimme des ehemaligen Philosophiestudenten in sich zum Schweigen zu bringen. Er wollte offen bleiben, sich nicht in die ironische Distanz flüchten wie Dexter, der wie üblich die Arme vor der Brust verschränkt hatte und zu dösen schien.

»Wer sind wir?«, fuhr Notter fort, der sich breitbeinig auf den ersten Pappkreis gestellt hatte. »Neben dem Interior Movens sind es vor allem unsere drei Werte, die uns ausmachen: Energie, Vertrauen, Eleganz. Sie sind nicht verhandelbar. Jeder in der Organisation soll von den Werten hören, die Werte erfahren, an die Werte glauben und die Werte leben.«

»Woher kommen wir?«, setzte plötzlich Annas Stimme ein. Sie stand beim zweiten Pappkreis im Lichtkegel. »Um vorwärtsgehen zu können, müssen wir uns unserer Vergangenheit bewusst werden und zurückliegende Erfolge anerkennen. Unsere kollektive Geschichte setzt sich aus all unseren individuellen Geschichten zusammen. Diesen Erfahrungsschatz gilt es zu pflegen. Er erfüllt uns mit Stolz.«

Dexter zog scharf die Luft ein.

Mit leisem Surren begannen die Jalousien sich zu heben, und zartgrünes Frühlingslicht breitete sich im Saal aus. Als sei er aus einem Traum erwacht, rieb sich Harald die Schläfen. Am Boden lagen der Interior Movens und die Drei Fragen wie riesige Blütenblätter, und auf dem Stuhl hinter der »Wohin gehen wir«-Pappe saß Bale. Und Lola. Sie hatte den

Kopf leicht schräg gelegt, und es schien, als stütze sie den Topmanager mit ihren grünen Augen, während er sprach:

»Unsere Mission ist Wachstum durch Innovation. Unsere Strategie umfasst drei Stufen: Führungsposition ausbauen, Wachstum beschleunigen, Chancen nutzen. Wir wollen in allen Belangen die Besten der Besten werden. Nach der erfolgreichen Fusion wollen wir ein Unternehmen schaffen, auf das wir wahrhaft stolz sein können.«

Harald beobachtete, wie Bale einen kurzen Blick mit Lola tauschte, die ihm kaum merklich zunickte. Während der Fliegenträger die beiden Überraschungsgäste offiziell begrüßte und die Versammelten davon in Kenntnis setzte, dass es beim Abendessen Gelegenheit gäbe, mit dem Konzernleitungsmitglied direkt ins Gespräch über die Strategie und den angestrebten Kulturwandel zu kommen, lauerte Harald darauf, dass Lola ihm ein Zeichen des Erkennens sandte.

Dexter stieß ihn an: »Immer fesch, unsere Lola!« Harald ärgerte sich. Als ob er nicht selbst Augen im Kopf hätte. Sie trug die Haare hochgesteckt, Korallen baumelten an ihren Ohren. Die schwarze Bluse und Hose ließen sie noch schmaler erscheinen als sonst, Gürtel und Schuhe setzten leuchtend rote Ausrufezeichen. Sie hatte ihre Garderobe wohl sehr sorgfältig ausgewählt.

»Rote Schuhe sind immer ein Statement!«, hatte Beate einst behauptet. Zum ersten Mal fiel Harald auf, dass sie den Satz nie zu Ende geführt hatte. Ein Statement wofür? Sie hatte auch irgendwo gelesen, dass es nicht ratsam sei, bei einem Vortrag ein rotes Kleid zu tragen, weil das die Zuhörer aggressiv mache und gegen einen aufbringe. Mit der Zeit hatte sie eine wahre Obsession dafür entwickelt, ihre Wirkungsweise auf andere zu kontrollieren. Sie belegte

Benimmseminare, machte einen Rhetorikkurs, ging zur Stilberatung. Als ob sie das nötig gehabt hätte mit ihrer Herkunft! Ganz besonders trieb sie die Frage um, ob man sich Erfolg anziehen könnte. Schon im Grundstudium begann sie, an ihrer Garderobe zu feilen. Ihm hatten die Bleistiftröcke und Twinsets gefallen, aber die verächtlichen Blicke seiner geisteswissenschaftlichen Kommilitonen waren ihm natürlich nicht entgangen. In dem Winter, als sie ihn verließ, hatte sie sich das langersehnte Burberry-Teil geleistet, und so war das Letzte, was er von ihr auf der Rolltreppe versinken sah, das gut gearbeitete Rückenteil eines Mantels.

Von fern drang Bales Stimme in Haralds Bewusstsein. Er sprach von ganz neuen Wegen, um Werte zu schaffen, vom Wachstumspotenzial der Firma, ihren hervorragenden, innovativen Mitarbeitern, deren kreative Energie es freizusetzen gelte, und von der Führungsverantwortung jedes Einzelnen, wenn es darum ging, den kulturellen Wandel herbeizuführen und die Große Sache in die DNA des Unternehmens einzupflanzen. Er hatte sich erhoben und zog Kreise wie ein Raubtier in der Arena, unter seinen federnden Schritten wellte und knitterte das papierne Wer, das Woher und das Wohin.

»Vertraue dem Weg!« Mit diesen Worten blieb er vor Harald stehen. Blickte er durch ihn hindurch oder auf Dexter, der plötzlich mit durchgedrücktem Rücken und wacher Miene neben ihm saß? Bale begann die Zuhörerreihe abzuschreiten und raunte: »Vertraue dem Weg! Vertraue dem Weg!«

Den Rest des Nachmittags verbrachten die Seminarteilnehmer in kleinen Kreisgruppen, die als »Zirkel« eingeführt wurden, wobei die bebilderte Rückseite der Namenskärtchen jeweils die Zirkelzugehörigkeit verriet. Mit einem Franzosen, der sein hochgekrempeltes Hemd betont locker über der Hose trug, einem schwitzenden Amerikaner, einem kurz geschorenen Israeli und einer Chinesin im Chanel-Kostüm bildete Harald den Gänseblümchenzirkel. Sie hockten wie um ein Lagerfeuer, steckten die Köpfe zusammen und Harald spürte, dass jeder für sich prüfte, wie weit er oder sie sich auf den von den Unsichtbaren vorgestellten »Dreiklang zur Etablierung von Zirkeln« einlassen sollte oder konnte: Vertraulichkeit. Authentizität. Respekt.

»Was im Zirkel gesagt wird, bleibt im Zirkel. Du sollst versuchen, eine tiefere Wahrheit zu offenbaren, als du das für gewöhnlich tust. Du sollst treu zu dir selbst und deiner tieferen Wahrheit sein. Du sollst dem anderen voll und ganz zuhören, und deinen inneren Dialog zum Schweigen bringen«, hatte Gottman gefordert.

Haralds Herz machte einen kleinen Sprung, ihm dämmerte, dass er sich seit Langem nach einer solchen Umgebung gesehnt hatte, frei vom So-tun-als-ob, einzig aufs Gelingen ausgerichtet. Sein Gefühl sagte ihm, dass das der Königsweg war, wenn nicht der einzige Weg, um gemeinsam etwas Bedeutsames und wirklich Neues zu schaffen.

Die Gänseblümchen teilten sich auch beim Abendessen einen Tisch. Am Anfang hatte noch die Aussicht über den See das Gesprächsthema geliefert, doch mit dem Verblauen der Berge verlagerte sich die Unterhaltung auf die aufgetragenen Speisen, wobei jeder Gang zum Anlass genommen wurde, über landestypische Essgewohnheiten zu plaudern. Schließlich spiegelten sich die fünf neuen Freunde nur noch selbst im Nachtschwarz der Scheibe. Das Gespräch verebbte. Mit dem Hinweis auf einige E-Mails, die er zu erledigen habe, da ja seine Kollegen noch mitten im

Arbeitstag steckten, verabschiedete sich der Amerikaner. Kurz darauf folgte die Chinesin, die sich mit schüchternem Lächeln auf ihren Jetlag berief. Der Franzose sagte einfach nur: »Gute Nacht!« und verschwand.

Achselzuckend teilte der Israeli den Rest der Weinflasche zwischen sich und Harald auf, dann schlenderten sie mit den Gläsern in der Hand zur Bar.

Sitzgruppen trieben im blauen Licht. Etwas abseits hatte sich Bale niedergelassen. Er lehnte tief in einem Ledersessel, die Beine breit, die Arme auf den Armlehnen, als ob er nicht die Absicht hätte, sich so schnell wieder zu erheben, im Sofa dicht daneben, ganz auf der Kante der Sitzfläche Lola, wie auf dem Sprung.

»Anscheinend hat es bisher niemand gewagt, den unsichtbaren Bannkreis zu durchbrechen«, spottete der Israeli und steuerte direkt auf die Gruppe zu, die noch von Anna und dem Fliegenträger komplettiert wurde. Er baute sich neben Bale auf, der ihn mit knapper Geste zum Sitzen einlud. Lola federte auf und gab ihren Platz frei.

Ihr warmes Lachen erreichte Harald zuerst, dann stand sie neben ihm. Er beugte sich zu ihr, um sie zu begrüßen, aber sie wich zurück, wenn auch kaum merklich. Aha, sie war also in ihrer offiziellen Rolle hier.

»Wie gefällt es dir?«, schnurrte sie.

Ohne recht zu verstehen, worauf sie sich bezog, stammelte er: »Schön, dich zu sehen!« Er wunderte sich, welche Konzentration ihm dieser dumme Satz abverlangte. So viel hatte er doch noch gar nicht getrunken.

Sie unterhielten sich eine Weile über den sinkenden Pegel seines Glases hinweg, dann nahmen sie zwei neue und setzten sich. Lola trank nur weiß. Rotwein vertrage sie nicht. Harald lächelte verständnisvoll.

Und sie habe eine Laktoseintoleranz. Sie schaute ihn forschend an und begann, an ihrem Dutt herumzunesteln.

Und wenn er es genau wissen wolle, sie sei auch noch rot-grün-blind. Sie funkelte spitzbübisch mit den angeblich beeinträchtigten Augen.

Was das für eine Beichte werde, fragte er lachend.

»An mir ist sowieso alles falsch«, alberte sie und fuhr sich durch die blonden Haare, die ihr jetzt über die schmalen Schultern fielen. »Und soll ich dir noch was verraten?« Kurz flackerte Zweifel in ihren Augen auf, dann holte sie Luft, wie jemand, der vom Startblock springt: »Sie haben mich zum Head Global Talent Management gemacht, und ich werde in Zukunft direkt an Bale berichten.«

»Gratuliere! Das ist ja ganz wunderbar. Auf dich, die du selbst das größte Talent bist!« Er reckte sein Glas in die Luft wie einen Siegerpokal. Der Riesling darin schwappte bedenklich hin und her.

»Ich bin nicht talentiert. Im Gegenteil«, sagte sie sehr leise. Das Funkeln war komplett erloschen. »Das fing schon im Studium an. Ich hatte Glück, dass sie mich im Examen zufällig genau die Dinge gefragt haben, die ich gelernt hatte. Sonst hätte ich nie so einen tollen Abschluss hinbekommen. Andere hatten da schlechtere Karten, obwohl sie viel begabter waren als ich. Die Durchfallquote war sehr hoch. Durch eine Professorin bekam ich dann die Chance an einer Kooperations-Initiative mit den Großkonzernen vor Ort teilzunehmen. Bis heute frage ich mich, wieso die Professorin gerade mich als einen ihrer Schützlinge auserwählte. Ich saß doch nur in der Vorlesung wie hunderte andere Studenten auch.«

Harald öffnete den Mund, aber sie ließ ihn nicht zu Wort kommen.

»Und dann hat mich Urs in dieses Outsourcing-Projekt geholt, wahrscheinlich, weil ich nett bin und ganz gut aussehe. Dass sich daraus dann auch noch nebenbei meine Promotion ergeben hat, war purer Zufall. Wenn mir am Ende der Schulzeit jemand gesagt hätte, ich würde mal Frau Doktor werden, dann hätte ich ihn für verrückt erklärt.«

Mit einer fahrigen Bewegung stieß sie ihr Weinglas um. Der Inhalt ergoss sich über den Tisch und auf Haralds Schoß. »War ja nicht mehr viel drin«, murmelte er beschwichtigend und versuchte das äußere Chaos, das sie angerichtet hatte, mithilfe einer Serviette zu beseitigen. Das innere Chaos in seinem Kopf pulsierte hingegen weiter. Warum erzählte sie ihm das alles?

»Wenn du nicht gut wärst, wärst du nie so weit gekommen! Du hast deine Chancen genutzt, hast einen super Job in einem super Unternehmen! Den bekommt man doch nicht einfach so.«

»Personalmanagerin bin ich hier doch nur geworden, weil ich Urs kannte. Und dann ging alles ganz schnell. Ein paar Sachen scheine ich richtig gemacht zu haben, war zur rechten Zeit am rechten Platz. Und schwupps hatten mich meine Vorgesetzten in die Talentschublade gesteckt. Und weißt du was? Es ist anscheinend fast unmöglich, da wieder herauszukommen. Es ist der totale Selbstläufer. Ich müsste wohl schon Tafelsilber stehlen. Dabei kann ich eigentlich nichts und warte ständig darauf, dass es mal einer merkt. Aber im Gegenteil! Sie befördern mich immer weiter. Und dann verfiel auch noch Bale plötzlich auf die Idee, dass ich gut sei, obwohl er mich doch kaum kannte. Ich habe in den letzten zwei Jahren schon dreimal intern den Job gewechselt und bin jedes Mal nach oben gefallen.«

»Aber das hast du dir verdient!«, protestierte Harald.

»Die Wahrheit ist, dass ich nirgends lange genug war, um Unheil anrichten zu können. Ich habe mich eingearbeitet, mir angeschaut, was alles besser laufen könnte, Strategien entwickelt, um den Bereich neu auszurichten, und bevor sie merkten, dass ich's gar nicht kann, war ich schon wieder woanders. Das Blendwerk beherrsche ich inzwischen aus dem Effeff. Ich bin eine Meisterin darin, kompetenter zu wirken, als ich tatsächlich bin, aber die Substanz fehlt völlig. Je mehr ich mich anstrenge und je weiter ich komme, desto stärker wird mein Gefühl, dass der Erfolg, den ich habe, ein großes Missverständnis ist. Jeden Moment könnte jemand herausfinden, dass ich eine Betrügerin bin und das, was ich bisher erreicht habe, gar nicht verdiene.«

»Du machst Witze!«, versuchte er noch einmal schwach.

»Nein, der Witz ist, dass ich jetzt Talentmanagement machen soll. Ich! Ich soll ein Team leiten, in dem lauter Kollegen sitzen, deren Arbeit darin besteht, einzuschätzen, was Menschen tatsächlich können! Aber irgendwann muss die Wahrheit ja ans Licht kommen.«

Harald tupfte noch immer mit der vollgesogenen Serviette auf dem Tisch herum. Er wollte die Tränen, die jetzt kommen mussten, nicht sehen. Aber Lola richtet sich auf, legte die manikürten Hände mit Nachdruck auf ihre Knie. Ihr dezent geschminktes Gesicht war sehr beherrscht.

»Behalt's für dich. Es ist noch nicht offiziell«, sagte sie im Aufstehen. Mit zwei geübten Handgriffen wand sie die Haare zu einem Knoten und steckte sie fest. »Und danke.«

Er schaute ihr mit offenem Mund nach, wie sie sich geschmeidig zwischen den leeren Sitzgruppen entfernte. Auf seinen Wangen zitterte noch der Hauch ihrer Verabschiedung.

Nocturne

Es war ganz still im Zimmer. So still, dass er die Stille hören konnte. Die Stille kam von tief unter der Erde, wie das dröhnende Drehen des Erdkerns. Harald hatte die Augen geschlossen und spürte der schwankenden Matratze nach. Gedanken rollten in seinem Kopf herum wie Billardkugeln, die nicht in den vorgesehenen Vertiefungen landen wollten.

Wenn es wirklich so ist, wie Lola sagt, und es gar nicht so sehr darauf ankommt, was einer tatsächlich kann, dann kann auch ich es sehr weit bringen! Was für ein vermessener Gedanke! Jetzt tut sich gleich die Erde auf und zermalmt mich in ihrem Innersten. Ich, der dumme Harald, mit meinem wahrlich ereignisarmen und unspektakulären Leben. Jeder meiner Gänseblümchen-Kollegen hat dagegen eine schillernde Biografie aufzuweisen! Vom Schicksal überbehütet bin ich, existenzielle Fragen habe ich bisher nur in Buchform gestreift, und auch geografisch bin ich nicht gerade weit gekommen: vom Dorf in die Kleinstadt in die Provinzmetropole, wo ich immer noch festhänge. Längere Auslandsaufenthalte während des Studiums habe ich mir immer verkniffen, wegen Beate.

Aber vielleicht bin ich gar nicht so talentfrei, wie meine Altvorderen mir immer eingeredet haben? Obwohl, gesagt haben sie eigentlich nie was. Es war vielmehr dieses Nichtssagen, dieses in alle Richtungen deutbare Schweigen. Kein Lob, kein Tadel, keine ausgesprochenen Erwartungen. Nur dieser heilige Zorn, der sich gegen die ganze Welt entlud, deren zufälliger und einzig fassbarer Vertreter ich in dem Moment war, wenn ein für meinen Vater unfassbarer Fehler passierte, etwa beim Subtrahieren oder Multiplizieren.

Dumm! Du bist doch dumm! Mathematik galt ihm als der wahre Prüfstein des Lebens, da konnte man nichts mit schnödem Fleiß ausgleichen, da konnte man sich nicht herauslavieren. Das war richtig oder eben falsch. Unser Bub ist halt fleißig, sagte mein Vater, und es klang wie eine Entschuldigung, als wäre das ärmliche, zweisilbige Adjektiv nur ein schwacher Ausgleich für das fehlende Genie, das er sich heimlich doch von seinem Sohn versprochen hatte.

Aber er! Der Kehrvers seines Lebens war ein trotziges »Wenn ich gewollt hätte, wie ich gekonnt hätte …«. Als ob du so viel gekonnt hättest! Dass einer sich hinstellen kann und behaupten, er sei der Größte, verzichte aber lieber darauf, es aller Welt zu zeigen. Das war wie Jesus, der es nicht nötig hatte, vom Kreuz zu steigen, um seine Macht zu demonstrieren. Glaub, was du willst. Aus jeder Ritze deines Panzers aus Arroganz quillt die Unzufriedenheit mit der Welt und mit dir und die Angst, nicht zu genügen! Zu behaupten, dass du dich von der Last deiner drei Namen befreit, dass du deine in die Wiege gelegten Fähigkeiten bewusst unangetastet gelassen hättest!

Geboren bist du im selben Jahr, in dem dein Onkel Hermann, der Hoffnungsträger der Familie, irgendwo in Russland gefallen war. Dieser Onkel Hermann, von dem es die sagenhafte Erzählung eines unvollendeten Ingenieursstudiums im fernen Berlin gab. Von dem es hieß, er habe schon nach wenigen Wochen perfektes Hochdeutsch gesprochen und sei kurz davorgestanden, in den besten Kreisen zu verkehren, als der vermaledeite Krieg dazwischenkam. Keiner aus der Sippschaft war bis dahin weiter aufgestiegen als er.

Getauft wurdest du mit Pate Heinrich an der Seite, dem mächtigen Freund der Familie, der die Geschicke des

Dorfes noch Jahrzehnte nach dem Krieg vom Rathaussessel aus lenkte. Ich erinnere mich, wie ich als kleiner Junge den mit den herrlichsten Plüschtieren gefüllten Weidenkorb in seiner Bürgermeisterstube sehnsuchtsvoll bewunderte, Hündchen, Kätzchen, Häschen, gefertigt in tätiger Muße von Diakonie-Schwester Elses frommer Hand. Worin aber darüber hinaus Heinrichs Verdienste bestanden, die dir und Großvater die Ehrfurcht in die Stimme zauberten, wenn ihr unter euch oder mit Vorliebe vor anderen von ihm spracht, hat sich mir nie erschlossen.

Und geformt wurdest du schließlich von Gottlob selbst, den du erst mit sechs Jahren als Kriegsheimkehrer kennen lerntest, als er dich von deinem Platz als Mann im Haus verdrängte. Der Alte war überzeugt von der Macht der Vererbung und begann sogleich, die in seinem Stammhalter angelegten, durch die Magie der geschickten Namensgebung garantierten Zuchtmerkmale herauszuarbeiten. Großes hatte er für dich vorgesehen, das nicht gelebte Leben seines Bruders und die eigene verschwendete Jugend boten ausreichend ungenutzte Möglichkeiten für eine vielköpfige Geschwisterschar. Leider bliebst du, der kleine Hermann Heinrich Gottlob, ein Einzelkind.

Du behauptest, du hättest dich den Erwartungen des Vaters verweigert, und doch hast du den Anstand einer äußeren Karriere gewahrt. Es wurde nicht der erhoffte Höhenflug mit Abitur und womöglich Studium, sondern Schritt für Schritt tratest du in die Fußstapfen deines Vorgängers und vermiedst es tunlichst, eigene Spuren zu hinterlassen. Und bis heute nagt an dir Gottlobs Enttäuschung, dass du nicht über ihn hinausgewachsen bist. »Was hätte nicht alles aus mir werden können!« Wie oft habe ich diesen Satz gehört, spätestens nach dem zweiten Feierabendbier.

Ich hasse diesen Satz, denn er ist frei von Ironie. Ich hasse dieses Selbstmitleid. Ich will das Beste aus dem machen, was ich habe! Fragt sich nur, wie viel das eigentlich ist. Vielleicht hat die Natur gedacht, dass die bei meinem Vater im Überfluss angelegten, unangetasteten Begabungen auch in der nächsten Generation nicht gebraucht würden, und deshalb gleich darauf verzichtet? Was bleibt mir also anderes übrig, als zur Sicherheit jegliche Aufgabe mit doppeltem Einsatz und größter Akribie anzugehen? Vielleicht liegt darin ja das Geheimnis.

Eigentlich glaube ich Lola nicht. Ihre angebliche Beichte war wohl eher eine Art kokette Tiefstapelei gewesen, so wie reiche Leute behaupten, sie machten sich nichts aus Geld, oder schöne Menschen sagen, dass es auf die inneren Werte ankomme. Im Grunde hat mir Lola einen Spiegel vorgehalten. Vielleicht wollte sie mich warnen? Denn was kann ich schon? Ein bisschen besser schreiben und ein bisschen besser zuhören als andere.

Und doch: Sie hätte mir das nicht erzählen müssen. Sie hätte einfach alles für sich behalten können. Wir kennen uns ja kaum. Also warum hatte sie es getan? War es mal wieder meine vertrauenerweckende Art? Beate hatte behauptet, niemand auf der Welt hätte sie besser verstanden als ich, mit niemandem hätte sie bessere Gespräche geführt als mit mir. Das war, nachdem sie zum ersten Mal mit einem anderen im Bett gelandet war. Wie hieß der Arsch noch? Der war völlig unter ihrem Niveau gewesen. Egal.

Aber einhundertzwanzigtausend! Das ist doch der Beweis! Das verschleudert man doch nicht an jemanden, der nichts zu bieten hatte? Und was haben die mir schon Besonderes voraus, die Hubers und Dexters dieser Welt?

Vor allem Dexter, dieser Schönschwätzer. Ein bisschen Erfahrung vielleicht. Aber das ist nur eine Frage der Zeit.

Wie sagt Aristoteles? Wer sich tugendhaft verhält, wird am Ende tugendhaft. Übersetze ins Hier und Jetzt: Wer sich erfolgreich verhält, wird am Ende erfolgreich. Ich will sie studieren wie ein Schauspieler seine Rolle. Ich will sie spiegeln, ihnen nachleben und nachempfinden, Empathie als Mittel zum Zweck einsetzen. Und Dexter, der mich jetzt schon aus unerfindlichen Gründen als Konkurrenz empfindet, soll mein Gradmesser sein. Dann wollen wir doch mal sehen, wer am Ende das größere Team, mehr Fenster und das wertvollere Kunstwerk hat, und wer sich rühmen darf, auf Du und Du mit dem mächtigeren Managementteam zu sein.

Es kommt nicht darauf an, wie ich mein Leben sehe, das geht keinen etwas an. Was andere aus dem machen, was ich erzähle und wie ich es erzähle, was ich tue und wie ich es tue, was ich habe und was davon ich zeige, das konstituiert die Wirklichkeit. Ich werde nicht lügen, nein, auch nicht hochstapeln, aber hier ein bisschen Rouge auftragen und dort ein bisschen tuschen, an der einen oder anderen Stelle die Konturen nachziehen oder ein paar Unschönheiten abdecken. So wie Beate vor dem Badezimmerspiegel – sie war eine Meisterin darin, das attraktive Wesen aus ihrem unscheinbaren Gesicht herauszulocken. Daran war nichts Falsches, alles war echt, irgendwie.

Durchblick

Harald erwachte mit schwerem Kopf. Die letzte Billard-
kugel prallte immer wieder gegen seine Stirn und blockierte
die Augenlider. Er tastete nach seinem Blackberry, um
nach der Uhrzeit zu schauen, aber die winzigen Zeichen
verschwammen zu einem grauen Brei. Er schlurfte zum
Fenster, zog den dichten Vorhang ein Stück zurück, hielt
geblendet inne. Keine zwei Meter von ihm entfernt joggten
Dexter und Notter vorbei.

Kurze Zeit später gelang es ihm schon wieder, sich auf
sein Spiegelbild zu fokussieren. Ja, klar, seine Augen standen ein bisschen eng, aber schlecht sah er eigentlich nicht
aus. Er reckte das Kinn, versuchte eine ernste, aber nicht
strenge Miene und beschloss, heute das blau gestreifte
Hemd zu tragen, um eine klarere Definition seiner Augen-
farbe zu erreichen. In Zukunft würde er überhaupt nur
noch Schattierungen von Blau tragen.

Auf dem Weg zum Konferenzsaal holte ihn der schöne
Dexter ein. Er war frisch geföhnt, hatte einen rosigen Teint
und schien, die reichlich genossene reine Morgenluft ver-
strömend, zu allem bereit.

»Respekt, mein Lieber«, murmelte Harald. »So früh
schon sportlich unterwegs.«

Geschmeichelt wehrte Dexter ab, er mache das nur für
sich. Beim Laufen könne er abschalten, den Kopf frei bekommen, und es sei der erste Sieg des Tages. Ermuntert
durch die naive Freundlichkeit seines Kollegen ergänzte
er: »Ist auch eine super Networking-Aktivität. Billiger
als Golf und jederzeit anwendbar. Fast alle Topmanager
laufen, das weiß man ja. Und die sind immer froh, wenn
sie einen Sparringspartner finden, dem sie demonstrieren

können, wie gut sie den inneren Schweinehund im Griff haben.«

»Blau steht dir gut!« Aus der Mitte des Saales strahlte Anna ihnen entgegen. Sie hatte sich neben einem Flipchart postiert, von wo aus sie den zweiten Seminartag eröffnete. Gleichmütig betrachtete Harald die handgezeichneten Wölkchen und Kaffeetassen des Spielplans und nahm zur Kenntnis, dass man den Tag damit verbringen würde, die Drei Fragen aus der innersten »Matrjoschka-Perspektive« zu erhellen. Zur Illustration des Modells mit dem lustigen russischen Namen warf Anna mit rascher Hand eine Reihe sich konzentrisch ausdehnender Ellipsen auf eine neue Flipchartseite und beschriftete diese von innen nach außen mit: Selbst, Team, Organisation, Gesellschaft. Harald musste über das schiefe Bild schmunzeln, denn im Innersten einer dieser rundlichen, ineinandergeschachtelten Püppchen konnte es nur eines sein: dunkel. Ansonsten gefiel ihm die Vorstellung, dass er umfangen war von Schichten zunehmend höherer Organisationsformen. Geborgen wie ein Embryo, trieb er nicht alleine, nackt und bloß im Universum, sondern war umhüllt von lebensspendenden Atmosphären.

Als nächstes skizzierte Anna eine Art Sprossenfenster, etwa so wie es kleine Kinder in ihre windschiefen Häuschen kritzeln, und versah die Quadranten links unten beginnend im Uhrzeigersinn mit: Ich, Wir, Du, Keiner.

»Als energetischen Input für den heutigen Tag möchte ich euch eine Soziofertigkeit an die Hand geben, mit der ihr mehr über eure Selbst- und Fremdwahrnehmung erfahren könnt, die ›Vier-Augen-Fertigkeit‹. Ich mach's mal vor – Harald?« Anna streckte ihm ihre Hand entgegen.

Harald versuchte, die aufsteigende Hitze zu bekämpfen. Das Sonnenkind war nur wenige Meter von ihm entfernt, und doch erschien ihm der Weg unendlich. Er überlegte, wie Urs sich jetzt wohl verhalten hätte, und unwillkürlich nahm er die Schultern zurück, beschleunigte seinen Schritt und blieb schließlich augenzwinkernd vor Anna stehen.

»Wir kennen uns nun schon ein Weilchen«, strahlte sie, »und doch gibt es sicher Dinge von mir, die du nicht weißt, Seiten von mir, die du noch nicht gesehen hast. Diese befinden sich in meinem Ich-Quadranten.« Sie deutete mit der Hand nach links unten und wiederholte an den Kreis der Zuhörenden gerichtet: »Ich!« Etwas leiser, als ob es nur für Harald bestimmt sei, fügte sie hinzu: »Hier sind auch meine intimen Hoffnungen und Ängste zu verorten.« Dann fuhr sie mit dem Finger nach oben und erhob erneut die Stimme: »Der Wir-Quadrant enthält meine öffentliche Person, also das, was uns beiden von mir bekannt ist. Dieser Bereich lässt sich in Richtung des ersten Quadranten vergrößern, in dem ich dir Vertrauen entgegenbringe und mehr von mir preisgebe.«

Da bin ich mir aber gar nicht sicher, ob ich das will, dachte Harald.

»Der Du-Quadrant ist für mich der spannendste, denn hier gedeihen, verborgen vor mir selbst, meine unbewussten Gewohnheiten, Vorlieben und Abneigungen. Um diese zu erkennen, brauche ich dich als Spiegel. Deine Rückmeldung kann mir diesen Bereich erschließen – und auch das erfordert Vertrauen. Feedback ist ein Geschenk, ich kann es annehmen oder auch nicht.«

Noch bevor sie es aussprach, war Harald klar, was sich im vierten Quadranten befinden musste, nämlich das, was keiner je gesehen hatte: die unangetasteten Begabungen und verborgenen Talente, die verdrängten Wünsche und alles, was auch noch sein könnte, aber nicht sein durfte. Doch diesen wirklich interessanten Teil des Modells streifte Anna nur beiläufig und beendete ihren energetischen Input mit dem Appell an die Seminarteilnehmer, doch bitte die Gelegenheit zu nutzen, im geschützten Bereich ihres Zirkels die Erweiterung ihrer öffentlichen Person zu erproben.

»Kaum zu glauben, für was wir hier bezahlt werden, was?«, zischte es in Haralds Ohr. Dexter natürlich.

»Du hast da was!«, konterte Harald ärgerlich und zeigte auf einen Kaffeefleck auf Dexters Oberschenkel.

»Wo?«, der Schönling hielt kurz inne. »Danke für diese Information aus dem Du-Quadranten. Ich nehme dieses Geschenk an.«

»Musst du dich immer über alles lustig machen?«

»Na hör mal, ein gut gemachtes Plagiat kann ich schon schätzen, aber was diese Unsichtbaren uns hier als den Weg zum Himmelreich verkaufen, das ist doch ziemlich dreist aus real existierenden Managementhandbüchern zusammengeschustert. Jeder Mittelstandscoach arbeitet mit dem Johari-Fenster. Von wegen Vier-Augen-Fertigkeit! Und dann diese Selbstentblößung, als ob wir bei den Anonymen Alkoholikern wären!«

Harald schüttelte missbilligend den Kopf und legte den Zeigefinger auf die Lippen. Insgeheim registrierte er, wie leicht ihn sein Kontrahent mit einem locker dahin geworfenen, nicht-decodierbaren Terminus verwirren konnte. Aber wenigstens bemerkte Dexter das nicht. Er schien überhaupt nicht auf die Idee zu kommen, dass Harald keinen blassen Schimmer hatte, wer oder was Johari war.

In der nächsten Pause wollte er sich von Anna aufklären lassen.

»Du Anna, dieses Vier-Augen-Dings …«

»Ich hoffe, das war dir nicht zu persönlich. Ich hatte nur das Gefühl, dass ich es mit dir zusammen gut darstellen kann. John sagt immer, man soll auf sein Gefühl vertrauen, nur dann kann man wirklich Großes leisten.«

»Das haben die Unsichtbaren aber nicht erfunden, oder? Dexter erzählte irgendwas von Yakari.«

»Johari?«

»Oder so.«

»John sagt, wir sind nur Zwerge, die auf den Schultern von Riesen stehen. Einzelne Elemente der Großen Sache beruhen sehr wohl auf althergebrachtem Wissen. Warum auch nicht? So geht die Vier-Augen-Fertigkeit auf ein Modell zurück, das zwei amerikanische Psychologen vor langer Zeit entwickelt haben. Typisch Dexter, dass er Johari – eine Zusammenziehung aus den Namen der beiden Forscher – als Yakari verballhornt! Mit allem, was tiefer geht oder höher fliegt als seine persönliche Nulllinie, hat er so seine Mühe. Besonders wenn es weiblich ist.«

Die letzte Wendung in Annas kurvenreicher Erklärung ließ Haralds vegetatives Nervensystem auf Flucht schalten. Er wollte eben etwas von Händewaschen murmeln, da redete sie schon weiter.

»Weißt du, was das Problem ist?«

Für einen Moment hoffte Harald, dass sie die Hilflosigkeit in seinem Gesicht davon abhalten würde, ihr Johari-Fenster noch weiter aufzustoßen. Aber für ihn völlig unsichtbar klebte auf seiner Stirn wohl wieder dieser Zettel: Vertrau mir! Vertrau mir!

»Die meisten Männer scheinen mit dem Modell ›Kluge Frau‹ ein Problem zu haben! Lola sagt das auch immer. Sie hatte jahrelang einen Freund, der als Controller bei der Firma arbeitete, in der sie damals ihr Praktikum absolvierte. Ihre Promotion nahm er ja gerade noch so hin, aber als sie dann den Arbeitgeber wechselte, war es bald zu Ende. Dass sie für die Konkurrenz arbeitete, spielte keine Rolle, das Problem war, dass plötzlich ›Global‹ und ›Head of‹ in ihrer Jobbezeichnung auftauchten.«

Noch bevor Anna wieder auf sich zu sprechen kommen konnte, gelang es Harald, mit einer lustigen Grimasse ein dringendes Bedürfnis vorschützend, zu entkommen. Freudig benommen hing er auf der Toilette dem Gedanken nach, dass er sich zum Model »Kluge Frau« durchaus hingezogen fühlte.

Für das letzte Exerzitium des Tages hatte Gottman ein Schweigegebot ausgegeben. Es galt, die dritte der Drei Fragen, »Wohin gehe ich?«, im Herzen zu bewegen, ohne sie zu beantworten. »Vertraut dem Weg, öffnet alle Sinne und verzichtet auf eure Ratio!«, hatte der schwarze Putto gefordert und seine Eleven hinaus in die Natur geschickt.

Allein, endlich allein auf einer Bank am See, bemühte sich Harald, so viele Eindrücke wie möglich auf sich einströmen zu lassen und dabei das Wohin-gehe-ich-Mantra durch seine Gedanken kreisen zu lassen.

Die Sonne ist schon ganz schön warm für diese Jahreszeit, im Frühjahr ist die Sonneneinstrahlung am gefährlichsten, da holt man sich leicht einen Sonnenbrand, aber die paar Minuten werden wohl nicht schaden. Ich spüre das harte Holz an meinen Schulterblättern und an meinen Pobacken, mein unterer Rücken hat keinen Kontakt zur Lehne. So ein Quatsch! Ich brauche was anderes. Da sind Bäume, hellgrüne, dunkelgrüne, anders grüne, Wolken, Himmel. Ich mach das, mit dem nur noch Blau Tragen. Anna ist es schon aufgefallen. Natürlich Anna. Geschirrklappern. Da oben bereiten sie die Kaffeepause vor, die Angestellten hier haben bestimmt auch ihren Spaß mit uns, wie wir so rumsitzen und rumschleichen und rumstehen, wie die Autisten-Selbsthilfegruppe auf Freigang. Eine Woche ist doch ziemlich lang. Mein Postfach quillt allerdings nicht über, weiß gar nicht, warum die alle immer rumjammern, gehört wohl dazu. Muss Dexter noch unter die Nase reiben, dass ich mit Duke zu dieser Industrietagung fahre: »Ach, da kann ich nicht, da bin ich geschäftlich in London, muss den CEO begleiten.« Toll von Urs, dass er mich mitnimmt, wichtige Veranstaltung. Müsste er nicht machen. Aber schließlich schreiben wir gemeinsam an der Rede. Urs und ich und Duke. Vielleicht gibt es eine Vorbesprechung? Duke wird sicher wissen wollen, mit wem er da so reist. Das plätschert. Kann der Ruderer dort den anderen vor ihm nicht in Ruhe seine Bahn ziehen lassen? Legt sich ja fürchterlich in die Riemen, um vorbeizukommen.

Und dann lag die »Große Sache II« hinter Harald. Er hatte sich aktiv und kontemplativ in den verschiedensten Soziofertigkeiten geübt und am Ende ein katechetisches Handbuch überreicht bekommen. Es war sein persönliches Exemplar, ausschließlich für seinen eigenen Gebrauch. Mit eindringlichem Ton und Finger-Tai-Chi hatte Gottman die Teilnehmer beschworen, das edle Büchlein nicht aus der Hand zu geben. Wer den Weg der Drei Fragen nicht beschritten, wer die konstituierenden Elemente der Großen Sache nicht energetisch erfahren habe, der sei

nicht bereit. Angesichts der wenigen Worte auf viel Weißfläche fand Harald das nachvollziehbar. Für Nicht-Einge-
weihte blieben sie seltsam inhaltsleer.

Natürlich konnte es sich Dexter nicht verkneifen, zu erwähnen, dass auch »Große Sache III«-Seminare existierten,
diese aber ausschließlich Topmanagern zugänglich seien, da
sie für deren, wie es hieß, »natürliche« Führungsteams zu-
geschnitten wären. Harald vermutete, dass sein Konkurrent
bald in den Genuss der exklusiven Veranstaltung kommen
würde, schließlich wurde er nicht müde zu betonen, dass er
Teil des regionalen Managementteams war. Sollte er doch.
Haralds Pläne gingen in eine ganz andere Richtung.

Tritratrullala

Aber Harald kam gar nicht dazu, sich an die Rede für
London zu machen. Direkt nach seiner Rückkehr von der
Zuger Halbinsel beauftragte Urs ihn mit einer anderen
Angelegenheit, die keinen Aufschub duldete.

»Du weißt schon wer ist nicht erfreut darüber, wie bei
uns die internen Stellenwechsel kommuniziert werden. Ich
habe zwar mal vor Jahren einen Prozess dazu aufgesetzt,
aber das genügt ihm nicht mehr. In letzter Zeit häufen
sich die Ab- und Zugänge im Management, und jetzt will
er plötzlich, dass alles, was die *Tii-em-tschii* betrifft, über
seinen Schreibtisch geht. Und er will, dass das alles in
Form einer neuen Benachrichtigungs-Richtlinie in Stein
gemeißelt wird. Sofort. Das ist doch was für dich! Du zau-
berst einen Entwurf für die Richtlinie, und ich klemme
mich derweil hinter die Recherche für die London-Rede.«

Nach der ersten Enttäuschung war Harald allmählich zu dem Schluss gelangt, dass dieser neue Auftrag dem alten doch ebenbürtig, wenn nicht sogar vorzuziehen sei. Seine Reise nach London stand so oder so fest, inwiefern sein Beitrag zur dort verlangten Rede erkennbar gewesen wäre, war schwer abzuschätzen, die Benachrichtigungs-Richtlinie dagegen sein Baby. Und sie war direkt für Duke.

Er benötigte den halben Vormittag, um herauszufinden, dass TMG für *top management group* stand. Anna hatte schließlich das Geheimnis enthüllt und ihm vorgerechnet, wer zu dieser illustren Gruppe gehörte:

KL + (KL − 1) = TMG

Oder in Worten: zur Top Management Group gehörten die Konzernleitung und die nächste Ebene darunter. Demnach und naturgemäß war Duke die Nummer eins, die Konzernleitung markierte eine Art Nulllinie, und danach bohrte sich ein weit verzweigtes, alles durchdringendes Wurzelsystem ins Negative und befestigte und nährte mit immer feineren Verästelungen das umgekehrte Baumdiagramm. Vor seinem geistigen Auge tauchte eine mächtige Eiche auf, als deren Krone Duke über der Erde schwebte und die sich, gestützt auf die konzernleitenden Hauptwurzeln, tief in die Erde bohrte. Knapp unter der Oberfläche also befand sich die Elite des Unternehmens, die dem Licht entgegenstrebte. Dass deren emporkommendes Bemühen von besonderem Interesse für den Sonnenkönig war, leuchtete Harald ein.

Ausgerüstet mit seinem einfachen journalistischen Handwerkszeug und einer gehörigen Portion gesundem Menschenverstand, entwarf Harald einen Bekanntmachungs-Musterbrief, der sich an den sechs W-Fragen

– Wer, Wann, Was, Wo, Wie, Warum – entlanghangelte und alle Wendungen eines Topmanager-Schicksals abdeckte: Neuzugang, interner Wechsel, Austritt aus dem Unternehmen. Bei Bedarf brauchte man jetzt nur noch einzelne Passagen zu löschen und vorsorglich gelassene Lücken zu füllen. Gespannt legte Harald das Werk seinem Chef zur Prüfung vor.

Intermezzo: Marcus Schwiezer wechselt seine Stelle.
Es treten auf:
Marcus Schwiezer, Wechselkandidat
Hans Attinger, Leiter der Reportingabteilung,
    Schwiezers alter Chef
Jorge Blunt, Leiter der Strategieabteilung des Dritten
    Geschäftsbereichs, Schwiezers neuer Chef
Matt Reed, Finanzchef, Schwiezers alter Chef-Chef
Tom Pelargo, Geschäftsführer des Dritten Geschäfts-
    bereichs, Schwiezers neuer Chef-Chef
Urs Huber, Leiter der globalen Kommunikationsabteilung
Harald Klein, Kommunikationsmanager, global
Maggie Malis, Leiterin der Kommunikation des Dritten
    Geschäftsbereichs
Personalabteilung
Lektorat
Rechtsabteilung
Sicherheitsabteilung

SCHWIEZER an KLEIN: »Lieber Harald, wie Urs mir sagte, wirst du dich der Bekanntmachung meines Stellenwechsels annehmen. Anbei ein erster Entwurf. Bitte vertraulich behandeln. Kann das übermorgen rausgehen? Gruß, Marcus.«

KLEIN an SCHWIEZER: »Lieber Marcus, ich habe das Dokument ein wenig gekürzt. Üblicherweise sind unsere Bekanntmachungen nicht länger als eine Seite. Ich denke, auf den Abschnitt über dein Studium und die Stationen in Vorgängerfirmen können wir verzichten. Andererseits fehlen noch ein paar wichtige Informationen. Kannst du mich mal anrufen, wenn du Zeit hast? Gruß, Harald.«

Düdeldüdel, düdeldüdel (Telefonklingeln)

SCHWIEZER: »Harald, also die Sache mit dem Studium und so war schon wichtig, sonst weiß ja keiner, dass ich für die Stelle qualifiziert bin.«

KLEIN: »Ich muss mal schauen, ob ich das unterbringen kann.«

SCHWIEZER: »Setz doch die Schriftgröße auf zehn Punkt.«

KLEIN: »Was ich eigentlich wissen wollte: Wann wechselst du denn genau?«

SCHWIEZER: »In sechs Wochen, wenn der Neue da ist.«

KLEIN: »Welcher Neue? Es gibt schon einen Nachfolger? Sollte der nicht mit in die Bekanntmachung?«

SCHWIEZER: »Nein, da geht's jetzt nur um mich! Die Leute müssen doch Bescheid wissen.«

KLEIN: »Und wie ist dein neuer Titel? Der fehlt mir noch.«

SCHWIEZER: »Wie wär's mit Senior Global Strategy Manager?«

KLEIN: »Wieso global? Du wechselst doch in den Dritten Geschäftsbereich!?«

SCHWIEZER: »Der ist aber global aufgestellt!«

KLEIN: »Ah. Und Attinger, Blunt, Reed und Pelargo
sollen gemeinsam unterschreiben?«

SCHWIEZER: »Na, Attinger und Blunt sind klar. Attinger ist es total wichtig, dass er noch was Wertschät-
zendes zum Abschied sagt, und dass der neue Chef
einen beglückwünscht und um Unterstützung vom
neuen Team wirbt, ist doch so üblich. Die
anderen beiden hab ich wegen der Topmanagement-
Visibility draufgemacht, weil's halt ne strategische
Stelle ist.«

KLEIN: »Ich nehme an, alle vier haben das abgesegnet?«

SCHWIEZER: »Attinger ist OK. Blunt muss ich's noch
schicken. Und die anderen wollte ich nicht mit einem
unfertigen Draft belästigen. Kann's übermorgen raus?«

KLEIN: »Ich klär das mal mit Urs und melde mich.«

HUBER: »Der Neue muss da mit rein, ganz klar.
Lass dir mal von der Personalabteilung den Lebenslauf schicken. Vier Unterschriften kann er vergessen,
aber Reed und Pelargo müssen den finalen Entwurf
freigeben.«

PERSONALABTEILUNG an KLEIN:
»Sehr geehrter Herr Klein, hier, wie gewünscht,
die biografischen Angaben zu Herrn René Wyss,
der zum 1. Juni eintreten wird. Aus Gründen der
Informationssicherheit können wir Ihnen nicht den
Original-Lebenslauf zukommen lassen.
Mit freundlichen Grüßen.«

KLEIN an SCHWIEZER, Kopie: ATTINGER, BLUNT:
»Marcus, hier noch mal die letzte Version, jetzt mit
einem Abschnitt zu Wyss. Ich kopiere die Herren
Attinger und Blunt, falls sie noch Anmerkungen
haben. Gruß, Harald.«

Düdeldüdel, düdeldüdel

ATTINGER: »Wieso ist der Blunt da mit drauf?
Marcus ist immer noch mein Mitarbeiter.
Schlimm genug, dass er ihn hinter meinem Rücken
abgeworben hat!«

KLEIN: »Das ist wohl üblich, dass der neue Chef mit
unterschreibt ...«

ATTINGER: »Sagt wer? Außerdem geht's ja auch um
Wyss, und der fällt allein unter meine Zuständig-
keit!«

BLUNT an KLEIN, Kopie MALIS: »Herr Klein,
der Titel von Herrn Schwiezer muss gemäß der
Titel-Richtlinie der Dritten Geschäftseinheit
›Senior Strategy Manager Global‹ lauten, nicht
›Senior Global Strategy Manager‹. Maggie, irgend-
welche Anmerkungen? Mit Gruß, Jorge Blunt.«

Düdeldüdel, düdeldüdel

MALIS: »Harald, du bist weder *accountable* noch
responsible für Bekanntmachungen in unserem Geschäftsbereich! Wirf mal einen Blick auf DACI!«

KLEIN: »Schwiezer gehört zur Finanzabteilung, die fällt
als globale Funktion unter globale Kommunikation.
Nehme an, der Auftrag ist deshalb bei mir gelandet?«

MALIS: »Aber er wechselt nun mal zu uns. Dann nimm
mich gefälligst in den Loop. Es ist sicherlich nicht
die Aufgabe von Blunt, mich über Kommunikations-
vorgänge in meinem Bereich zu informieren.«

KLEIN: »Ja, gut. Kannst du mir dann vielleicht bitte noch
einen Satz in den Entwurf reinschreiben, was die
neuen Aufgaben von Schwiezer betrifft?«

MALIS: »Ich kann das doch nicht jetzt einfach so reinpriorisieren. Ich arbeite hier gegen ein paar wichtige Deadlines. Frag die Personalabteilung, die machen die Stellenbeschreibungen.«

KLEIN: »Hallo Marcus, noch was …«

SCHWIEZER: »Ja?«

KLEIN: »Welche Aufgabenbereiche umfasst denn deine neue Stelle als Senior Manager Strategy Global? Ich hab schon eine E-Mail an die Personalabteilung geschickt, aber die antworten nicht.«

SCHWIEZER: »Ja, also, schreib doch: strategische Entwicklung von globalen Strategien für den Dritten Geschäftsbereich. Im Vergleich zu Wyss fällt der Abschnitt zu meinem beruflichen Werdegang jetzt aber doch ganz schön knapp aus, oder?«

KLEIN: »Ich hatt's dir doch erklärt …«

SCHWIEZER: »Kann das morgen raus?«

KLEIN an HUBER: Hier der letzte Stand der Schwiezer-Bekanntmachung. Kann das morgen raus?

HUBER an KLEIN: »Sprachlich gefällt mir der zweite Abschnitt noch nicht ganz. Bitte noch einmal überarbeiten. Und dann muss es noch zur Vernehmlassung zu Reed und Pelargo. Sicher denkst du daran, den Text vorher ans Lektorat zu geben?«

KLEIN an SCHWIEZER, Kopie: MALIS: »Wie mir das Lektorat mitteilte, benötigen sie zwei Tage, um den Text zu redigieren. Danach muss er noch einmal zu Reed und Pelargo.«

Düdeldüdel, düdeldüdel

MALIS: »Harald, dass das klar ist: Alles was Kommunikation in unserem Geschäftsbereich betrifft, läuft über mich! Du schickst mir den lektorierten Draft, ich manage das dann mit Pelargo.«

LEKTORAT an KLEIN: »Sehr geehrter Herr Klein, vielen Dank für Ihren Auftrag. Wir haben den Text gemäß der Corporate-Voice-Richtlinie angepasst. Ferner weisen wir Sie darauf hin, dass Sie die falsche Briefvorlage gewählt haben. Die Abstände zwischen Briefkopf und Betreffzeile sowie Betreffzeile und Anrede sind zu klein, die Schriftgröße muss zwingend auf elf Punkt eingestellt werden, der Abstand zwischen Grußzeile und Unterschriften ist zu groß. Die korrekte Vorlage erhalten Sie bei der Sicherheitsabteilung, Unterabteilung Informationssicherheit. Mit freundlichen Grüßen.«

INFORMATIONSSICHERHEIT an KLEIN, Kopie RECHTSABTEILUNG: »Sehr geehrter Herr Klein, anbei das angeforderte Template. Wir weisen Sie darauf hin, dass es Ihre Pflicht ist, sämtliche von Ihnen erstellten Dokumente gemäß unserer Dokumentensicherheit-Richtlinie zu kennzeichnen. Mit freundlichen Grüßen.«

Düdeldüdel, düdeldüdel

RECHTSABTEILUNG: »Herr Klein, Ihr Text verstößt gegen unsere Corporate-Governance-Richtlinie!«

KLEIN: »Wie das?«

RECHTSABTEILUNG: »Sie können auf keinen Fall schreiben, dass Herr Schwiezer künftig Teil des Managementteams von Herrn Blunt ist, und auch nicht, dass er an ihn berichtet. Blunt darf dieses Dokument nicht unterschreiben!«

KLEIN: »Blunt wird doch Schwiezers Chef!«

RECHTSABTEILUNG: »Herr Blunt arbeitet in den USA,
Herr Schwiezer hier am Hauptsitz in der Schweiz. Es
ist ganz und gar unmöglich, Managementstrukturen
über Niederlassungsgrenzen hinweg aufzubauen. Wir
würden rechtlich und steuerlich in Teufels Küche
kommen.«

KLEIN: »Aber es ist doch so.«

RECHTSABTEILUNG: »Schlimm genug. Schreiben können
Sie das jedenfalls nicht.«

KLEIN: »Was soll ich denn dann machen?«

RECHTSABTEILUNG: »Das überlassen wir ganz Ihrer
Expertise.

KLEIN an ATTINGER, BLUNT
Kopie: SCHWIEZER, MALIS: »Zur Information
anbei die neuste Version der Bekanntmachung
einschließlich der umgesetzten Vorgaben der Sicherheitsabteilung und des Lektorats. Auf Anraten der
Rechtsabteilung schlage ich vor, dass der Brief nur
von Herrn Attinger unterschrieben wird. Falls es
von Ihrer/eurer Seite keine Anmerkungen mehr gibt,
würde ich den Text an Reed geben. Maggie übernimmt den Vernehmlassungsprozess mit Pelargo.«

Düdeldüdel, düdeldüdel

HUBER: »Harald, geht's gut? Hör mal, Blunt hat
eben angerufen. War völlig aus dem Häuschen von
wegen Schwiezer würde eine Schlüsselrolle in
seinem Managementteam besetzen.«

KLEIN: »Die Rechtsabteilung hat doch gesagt …«

HUBER: »Weiß schon. Mach den Satz und Blunt einfach
wieder rein. Ach, und du vergisst auch nicht, den finalen
Entwurf an Wyss zur Kenntnisnahme zu schicken?«

KLEIN: »Urs, noch was: Wer ist eigentlich Daisy?«

HUBER: »Daisy-wie-weiter?«

KLEIN: »Maggie erwähnte so jemanden, als sie mir vorhielt, dass ich in Sachen Schwiezer-Wechsel nicht zuständig sei.«

HUBER: »Ha, ha! DACI! Kannst du vergessen. Das ist so ein Matrix-Managementtool für Leute, die mit Komplexität nicht zurande kommen. Haben sich Tick, Trick und Track in vielen Workshop-Stunden ausgedacht.«

Düdeldüdel, düdeldüdel

SCHWIEZER: »Harald, der Text ist ja nicht wieder-zuerkennen! Du weißt schon, dass ich das alles bereits mit Attinger besprochen hatte? Was soll der jetzt denken? Und was glaubst du, wie verwirrt die Leute sind, wenn da nicht steht, an wen ich in Zukunft berichte?«

KLEIN: »Keine Sorge, das hat sich schon erledigt.«

SCHWIEZER: »Und die neuen Kollegen im Management-team müssen doch auch Bescheid wissen!«

KLEIN an ATTINGER, BLUNT
Kopie: SCHWIEZER, MALIS, HUBER:
»Hier der nochmals angepasste Text. Bitte diese Version verwenden. Bitte entschuldigen Sie die Unannehmlichkeiten.«

INFORMATIONSSICHERHEIT an KLEIN,
Kopie HUBER: »Sehr geehrter Herr Klein, Sie haben gegen unsere Dokumentensicherheit-Richtlinie verstoßen. Sie haben versucht, ein Dokument, das als *internal use only* gekennzeichnet war, an Dritte außerhalb des Unternehmens weiterzuleiten. Siehe

im Anhang Ihre E-Mail an rene.wyss@hotmail.com.
Der Firewall-Alarm wurde ausgelöst. Ihr Vorgesetzter
wurde informiert und gebeten, sich gemäß unseres
Incident-Managementprozesses mit Ihnen in Verbindung zu setzen. Mit freundlichen Grüßen.«

Neben Harald, auf einem seltsamen Hocker mit nach
hinten verknoteten Beinen, vibrierte Jenny Spinas, die
Abteilungsassistentin. Es war schwer zu sagen, ob das
Zittern ihrer inneren Erregung oder nur der ergonomi-
schen Sitzgelegenheit geschuldet war, jedenfalls atmete sie
kaum und wischte andauernd die Hände an ihrem bereits
stark verknitterten Leinenrock ab. Schon zum dritten Mal
korrigierte sie umständlich unter Zuhilfenahme der Maus
eine Kleinigkeit in dem E-Mail-Entwurf auf ihrem Bildschirm. Ungeduld kroch über Haralds Lendenwirbel nach
oben und diffundierte auf Höhe der Schulterblätter in
seinen Brustbereich. Warum war er nur so nervös? Er hatte alles tausendmal überprüft. Er hatte den Text Wort für
Wort auf jeden lausigen Fehler durchkämmt, er hatte sich
versichert, dass der Brief sämtlichen formalen Vorgaben
entsprach, selbstredend hatte er die Datierung mehrfach
kontrolliert, er hatte in nächtlicher Fleißarbeit den zuvor in
energiefressenden Sitzungen mit Maggie erkämpften Verteiler Eintrag für Eintrag verifiziert und persönlich dafür
gesorgt, dass alle fünfhundertdreiundzwanzig Empfänger
der frohen Botschaft streng alphabetisch sortiert waren, mit
Ausnahme von Reed und Pelargo natürlich, die an erster
Stelle genannt ihre ganz eigene kleine Alphabetreihung erfahren hatten – in diesem Fall also Pelargo vor Reed, obwohl man auch nach dem Prinzip CFO schlägt COO hätte
argumentieren können. Er hatte das Dokument in ein PDF

umgewandelt, was Mitarbeiter mit potenziell krimineller Energie vor der Versuchung bewahren sollte, die eingescannten und als Bild-Datei eingefügten Unterschriften der beiden TMG-Vertreter, die schließlich Handlungsbevollmächtigte des Unternehmens waren, zu missbrauchen.

Sie sollte jetzt endlich dieses blöde PDF an diese blöde E-Mail anhängen und verdammt noch mal den blöden Senden-Knopf drücken!

Und dann verschwand die elektronische Repräsentation einer Nachricht, Hokuspokus, vom Bildschirm, weggezaubert von einem Augenblick auf den nächsten. Sie war nicht einfach in einem Schlitz verschwunden, wie ein Brief im Postkasten, der dort verweilte bis er unendlich lange Zeit später von einem Postangestellten, der morgens Kaffee getrunken und sich geduscht hatte, bevor er zum Dienst erschienen war, händisch ins Postauto umgeladen und unter Aufwendung von Kraftstoff und Reifen zur Sortierstation transportiert wurde, wo er nach vielen halbmanuellen Arbeitsschritten endlich auf den Weg gebracht wurde und unter Aufwendung von Raum und Zeit schließlich den einen Ort seiner Bestimmung erreichte. Sie war weg und gleichzeitig erschien sie an fünfhundertdreiundzwanzig Orten, vielleicht mit der Verzögerung von ein paar Wimpernschlägen, die sie benötigte, um in Einsen und Nullen zerlegt auf unergründlichen Wegen die Erde, einmal, zweimal, dreimal schwarzer Kater zu umkreisen. Rund um den Globus erhob sich das reintönige Glockenspiel des Maileingangs, und während an Desktop-Computern, unter Sitzungstischen oder in Businesslounges doppelgeklickt wurde, lief Jennys Bildschirm mit Lesebestätigungen voll. Sie kicherte hysterisch, während Harald darauf wartete, dass die E-Mail auch in seinem Blackberry aufschlug. Er hatte sich auf Blindkopie setzten lassen, um den – wie er glaubte – letzten Akt des Dramas zu überwachen. Als er zehn Minuten später das Büro der Assistentin verließ, sah er gerade noch, wie sich die Glastür zum Konzernleitungsbau hinter Urs' wehendem Jackett schloss. Ein sattes Klack verschluckte seine Staccatoschritte.

Verglichen mit dem, was Urs später über Dukes Reaktion berichtete, verblassten alle anderen Aufschreie, die in den nächsten Stunden meist von Leuten, die sich auf die eine oder andere Art übergangen fühlten, aufliefen. Wie der Sonnenkönig an die E-Mail gekommen war, sollte Harald nie erfahren. Er war sich hundertprozentig sicher, dass er nicht auf dem Verteiler gewesen war. Duke habe gepoltert, dass es auf Geschäftseinheitsebene keinen globalen Manager geben könne. Das sei höchst missverständlich und vollkommen gegen das Prinzip der klaren Kommunikation. Und ob wohl einer glaube, dass globale Verantwortung nicht automatisch mit der entsprechenden Seniorität einhergehe, was also dieses pleonastische »Senior Global« solle? Ob sich jetzt jeder seinen Titel selbst geben könne? Er verlange sofort eine Überarbeitung der Titel-Richtlinie, und überhaupt wolle er in Zukunft alle Bekanntmachungen bis zur Ebene Minus-zwei persönlich freigeben.

Harald fand, dass die meisten seiner Vorwürfe an die Adresse der Personalabteilung gerichtet gehört hätten, und wunderte sich, dass sein Chef die ungerechten Tiraden anscheinend widerspruchslos ertragen hatte. Aber das behielt er lieber für sich. Dass Dukes Wortklauberei rudimentäre Reste eines früheren Linguistikstudiums waren, vernahm er mit Interesse.

Und dann kam die große Reise. Die BenachrichtigungsRichtlinie musste warten.

Terra Incognita

Als endlich die Tür hinter dem Hotelpagen zufiel, warf der Geschäftsreisende seinen Blackberry, mit dem er eben noch hantiert hatte, obwohl keine der während des Fluges eingegangenen Nachrichten ein sofortiges Reagieren notwendig gemacht hätte, auf die kolossale Bettwolke, die ungefähr die Hälfte des mit schweren Stoffen und Möbeln fürstlich ausgestatteten Zimmers einnahm, wo er lautlos versank.

Eigentlich hätte Harald sein Gepäck am liebsten selbst getragen. Es war peinlich gewesen, dass der junge Mann in altmodischer Livree, der ihm in Alter und Statur so ähnlich war, mit einer angedeuteten Verbeugung sein Rollköfferchen entgegengenommen hatte, als ob er ihn von einer großen Last befreite. Wenigstens redete er nicht, bis auf das ständige:»Bitte, Danke, nach Ihnen«, und um ihn gar nicht weiter in Versuchung zu führen, hatte Harald bereits im Lift nach seinem Smartphone gekramt und sich bald kopfschüttelnd, bald lächelnd in ein stummes Zwiegespräch mit seinem E-Mail-Eingang versenkt. Das Trinkgelddilemma: War es beschämender angesichts der Situation in seinem Geldbeutel – er hatte nur ein 50-Pence-Stück oder dann gleich eine 10-Pfund-Note – wenig oder dann doch lieber gleich gar nichts zu geben? War Trinkgeld in diesen Sphären überhaupt üblich oder würde er sich damit als rückständiger Emporkömmling die Verachtung des Jünglings zuziehen? – das Trinkgelddilemma also hatte er schließlich ausgesessen. Sollte der doch denken, dass er ein arroganter Schnösel sei! »Von den Reichen kannst du sparen lernen!«, hatte sein Vater immer gesagt.

»Herzlich willkommen, Harald Klein!«, flimmerte es auf dem Flachbildschirm, den er als Erstes ausschaltete, um ungestört von dem Gedudel in die prächtige Atmosphäre einzutauchen. Er öffnete jede Schublade, jede Türe und befingerte die feinen Holzbügel, auf die er gleich seine zwei neuen Hemden hängte, auch das mit den Umschlagmanschetten, streichelte den Bademantel und die mit einer Krone bestickten Pantoffeln, die er in den zwei Tagen, die sie hier verbringen würden, eher nicht brauchen würde, und stellte sein viel zu großes Laptop auf die lederne Schreibunterlage, nachdem er Büttenpapier und Füllfederhalter – es war tatsächlich ein Füller – bedauernd zur Seite geschoben hatte.

Im Badezimmer hüpfte er ein paar Mal die Siegerfaust in die Luft gereckt vor dem Spiegel auf und ab, lauschte kurz, aber die Wände schienen hervorragend schallisoliert, und nahm dann übermütig drei Fläschchen mit Duschgel und Badelotion irgendeiner Edelmarke vom marmorumrandeten Waschtisch, goss den Inhalt in die Wanne und drehte die zwei separaten Wasserhähne bis zum Anschlag auf. Dann ging er zurück zum Schrank, um den Bademantel und die Pantoffeln zu holen.

Tief im warmen Schaumwasser versunken, schloss er die Augen. Ich bin der kleine Harald und gehe jeden Samstagabend auf Tauchstation. Über mir treibt ein weißer Berg, ich sehe ihn nicht, doch alle meine Sinne wissen, er ist da. Ich weiß ihn da, genauso wie die roten Kacheln an der Wand und den braunflauschigen Badvorleger und das orangene Handtuch auf dem Heizkörper und den Alibert mit den beschlagenen Scheiben und den Flur hinter der Milchglastür und das dunkelgrüne Sofa, auf dem Papa Sportschau kuckt, und Mama daneben unter der Trockenhaube.

Eine ähnliche Übung absolvierte Klein-Harald auch gerne im Dämmerzustand zwischen Schlafen und Wachen:

Bevor er die Augen öffnete, versuchte er, einen anderen Ort in sich hervorzurufen, etwa wie es wäre, sich in Mamas Bett wiederzufinden oder in der kalten Kammer, in der er bei Opa immer übernachten musste. Er kannte aber auch die schreckliche, unfreiwillige Variante, wenn er mit der Gewissheit der räumlichen Beschaffenheit seines Kinderzimmers – der Wand an der Längsseite des Bettes, am Kopfende das Regal, auf dem von links nach rechts der Affe, der Hase und der Bär neben den Büchern saßen – die Augen aufschlug und nichts war so wie erwartet. Dieser entsetzliche Moment der heillosen Verlassenheit, bis sich die Erinnerung und Orientierung wieder einstellte, dass sie doch in Urlaub gefahren waren in diese Pension.

Harald tauchte auf. Das Luxushotel war noch da. In seinen Bademantel gehüllt auf dem Bett sitzend studierte er den umfangreichen Frühstücksbestellzettel, den er auf seinem Kopfkissen gefunden hatte. War es möglich, dass man hier sogar über einen gemeinschaftlichen Speisesaal erhaben war und sein individuelles Wunschfrühstück exklusiv aufs Zimmer serviert bekam? Unfassbar diese Auswahl. Und die Preise. Fünfundzwanzig Pfund sollte er dafür berappen. Nicht er, sondern die Firma.

Für fünfzig Pfund waren sie damals in dem kleinen Hotel untergekommen, als er Beate besuchte, die von ihren Eltern nach dem Abitur auf einen mehrwöchigen Sprachaufenthalt nach England geschickt worden war. Sein erster Flug überhaupt. Und dann standen sie vor diesem Inder, der sie schmierig anlächelte und das viele Geld gleich einkassierte, bevor er sie aufs Zimmer schickte. Der Ekel in Beates Gesicht, ausgelöst von der eben noch schnell versprühten chemischen Himbeerwolke, durch die sich bereits wieder der Verwesungsgestank des Abflussrohres bemerkbar machte. Der Ekel, der Beates ganzen Körper verkrampfte. Sie weigerte sich, auch nur einen Schritt ohne Schuhe auf den siffigen Teppichboden zu setzen oder auch nur ein unbekleidetes Körperteil auf dem verblichenen Laken mit den undefinierbaren Flecken abzulegen. An Sex war nicht zu denken. Das ganze Wochenende ein Reinfall. Anfängerfehler.

Das Telefon klingelte.

»Geht's gut?«

»In was für einer Bruchbude sind wir denn gelandet?«, versuchte es Harald mit lässiger Ironie.

»Für die Besten nur das Beste!«, entgegnete Urs.

»Sag mal, wegen dem Frühstück. Da gibt's hier doch so einen Zettel ...«

Das etwas zu lange Schweigen in der Leitung klärte Harald über seinen Irrtum auf, noch bevor Urs sagte: »Wir treffen uns morgen zum Frühstück unten. Kurze Lagebesprechung, bevor die Show beginnt.«

Er war seinem Chef dankbar, dass er sich nicht über ihn lustig gemacht hatte, aber ihm musste spätestens jetzt sonnenklar sein, welch tumber Tor der Junge war. Logisch, der Zettel war nur für Frühstück auf dem Zimmer gedacht, auch wenn das so nicht draufstand, das wusste doch jeder!

Auf dem Weg zum Konferenzbereich, wohin Urs ihn bestellt hatte, um das Feld für den Auftritt des Sonnenkönigs am nächsten Morgen zu bereiten, prüfte Harald in seinem Herzen nochmals verschiedene Situationen der Anreise auf ihr Entlarvungspotenzial. Dass er sich auf dem Weg zum Flughafen zu einer mühsamen Unterhaltung mit dem Taxifahrer hatte nötigen lassen, ärgerte ihn jetzt, würde aber auf ewig ihr Geheimnis bleiben, denn niemand sonst hatte im Wagen gesessen. Dass er bereits zweieinhalb

Stunden vor Abflug da gewesen war, während sich Urs erst als das Boarding schon begonnen hatte, im Staccatoschritt dem Terminal näherte, musste auch keiner erfahren. Er glaubte auch nicht, dass Urs bemerkt hatte, wie enttäuscht er gewesen war, dass sich die Businessklasse überhaupt nicht von den anderen Sitzen im Flugzeug unterschied, und er seine Genugtuung einzig aus dem Umstand gewinnen musste, sich in eine der ersten Reihen setzen zu können, anstatt nach hinten durchgehen zu müssen. Vielleicht hatte sein Chef seine Schlüsse gezogen, als Harald sehr wortkarg auf die zahnfleischgrinsend vorgetragenen Anekdoten über Bordverpflegung, verpasste Anschlussflüge und Jetlag reagierte. Jedenfalls hatte er danach einen seiner von farbiger Klarsichtfolie zusammengehaltenen Papierpacken, die er immer und in großer Zahl mit sich führte, herausgeholt, und erst wieder davon aufgeblickt, als das Flugzeug zum vollständigen Stillstand gekommen war. So war ihm wahrscheinlich auch entgangen, dass Harald die Stadt unter ihnen mit ebenso freudiger Erregung betrachtet hatte wie bei seinem ersten Anflug auf London.

»Ist Duke schon da?« Harald schaute sich halb ängstlich, halb hoffnungsvoll um. Sie standen in einem weiß vertäfelten Vorraum, von dessen Stuckdecke notwendigerweise ein Kronleuchter baumelte. Die Tür zum angrenzenden Saal stand offen und gab den Blick frei auf Reihen von samtbezogenen Sesselchen, die sich einer Bühne zuwandten, unter deren dramatisch gefaltetem Vorhanghimmel auch ein barockes Streichquartett gut zur Geltung gekommen wäre.

»Meinst du, der meldet sich bei mir an? Er wird schon rechtzeitig antraben morgen früh. Generalproben sind seine Sache nicht«, grinste Urs und wandte sich der Dame in Schwarz zu, die soeben aus dem Saal geschwebt kam. Noch einmal schlafen, dachte Harald.

Wie sich herausstellte, war die Dame die Leiterin der Konferenz, und während Urs probeweise Dukes Foliensatz unter den Bühnenhimmel projizieren ließ, übte sie sich alsbald im Smalltalk der globalen Führungsschicht, sprach über Märkte und Regierungen und davon, dass Letztere sich dort einmischen sollten, wo es um die Sicherung der Grundlagen für wirtschaftliches Wachstum ginge, aber sich davor hüten sollten, Erstere regulieren zu wollen. Schweigend, weil er zu all dem nichts zu sagen hatte, stützte sich Harald auf ein Samtsesselchen, weil er nicht wusste, wo er die Hände sonst lassen sollte, und starrte konzentriert auf die ihm altbekannten Folien. Urs und die Dame erörterten noch weitere wichtige Fragen, etwa wo sich der Eröffnungsredner wann einfinden solle, um mit einem Ansteckmikrofon ausgestattet zu werden, von welcher Seite er die Bühne betreten solle, wo er sein Wasserglas vorfände – bitte San Pellegrino wegen der milden Kohlensäure, auf keinen Fall mit Eis –, und dass er keine Fernsteuerung für die Diashow benötige, weil Urs selbst oder sein junger Kollege für eine reibungslose Bebilderung des Vortrags sorgen würden.

Am nächsten Tag begab sich Harald sehr sorgfältig gekleidet, auch wenn er sich im letzten Moment gegen das Hemd mit den Manschettenknöpfen entschieden hatte, zum Frühstückssaal. Er würde gleich mit Duke zu Tisch sitzen! Das war die richtige Art, mit dem CEO den Morgenkaffee zu nehmen, die Basler Frühstücks-Meetings waren doch recht eigentlich was fürs Fußvolk. Seine Hände schwitzten etwas, und ein leichtes Kratzen im Hals zwang ihn zu beständigem Räuspern und Schlucken. Im Spiegel gegenüber sah er sich selbst unter ausladenden Lüstern die Szene betreten und war beruhigt, wie angemessen er sich ins Bild fügte. Andere ebenso sorgfältig gekleidete Männer belebten den Schauplatz, bekamen serviert und eingeschenkt, Stühle wurden unter Hinterteile gerückt, Servietten über Schöße gebreitet.

Auf einem der Tische stapelten sich bunte Klarsichtfolien zwischen benutztem Geschirr, dahinter ragte eine Zeitung auf. Urs. Allein. Der Frage, ob es gut gehe, folgte nahtlos eine Bemerkung zum erneut gestiegenen Aktienkurs des Unternehmens. Nein, er wisse schon wen habe er noch nicht gesehen, der bevorzuge für gewöhnlich Zimmerservice.

Der Eröffnungsvortrag war bereits einige Folien alt, als Harald zum ersten Mal den Mann neben sich deutlich wahrnahm. Er war groß, hatte die langen, ungelenken Beine weit von sich gestreckt. Wahrscheinlich saß er deshalb in der ersten Reihe, die ansonsten eher spärlich besetzt war. Mit den abgekauten Fingern seiner rechten Hand trommelte er lautlos ohne Unterlass auf seinem Oberschenkel. Harald versuchte, unauffällig auf das Gesicht zu schielen, ohne dazu den Kopf zu drehen. Die verschwommene Silhouette verstärkte seine Neugierde, sodass er sich zur Nummer »schweifender Überblick« entschloss, einem leuchtturmartigen Absuchen des gesamten Saales mit gestrecktem Hals und ohne besondere Fokussierung, bei dem er zwangsläufig auch seinen Nachbarn streifen musste. Weiße Pünktchen puderten dessen schwarze Anzugsschultern und vereinzelten sich auf dem Revers. Schwarz waren auch der reiche Haarschopf, aus dem sie stammten, und die Bartstoppeln um das füllige Kinn. Der gezuckerte Riese beugte sich zu Harald und raunte:

»Er macht sich gut, unser *fils d'un croupier*, nicht wahr?«

»Bitte?«

»Na, unser Sammy da oben! Wer hätte gedacht, dass aus dem wortkargen Burschen mal ein solches Redetalent wird.«

Harald nickte verwirrt, fühlte sich stellvertretend geschmeichelt und versuchte, die gleichzeitige Empörung, die ihn plötzlich von der Seite angesprungen hatte, etwas zurückzudrängen. Dabei starrte er stur nach vorn, als ob das Zusammenspiel zwischen Duke und Urs, der etwas erniedrigt an einem Tischchen neben der Bühne hockte und die Folienpräsentation steuerte, nur gelingen könnte, wenn auch er seine gesamte Aufmerksamkeit darauf richtete.

Außer einem zerstreuten »Guten Morgen« hatte der Sonnenkönig noch immer kein Wort mit Harald gewechselt. Der schwimmbadblaue Gnadenblick war nur kurz über den Jüngling hinweggeglitten, als Huber ihn in den letzten Minuten vor dem Vortrag endlich als seinen neuen Mitarbeiter und Mitverursacher des heutigen Redemanuskripts vorgestellt hatte. Trotzdem waren Harald die sanften Wellen der Neugier und des Neides nicht entgangen, die von außen an das Dreiergrüppchen herangetragen wurden, während sie so tätig vertraut beisammenstanden.

Das ist meiner! Mein Chef-Chef-Chef, fühlte er mit Wärme und nahm die Schulterblätter zusammen.

Beim Mittagessen, das für die Konferenzteilnehmer in einem gesonderten Raum aufgetragen wurde, verschwand Urs bereits nach der Suppe mit den bunten Plastikmappen unter dem Arm, dem Blackberry am Ohr und einem Augenzwinkern. Von Duke fehlte, seitdem er nach seinem Vortrag ein paar harmlose Frage beantwortet hatte, ohne sich auch nur im Geringsten an dem Fragen- und Antworten-Dokument zu orientieren, das Harald in zwei Nachtschichten vor dem Abflug noch erstellt hatte, jede Spur. Wie vom Erdboden verschluckt.

»Darf ich?«

Der gezuckerte Riese deutete auf den verwaisten Platz neben Harald. Der nickte. Sein alter und neuer Nachbar verstaute umständlich seinen Rucksack unter dem Stuhl, dann wechselten sie ein paar höfliche Worte, gefolgt von ein paar freundlichen. Die buschigen Augenbrauen des Fremden, die über der Nasenwurzel zusammengewachsen waren, tanzten lustig bei jedem Satz, den er sprach. Der jungenhafte Schopf hing ihm in die Stirn, und wenn er lachte, verschwanden seine braunen Augen in einem Strahlenkranz aus tausend Fältchen. Nach dem Hauptgang fasste sich Harald ein Herz:

»Sie kennen Duke?«

»Oh schon lange. Wir sind alte Weggefährten«, sagte der Riese und wischte mit einem Stück Brot den letzten Rest Sauce aus seinem Teller. Dann leckte er sich die Finger ab.

Harald staunte über sein souverän ungezogenes Verhalten. »Sie haben also schon mal für unser Unternehmen gearbeitet?«

»Das nicht gerade. Und doch könnte man es so sagen, wenn man wollte. Sie sind doch der Wortverdreher.« Er lächelte. »Der kleinste gemeinsame Nenner von Duke und mir ist wohl dieselbe Business School.«

»Er hat ganz schön Karriere gemacht«, soufflierte Harald in der Hoffnung, etwas mehr über den Sonnenkönig zu erfahren. Wer von den Fünfzigtausend hatte schon je einen seiner Weggefährten getroffen?

»Das war abzusehen. Sammy hatte diesen Willen und den Glauben an sich und seine Fähigkeiten. Er hat nie vergessen, dass er seine exzellente Privatschulbildung in England allein seinem Rugby-Talent schuldet. Sein Vater, ein Brite, hat sich in Baden-Baden vom Pagen im Spielsaal und Türsteher am Casinozugang zum Croupier hochgedient. Der hätte sich das ohne Sams Sportstipendium niemals leisten können. Haben Sie bemerkt, dass er ein Bein etwas nachzieht?«

Harald schüttelte den Kopf.

»Sportverletzung. Bemerkt man eigentlich nur, wenn er eine schnellere Gangart anschlägt. Er hat sich damals ganz schön reingehauen. Seinen Upperclass-Mitschülern blieb seine Herkunft natürlich nicht verborgen.«

»Jura hat er studiert, oder?«, versuchte Harald den gesprächigen Riesen in Fluss zu halten.

»Ja. Und Sprachwissenschaften, sein Idealismusfach, wie er gerne betont. Ist den anderen MBA-Studenten an unserem *ludus magnus* ganz schön auf die Nerven gegangen mit seiner Spitzfedrigkeit. Interessieren Sie sich für Kunst?«, wechselte er plötzlich das Thema und verschwand mit dem Oberkörper unter dem Tisch, um nach seinen Schuhen zu angeln, die er zum Essen abgestreift hatte. Wortreich empfahl er dem London-Reisenden die aktuelle Ausstellung eines Künstlers mit spanischem Namen in der neuen Tate Modern zu besuchen, allein das Gebäude sei es wert, dann schulterte er seinen Rucksack und trollte sich. Am Ausgang mussten ihm die Kellner mit den Desserttellern ausweichen.

Zwischen zwei Löffeln Vanilleeis studierte Harald die Visitenkarte seines neuen Bekannten, die er im Tausch gegen die seine erhalten hatte. René Meier? Irgendwie kam ihm der Name bekannt vor.

Gegen Ende der ersten Nachmittagssession, in welcher der Vizedirektor eines Mitbewerbers seine Sicht zur Lage der Industrie zum Besten gab, tauchte Urs wieder auf. In der kurzen Pause vor dem nächsten Vizedirektor eines anderen Mitbewerbers bestätigte Haralds Chef seinen Ruf, jeden zu kennen und alles zu wissen, was es zu wissen gab.

»René Meier. Respekt!« Fast hätte er durch die Zähne gepfiffen. »Einer der verlorenen Söhne unseres Patriarchen. Haben sich alle für das wahre Leben entschieden, Kunst, Wissenschaft, Umweltschutz und solche Sachen. René engagiert sich, glaube ich, auch noch in einem Londoner Sozialprojekt, irgendwas mit Kindern oder Frauen oder Asylanten. Dass der hier auftaucht! Da hast du dir einen netten Edelstein in dein Netzwerk geholt.«

Harald wehrte ab, dass man wohl kaum von Netzwerk sprechen könne, er habe ja nur Höflichkeiten mit ihm ausgetauscht, freute sich aber daran, wie begierig Urs die biografischen Petitessen über Duke aufsog.

Nachdem noch zwei weitere Vizedirektoren von zwei weiteren Mitbewerbern abermals ihre Sicht zur Lage der Industrie kundgetan hatten, die sich nur marginal von der Sichtweise der vorangegangenen Redner unterschied, eröffnete Urs seinem Mitarbeiter, dass er noch am Abend den Flieger zurück nach Basel nehmen werde. Dringende Aufgaben, die sich nicht aus der Ferne erledigen ließen, er wisse schon. Und er, Harald, werde ja doch deutlich mehr vom zweiten Tag der Konferenz profitieren als er, der alte Hase.

Mit einer Gefühlsmischung aus Freiheit und Alleingelassensein zappte sich Harald, in seinen Bademantel gehüllt, bis spät in die Nacht durchs internationale Fernsehprogramm. Draußen rauschte das Londoner Nachtleben.

Doublebind

Am zweiten Nachmittag der Konferenz überließ Harald die Vizedirektoren weiterer Wettbewerber ihrem weitgehend deckungsgleichen Schicksal und begab sich, wie von seinem neuen Edelbekannten angeregt, zum Museum. Mit klopfendem Herzen ob seiner Anmaßung – es wäre schließlich ein Leichtes gewesen, sich mit einem öffentlichen Verkehrsmittel fortzubewegen – war er in den aufgerissenen Wagenschlag eines schwarzen Taxis gestiegen, hatte er sich doch beim besten Willen nicht vorstellen können, das Hotel unter den Blicken des Cut und Zylinder tragenden Portiers zu Fuß zu verlassen. Mit roten Backen hatte er den horrenden Preis für die kurze Fahrt bezahlt und die Frage nach einer Quittung verneint. Auf der Spesenrechnung würde sein kleiner Ausflug nicht auftauchen.

»Juan Muñoz« stand auf dem riesigen Banner, unter dem er das ehemalige Kraftwerk an der Themse betrat. An der Kasse versorgte er sich mit einem Ausstellungsprospekt. Ein kurzer Text zu Anfang, der es schaffte, das Wort Kreativität und sein Adjektiv auf nur wenigen Zeilen sechs Mal unterzubringen und es in nächste Nähe zu dem Großkonzern zu rücken, der als Sponsor der Ausstellung auftrat, nebst verbesserter Lebensqualität und innovativer Produkte, nötigte Harald Respekt ab. Das hätten er oder Urs nicht besser schreiben können. Kommen Sie, sehen Sie, staunen Sie! Perspektiven und Illusionen, Sichtbares und Unsichtbares werden hier präsentiert.

Lautlos gleiten die beiden Aufzüge aneinander vorbei, der eine steigt und steigt bis unter das gleißende Dach, der andere sinkt und versinkt im schwarzen Schacht, kehrt zurück aus der Unterwelt und fliegt empor zum Licht, für einen kurzen Augenblick vereint mit seinem stürzenden Zwilling.

Der fliehende Hallenboden ist voll dunkler Quadrate, die Neugierige mit ihren stufenförmig abfallenden Rändern in die Tiefe ziehen könnten, aber der kathedralenartige Raum ist menschenleer. Harald lehnt sich über das Geländer, um in eines der Löcher hineinzusehen. Nur eine optische Täuschung! Der Untergrund auch hier fest und lückenlos.

Eine Treppe führt abwärts ins Schattenreich. Lichtquader fallen von oben herab – manche der Löcher sind also echt! –, ziehen Besucher an wie Motten. Hier sammeln sie sich. Auch Harald bleibt nicht im Dunkeln stehen. Und dann sieht er sie, die grauen Männer im Zwischenraum über sich. Einer balanciert mit dem Rücken zum Abgrund auf einer Stuhllehne, drei oder vier haben sich abgewendet – auf der Suche nach einem Ausweg? Wo geht's denn hier nach oben? Drei andere verharren in intensivem Gespräch, rechnen sich mit den Fingern etwas vor, die meisten wirken ganz gleichmütig auf ihren Balkonen zwischen unten und oben, scheinen mit geschlossenen Augen geduldig zu warten vor den heruntergelassenen Jalousien.

Harald hat genug vom Dämmerlicht und dem blinden Treiben auf der mittleren Etage. Noch mal hinauf in die Kathedrale. Stell dir vor, kleiner Harald, über diese Stufen verlässt du die Tiefgarage, wo Dexters Mazda zwischen Urs' Alfa und Bales BMW steht. Niemand will hier länger verweilen, es ist ein Raum des Übergangs, ein zeitloser, ortloser Raum. Und du gelangst hinauf in den lichten Hof deiner Konzernzentrale. René Meier! Harald schüttelt ungläubig den Kopf. Warum setzt er sich zu mir? Ausgerechnet. Er fand mich sympathisch, keine Frage. Wollte vielleicht mal einen ungefilterten Blick auf sein Unternehmen werfen, ist immerhin Mehrheitsaktionär, so wie sich Könige im Märchen unerkannt unters Volk mischen. Und warum hat er mich ausgerechnet hierher geschickt? Falls er mich geschickt hat.

> »Mich interessieren die Wirkung von Maßstab und Größe und die subjektive menschliche Wahrnehmung. Es überrascht mich immer wieder, wie groß unser Bedürfnis danach ist, etwas zu sehen, was es gar nicht gibt. Wir kennen den Mechanismus genau, der hinter einer Illusion steckt, und doch scheint eben dieses Wissen eine Grundvoraussetzung dafür zu sein, dass wir uns der Illusion hingeben können. Unsere Aufgabe ist es, Lügen zu konstruieren, Geschichten zu bauen, die Welt viel größer zu machen, als sie eigentlich ist.«

Die schicke Papiertasche mit dem Ausstellungskatalog in der Hand verließ Harald die einstige Industriebrache und wanderte unter tief hängenden Wolken an der Themse entlang. Am gegenüberliegenden Ufer leuchteten satte Farbschichten – grün, rot, gelb, weiß – vor graphitenem Himmel. Tausend Scheiben warfen die letzten schrägen Sonnenstrahlen zurück auf den grauen Strom.

Kraftwerk, Kunstwerk: Energie geht nicht verloren, wird nur umgewandelt. Was ist das doch für eine seltsame Symbiose von Wirtschaft und Kunst? Ohne Geld keine Unabhängigkeit, ohne Unabhängigkeit keine Kunst, ohne Geld keine Kunst, mit Geld keine Unabhängigkeit – wie man's macht, macht man's falsch. Ein wahrer Teufelspakt. Für beide Seiten. Da ist Shakespeares Globe! Die

Mächtigen von heute tun gut daran, wortlose Künste zu fördern. Die lassen sich uminterpretieren und vereinnahmen. Das Wort hingegen? Nun ja. Das kann man verdrehen. Wie Managementscheidungen. Management ist im Grunde nichts anderes als unablässiges Geschichtenerzählen. Den lieben langen Tag müssen Manager Sinn stiften anhand von Textbausteinen, die ihnen zufällig hingeworfen werden. Sie sind wie Geschichtengeneratoren, die mit Stichworten gefüttert werden und am Ende etwas ausspucken müssen, was das Publikum bei Laune hält. Erst wenn dem Erzähler am tausendundersten Tag die Geschichten ausgehen, wird er geköpft. Der ganze Konzern ist ein undurchdringliches Gewebe aus gleichzeitig generierten Sätzen, die sich wie Bänder dahinwinden, verschlingen und verknoten, Argumente und Gegenargumente, neue und alte Weisheiten, eigene und fremde Ansichten, und zu jeder Zeit muss es dem Manager gelingen, alles zu einer glatten Fließtextur zu verarbeiten, ohne Brüche, ohne Sprünge. Widersprüchliches wird einfach weggebügelt. Und es gelingt. Weil die Sehnsucht des Menschen nach logischer Abfolge, nach Stringenz, nach Sinnhaftigkeit so immens ist, dass er versucht, einen Zusammenhang zwischen den disparatesten Elementen zu konstruieren und noch aus der größten Scheiße Gold zu spinnen.

Harald hatte den Fluss hinter sich gelassen und trieb durch die stickigen Straßen. Angelockt von einem lärmenden Feierabendchor fand er sich schließlich in einem Hinterhof wieder, in dem an voll besetzten Tisch-Bank-Kombinationen in Auflösung begriffene Anzugträger hockten. Mit nur halb in die Hose gesteckten Hemden, hochgekrempelten Ärmeln und gelockerten Krawatten ließen sie aus dickwandigen Bechergläsern Bier in die entblößten

Hälse rinnen. Weil sich in der ganzen Kolonie kein Lande-plätzchen mehr bot, segelte Harald unter dem drachen-tötenden heiligen Georg hindurch ins Innere und ließ sich auf einer ledergepolsterten Bank mit Blick durchs viel-sprossige Fenster einerseits und auf die messingglänzenden Zapfhähne des Pubs andererseits nieder.

Der Raum war leer, nur in der Nische neben der The-ke saß ein einzelner Mann, der keinerlei Notiz von Harald nahm. Schweißperlen glänzten auf seiner hohen Stirn, der spärliche Haarkranz war dunkel und kraus vor Feuchtig-keit. Der Hemdkragen stand zu weit offen und zeigte er-graute Brusthaare, in denen ein dünnes Goldkettchen ver-schwand. Auf der Hose glänzten speckige Flecken, und er trug nur einen Schuh, den anderen hatte er abgestreift, das strumpfsockige Bein auf einem Hocker abgelegt. Schäbige Schuhe waren das, mit krumm abgelaufenen Absätzen. Er saß vornübergebeugt und fraß. Fraß riesige Stücke einer runden Pastete und unterbrach sein monotones Schlingen nur für den gelegentlichen Schluck aus seinem halbleeren Glas. Wenn es nicht ganz und gar ausgeschlossen gewesen wäre … Das konnte nicht sein!

Es war Duke.

Nein, unmöglich. Vielleicht jemand, der ihm verdammt ähnlich sah. Ein Doppelgänger! Duke würde sich nie so gehen lassen, der war gepflegt bis in die Eingeweide.

Und doch? Seine einfache Herkunft war und blieb vielleicht der Schweinehund, der ab und zu Gassi geführt werden muss, der Pudelkern. Wie die unstillbar blutende Wunde, deren dunkler Fleck immer wieder hervortritt, egal wie viele Bandagen man darum wickelt. Wie das häss-liche kleine Entlein, das im Herzen des stolzesten Schwans immer weiterlebt.

Sollte er ihn ansprechen oder sollte er nicht? War er es nicht, dann würde dieses Wagnis ohne Folgen bleiben, wäre nur eine weitere Episode, die nie ein Mensch zu erfahren brauchte. Aber wenn er es war? Es könnte die Chance seines Lebens sein, er könnte sich ins Gedächtnis des Sonnenkönigs einprägen, wäre stets der sympathische junge Mann, der ihn zwanglos im Pub angesprochen hatte, er hätte ein Alleinstellungsmerkmal! Es könnte aber auch das Ende seiner Karriere bedeuten, weil er direkt auf der schwarzen Liste von niemals mehr zu befördernden Managern landen würde, denn das Letzte, was dieser geplagte Mann jetzt gebrauchen konnte, war einer seiner Hofschranzen, der sich an ihn heranschleimt, der ihn heimsucht in seiner Unerkanntheit. Wie man's macht, macht man's falsch. Wahrscheinlich würde er Harald sowieso nur völlig irritiert von oben bis unten mustern. Hatte nicht Urs ihn bereits zweimal vorgestellt und würde das gewiss auch noch ein drittes Mal tun müssen?

Es donnerte. Immer mehr Menschen drängten in den Schankraum, verstopften Tische, Nischen und Gänge. Harald linste durch die Lücken zwischen den dampfenden Leibern. Plötzlich erschien der rätselhafte Fremde direkt über ihm, sein schwimmbadblauer Blick schweifte zur Tür. Dann war er weg.

Auf von Tropfenkratern aufgewühltem Asphalt hastete Harald zurück, über die Millennium Bridge, immer weiter am grauen Fluss entlang. In ihm schwang der Nachklang einer nie geführten Unterhaltung:

Sie waren bei Muñoz? Interessieren Sie sich für moderne Kunst? Ganz im Sinne der Großen Sache, ja. Neue Perspektiven! Sie waren schon bei »Große Sache II«? Sie hatten bereits das Vergnügen, die Unsichtbaren kennenzulernen? Beeindruckende Leute. Wir hatten hier ein

Treffen in London, Weiterentwicklung des Kulturprogramms. Da könnten wir noch jemanden wie sie gebrauchen. Eine hervorragende Rede haben Sie wieder geschrieben. Ach, stellen Sie doch Ihr Licht nicht unter den Scheffel, sicher war Ihr Anteil am Erfolg sehr groß. Ich weiß doch noch, wie Sie das Manuskript zur Bilanzmedienkonferenz überarbeitet hatten. Selten hat sich mein Vortrag flüssiger angefühlt. Wahre Wunder haben Sie bewirkt. Ja, natürlich ist es wichtig, mit den besten Vorgesetzten zu arbeiten, einen besseren Chef wie Herrn Huber können Sie überhaupt nicht finden. Aber in Ihnen steckt noch so viel mehr. Sie werden ihn eines Tages weit hinter sich lassen. So ist der Lauf der Welt. Die Jungen übertrumpfen die Alten. Es war nett, so zwanglos mit Ihnen zu plaudern. Wissen Sie, auch ich bin froh, wenn ich mich mal mit einem normalen Menschen unterhalten kann. Ständig stehe ich unter Beobachtung und muss die Distanz zu den Mitarbeitern wahren, damit niemand sagen kann, ich würde jemanden bevorzugen.

Mit einer höflichen Verbeugung wurde der triefende Harald in seinem Hotel begrüßt. Jemand lief, um hinter ihm aufzuwischen.

Auf die Plätze, fertig, los

Jeden Mittwoch trafen sie sich jetzt zum Laufen. Harald hatte auf diese Weise schon viel über seinen Kollegen erfahren, etwa, dass er keine Romane las, aber eine stetig wachsende Bibliothek von Fachliteratur über Unternehmenskommunikation und Führung besaß – Dexter hätte gesagt »Corporate Communications« und »Leadership«. Dass er sich persönliche Fünf-Jahres-Pläne machte und bisher noch jeden davon eingehalten hatte, dank präziser Situationsanalyse und smarter Ziele. Und er zählte an den fünf Fingern seiner im Laufrhythmus schwankenden Hand auf: s-pezifisch, m-essbar, a-ktionsorientiert, r-ealistisch, t-erminierbar. Für jedes Adjektiv brauchte er drei Schritte. Und dass er tatsächlich mal was mit Anna hatte. Aber darüber wollte er nicht reden.

Harald hatte ihm schon einige Tiefschläge verpasst, etwa seine Bekanntschaft mit René Meier, die sich von Mal zu Mal vertiefte, je öfter er den Namen im Gespräch mit Dexter fallen ließ, oder seine Nähe zu Duke, die sich zwar eher mittelbar über Urs' Frontberichte ergab, abgesehen von der einen E-Mail, die Harald bisher direkt an den Sonnenkönig adressiert hatte, und die mit genau fünf Buchstaben beantwortet worden war, was aber Dexter alles gar nicht so genau zu wissen brauchte. Erstaunlicherweise gab sich sein Wahlkonkurrent damit zufrieden, dass Harald ihn mit exklusiven Bruchstücken aus dem inneren Sonnenkreis versorgte, die sich natürlich nicht nachprüfen ließen, aber von Dexter fleißig zu einem schillernden Mosaik zusammengefügt wurden. Es war sogar schon vorgekommen, dass von weiteren Eingeweihten der inneren Machtsphären, etwa Dexters Regionalchef, zufällig passende Steinchen hinzugefügt wurden, sodass Haralds Aussagen für ihn eine unzweifelhafte Glaubwürdigkeit entwickelten. Der blieb zwar seinem Grundsatz, »Keine Lügen, keine Märchen!«, treu, aber es wäre doch ein Leichtes gewesen, die Luft aus den Geschichten zu lassen und Harald als das zu entlarven, was er war: einer, der alles nur vom Hörensagen kannte. Aber Dexter fragte nie nach. Manchmal war

Harald drauf und dran, es selbst zu tun – ätsch-bätsch, nur veräppelt! – und sehnte sich nach einem gemeinsamen befreienden Lachen.

Und so erzählte er diese Dinge immer in einem besonders freundlichen Ton. Der war nicht einmal aufgesetzt. Er hätte überhaupt nicht anders von seinen Erfolgen erzählen können, als entweder relativierend oder ironisch. Alles halb so schlimm, sollte das heißen. Trotzdem spürte er genau, wie Dexter sich krümmte und verkrampfte, wenn auch sein schönes Gesicht unverändert blieb. Weder Haralds Gifttröpfchen noch die sportliche Betätigung konnten ihn äußerlich entstellen, während Harald mit feurigen Backen und triefenden Haaren neben ihm her trabte. Trotzdem fand er, dass er gar nicht so unsportlich war, wie er immer geglaubt hatte.

Die Themen, bei denen sich die beiden Kommunikationsmanager tatsächlich in die Quere kamen, sparten sie auf ihren Runden am Rhein entlang oder im Lange-Erlen-Park stets aus.

Zum Beispiel das Thema Bekanntmachungen, an dem sich Harald nun schon seit Wochen abmühte. Mit Staunen hatte er erfahren, dass Dexter an einer Benachrichtigungs-Richtlinie nur für die Region EMEA arbeitete. Damit gab es zusammen mit den von Tick, Trick und Track für ihren jeweiligen Geschäftsbereich aufgestellten Regeln und neben Haralds Versuch bereits mindestens vier verschiedene Ansätze, ganz zu schweigen von den anderen drei Regionen. Bedauerlich und noch viel verwunderlicher war es gewesen, dass Urs Haralds Logik von »global schlägt regional« nicht folgen wollte, sondern seinen Mitarbeiter aufgefordert hatte, im Sinne der Großen Sache seine neu erworbenen Soziofertigkeiten einzusetzen, um zu einer diplomatischen Lösung mit allen Beteiligten zu gelangen. »Co-kreativ« nannte er das.

Im Glauben an das Gute im Menschen berief Harald eine erste Zusammenkunft ein und forderte seine Kolleginnen und seinen Kollegen dazu auf, ihre Regelwerke jeweils vorzustellen, um dann das Beste aus allen Welten zu einem großen Wurf zusammenzufügen. Als hätte er verlangt, ihre Babys zu zerstückeln und daraus ein gemeinsames Flickenmonster zu erschaffen, schallte es ihm entgegen:

»Bei uns kann das so nicht funktionieren!«

»Das ist längst implementiert, unsere Organisation braucht nicht noch mal eine Prozessänderung.«

»Unsere Leute interessieren die globalen Bekanntmachungen nicht.«

»Ihr bei Global seid viel zu weit weg von den eigentlichen Bedürfnissen unserer Mitarbeiter.«

Hinter verschränkten Armen drohten die Löwenmütter, Dexter schüttelte träge die Mähne und lächelte schön. Sie hatten das Revier längst unter sich aufgeteilt, wähnten sich als die Anwälte des kleinen Mitarbeiters und des gestressten Managers, zogen ihre Bedeutung aus der Anzahl derer, die ihren Teil der Savanne bevölkerten. Im Grunde kamen sie sich auch untereinander ins Gehege, denn Dexter wilderte als Regionalverantwortlicher in allen drei Geschäftsbereichen, aber das war jetzt nicht das Thema, denn es ging gegen eine gemeinsame Bedrohung, den natürlichen Feind: Global. Da standen sie Seit an Seit zusammen, rollten ihre fürchterlichen Augen, fletschten ihre fürchterlichen Zähne und brüllten ihr fürchterliches Brüllen und Harald konnte, sooft er wollte, rufen: »Schluss jetzt!« und an die drei Kant'schen Maximen für den gesunden Menschenverstand appellieren: Selbstdenken! An der Stelle jedes andern denken! Jederzeit mit sich selbst einstimmig denken!

Um diese Erfahrung reicher, bat er Anna, ihre groß-meisterlichen Fertigkeiten für ihn zu verwenden und einen Sitzungs-Spielplan zu entwickeln, der mit an Sicherheit grenzender Wahrscheinlichkeit zum Erfolg führen würde.

»Du brauchst das ›Schwungrad der Veränderung‹«, ver-kündete die Rotgelockte und zog mit einer dynamischen Bewegung einen Kreis, den sie mit zwei übereinander-liegenden Koordinatenkreuzen rasch in acht Kuchenstücke zerteilte. »Wir beginnen im Osten!« Auf ihrem Gesicht lag eine zarte Morgenröte, während sie über Aufbruch und In-spiration sprach. »Hier musst du die größtmögliche Energie ins System hineingeben, um das Team für die Veränderung wachzurütteln. Sie müssen die Vorboten der tektonischen Verschiebungen spüren, die vor ihnen liegen. Im Süden erreicht ihr dann den schattenlosen Ort, wo alles offen zutage tritt: Verleugnung, Ärger, Schuldzuweisungen, Widerstand und Frustration – die ganze Gefühlsachterbahn.«

»Ich glaube, im Süden waren wir schon.«

»Wichtig ist, dass du jeden der vier persönlich erreichst. Du musst mit den Emotionen arbeiten. Nur wenn ihr den Süden gemeinsam bewältigt, könnt ihr nach Westen zie-hen. Und der Westen ist der Ort der Planung und Ausrüs-tung, bevor dann im Norden die ganze Veränderung ins Rollen kommt.« Jetzt strahlte sie über das ganze Gesicht.

»Das sagt sich so leicht«, murmelte Harald und betrach-tete die rötlichen Punkte auf ihrer Nasenwurzel. Die waren ihm bisher gar nicht aufgefallen.

»Keine Sorge, dafür gibt es ja die Soziofertigkeiten. Wir üben das gleich mal.« Sie holte ein längliches Schächtelchen aus ihrer Tasche, auf das in silberner, schnörkelloser Schrift »Die Große Sache« geprägt war. Es enthielt eine Vielzahl handlicher Kärtchen mit wenigen Worten auf viel Weißfläche, darüber tanzten Annas rotlackierte Fingernägel, griffen mehrfach zu, bis sich zwei kleine Stapel auf dem Tisch gebildet hatten. Sie erklärte, dass das die für das Schwungrad der Veränderung relevanten Soziofertigkeiten und die dazugehörigen Interventionen seien, während sie die Karten auslegte.

»Lass sehen!« Harald rückte näher an Anna heran und gemeinsam beugten sie sich über die Tischplatte. Sie strich eine Locke, die ihn im Gesicht gekitzelt hatte, hinters Ohr. »Entschuldigung.«

Ihr Lächeln erwidernd, sagte er plötzlich: »Du kennst Dexter doch ganz gut?«

Sie antwortete mit einem lang gezogenen: »Ja?«, das ebenso gut ein »Wieso?« hätte sein können. Auf Haralds Wangen begann es zu glosen: »Ich meine ja nur …«

»Schon OK. Weißt du, der steht sich doch selbst im Weg! Verplempert seine Energie auf den falschen Schlachtfeldern, wahrt zu allem und jedem ironische Distanz. Beziehungsunfähig, nennt man das wohl«, setzte sie flüsternd hinzu. »Dabei ist er brillant! Es steckt so viel in ihm drin! Wenn er doch nur ein bisschen anders wäre.«

»Was ist passiert? Also, wenn du darüber sprechen willst …«

»Als ich mehr und mehr ins Kulturteam gerutscht bin, das war der Anfang vom Ende. Die Zusammenarbeit mit den Unsichtbaren und mit den ganzen Topmanagern. Er konnte es kaum ertragen, dass sich meine Inbox mit illustren Namen füllte, während seine hauptsächlich von externem Werbemist überquoll. Jede Fachkonferenz, auf der er war, jedes Buch, das er bestellte, zog eine Vielzahl von ungebetenen Kontakten nach sich. Er hat nie was dagegen unternommen, aber ständig gejammert, dass er Dutzende ungelesene Mails vor sich herschiebe. Und er selbst quillt über vor Theorie und angelesenen Weisheiten. Das macht ihn arrogant, er fühlt sich intellektuell überlegen, aber alles bleibt seltsam blutleer. Ich wollte ihm helfen, aber je mehr ich mich für die Große Sache begeisterte, desto mehr zog er sich zurück. Dabei steckt da so viel für einen persönlich drin. Die Drei Fragen zum Beispiel. Das ist doch pure Lebensphilosophie! Er will das alles überhaupt nicht an sich heranlassen. Verschanzt sich lieber hinter seinem Fachgeschwurbel und seinem hübschen Gesicht.«

Harald dachte, ihr wart ein schönes Paar. So sagt man wohl.

»Und dann die blöde Eifersucht! Lächerlich. Urs ist einfach ein super Chef, weiter nichts. Hat dafür gesorgt, dass ich vorangekommen bin. Und weißt du, was das Beste ist?« Sie sprang auf und blickte drohend auf ihn nieder wie die zum roten Riesen geschwollene Sonne, kurz bevor sie die Erde verschlingt. »Er dachte am Anfang, ich sei Urs' Assistentin oder höchstens seine Junior-Mitarbeiterin! Er hätte stolz auf mich sein sollen, nicht neidisch.«

»Nach Westen also?«, sagte Harald in die Stille hinein und machte eine einladende Bewegung.

Anna nickte dankbar: »Genug Süden für heute!«

Mit ruhiger Stimme kehrte sie zu den Soziofertigkeiten und dem Schwungrad der Veränderung zurück. Sie war heruntergebrannt auf eine wärmende Glut, in die man sich getrost versenken könnte, und deren heimelige Wärme man am liebsten gar nicht verlassen würde.

Nachtschicht

Die folgende Sitzung mit den Kollegen hatte auch zu keinem verwertbaren Ergebnis geführt, war aber wenigstens deutlich strukturierter verlaufen. Ausgerüstet mit den Waffen der Großen Sache hatte Harald seine Opfer zwei Stunden lang mit Soziofertigkeiten traktiert, an den firmeneigenen Wertekanon erinnert und sie beschworen, dem Weg zu vertrauen. Angesichts dieses Trommelfeuers war offener Widerstand zwecklos gewesen, und alle waren in relativer Harmonie auseinandergegangen. Jetzt saß der siegreiche Recke bereits den dritten langen Tag einsam im Westen des Schwungrads der Veränderung und versuchte, auf eigene Faust die vier verschiedenen Versionen der Richtlinie mit seinem Entwurf in Einklang zu bringen.

Die Augustschwüle hatte die Gänge des alten Verwaltungsbaus geflutet, war in Büros geschwappt, hatte Schubladen und Rollschränke gefüllt, alle Ritzen verstopft. Harald lehnte neben dem Abteilungsdrucker und lauschte auf das rhythmisch schabende Geräusch, mit dem dieser ein Blatt nach dem anderen gebar. Das Papier, das er ungeduldig aus der Auffangvorrichtung zog, war sehr warm und klebte an seinen feuchten Fingern.

Nach der Verkündigung der Halbjahresergebnisse hatte sich in einer Art hierarchischem Dominoeffekt eine Managementebene nach der anderen in den Jahresurlaub verabschiedet. Zurückgeblieben war nur ein versprengter Haufen: Kinderlose, Neulinge und solche, die sich in Ruhe ihrer eigentlichen Arbeit widmen wollten. Es galt, das Zeitfenster, in dem der eigene Chef nichts oder nur wenig von einem wollte, zu nutzen.

Auf dem Weg zurück zu seinem Schreibtisch zog Harald eine einsame Lichtspur durchs dunkle Gebäude, die nach wenigen Minuten wieder verlosch. Auch die Stehleuchte in seinem Büro wurde durch einen Bewegungsmelder gesteuert. Man wolle sichergehen, dass keiner, der bei der Arbeit versterbe, unnötig Energie koste, hatte Urs einst zahnfleischgrinsend und zwinkernd erklärt. Mit einem stummen Seufzer ließ sich der nächtliche Arbeiter auf seinen Drehstuhl plumpsen, knallte den Packen Papier auf den Tisch, versicherte sich noch einmal, dass ihm noch etwa fünfzig Minuten bis zum letzten Zug blieben, und begann, mit einem Stift Zeile für Zeile nachziehend, zu lesen:

»Globale Benachrichtigungs-Richtlinie. Einleitung. Diese Richtlinie regelt die Erstellung, Vernehmlassung und Verteilung interner Bekanntmachungen von organisatorischen oder personalbedingten Veränderungen, unter Berücksichtigung der dazu notwendigen Prozesse und Formate ...«

Schmerzen. Schmerzen sogen ihn an, holten ihn von weit her zurück in seinen Körper. Der Nacken. Nackenschmerzen. Vorsichtig hob er den Kopf vom Kissen. Nein, kein Kissen. Es war sein Arm, der wie ein fremdes Tier vor ihm lag. Das Taubheitsgefühl ging in ein Kribbeln über. Benommen richtete er sich vollends in seinem Schreibtischstuhl auf, rollte ein Stück zurück. Jemand knipste das Licht an. Nein, niemand, nur der rollende Harald selbst. Computerbildschirm, vergittertes Fenster. Der Zug! Blick auf die Uhr. Es war kurz nach eins. Zu spät! Panik flatterte ihn an. Er musste doch nachhause! Ein Taxi war viel zu teuer. Da konnte er gleich ins Hotel gehen. Aber wo sollte er um diese Zeit noch ein Hotelzimmer finden? Überhaupt, was war das für ein Gedanke? Er war doch nicht auf Geschäftsreise.

Unentschlossen trat er auf den Gang. Die weißen Quadrate des Linoleumschachbretts schimmerten. Er lauschte, ging ein paar Schritte in die Stille hinein, nur mit den Ballen auftretend. Die Tür zu Urs' Büro war nur angelehnt. Als Harald hineinschlüpfte, flammte das Licht auf. Ertappt! So konnte ihn jeder von draußen sehen! Er duckte sich rasch und zog den Stecker der Stehleuchte aus der Dose. Dann wartete er mit klopfendem Herzen auf das Erscheinen des Sicherheitsdienstes. Er würde ihnen alles erklären, sich auf seine harmlose Vertrauenswürdigkeit verlassen. Schließlich hatte er einen Ausweis, und bis spät zu arbeiten, war ja wohl kein Verbrechen. Warum er allerdings in völliger Dunkelheit unter dem Schreibtisch seines Chefs kauerte, hätte er selbst nicht zu sagen gewusst. Er wartete ewig, aber alles blieb still.

Harald trat ans Fenster, legte die Stirn an die kühle Scheibe. Nacht füllte den Innenhof, nur ein paar gelbliche Scheinwerfer leisteten träge Widerstand und zeichneten die überlangen Schatten der umstehenden Bäume auf die Steinplatten. Die Gebäude starrten mit erloschenen Augen vor sich hin. Alles Leben war aus ihnen entwichen, alle Pläne, alle Hoffnungen, alle Sorgen, aller Druck. Alle Projekte, alle Ideen, alle Strategien, ja, die Große Sache selbst waren zu Druckertinte auf Papier erstarrt und in Ordnern, Plastikhüllen und Hängeregistern verschwunden oder harrten im digitalen Jenseits ihrer Auferstehung. Nutzlos erhoben sich Stahlbetonhüllen, teilten Trockenbauwände Räume, verschlossen Türen Zimmer. Viele Fenster, wenige Fenster, runde Tische, eckige Tische, klimatisierte oder unklimatisierte Räume, große oder kleine Bilder – wenn niemand da war, die Unterschiede wahrzunehmen, gab es sie denn dann?

Harald lächelte. Mit einem Ruck zog er die Vorhänge zu, bemerkte im letzten Moment, bevor der Spalt sich schloss, dass im dreizehnten Stock des Turmes noch Licht brannte.

Er knipste die Schreibtischlampe an, glitt in Urs' Bürostuhl und begann, sich um sich selbst zu drehen. Immer wieder stieß er sich von der Tischplatte ab – immer schneller, immer schneller. Ein Juchzen entfuhr ihm! Abbremsen. Tief in den Ledersessel gelehnt, packte er seine Füße auf die Schreibunterlage und spürte dem Schwindelgefühl in seinem Kopf nach. Dann zog er einer spontanen Laune folgend die oberste Schreibtischschublade auf. Ein kleines Mädchen mit strähnigen blonden Haaren und wässrigen Äuglein lächelte ihn an. Sie stand am Rand eines Pools, im Hintergrund konnte man verschwommen die nackten Beine einer Frau sehen, den Rest hatte der Fotograf abgeschnitten. Ansonsten gab es eine sauber ausgespülte Tasse mit dem Aufdruck »London Business School«, eine aufgerollte Krawatte, zwei, drei Etuis mit edlen Schreibgeräten, ein Rasierwasser ohne Deckel. Ein Tropfen aufs Handgelenk. Es roch süß und gewichtig und ein bisschen widerlich. Als er die Flasche wieder zurückstellen wollte, sah er den Post-it-Zettel. Urs hatte darauf sämtliche Passwörter notiert. Ohne einen klaren Gedanken zu fassen, betrachtete Harald das kleine gelbe Quadrat, dann wandte er sich der zweiten Schublade zu. Sie war vollgestopft mit Papieren in bunten Plastikhüllen, manche trugen die Aufschrift »persönlich« oder »geheim«. Neugierig stöberte Harald darin herum, konnte aber nichts Besonderes daran entdecken und verlor bald die Lust. Auch die restlichen Schubladen ächzten unter ihrer farbenfrohen Folienlast. Und neben dem Schreibtisch erhoben sich weitere Türme aus denselben Grundbausteinen im Wechsel mit gestapelten Ausgaben der *Financial Times*, des *Economist* und der internen Presseschau. Von Urs' Liebe zu bedrucktem Papier zeugte auch sein Bücherregal, auf dem sich in Doppelreihen Mikroökonomisches und Makroökonomisches, Politisches, Psychologisches und Humoristisches drängte, dazwischen steckte verloren ein schmaler Roman von Martin Suter, noch folienverschweißt.

Am Kleiderhaken neben dem Regal hing Urs' Jackett. Und am Jackett hing Urs' Ausweis. Musste er vergessen haben. Raus kam man eben auch ohne, solange die Porten noch besetzt waren. Porte, sagten die hier, statt Pforte. Nach neunzehn Uhr musste man allerdings die eisernen Drehtüren nehmen, die sich nur mit dem Magnetstreifen der Identitätskarte bewegen ließen. Wie oft hatte sich Harald schon geärgert, dass er dafür den weiten Umweg übers ganze Gelände machen musste, hatte deswegen häufig genug zum Zug laufen müssen, mit schlenkernder Laptoptasche, deren Henkel ihn bei jedem Schritt würgte. Raus kam man ohne Ausweis. Nur nicht rein.

Harald trat wieder ans Fenster und starrte durch den Vorhangspalt auf den dunklen Hof. Nichts regte sich. Niemand patrouillierte. Das Licht im dreizehnten Stock war aus. Er griff sich den Ausweis und huschte durch den Gang.

Mit einem satten Klack öffnet sich die doppelte Glastür zum Konzernleitungsbau. Tonlos kichert der nächtliche Abenteurer das Ausweisbild seines Chefs an, der ihm mit geschlossenem Mund und ohne zu zwinkern dabei zusieht, wie er die eichene Freitreppe betritt. Auf dem mittleren Absatz macht er kehrt, nimmt Haltung an und schreitet die rechte Hand weltmännisch in der Hosentasche, die linke staatsmännisch aufs polierte Geländer drapiert, die

Stufen wieder hinunter durch ein imaginäres Blitzlichtgewitter auf einen Wald imaginärer Mikrofone zu. Er verharrt kurz auf dem untersten Tritt, dort wo eine monströse Marmorvase das Ende des Handlaufs markiert, dann kichert er wieder und läuft immer zwei Stufen auf einmal nehmend bis ins erste Stockwerk hinauf.

Auf dem obersten Treppenabsatz hält er inne. Alles bleibt dämmrig. Keine Bewegungsmelder. Über ihm wölbt sich eine bemalte Kassettendecke, angedeutete Marmorsäulen gliedern die Wände. Zu beiden Seiten des monumentalen Treppenhauses gehen breite Gänge ab. Keine Kameras? Ein Schauer nach dem anderen überläuft Haralds Schulterblätter, den Nacken und verrieselt am Hinterkopf. Das weiße Rauschen in seinen Ohren überdeckt seine flache Atmung.

Bemüht, jedes weitere Geräusch zu vermeiden, geht er langsam auf die Sitzgruppe vor der dreiflügeligen Tür zu, die das Zentrum des Stockwerks markiert. Barcelona-Sessel. Kennt er von Beates Eltern. Hatte nie jemand drauf gesessen. Wie sie sowieso niemals ihr riesiges, durch verschiedene Ebenen geschickt gegliedertes Wohnzimmer zu benutzen schienen. Dabei hatte die Ansammlung von edlen Einzelstücken, der mit Fellen umgebene offene Kamin oder die lange Tafel vor dem modernen Fresko immer unheimlich anziehend auf Harald gewirkt. Das Leder knarzt leise, als Harald sich vorsichtig auf dem Doppelsitzer niederlässt. Er steht wieder auf, steigt auf die Sitzkissen. Mit Schuhen. Beginnt von einem Sessel zum nächsten zu balancieren, zu hüpfen. Wer kommt um den Tisch, ohne den Boden zu berühren? Taumelgefühl, Fallgefühl. Gut aufgefangen. Nur das Knie schmerzt etwas. Auf dem blanken Boden sitzend reibt er sein Knie und lauscht. Der Duft von Holz und Wachs kriecht in seine Nase. Er rollt sich auf den Bauch, streckt die Beine von sich, schiebt die Hände unter die Stirn und atmet tief ein und aus. Das ist der Geruch der Macht.

Weiter jetzt.

Harald weiß, dass er nach links gehen muss. Dann steht er vor der Scheibe, die das Allerheiligste gleichzeitig zur Schau stellt und verbirgt. Hier ist der Anfang und das Ende von allem. In diesem Raum läuft alles zusammen, und von hier geht alles aus. Was nicht in diesen Raum gelangt, existiert nicht. Um eine lange, ovale Tafel ducken sich breite, gepolsterte Schatten, und warten auf das nächste gewichtige Hinterteil, das ihnen die Luft mit einem leisen Seufzer entweichen lässt. Die Scheibe beschlägt, Harald haucht und haucht, bis ein Feld entsteht, das groß genug ist, um darin zu schreiben: Ich war da. Langsam leckt er die Buchstaben wieder ab. Von unten nach oben. Chemie prickelt leicht auf seiner Zunge, der saubere Geschmack des Verbotenen. Die Tür ist natürlich verschlossen.

Harald muss jetzt mal. Dringend. Das Blumengesteck bei der Sitzgruppe fällt ihm ein. Das kann er nicht bringen, oder? Harald kichert. Uriniert. Kichert. Stopp, das reicht. Nicht alles! Dann schwingt er sich rittlings aufs Treppengeländer, die Holztüren fahren gen Himmel, der Säulenwald wird dichter, eine rasche Wende, dann kracht es. Vor seinem inneren Auge fällt die monströse Marmorvase in Superzeitlupe.

Erschütterungen

Jetzt kommt wieder jemand! Türgriff, scharrendes Geräusch, Schritte auf den Fliesen, Tür fällt ins Schloss, Kabinentür quietscht. Klack. Gürtelschnalle, Reisverschluss, mit einem hellen Plastikknall wirft sich ein Klodeckel gegen die Wandkacheln, ein strullernder Strahl taucht ins Schluckloch. In der Kabine nebenan macht sich Harald bemerkbar, scheuert mit den Füßen, rollt geräuschvoll Toilettenpapier ab. Der Pinkler nimmt sich etwas zurück. Das Rauschen der Spülung geht ins Plätschern des Wasserhahns über. Tür scharrt, Tür fällt ins Schloss. Nur der Abfluss gurgelt noch nach. Die Uhr zeigt kurz nach halb acht. Noch eine Viertelstunde, dann kann er sich auf den Weg machen. Für gewöhnlich läuft er gegen acht im Büro ein. Er hat sich ins Klo geschlichen, damit ihn niemand vor der Zeit entdeckt. Und seit einer Stunde gibt er jedes Mal, wenn einer reinkommt, von Neuem den anonymen Pinkelkollegen, der eben etwas länger braucht.

Er lehnt sich an den Spülkasten und schließt die Augen. Sie würden ihn rausschmeißen. Ganz sicher. Mit der Zunge fährt er sich über die pelzigen Zähne, saugt an den Kauflächen. Diesen ekligen Nachtgeschmack im Mund muss er loswerden, aber wie soll das gehen ohne Zahnpasta, ohne irgendwas? Falls er durch ein Wunder seinen Job nicht verlieren sollte, dann würde er auch so eine Schublade mit den nötigsten Toilettenutensilien einrichten. Nur für den Notfall. Denn er war nicht scharf darauf, noch einmal im Büro zu übernachten. Er hatte höchstens ein paar Stunden oberflächlich, mit dem Hörsinn auf Habachtstellung, geschlafen, der Kopf auf einem Stapel Papier, der Rest auf dem nackten Boden seiner mönchischen Zelle. Einmal war ihm, als ob ein Grollen aus den Untiefen des Unternehmens aufstiege. Und kurz darauf war die Morgensonne durch das vergitterte Fenster gedrungen und hatte sein Elend beschienen.

Sie würden ihn rausschmeißen. Bestimmt gab es im Konzernleitungstrakt Überwachungskameras. Nur weil er keine gesehen hatte, hieß das nicht, dass da keine waren. Und er hatte Spuren hinterlassen, Fingerabdrücke, echte und genetische. Speichelprobe, Urinprobe, DNA-Analyse – das ganze XY-Ungelöst-Vokabular tauchte von irgendwo auf und trieb durch seinen Kopf. Klein-Harald hatte das mit seiner Mama gekuckt, wenn der dreifaltig-getaufte Vater wiedermal »mit der Bank« unterwegs war. Im Nickischlafanzug und mit den Hüttenschuhen, die er hasste, die aber ein Geschenk von Opa waren und deshalb angezogen werden mussten, saß er in der äußersten Sofaecke und passte auf, dass sie sich nicht zu viele Sorgen machte.

Sie mussten ihn einfach rausschmeißen. Mechanisch erhob er sich von der Schüssel, spülte noch einmal, um nicht aus der Rolle zu fallen, und trat vor den Spiegel. Er lauschte in den Gang, dann wusch er sich hastig das Gesicht, gurgelte mit klarem Wasser, das dem fauligen Geschmack aber nichts anhaben konnte, starrte sich ins bleiche Gesicht und schüttelte den Kopf.

Am späten Vormittag stürmte Urs in sein Büro. Der hatte doch frei, durchfuhr es Harald. Jetzt war alles aus. Sein Chef war so erregt, dass er ganz ohne die übliche Begrüßungsformel lospolterte:

»Du glaubst es nicht! Seit Jahren gehe ich hier ein und aus, bin bekannt wie ein bunter Hund. Jeder Pförtner grüßt mich mit Namen. Und dann das! Diese Arschgeigen vom Sicherheitsdienst. Keine Ruhe haben sie gegeben, bis sie endlich einen Leumund aus der Ebene über mir gefunden hatten. Einen von der Konzernleitung! Bale mussten sie in den Ferien rausklingeln, stell dir vor! Damit sie mir einen Scheiß-Tagesausweis ausstellen können.« Urs sagte *Arschgiige* und *Schiss-Uswiis*.

Harald bemühte sich, ein erstauntes Gesicht zu machen, gemischt mit einem Hauch von ehrlichem Entsetzen. Ängstlich beobachtete er das Blatt Papier in der Hand seines Chefs, das wie ein wild gewordener Vogel auf- und niederflatterte. Seine Kündigung!

»Und dabei war mein Ausweis doch die ganze Zeit hier! Hier, hier!«, schrie Urs. Der Vogel vollführte kurze, schnelle Stoßbewegungen als stürzte er sich auf irgendein armes Beutetier.

»Die eigenen Leute schikanieren, das können sie. Aber die wirklich großen Sachen, die gehen ihnen durch die Lappen. Sicherheitslücken! Ich sage nur: Sicherheitslücken! Da tun sich Abgründe auf, da ist die Viamala-Schlucht ein Straßengraben dagegen. Und deshalb kommt das hier keinen Tag zu früh!« Mit triumphierender Geste stieß Urs den Arm in Richtung Harald, der Vogel ließ die Flügel hängen.

»Ich weiß nicht, wie das passieren konnte …«, stammelte Harald.

»Musst du auch gar nicht. Diebstahl, Sabotage, Industriespionage – such dir was aus! Die Untersuchung läuft. Mehr kann ich dir nicht sagen. Ist streng geheim.«

Jetzt nahm Harald den Briefbogen an sich und las:

»Pierre Dannenmüller, Head Global Security, wird seine Karriere außerhalb unseres Unternehmens fortsetzen. Wir danken ihm für sein Engagement und wünschen ihm alles Gute für die Zukunft …«

Wie von fern drang noch Urs' Auftrag an sein Ohr, den Entwurf für die Bekanntmachung fertigzustellen und ihm unverzüglich per E-Mail ins Homeoffice zu schicken. Und irgendwas mit Duke und Telko.

Der Versuch, seinen schlechten Atem mit schwarzem Kaffee zu bekämpfen, war gründlich schiefgegangen. Er würde zum Lädeli gehen müssen. Das Lädeli war die erste Anlaufstelle bei allfälligen Notfällen des Manageralltags, für die man das Firmengelände praktischerweise nicht einmal verlassen musste. Der überstürzt aufbrechende Geschäftsreisende, beziehungsweise seine Assistentin, fand hier auf wenigen Quadratmetern alles, vom Rollkoffer bis zur Unterhose. Nassrasierer und Nagelknipser waren ebenso Teil des Sortiments wie Duschgel, Schuppenshampoo und natürlich Zahnpasta.

Die Dame am Tresen hob verschwörerisch die Augenbrauen und kassierte zehn Franken für ein paar Kleinigkeiten.

»Kurze Nacht, was?«

»Bitte?«

Aber die Kassiererin hatte gar nichts gesagt. Hinter Harald stand Teo, der sympathische Irgendjemand, und grinste:

»Ich dachte schon, ich und die Boygroup von M&A seien die einzigen Deppen, die sich mitten im Sommer mit potenziellen Targets vom anderen Ende der Welt die Nacht um die Ohren schlagen müssen. Aber bei euch brannte gestern um zehn ja auch noch das ewige Licht.«

Um zehn, hatte er gesagt. Das war noch lange vor Haralds Ausflug in den Konzernleitungsbau gewesen. Unwahrscheinlich, dass er darauf anspielte. Trotzdem war es besser, das Gespräch in eine andere Richtung zu lenken. Was hatte Urs noch über die Lichtsymbolik des Turmes erzählt?

»Steht was an? Ein neuer Deal?«

»Streng geheim!« Teo schlug sich theatralisch die Hände vor den Mund.

Die Kassiererin machte wieder ihr verschwörerisches Gesicht und schob Teo die Krawatte hin, die er sich besorgt hatte.

»Komm, sag schon. Ich erfahr's ja doch«, quengelte Harald im Rausgehen.

»Stimmt, und zwar vermutlich ziemlich bald. Wir marschieren nämlich heute noch zum *Mäck*. Sondersitzung.« Teo schwenkte seinen Einkauf vor Haralds Nase. »Hiermit bin ich stolzer Besitzer der gesamten Lädeli-Krawattenkollektion. Ich sollte wirklich mal eine im Büro deponieren, statt immer wieder neue zu kaufen. Aber von irgendwas muss das Lädeli ja auch leben. Stell dir vor, es gäbe kein Lädeli mehr!«

So leicht wollte sich der ehemalige Journalist vom amtierenden Mediensprecher nicht abwimmeln lassen. Neben Teo her schlendernd, hakte er noch einmal ein:

»Wer ist Mäck?«

»Das *mergers and acquisitions committee*. Ein Kondensat der Konzernleitung. Krawattengebiet eben.«

»Und was steht an?«

»Wir sind an einer kalifornischen Familienklitsche dran. Würde perfekt in den Dritten Geschäftsbereich passen. So aus der Kategorie kleine Sache, große Wirkung. Leider scheint es, dass die Brüder ein feines seismisches Gespür besitzen. Vielleicht weil sie Zwillinge sind und auf dem San-Andreas-Graben hocken. Jedenfalls wollen sie jetzt, dass wir unser Angebot noch mal nachbessern.«

Einmal ins Erzählen gekommen, war Teo kaum zu stoppen. Besonders amüsierte er sich über die Meldung in den lokalen Frühnachrichten, dass es in der Nacht ein leichtes Beben in der Basler Region gegeben habe. Er sei froh, dass er da schon wieder aus dem Turm draußen gewesen sei. Im Konzernleitungsbau sei sogar diese hässliche Marmorvase umgekippt. Ob Harald die kenne? Am Ende des Treppengeländers? Um die sei es nun wirklich nicht schade.

Das war also die inoffiziell offizielle Version der nächtlichen Geschehnisse, die die Runde machte! Ein Erdbeben hatte die Vase gestürzt. Aber anscheinend gab es auch diejenigen, die hinter verschlossenen Glastüren einen ganz anderen Verdacht hegten. Wie sonst war es zu verstehen, dass der Sicherheitsmensch von einem Tag auf den anderen verabschiedet wurde? Oder war das alles nur das zufällige Aufeinandertreffen zusammenhangsloser Ereignisse?

Zurück im Büro schob Harald die Benachrichtigungs-Richtlinie zur Seite und machte sich an den Text zum Abgang des Pierre Dannenmüller, der ihm ein bisschen leidtat.

Magna cum laude

Und da lag sie, die Benachrichtigungs-Richtlinie. Erst wanderte sie ein wenig nach rechts neben die Tastatur, dann nach oben Richtung Telefon, schließlich beschrieb sie eine Kurve und landete auf dem rechtwinklig zum Schreibtisch angestellten Anbau, wo sie unter einer wachsenden Schicht bunter Klarsichthüllen vorläufig vergessen wurde.

Mit dem Herbst kamen die Rabenvögel wieder, schritten durch die Flure, ruckten ihre kahlen Köpfe mal hierhin mal dorthin, und sammelten einen Schwarm von Gleichgesinnten um sich. Wen die Unsichtbaren riefen, der ließ ab von allen anderen unaufschiebbaren Dingen, denn es galt, das Hochfest des Konzernjahres vorzubereiten.

»Und du kannst sagen, du bist dabei gewesen«, posaunte Urs, der im Schlepptau des Managementtrosses vollkommen unverändert aus den Ferien zurückgekehrt war. »Willkommen im MAGNA-Core-Team!«

Dieses Mal war Harald im Bilde. Er konnte nicht nur das Akronym dekodieren – *Managers' Annual Grand N ...* (für was stand noch einmal das N?) *Assembly* –, sondern verstand auch dessen weitreichende Bedeutung. Bei ihren Lauftreffs war Dexter immer wieder um die Konferenz für die oberen Einhundert gekreist, hatte von früheren Schauplätzen geschwärmt, wie ein Kriegsberichterstatter von den Schlachtfeldern glorreicher Schlachten, hatte in leuchtenden Farben Tableaus entworfen und Anekdote an Anekdote gereiht, um sich als intimen Kenner der Materie auszuweisen, auch wenn er selbst nie dabei gewesen war. Offensichtlich hatte die wiederholte Rückkehr zu seinem Lieblingsthema aber System und diente nur dazu, das Feld für eine schnell gerittene Attacke auf Harald zu bereiten: In diesem Jahr würden für MAGNA nur Veranstaltungsorte in seinem europäischen Hoheitsgebiet gehandelt, Bar-ce-lo-na (vier Laufschritte), Lis-sa-bon (drei Laufschritte), Prag (einer), Ber-lin (anderthalb). Eine Ehre und Herausforderung für sein Managementteam sei das. Und auch wenn es für ihn persönlich eine nicht unerhebliche Mehrbelastung bedeute, sei er selbstverständlich dazu bereit, die tragende Rolle, die ihm im Organisationsteam naturgemäß zufallen würde, auszufüllen.

Jetzt hatte Urs also auch Harald ins Core-Team berufen. Dexter würde sich wundern. Core-Team! Das klang nach Spezialeinheit, nach Operation am offenen Herzen, wirklich wichtig eben. Vielleicht nicht ganz so bedeutend, wie direkt als MAGNA-Teilnehmer eingeladen zu werden, aber ganz knapp danach.

Um den großen Sitzungstisch saßen bereits eine Menge Leute, die meisten davon – da war sich Harald ziemlich sicher – hatte er noch nie gesehen. Dafür stachen die wenigen bekannten Gesichter umso deutlicher hervor: Anna und Teo, dazu John Gottman und der andere John natürlich. Nur Dexter konnte er nicht entdecken, auch nicht nach mehrmaligem Abscannen des Raumes. Wahrscheinlich kam er mal wieder zu spät, um sich einen besonderen Auftritt zu verschaffen.

Urs kannte natürlich jeden, nickte zahnfleischgrinsend im Raum umher und dirigierte Harald unter mehrfach dahingeworfenem »Geht's gut?« zu den zwei Plätzen, die das Sonnenkind für sie frei gehalten hatte.

»Wieso kein Kreis?«, flüsterte Harald.

Anna strahlte ihn anerkennend an, als ob sie seine Sensibilität für die kleinen Dinge der Großen Sache lobe, und ließ dann ein kleines Wölkchen über ihre Stirn huschen: »Ja, schrecklich. Wie soll hier die Energie richtig fließen? Die großen Meetingräume wurden leider immer noch nicht umgerüstet. Verschraubt!« Sie rüttelte ein wenig an der Tischplatte. Auf dem Papier vor sich hatte sie mit ihrer großmeisterlichen Schönschrift das Wörtchen »Prag« notiert und zweimal unterstrichen.

Der Sonnenkönig und sein Gefolge würden also tatsächlich in der Goldenen Stadt Einzug und Hof halten. Harald lächelte über die Klischeehaftigkeit seines eigenen Gedankens. Dexter hatte also Recht gehabt. Aber wo blieb er?

Gottman hatte bereits mit sonorem Ton und Finger-Tai-Chi die Sitzung eröffnet und predigte jetzt über den obersten Daseinszweck des Core-Teams, der da war, für einen hochenergetischen Ablauf der transformativen Intervention zu sorgen. Zur Illustration der Projektorganisation verwendete der Meister den auf ein Flipchart gezeichneten Aufriss eines Tempels, dessen Giebelfeld sein eigener Name zierte. Die Botschaft war klar: Alle Wege zu Duke, der über der Tempelspitze sein gleißendes Licht verbreitete, führten durch ihn.

Die Last des Giebels wurde von sechs Säulen getragen, die die einzelnen Zuständigkeitsbereiche innerhalb des Core-Teams repräsentierten. Mit raumgreifenden Lettern meißelte Gottman Name um Name ein. Anna und der andere John waren die ersten zwei Säulenheiligen, die aufgerufen wurden. Sie zeichneten gemeinsam für den Master-Spielplan der Veranstaltung verantwortlich – in des Meisters Worten: den energetischen Wechsel der Vormittage, Nachmittage, Abende und, wo nötig, sogar Nächte.

Die zweite Säule war mit »Input« überschrieben, und Harald schloss aus Gottmans Ausführungen, dass es sich dabei um die Redeanteile der Konzernleitung handeln musste. Jetzt war er an der Reihe! Schade nur, dass Dexter immer noch nicht da war. Freudig erregt beobachtete er, wie zuerst Urs' Name seinen Weg auf das Flipchart fand. Aber wieso blieb der Rest des Pfeilers, auf dem noch genügend Platz gewesen wäre, unbeschrieben? Die Heizspirale in seinem Kopf sprang an und je mehr er gegen den Impuls zu protestieren ankämpfte, desto glühender malte sich die Empörung auf seine Wangen. Gottman hatte ihn einfach übergangen. Er war eben doch nur ein Zuarbeiter, Handlanger, Wasserträger. Der nicht nennenswerte Wurmfortsatz des großen Urs. Was hatte er sich eigentlich eingebildet, nach so kurzer Zeit? Er sollte froh sein, überhaupt hier zu sitzen, als Urs' Schatten. War es nicht genug Auszeichnung, in Dukes temporären Hofstaat überhaupt eine Rolle zu spielen?

Er lehnte sich zu Urs hinüber: »Wo bleibt Dexter?«

»Dexter, wieso Dexter?«

»Ich dachte nur, wegen Prag …«

Über Urs' Gesicht breitete sich ein gönnerhaftes Haifischlächeln aus: »Das hier ist fest in globaler Hand!«

Ha! Dexter war überhaupt nicht im Core-Team! Ihm, dem Neuling, gebührte der Vortritt! Anscheinend hatte er bislang einiges richtig gemacht.

Auf der anderen Seite des Tisches rollte der sympathische Teo lustig mit den Augen. Soeben hatte Gottman ihm die dritte Säule zugeschrieben – sie trug den seltsamen Namen »IM-Awards«. Jetzt wandte er sich an einen gewissen Eric, der in seiner schwarzen Kluft unschwer als ein bislang nicht in Erscheinung getretenes Mitglied der Unsichtbaren zu identifizieren war. Harald rätselte für einen Moment, ob er ihn nur deshalb für einen kreativen Kopf hielt, weil er für »Branding und Materialien« verantwortlich war oder ob ihm tatsächlich etwas Künstlerisches anhaftete. Eine kleine Schar jugendlicher Rabenvögel war ihm beigeordnet.

Nur wenige Worte widmete der Meister der von ihm anscheinend wenig geschätzten fünften Säule, »Logistik und technische Umsetzung«, für die eine dralle Person namens Betsy zuständig war, die zu einer Drittfirma gehörte. Noch unwesentlicher war wohl nur noch die Party-Säule, wie Harald sie bereits heimlich genannt hatte, die mit »Abendunterhaltung und Verpflegung« überschrieben war. Dass aber das dreifache Amt des Mundschenks, Küchenmeisters und Kulturattachés auf ihn kommen sollte, war ein Schock. Nichts, aber auch gar nichts qualifizierte ihn für diese Angelegenheiten! Und doch, da erschien sein Name, von Gottmans eigener Hand. Anna tätschelte ihm strahlend den Schenkel, und Urs faltete die Hände über seinem Bäuchlein und streckte die Beine aus, als ob er sehr zufrieden mit sich wäre.

»Du bist doch Philosoph, liest Romane und gehst in die Oper und solche Sachen. Wenn einer von uns in kulturellen Dingen bewandert ist, dann du«, war Urs' verblüffende Antwort auf Haralds vorsichtige Frage nach den Beweggründen seiner Berufung. Er zwinkerte ihm über seinen Pausenkaffee hinweg zu. »Lola hat dich vorgeschlagen. Sie war auch ganz beeindruckt von deinen Weinkenntnissen.«

Lola! Seit dem berauschenden Abend auf der Halbinsel war er ihr beglückend häufig, wenn auch meist nur zufällig, begegnet. Jede dieser Begegnungen hatte er in seinem Kopf gespeichert, immer wieder hervorgeholt, liebevoll von allen Seiten betrachtet und wieder an ihren Platz zurückgestellt: Lola tritt aus dem Aufzug, legt ihre Hand im Vorbeigleiten vertraut auf seinen Oberarm: »Ich muss dann mal.« Lolas Pferdeschwanz wippt vor ihm den karierten Flur entlang, er müsste laut rufen, um sie auf sich aufmerksam zu machen, da dreht sie sich gleichsam einer Eingebung folgend nach ihm um, lacht, winkt und federt um die Ecke. Lolas warmes Lachen kommt ihm quer über den Innenhof

entgegen, sie nimmt sich kurz Zeit für gehauchte Begrü-
ßungsküsse: »Wir sollten mal wieder lunchen gehen!«

Sie wirkte glücklich und viel beschäftigt. Einmal, kurz
vor der Sommerpause, war es ihm gelungen, in eine der
wenigen Lücken in ihrem Kalender zu stoßen, und nun
saß sie nur eine erkaltende Meeresfrüchtepizza und einen
übersichtlich angeordneten Salat weit von ihm entfernt.
Sie hatten einen Tisch ganz für sich allein, wie von einer
schützenden Blase umhüllt, in deren schillernder Kuppel
sich ihr Gespräch verfing. An den Rändern seiner Wahr-
nehmung verschwammen Harald die anderen Kantinen-
besucher zu schemenhaften Winzlingen.

Er erzählte ihr von London und von Muñoz und breitete all sein Halbwissen über moderne Kunst aus, das er
sich einst, um Beates Mutter zu beeindrucken, zusammen-
gestückelt hatte. Immer wieder hatte er seine gelangweilte
Freundin durch die Stuttgarter Staatsgalerie oder diverse
Kunsthallen geschleppt, wie zum Beweis, dass er ein ange-
messener Schwiegersohn wäre oder gar der bessere Sohn,
dem ein legitimer Platz in dieser gebildeten, feinsinnigen
Familie zustand.

Befeuert von Lolas Bemerkung, dass sie viel zu wenig
Ahnung von künstlerischen Dingen habe und jeden bewun-
dere, der sich in dieser Welt zuhause fühle, legte er nach mit
klassischer Musik, wovon er noch weniger verstand.

Seit Generationen standen die männlichen Mitglieder
seiner Familie dem örtlichen Musikverein vor. Holz oder
Blech war eigentlich die einzige Frage, die sich einem jungen Klein stellte. Mit welchem Stolz hatte Harald noch das
efeuumkränzte Täfelchen zum 125-jährigen Jubiläum vor
dem gemessen schreitenden, vielbeinigen Klingklangwurm
durchs Dorf getragen. Doch mit vierzehn begab er sich in

Entzug, und sein Kopf verordnete ihm eine Ersatzdroge, die seinem Herzen zwar nicht schmecken wollte, von der er sich aber eine Überdosis nach der anderen verschrieb, auf dass sich mit der Gewöhnung auch irgendwann die Liebe dafür einstellen sollte. Demonstrativ mit geschlossenen Augen saß er vor der Stereoanlage im Wohnzimmer und ließ mit voller Dröhnung einen Klassiksender laufen. Als er später mit Beate ins Konzert zu gehen pflegte, hatte er die Kunst des Aushaltens und Zeitabsitzens perfektioniert, ertappte sich aber mitunter dabei, den monumentalen Einsatz von Blech zu genießen, wofür er sich natürlich schämte.

Generalpause. Themawechsel.

Jetzt wagte sich Harald auf das Terrain, das ihn wirklich interessierte. In einer spiralförmigen Bewegung steuerte er auf sein Ziel zu. Er jammerte herum wegen der Benachrichtigungs-Richtlinie und Dexters unmöglichem Verhalten, hangelte sich weiter zu Dexters und Annas Geschichte und kam vorsichtig auf Lolas eigenes Schicksal als kluge Frau zu sprechen. Pause. Attacca Lola: Klar sei sie damals wütend und traurig und verletzt gewesen, und all solche Sachen. Pause. Aber sie glaube, sie habe jemanden kennengelernt. Ihr Blick tauchte tief in den seinen und zündete ein leuchtend grünes Feuerwerk auf seiner Netzhaut. Mit dem könnte es klappen!

Klippklapp, klippklapp, klippklapp.

Er hatte sie also beeindruckt. Aber, dass ihn Urs deshalb gleich zum Experten ernannt hatte, war zum Lachen. Wie wenig es dazu brauchte! Ein paar lässig hingeworfene Brocken hier, ein bisschen bedeutungsschwangeres Geraune da, das spricht sich dann rum, bumm! Und wie schnell alles in einen Topf geworfen wird: Riesling, Rothko, Rachmaninow. Kulturstempel drauf, bumm! Zum Lachen, eigentlich. Wenn es nicht so traurig wäre. Der Einäugige zu sein, machte ihn nicht wirklich froh, denn damit schwand die Achtung für die Blinden, die ihn umgaben.

Meister Gottman, mit der drallen Betsy im Schlepptau, unterbrach Haralds Gedankenstrom mit einer geschäftsmäßigen Marschorder: »Ihr fliegt nächste Woche zusammen nach Prag, das Terrain sondieren.« Harald wechselte einen unsicheren Blick mit seinem Chef. Er konnte doch nicht so einfach, holterdiepolter, einen Flug buchen? Konnte er? Er konnte. Urs zwinkerte ihm zu.

Gleich nach der Sitzung sagte Harald das Laufen mit Dexter für den kommenden Mittwoch ab. Noch während er dem Gedanken nachhing, ob er sich nicht doch explizit auf MAGNA hätte beziehen sollen, anstatt die große Ehre, die ihm widerfuhr, nur mit der vielsagenden Bemerkung, dass er überraschend nach Prag reisen müsse, anzudeuten, poppte Dexters Antwort auf seinem Bildschirm auf. Die Absage sei ganz in seinem Sinne, und er sei ihm nur knapp zuvorgekommen, denn wichtige Termine des europäischen Managementteams seien ihm dazwischengekommen. Harald nickte mit dem Kopf. Blöd war er ja nicht, dieser Dexter.

Auch wenn sich in seiner Inbox mehr als eine Handvoll ungelesener E-Mails befunden hätten, die von Lola wäre ihm sofort aufgefallen:

»Stell dir vor, Duke hat mir den Master of Ceremony für MAGNA angetragen! Ich soll nicht nur moderieren, sondern eine Art Energiezentrum des Ganzen sein. Abgefahren! Bekomme jetzt Einzelsitzungen mit John Gottman. Habe dich auf der MAGNA-Liste gesehen. Schön, dass du dabei bist.«

Klippklapp, klippklapp, klippklapp.

Bis an die Sterne weit

Die dralle Betsy wartete bereits am Gate, einen tank-
artigen Becher Kaffee *to go* in der einen Hand, mit der anderen fummelte sie in einer riesigen Umhängetasche herum.
Kurz bevor Harald sie erreichte, zog sie ihr Handy heraus. Sie nickte ihm gleichgültig zu, während der stark ge-
schminkte Mund in ihrem käsigen Gesicht Anweisungen
in einem drolligen englischen Akzent formte. Im Redefluss
schwankte ihr Rumpf sanft hin und her, die kurzen Beine
in den zu hohen Pumps verankerten die kleine Person fest
am Boden. Die Begriffe Standfestigkeit und Beharrungs-
vermögen trieben durch Haralds Bewusstsein und verfingen sich irgendwo.

Betsy begegnete ihm mit professioneller Servilität,
kramte Listen mit Hotels und Restaurants und Event-
lokationen hervor und versicherte, dass sie einen minuti-
ösen Ablaufplan für die nächsten zwei Tage erstellt habe.
Und doch entgingen ihm die heimlichen Seitenblicke
nicht, mit denen sie ihre vorgefasste Meinung über ihren
Mitreisenden zu bestätigen suchte, die ungefähr »jung, un-
erfahren, mäßig förderlich für den Fortbestand meines Geschäfts« lauten musste. Harald beglückwünschte sich, dass
er dieses Mal erst kurz vor knapp zum Gate gegangen war.
Er hatte sich vorher über eine Stunde in dem recht über-
schaubaren Flughafengebäude herumgedrückt und gehofft, Betsy nicht vor der Zeit zu begegnen. Eigentlich war
die Sache ganz klar: Er repräsentierte die Firma, sie war
von der Firma engagiert worden, also war er hier der Chef.
Andererseits wäre er ohne sie vollkommen aufgeschmissen
gewesen. Nicht auszudenken, wenn sie zum Beispiel den
Flug verpasst hätte. Außer seinem Ticket hatte er nichts

dabei und er kannte gerade mal den Namen des Hotels in Prag, in dem er heute übernachten sollte. Und so beugte er sich mit gespielter Arroganz und kindlichem Vertrauen über die Unterlagen, die Betsy vorbereitet hatte.

Beim Start beschlich ihn wieder dieses Unwohlsein. Dabei war Fliegen doch wie Busfahren, nur in der Luft. Er rief sich in Erinnerung, welch sicheres Verkehrsmittel doch so ein Flugzeug war. Er stellte sich die vielen winzigen Flieger mit den noch winzigeren Passagieren vor, die jeden Tag überall auf der Welt gleichzeitig oder im Sekundenabstand voneinander in die Luft gingen und landeten, ohne dass man je davon hörte. Wie viel Pech musste man haben, in einer Unglücksmaschine zu sitzen? Das war fast wie ein Lottogewinn. Und die Crew wollte ganz sicher auch nicht sterben. Er schielte zu Betsy, die hemmungslos in einer dieser banalen Frauenzeitschriften blätterte, und dachte an Lola. In wenigen Wochen würde er mit ihr diese Strecke fliegen.

Mit glänzenden Schweinsäuglein hatte Urs ihm vorgerechnet, dass genau sechsundneunzig MAGNA-Plätze zu vergeben waren. Zwölf mal acht, keiner mehr und keiner weniger. Nach der Lehre der Unsichtbaren handele es sich bei der Acht um eine stark erdende, aber auch sehr sensitive Energie. Die Zahl Acht stünde für Harmonie und weises Handeln. Jedes Konzernleitungsmitglied könne Teilnehmer nominieren, das letzte Wort aber habe Duke – nach einem intensiven Dialog mit Gottman, wie Urs zahnfleischgrinsend hinzufügte. Es gebe keine Stammplätze und nur wenige seien aufgrund ihrer Position gesetzt, wie etwa die Regionalleiter oder die großen Landesfürsten. Es gebe kein Feilschen und kein Augenzudrücken, für jeden Neunominierten müsse ein Alter gehen, um die

Integrität der vollendeten »Oktagone« zu wahren. Zwölf mal acht. Alles andere würde die Energie empfindlich aus dem Gleichgewicht bringen. Offiziell gebe es überhaupt keine Teilnehmerliste, weder vor noch nach der Konferenz. Nur einige wenige aus dem MAGNA-Core-Team seien Geheimnisträger, Betsy zum Beispiel, weil sie die ganze Logistik managen musste. Das Flugzeug dröhnte und ruckelte, Harald konzentrierte sich aufs Kopfrechnen: Den sechsundneunzig Auserwählten stand ein gut dreißigköpfiges Organisationsteam gegenüber, also ein Helferlein für drei Teilnehmer. Sechsundneunzig plus dreißig ergab hundertsechsundzwanzig, das hieß, 49.874 Mitarbeiter würden sich vor Neid und Neugierde verzehren – und vor allem einer, der sich sicher ganz besonders darüber ärgerte, dass er nicht in die Mannschaft gewählt worden war.

Die geheime MAGNA-Liste war das alles beherrschende Thema der letzten Tage gewesen. Urs hatte wild mit Namen um sich geworfen und Harald schnell begriffen, dass es sich dabei um die Königsdisziplin der parallel existierenden Manager-Sortiersysteme handelte. Zunächst gab es da natürlich die Gehaltsstufen, die er sich anfangs wie ein Fieberthermometer vorgestellt hatte, mit einer stetig ansteigenden Strichskala. Aber in Wahrheit schienen die Stufen sehr breit zu sein. Hatte man eine erklommen, betrat man ein sanft aufstrebendes Hochplateau, auf dem man lange Märsche unternehmen konnte, ein seltsames Zauberland, in dem die Entfernungen und Zeitläufe verschwammen, sich unendlich ausdehnten oder zusammenzogen, ein Raum jenseits der Gesetze der Physik. Kaum meinte man, sich der nächsthöheren Stufe zu nähern, rückte der Horizont plötzlich wieder in weite Ferne. Für die Wahrnehmungsanpassung sorgte der jeweilige Vorgesetzte, aber recht eigentlich verantwortlich dafür war auch er nicht, weil ihm schließlich die Hände gebunden waren, die Umstände ihn drückten, er einfach nur die undankbare Aufgabe hatte, Dinge umzusetzen, die weit außerhalb seiner selbst lagen, aber tröstlicherweise dem großen und ganzen Endzweck des Unternehmens dienten.

Wie zum Ausgleich gab es die offiziellen Beförderungsstufen, die jedes Jahr im Frühling, wenn sie per E-Mail und Aushang publik gemacht wurden, die Augen und Wangen derer mit neuem Lebensmut glühen ließen, die von der ewigen Wanderung auf derselben Gehaltsstufe schon zu ermatten drohten. Sie klangen nach Kontor und Kaufmannsehre, nach Ärmelschoner und Plastron: Direktor, Stellvertretender Direktor, Vizedirektor, Prokurist. Die unterste Ebene der Stufenpyramide, auf der man sich schon ein kleines bisschen aus der Masse erheben konnte, war i.V., auch wenn sich damit praktisch keine weiterreichenden Befugnisse verbanden. Wer einmal Prokurist geworden war, den trug die Hoffnung auf den Vize viele Jahre lang. Die Beförderung zum Direktor erschien Harald vergleichbar mit der Auszeichnung eines Mannes für sein Lebenswerk, untrennbar verbunden mit grauen Schläfen und Mahlzeiten in der Direktionskantine.

Auch der Rang, gemessen in Entfernung zum Sonnenkönig, eine Maßeinheit, mit der Harald dank seines Bemühens um die Benachrichtigungs-Richtlinie besten vertraut war, sowie die phantastische Welt der Stellenbezeichnungen, in der Selbstkrönungen an der Tagesordnung waren, trugen zum babylonischen Hierarchiegewirr im Unternehmen bei. Das Ganze war eine Art großes Status-Quartett: Wenn man in der einen Kategorie nicht punkten konnte, dann wich man eben auf die nächste aus. Im schwarzen Loch der

Personalabteilung lief dann alles zusammen. Dort führten die Engelein Buch über die guten und schlechten Taten. Alles war »im System«, wurde in irgendeiner Form verwaltet, und wenn auch nicht wirklich nachvollziehbar war, warum jemand da war, wo er war, war doch bekannt, wer wo war. Die MAGNA-Liste aber existierte jenseits aller Systeme und Aufzeichnungen. Und dass sie offiziell überhaupt nicht existierte, war nur der Beweis ihrer übergeordneten Stellung.

Im Ankunftsbereich des Prager Flughafens reckte sich den beiden MAGNA-Beauftragten ein Täfelchen entgegen, das den Schriftzug und das Logo von Haralds Firma trug. Es tanzte ein wenig hin und her, dann tauchte es ab und gab den Blick frei auf zwei mächtige dunkle Brauen in einem scharf geschnittenen Gesicht, das von rot schimmernden Riesenohren und einem dichten schwarzen Haarschopf umrahmt wurde. Der alterslose Mann begrüßte die Ankömmlinge in gebrochenem Englisch und geleitete sie dann schweigend durch die belebte Halle. Er schwieg auch, während er die kleinen Rollkoffer verstaute. Er schwieg beim Einsteigen, und er schwieg beim Anschnallen. Er schwieg zu Haralds dämlicher Wetterbemerkung, und er nickte schweigend, als Betsy ihm die erste Adresse nannte, die er anfahren sollte. Sie hatte also einen Privatchauffeur bestellt. Harald versuchte, betont lässig im Fond des Wagens zu sitzen, während er innerlich das Kreuz durchdrückte und royale Winkbewegungen machte. Das war eben so üblich in seiner Branche, in seinem Job, auf seiner Mission. Taxis waren was für Touristen. Dass er es doch so herrlich weit gebracht hatte! Er war nicht nur Geschäftsreisender, er war in Vertretung seiner großartigen Firma unterwegs.

Er war die Firma. Für einen kurzen Moment spürte er der Macht nach, die ihm das an der Millionengrenze kratzende MAGNA-Budget verlieh – so hatte es Urs zumindest angedeutet. Welche Verantwortung. Nun gut, genau genommen war es nicht sein Budget, andere würden entscheiden. Aber auf seine Empfehlung.

Derart beseelt, ging er mit raumgreifenden Schritten auf die adrett kostümierte Dame zu, die sie an ihrer ersten Destination im Schatten zweier Hoteltürme in Empfang nahm. Betsy in ihren Pumps hielt gut mit. Ihr überließ er auch das Reden, denn was hätte er sagen sollen, planlos, wie er war? Während sie im Bugwasser der Hotelmanagerin durch die Etagen segelten, überlegte er krampfhaft, welche besonders kompetenten Fragen er stellen könnte. Ab und zu lobte er Betsy laut – wie gut, dass sie an dieses oder jenes Detail gedacht habe – und erntete dafür einen sehr, sehr neutralen Blick von ihr. Schließlich standen sie in einem riesigen runden Saal hoch über der Stadt, dem potenziellen MAGNA-Hauptversammlungsraum. Einer plötzlichen Eingebung folgend, löste sich Harald von der Gruppe und schritt feierlich ins Zentrum, wo er mit geschlossenen Augen und auf Hüfthöhe von sich gestreckten Armen verharrte.

»Dieser Raum hat genau die richtige Energie«, sprach er, dann drehte er sich einmal langsam um die eigene Achse, und weil er spürte, wie sich die Röte in seinem Gesicht ausbreitete, rettete er sich in einer fließenden Bewegung an die bodentiefe Fensterfront. Er hoffte, dass ihn seine glühenden Ohren in der Rückenansicht nicht verrieten. »Der Blick wird weit, man schwebt über den Dingen, den Sternen so nah …«, säuselte er vernehmlich.

»Bei uns können Sie das mit den Sternen wörtlich nehmen, in allen Bereichen. Lassen Sie nur alles auf sich wirken, wir gehen schon mal vor zu den Gruppenräumen«, sagte die Hotelmanagerin taktvoll. Harald war sich fast sicher, dass sie keinen vielsagenden Blick mit Betsy tauschte. Die Frau war auf seiner Seite und die Sache damit klar: Dieses Hotel musste den Zuschlag für die Konferenz erhalten.

Den ganzen Tag chauffierte sie der Schweiger kreuz und quer durch die Stadt. Sie gingen durch Drehtüren, Schiebetüren und Türen, die von eilfertigen Angestellten aufgerissen wurden, schritten über Marmorintarsien, rote Teppiche und Edelholzparkett, sie zogen imaginäre Kreise in quadratischen, schlauchförmigen und ovalen Sälen, bemaßen Anzahl, Größe und Beschaffenheit von Gruppenräumen. Harald perfektionierte die Energie-Nummer und wandelte, ohne rot zu werden, wie ein lebendiger Seismograf durch die Fünf-Sterne-Topografie. Immer wieder fügte er heimlich Lola in die Szenerie ein. Hier, auf dem Sofa, würde sie sich gut machen. Da, an der Bar, gab es eine lauschige Ecke, in der man sich sicher recht ungestört unterhalten konnte. Hier würde sie zum Frühstück sitzen, ganz klassisch mit Ei und Toast, Kaffee schwarz wegen der Laktoseintoleranz. Vielleicht hätte sie Lust, vor dem Frühstück eine Runde mit ihm zu schwimmen, ganz früh, sie wären die Ersten und Einzigen, die nebeneinander durchs Wasser glitten.

Am Abend kehrten Betsy und Harald in einem der Restaurants ein, die es ebenfalls zu testen galt. Der Gewölbekeller war mit Fellen und Schwertern und Schilden ausgestattet, von der grob verputzten Decke baumelte ein hölzerner Radleuchter mit elektrischen Kerzen. Betsy trommelte mit ihren lackierten Fingernägeln auf dem rustikalen Holztisch, und irgendwie lackiert klang auch ihr drolliger Akzent, in dem sie von der Authentizität des Ortes schwärmte. Unbedingt müsse man an einem der Abende hierherkommen. Manager würden das lieben, das Einfache, das Wahre, weg von den sterbenslangweiligen, internationalisierten Gourmet-Häppchen. Und erst die Teilnehmer aus Übersee und Asien! Die hätten solch ein Faible für das gute, alte Europa. Sie nahm einen tiefen Schluck aus ihrem halb geleerten Glas, irgendein australischer Merlot. Natürlich müsse man bei der Menüauswahl den verschiedenen Anforderungen Rechnung tragen, ein vegetarisches Gericht, etwas Leichtes, kein Schweinefleisch und so weiter, das Übliche eben. Harald war froh, dass sie ins Plaudern kam. Er war nicht der Typ, der eine Unterhaltung dominieren konnte. Er war ein Zuhörer. Musste er sich in Gesprächsführung versuchen, dann zerfielen ihm meist alle Sätze bereits im Mund oder zerstäubten, kaum dass sie ausgesprochen waren. Eigentlich war Betsy ganz sympathisch. Noch einen Merlot später verfiel sie auf die Idee eines nächtlichen Spaziergangs zur nahen Prager Burg, um – wie sie sagte – ein wenig von der Energie aus der genossenen Ente mit Klößen und Rotkohl wieder loszuwerden. Außerdem würde man auch am nächsten Tag kaum etwas von den touristischen Qualitäten der Stadt zu sehen bekommen. Harald war zu müde, um zu widersprechen.

Kurz darauf folgte er Betsys schmalen Absatzkeilen über die Katzenköpfe eines steilen Gässchens. Sie hatte gesagt, sie kenne den Weg, also achtete er nicht weiter darauf, wohin er ging. *Klapp, klapp, klapp, klapp*. Ihre Fesseln wirkten widersinnig zerbrechlich unter den hin und her wiegenden Hüften. »Fersensprengung« nannte der Fachmann die Höhe eines Absatzes. Gutes Wort. Gehörte zu Beates Trouvaillen. Im Laufe ihres Jurastudiums hatte sie diesen Tick mit den Fachtermini entwickelt. Hohe Schuhe machen sexy. Der Fuß wird gestreckt, das Becken nach vorne geschoben, mehr Bein, mehr Arsch, mehr Titten. Bei Betsy funktionierte das allerdings nicht, da war von allem schon zu viel. Ihn schwindelte, und plötzlich beschlich ihn der Verdacht, dass der Traum gleich vorbei sein würde. Über ihm drehten sich die Sterne. Er stütze sich an eine Wand, die sich kalt und wirklich anfühlte. Kurz leuchtete das weiße Gesicht seiner Führerin auf. Sie rief ihm irgendeine Durchhalteparole zu in ihrem drolligen Akzent. Was machte er hier eigentlich? Konnte es sein, dass er gerade hinter einer dicken Engländerin, die er kaum kannte, mitten unter der Woche durch eine Gasse des nächtlichen Prags marschierte, nachdem er den ganzen Tag damit verbracht hatte, sich in Chrom und Glas zu spiegeln und in prächtigen Bauten den blasiert-sympathischen Graf Grotz zu geben, hier ein bisschen zu mäkeln und da ein paar Hoffnungen zu schüren? Konnte es sein, dass es damit nicht nur seine volle und ganze Richtigkeit hatte, sondern dass er dafür auch noch von seiner Firma bezahlt wurde, dass ihn seine Firma tatsächlich hier in diese Straße mit der drallen Betsy geschickt hatte?

Am Ende der steilen Gasse holte er sie ein und stolperte mit ihr in einen weiten Lichtraum. Starke Strahler brachten die Mauern ringsum zum Leuchten. Steinplatten, Steinwände, nahtlos aneinandergefügter Klassizismus. Dazwischen ein gotischer Bau, der ihnen den Allerwertesten entgegenstreckte, ebenfalls mit dem honigsüßen Licht überzogen, an dem man eine A-Attraktion erkennt. Sie erreichten eine Aussichtsplattform. Knapp über dem Horizont ging der Mond auf.

»Wie riesig er heute ist!«, lallte Harald und ließ sich auf eine Bank fallen. Unter ihnen tanzten die Lichter der Stadt in sanften Wellenbewegungen.

»Der Mond ist immer gleich groß«, brachte Betsy erstaunlich nüchtern hervor.

»Nein, ich habe ganz sicher schon verschieden große Monde gesehen«, protestierte Harald.

»Es ist immer der gleiche Mond. Und er ist immer gleich groß.« Sie stand mit dem Rücken an die Balustrade gelehnt und wölbte sich ihm entgegen.

»Aber jetzt zum Beispiel ist er mindestens so groß wie dein Gesicht! Und hoch am Himmel wäre er nur so klein wie ein Fingernagel.« Er peilte mit ausgestrecktem Daumen.

»Das ist eine Wahrnehmungstäuschung. Die Entfernung zum Mond bleibt immer gleich. Und damit auch die Größe der Scheibe, die wir sehen.«

»Aber subjektiv ist es dennoch wahr.«

»Manchmal scheinen die Dinge eben anders, als sie sind. Hast du mal diesen Psycho-Test mit den Punkten gesehen? Also …« Sie legte für einen Moment sinnierend den Zeigefinger an ihre Nase, dann reckte sie ihn Aufmerksamkeit gebietend in die Höhe. »Also … stell dir einen roten Punkt vor.« Der Zeigefinger stieß nach vorne, direkt auf Haralds Brust, »und drum herum lauter blaue Punkte. Punkt, Punkt, Punkt. Immer drum herum.« Ihr Finger tanzte Ringelreihen auf seinem Oberkörper. »Abhängig davon, wie groß die blauen Punkte sind, erscheint auch der rote Mittelpunkt mal größer, mal kleiner, obwohl er immer exakt den gleichen Durchmesser hat.«

»Größer, kleiner, größer, kleiner«, wiederholte sie unablässig und bewegte ihr Mondgesicht auf ihn zu und wieder von ihm weg. »Das ist das Prinzip der Vergleichsobjekte.«

»Aha, also ungefähr so: Umgib dich mit Low-Performern, wenn du ein High-Potential sein willst!«

»Genau. Oder: Umgib dich mit Molligen, wenn du ...«, sie ließ eine bedeutungsvolle Lücke im Satz, »willst!«

Plötzlich schwebte ihr Mond ganz nahe über seinem Gesicht. War es möglich, dass sie ihm gerade etwas anbot, nach dem er nicht gefragt hatte? Er erhob sich umständlich und reichte ihr den Arm, wobei er irgendetwas von Absätzen und abwärts faselte. Beim Abstieg vom Burgberg achtete er peinlich genau darauf, dass seine Hand nicht zufällig an ihrer ausladenden Brust rieb, und er versuchte, das Stoßen ihrer weichen Hüften als unvermeidlich zu ignorieren.

Allein mit sich im Hotelzimmer kommt ihm das Bild des runden Saales. Lola probt ihren Auftritt, lange, nachdem alle anderen gegangen sind. Allein steht sie auf dem ausgeleuchteten Podium, geht mit federnden Schritten hin und her, hin und her, hin und her. Immer wieder ihre Passagen sprechend. Er ist ihr ganz nah. Es dauert, dauert, dauert noch ein bisschen, bis sie ihn bemerkt. Dunkel. Es ist dunkel im Saal. Sie kommt, kommt gleich, kommt gleich zu ihm. Sie hat die Beine um ihn geschlungen, ihr Körper schimmert im Mondlicht, er drückt sie ans Fenster, auf und ab, auf und ab, weit unter ihnen tanzt die Stadt. Sternenexplosion.

Walpurgisnacht

»Eine Nummer kleiner hätte es wohl auch getan!« Urs zwinkerte bewundernd und machte eine ausladende Armbewegung mit anschließendem Kratzfuß. Dann raffte er das Jackett über seinem Bäuchlein zusammen, trotz der frostigen Temperaturen trug er keinen Mantel, und legte die letzten Meter bis zum säulengeschmückten Portal des Žofín-Palastes im Staccatoschritt zurück. Sanft streichelten Lichtkegel in den Unternehmensfarben die neoklassizistische Fassade. Als Harald seinen Chef unter den Arkaden einholte, hörte er, dass der das Thema der *Moldau* pfiff. Peinlich. Die besten Hits des neunzehnten Jahrhunderts, bekannt aus der Fernsehwerbung, fuhr es Harald durch den Kopf. »Smetana«, murmelte er trotzdem, um den Erwartungen zu genügen. Prompt folgte eine beifällige Geste seines Mentors, die so viel hieß wie: Siehst du? Du bist eben unser Experte für Hochkultur!

Auch Großmeisterin Anna und der andere John hatten sich begeistert über das prächtige Schlösschen auf der Flussinsel gezeigt, das Harald und Betsy auf ihrer Prager Entdeckungstour ausgekundschaftet hatten. Hier würde die Managerkonferenz in der *Last Night of MAGNA* einen würdigen Abschluss finden. Die Ortswahl versprach einen energetischen Wechsel, der von den beiden Hütern des Master-Spielplans als nahezu ideal angesehen wurde.

Den größten Teil der vergangenen Woche hatten sich die sechsundneunzig Auserwählten unter Aufbietung sämtlicher Soziofertigkeiten den Drei Fragen in immer neuen Präsenzkonstellationen, im Duo, Trio oder im vertrauten Oktagon, mitunter auch als Vollversammlung, gewidmet. Aus der Klausur in den postsozialistischen

Türmen des Konferenzhotels hoch über der Stadt stieg man nun hinab in die prunkvolle Mitte der Zivilisation. Der die Insel umspülende Fluss, so hatte Anna erklärt, versinnbildliche den Auftrag an die Teilnehmer, das Erfahrene als Multiplikatoren hinaus ins Konzernleben zu tragen, bis in die hintersten Winkel der Welt, und den Wandel im Sinne der Großen Sache voranzutreiben.

Im Foyer des Schlösschens flatterten ein paar Rabenvögel aus den unteren Chargen der Unsichtbaren um eine tischtennisplattengroße Installation. Mit melancholischen Kinderaugen überwachte Eric, der Kreativling, wie sie eilig letzte Hand an das dreidimensionale Werk legten, das sich aus hunderten von auf dünnen Drähten aufgespießten Menschenköpfen zusammensetzte. Aus der Ferne betrachtet, verschmolzen die einzelnen Porträts zu einem großen Ganzen und formten die Umrisse des Firmenlogos.

In der Nacht zuvor hatte Harald geholfen, die Bildchen auszuschneiden und aufzukleben. Eines für jeden der fast tausend Mitarbeiter, die dem Aufruf gefolgt waren, sich mit ihren Projekten und Erfolgsgeschichten an den ersten Interior-Movens-Awards zu beteiligen. Auf der jetzt unsichtbaren Unterseite trug jedes Porträt den Namen der Person sowie die Kategorie, in der er oder sie sich meist stellvertretend für ein ganzes Team beworben hatte. Es gab drei Kategorien, eine für jeden der Unternehmenswerte: »IM Energie«, »IM Vertrauen«, »IM Eleganz«. Es genüge nicht, Unternehmenswerte nur zu postulieren. Wenn sie nicht gelebt und im täglichen Miteinander verankert würden, dann seien sie wertlos, wenn nicht sogar schädlich. So Gottmans Argumentation. Dagegen war nichts zu sagen. Also hatte der weise Lehrer vom Berg das Awards-Programm entwickelt, das nicht nur Mitarbeiter für ihr Engagement im Sinne der Großen Sache auszeichnen, sondern nebenbei auch noch die Gräben zwischen den Geschäftseinheiten und den Regionen zuschütten sowie die Kluft zwischen Management und einfachem Fußvolk überbrücken sollte. Und Teo, den netten Pressesprecher, hatten sie zum Projektleiter dieser staatstragenden Unternehmung gemacht, nebenberuflich sozusagen.

Eigentlich hätte die Installation schon fertig nach Prag geliefert werden sollen, aber es hatte Verzögerungen gegeben. Harald half gerne, besonders, wenn Not am Mann war. Er fand, dass er ein gewisses Talent dafür hatte, mit einem Blick zu erkennen, was getan werden musste, unabhängig vom eigenen Zuständigkeitsbereich. Und weil er doch hier in Prag die meiste Zeit des Tages ohne rechte Beschäftigung war, denn alle Mahlzeiten und Abendveranstaltungen waren organisiert und das Wenige, was noch zu tun blieb, wurde meist von Betsy abgefangen, ging er mal diesem, mal jenem zur Hand und erarbeitete sich so seinen Status als wertvolles MAGNA-Core-Team-Mitglied.

Da saß er also in einem kleinen Nebenraum mit einer Schar Jungraben am Basteltisch. Hinter der verschlossenen Tür des runden Saals lief die letzte MAGNA-Arbeitssitzung. Die positiven Schwingungen der Veranstaltung, die bereits seit Tagen als gelungen galt, drangen durch alle Ritzen. Während er mit gleichmäßigen Schnitten einen Mitarbeiter nach dem anderen zurechtstutzte, wanderten Haralds Gedanken den umgekehrten Weg, krochen unter der Flügeltür hindurch in den Saal hinein, zwischen den Beinen der in Kreisen geordneten Stühle herum, strichen über handgearbeitete, blankgeputzte Schuhe, die weit unter die Sitzflächen zurückgezogen den konzentriert

Lauschenden die nötige Stabilität verliehen, um sich dem Wortführer des jeweiligen Oktagons voll zuzuwenden.

Applaus setzte ein und schwoll an. Die Türen hatten sich geöffnet und entließen den Jubel nach draußen. Es dauerte lange, bis die ersten Teilnehmer folgten. Wie durch ein Guckloch beobachtete Harald die Paare und Grüppchen, die an der Türöffnung des Bastelraumes auftauchten und verschwanden. Plötzlich stand Lola im Türrahmen, ihr Gesicht zoomte heran, ihre Wangenhitze auf seiner, ihr warmes Lachen ganz tief in seinem Ohr.

»Du kommst doch auch?«, flüsterte sie.

»Ja, klar. Wohin denn?«

»An die Bar nachher. Ich habe jetzt noch eine halbe Stunde Debriefing. Aber danach?«

Ihr grüner Blick löste sich von seinem, wanderte über die Mitarbeiterschnipsel und Drahtspieße. Dann strich sie geschmeidig aus der Tür. »Gott, was bin ich froh!«, sagte sie zu irgendjemandem, der sie draußen in Empfang nahm.

Leider hatte es in der vergangenen Woche kaum Gelegenheit gegeben, ein vernünftiges Wort mit Lola zu sprechen. Ihre Begegnungen waren gehuscht und gehaucht geblieben. Sie hatten sich von Ferne gegrüßt und waren doch nicht beisammen. Urs als MAGNA-Vollteilnehmer dagegen hatte die ganze Zeit in ihrer Nähe verbracht. Mehr als einmal hatte Harald beobachtet, wie sie die Köpfe zusammensteckten und miteinander tuschelten.

Vor Harald lagen noch drei große Bögen mit je zehn mal zehn Mitarbeiterporträts. Das war in einer halben Stunde zu schaffen, zumal er ja bereits in Übung war. Konzentriert schnitt er in einem Zug zunächst eine lange Gerade, dann ließ er die Schere rasch neunmal zuschnappen.

Jetzt musste er die Passbildchen nur noch an zwei Seiten trimmen. Fertig. Nächste Gerade. Aus den Augenwinkeln bemerkte er, wie Hope die Szene betrat und nur kurze Zeit später wortlos wieder abging. Fragend blickte Harald in die sorgenvollen Mienen der Jungraben, die regungslos mit geöffneten Scherenklingen verharrten. Aus einer Klebertube löste sich unbemerkt ein Tropfen. Herein trat Gottman, eskortiert vom anderen John, nahm einen Mitarbeiterspieß zur Hand, hielt ihn prüfend vor sich wie eine Wünschelrute und sprach mit leiser Stimme: »Nichts zu machen. Die Energie ist nicht die richtige.« Begleitet von sanftem Finger-Tai-Chi erklärte er, dass alles noch einmal gemacht werden müsse. Die Rückseiten der Mitarbeiterbilder seien nicht in der der Großen Sache zugeordneten Schriftart gedruckt worden. Damit sei die Integrität des Objekts, das eine zentrale Rolle in der Gesamtkonzeption der *Last Night* spiele, gefährdet, wenn nicht gar – aufgrund der systemischen Verbundenheit sämtlicher Interventionen – die Große Sache selbst. Den vorsichtigen Einwand, dass man die Beschriftung in der fertigen Installation gar nicht sehen könne, ließ er nicht gelten. Zurück blieben die Jungraben. Und Harald.

Als er sich schließlich weit nach Mitternacht auf den Weg machte, tanzten vor seinem inneren Auge die Gesichter der Mitarbeiter. Bob aus Boston, Ravi aus Mumbai, Hugo aus São Paolo und Sarwar aus Khulna, sie alle stiegen mit in den Aufzug, verstopften schweigend die Kabine. Er wusste, dass es sinnlos war, trotzdem drückte er den Knopf nach unten zur Bar, anstatt nach oben in sein Zimmer zu fahren. Vielleicht, vielleicht wartete sie noch auf ihn.

Die Bar war menschenleer, zumindest was die eine Person betraf, die Harald anzutreffen gehofft hatte. An der

Theke brüteten noch drei Übriggebliebene auf ihren Barhockern. Einer davon war Pelargo, der COO der Dritten Geschäftseinheit, der andere der Leiter der M&A-Abteilung. Wie hieß der noch mal? Und der Dritte im Bunde war Teo. Was machte der denn hier? Der nette Pressesprecher war in seiner Funktion als IM-Awards-Beauftragter eigentlich in einem anderen Hotel fernab der MAGNA-Türme stationiert, wo er sich um die Finalisten des Wettbewerbs kümmerte, die in einer Parallelveranstaltung drei Tage lang auf das Aufeinandertreffen mit der Top Elite des Unternehmens vorbereitet wurden. Harald wich zurück, bevor sie ihn bemerken konnten. Er war plötzlich sterbensmüde.

Auf den mit rotem Teppich belegten Stufen hinauf in den ersten Stock des Žofín-Palastes stellte Urs das Moldau-Pfeifen endlich ein. Am Treppenabsatz empfing sie Betsy. Sie presste ihre Kladde in den Wulst zwischen Rippen und Hüfte und redete ohne Unterlass in ihr Headset. Natürlich trug sie Pumps.

»Die heilige Sitzordnung, druckfrisch«, raunte Urs und deutete auf eine goldgerahmte Tafel neben der drallen Eventmanagerin. »Erst heute Mittag haben sie alles noch mal über den Haufen geworfen. Zuerst sollte der M&A-Leiter mit Pelargo an einen Tisch, dann irgendwo nach hinten, weil der aktuelle Deal zu scheitern drohte, und jetzt sitzt er plötzlich bei du weißt schon wem, weil die Sache wohl so gut wie in trockenen Tüchern ist. Aber, psst, das ist streng geheime, börsenrelevante Information. Ich muss dich leider sofort eliminieren, falls du vorhast, das auszuplaudern oder Insidergeschäfte zu machen.« Er zwinkerte heftig und raunte: »Zumal sich

das alles auch auf deine Karriere auswirken könnte!«
Damit klackerte er in den Saal hinein.

Geschmeichelt von dem Gefühl, sich am durchlässigen
Rand des inneren Zirkels der Macht zu befinden, blieb
Harald zurück, um den Saalplan zu studieren. Aha, im
hinteren Bereich waren die Helferlein platziert. Wenigstens saß er am *guten* Core-Team-Tisch mit Gottman, Anna
und Teo. Im vorderen Saalbereich hielt jeweils einer von
der Konzernleitung Hof. Lolas Platz war an Bales Seite.
Heute nach der Awards-Verleihung sei sie endlich frei von
allen Pflichten, und sie freue sich schon auf die Party, hatte
sie ihm getextet.

Eine Hand schob sich unter seinen Ellenbogen und im
nächsten Moment pulste eine lockige Sonne an seinem Arm:

»Vollkommenheit! Vollkommenheit ist ein Zustand, der
sich nicht noch weiter verbessern lässt, Vollkommenheit im
Sinne von zum Vollen kommen. Die Zehn repräsentiert
ein schöpfungsmächtiges, in sich vollendetes Ganzes.«

Annas Froschmund amüsierte sich sichtlich über Haralds
Verwirrung. »Siehst du«, sie tippte mit ihrem rotlackierten
Zeigefingernagel auf die gedruckten Namen rund um einen
Tisch, »Zehn! Ein Oktagon plus zwei Awards-Finalisten.
Komm!«

Sie zog ihn in den Saal hinein. Über ihnen schwebte
die gold-weiße Kassettendecke, zwei Kronleuchterzwil-
linge dominierten den Luftraum. Die dürften auf keinen
Fall auf den offiziellen Fotos der Veranstaltung zu sehen
sein, hatte der Herr der Finanzen, Reed, gefordert, als das
Moldau-Schlösschen den Zuschlag der Konzernleitung
für die *Last Night of MAGNA* bekommen hatte. Man wolle
schließlich nicht den Eindruck erwecken, dass das Manager-
meeting eine verschwenderische Prunkveranstaltung sei.

Aus den Augenwinkeln sah Harald Urs und Lola in einer Nische eng beieinanderstehen. Sie war also auch schon mit einem der ersten Shuttlebusse von den Türmen heruntergekommen. Offiziell begann der Festakt erst in einer halben Stunde. Die beiden neigten die Köpfe über ein blaues Papier. Was es da wohl so Wichtiges zu besprechen gab?

»Das habt ihr ja prächtig ausgesucht!«, schreckte Teo ihn auf. »Irgendwas zwischen Opernball und Traumhochzeit, wenn nur die Frauenquote etwas höher wäre! Aber auf alle Fälle der Awards-Verleihung angemessen.« Der nette Pressesprecher und IM-Awards-Beauftragte war sehr blass und wirkte deutlich schmaler als sonst. Seine Augen glänzten fiebrig.

»Geht's dir gut?«, erkundigte sich Harald besorgt.

Teo kicherte: »Du hörst dich schon an wie unser Chef!«

»*Déformation professionelle* nennen wir das«, lächelte Anna.

»Ist das wieder so eine Soziofertigkeit?«

»Nein, der Lauf der Dinge«, grinste Teo.

Die Großmeisterin rollte in gespielter Verzweiflung die Augen und ließ die beiden adrett gekleideten Männer allein zurück.

»Aufgeregt?« Es war mehr ein Erklärungsversuch für Teos desolates Aussehen als eine echte Frage.

»Als ob ich nachher selbst da oben stehen müsste!«

»Aber du weißt doch schon, wer gewonnen hat?«

»Darum geht's gar nicht. Alle sind Gewinner! Alle Finalisten hier, alle, die hinter den Teams stehen und heute nicht hier sein können, und alle, die überhaupt bei den IM-Awards mitgemacht haben.«

Harald musterte seinen Kollegen zweifelnd. Er suchte nach einer Spur der sonst üblichen inneren Distanz in dem,

was Teo gesagt hatte oder wie er es gesagt hatte. Musste ihm entgangen sein. Tatsächlich war Teo kaum zu bremsen:
»Weißt du, diese drei Tage mit den Finalisten, du hättest dabei sein sollen! In drei Tagen wurde aus einem bunt zusammengewürfelten Haufen eine echte Gemeinschaft, über alle Ländergrenzen hinweg, trotz aller kulturellen Unterschiede, und obwohl am Anfang alle dachten, es ginge hier darum, sich gegen die anderen durchzusetzen. Am Ende saßen selbst die Inder und die Pakistani beim Mittagessen an einem Tisch. Oder das Team aus Yorkshire, ein Haufen harter, nüchterner Kerle, Ingenieure, Techniker, die hielten die Veranstaltung im Vorfeld für überflüssig und wollten nur für einen Tag zur Präsentation und Preisverleihung anreisen. Und einer von denen sagte doch wortwörtlich, er sei in den drei Tagen bekehrt worden! Ich sage dir, die Große Sache ist kein Hirngespinst, man muss sie nur richtig angehen. Wenn man sich vorstellt, dass es gelingen könnte, diesen Geist in die gesamte Organisation zu tragen, dann wären wir auf Jahre unschlagbar! Unfassbar, wie unsere Teilnehmer aus aller Welt in kurzer Zeit zu einer gemeinsamen Sprache fanden, der Sprache der Großen Sache! Und die Homophonie von IM mit dem englischen *I am* ist voll aufgegangen. Du hättest sie sehen sollen, unsere Fabrikarbeiter, unsere Außendienstler, unsere Wissenschaftler, wie sie heute Morgen als personifizierte Unternehmenswerte vor dem versammelten Topmanagement standen und skandierten: *I am energy, I am trust, I am elegance*. Urs berichtete, dass Duke ganz erschüttert aus einem Finalisten-Vortrag gekommen sei, mit Tränen in den Augen. Und zu Gottman soll er gesagt haben, er habe nicht gewusst, was für wunderbare Mitarbeiter seine Firma auf der ganzen Welt habe. Das waren seine Worte!«

Ja, feuchte Augen. Fürwahr. Die hatte Harald auch bemerkt, als Duke in einem kurzen Moment kosmischer Allverbundenheit mit weichgezeichneten Gesichtszügen und ausgestreckter Hand auf ihn zuhielt. In dem sicheren Gefühl, dass er ihn dieses Mal erkannt hatte, erwartete Harald den Händedruck, mit dem Duke ihn vor allen Umstehenden auszeichnen würde. Er sagte: »Mein Lieber, was für ein guter Tag für die Große Sache. Sie haben wieder Wunder bewirkt. Sie gehören doch auch zu den fabelhaften Unsichtbaren, nicht?« Ja, er hatte schwarz getragen an diesem Vormittag. Er hatte geholfen, die Ströme der MAGNA-Teilnehmer zu kanalisieren, die von einem Awards-Vortrag zum nächsten wechselten. Aber das war noch lange kein Grund für eine derartige Verwechslung! Harald brauchte eine Weile, um das Gefühl der Demütigung niederzukämpfen. Duke hatte es doch nicht böse gemeint, im Gegenteil!

»Was schaust du denn so kritisch?«, unterbrach sich Teo. »Ich war ja selbst anfangs ein bisschen skeptisch, als sie mir das Awards-Projekt aufbrummten. Aber dann! Erst die überwältigende Resonanz auf unseren Aufruf, fast eintausend Einsendungen. Wir konnten sie kaum bewältigen. In Tag- und Nachtschichten haben wir die Bewerbungen von Hand bearbeitet, zwei Aushilfsmitarbeiter und Jenny, die am Ende eine fiese Sehnenscheidenentzündung vom Tippen bekam. Und dann die transformatorische Kraft des Prozesses: Die regionalen Leiter der drei Geschäftsbereiche mussten erstmals seit Firmengedenken zusammen in einem Raum sitzen und gemeinsam über etwas entscheiden, nämlich welche Projekte sie in die globale Endausscheidung schicken wollten.«

»Wer hat denn jetzt gewonnen?«, fragte Harald ungeduldig.

»Alle natürlich! Das ganze Unternehmen ...«

»Nein, im Ernst.«

»Das weiß nur ich allein.« Teo klopfte sich mit der flachen Hand auf die Brusttasche und lächelte geheimnisvoll. »Und Urs. Und Duke. Und der Rest der Konzernleitung natürlich. Die haben die Finalisten und die Preisträger schließlich ausgesucht. Und Gottman. Da kommen sie!« Teo sprang auf und eilte dem festlich gekleideten Trupp entgegen, der soeben den Saal betrat.

Die Finalisten-Gruppe bewegte sich langsam und nur als Ganzes fort, manchmal verjüngte sie sich ein wenig an der Spitze oder am Ende, aber wie ein Fischschwarm ließ sie sich instinktiv nicht trennen. Im Schutz der Gruppe reckten die Neuankömmlinge die Hälse und bestaunten ihre Umgebung. Viele machten Fotos. Als Teo sie erreichte, gab es ein großes Hallo, und jeder wollte den netten Blonden mit auf dem Bild haben.

Auf der Bühne brachte sich Haralds Streichquartett in Position. Er hatte die Profimusiker übers Internet gefunden. Vielleicht sollte er kurz hingehen, um sie zu begrüßen und irgendwelche Anweisungen zu geben? Abendunterhaltung und Verpflegung waren schließlich sein Verantwortungsbereich. Außerdem war es ihm unangenehm, so nutzlos alleine am Tisch zu sitzen, als ob er nichts Besseres zu tun hätte. Er kam nur bis zur Hälfte des Saales, denn inzwischen hatte sich Betsy zu den Musikern gesellt und redete intensiv auf den Primarius ein. Verloren stand Harald zwischen den Tischen. Er brauchte dringend eine Aufgabe. Aber was sollte er tun? In die Küche rennen und dem Chefkoch inquisitorische Fragen zum Garpunkt des Fleisches, zur Anzahl Scampi pro Vorspeisenportion oder zur Würzung der Suppe stellen? Sollte er den Chef des Service ausfindig machen und streng einen reibungslosen Ablauf des Abends einfordern? Sollte er die Temperierung der Weine überprüfen und sicherstellen, dass jede neu geöffnete Flasche auf Kork gekostet werden würde? Allein die Vorstellung, dass er all diesen Experten auf solch besserwisserische Weise entgegentreten sollte, verursachte ihm Übelkeit und Schwindelgefühle. Die hatten gerade noch auf ihn gewartet! Auch vorgestern in dem traditionellen tschechischen Gewölbekeller war eigentlich nichts zu retten gewesen. Er sah jetzt noch die zwei Fleischklumpen in den braunen Fettaugen schwimmen und fühlte die betretenen Blicke von Gottman und Urs. Was hätte er machen sollen? Er hatte das doch nicht gekocht. Anna, die neben ihm saß, versuchte ihn aufzumuntern. Sei doch alles nicht so dramatisch. Sie hatte das vegetarische Gericht bestellt, von dem sie eine ganze Menge übrigließ. Da seien wohl aus Versehen Wurststücke in den Gemüseeintopf geraten. Harald war der Ohnmacht nahe gewesen, als auch noch Bale auf ihn zukam. Aber anstatt ihn mit Vorwürfen zu überschütten, hatte sein Chef-Chef den Arm um ihn gelegt und mit schwerer Zunge seiner Begeisterung über das Restaurant und die Weinauswahl freien Lauf gelassen. Seither begrüßte der Topmanager ihn wie einen Freund. Wo auch immer er ihm über den Weg lief, am Frühstücksbuffet, im Aufzug, in der Toilette, überall bedachte Bale ihn mit Smalltalk. Harald beschloss, auch heute alles laufen zu lassen und steuerte wieder seinen Platz an.

Langsam füllte sich der Saal mit Männern in dunklen Anzügen, während das Streichquartett unbeachtet spielte. Die Saaltüren produzierten immer neue Managerklone, die zu den Tischen strebten, wo sie von den Awards-Finalisten erwartet wurden. Unweit von Haralds Beobachtungsposten gab es eine südländische Begrüßung mit Küssen und Umarmungen für die gesamte Tischbesetzung. Weiter vorne hatte eine Gesellschaft bereits randvolle Gläser zum Toast erhoben, Osteuropäer sicherlich, Russen wahrscheinlich. Nebenan machten die asiatischen Awards-Finalisten Bücklinge hinter ihren Stuhllehnen, bis sich die Herren Tischnachbarn niedergelassen hatten.

Dann erschien der Sonnenkönig. Er durchpflügte den Managerstrom gemessenen Schrittes, vor sich eine Bugwelle von Wendehälsen, hinter sich in gebührendem Abstand ein Grüppchen Tümmler. Er hinkte kein bisschen. Bale ging neben ihm und raunte etwas in sein Ohr. Duke lachte auf. Von der Seite scherten Urs und Lola in den Zug ein, der sich im vorderen Teil des Saales auflöste.

Was unterscheidet Duke von mir? Warum zieht einer wie er triumphal in den Saal ein, während ich hier verloren am Rand sitze? Der Mächtige ist nie allein. Nie. Es gibt immer jemanden an seiner Seite, immer jemanden, der ihm noch etwas Wichtiges zu sagen hat, der ihm noch etwas zeigen, ihn noch etwas fragen, ihn umsorgen will. Und doch, ist es nicht vollkommen gleichgültig, welches Individuum da durch den Saal strebt? Wäre es nicht der Rugby spielende Croupierssohn, dann wäre es eben ein anderer, der die Rolle und die Hülle füllte. Und auch wenn er ein anderer wäre, das Schauspiel, das Spiel bliebe dasselbe. Natürlich hat die Person Duke Fähigkeiten, dank derer sie heute, hier und jetzt ihren Platz am vordersten Tisch einnimmt. Aber nichts davon ist einzigartig, alles ersetzbar. Der Einzelne nur Schaum auf der Welle. Es gibt auch eine Arbitrarität der menschlichen Hülle! Es gibt keine im Körper selbst liegende oder ihm vorausgehende Qualität, die eine bestimmte Bedeutung rechtfertigen könnte. Die anderen und ihr Verhalten sind ausschlaggebend. Bedeutung wird im sozialen Austausch zugemessen. Was verleiht ihm Bedeutung? Der Kontext! So wie ein Readymade, das erst im Museum zu Kunst wird. Wann verliert sich die Aura der Macht? Stell dir vor, eine willkürliche Auswahl wird getroffen und es kommt zu einer Art polizeilichen Gegenüberstellung. Wäre es möglich, die Ersten der Ersten zu erkennen? Und wenn sie alle nackt wären?

Harald betrachtete seine Manschettenknöpfe, die er heute zum ersten Mal trug. Dann ging das Licht aus. In der Dunkelheit schlüpfte Teo auf seinen Platz. Ein Brummton setzte ein, überlagert von einem tickenden Rhythmus, erst ins fast Unerträgliche gespannt, dann durchzuckt von Bläserriffs. Eine jenseitige Stimme ertönte: »Ladies und Gentlemen, begrüßen sie mit mir den Gastgeber des heutigen Abends, René Meier!«

Die Bühne leuchtete blau auf wie die Grotte von Capri, weiße Scheinwerferkegel senkten sich über einem Rednerpult, in deren Fadenkreuz Haralds Edelbekannter erschien. Harald vergaß für einen Moment zu atmen. Er hatte Meier nach London natürlich nicht kontaktiert. In seinem Kopf begann es zu rattern.

Was hätte ich auch tun sollen? Für eine kurze Kontaktaufnahme im Sinne von »so und so war die Ausstellung, danke für den Tipp« war zu schnell zu viel Zeit ins Land gegangen. Und mit welchem Thema hätte ich mich später noch an ihn wenden können? Nichts von dem, was ich tat, erschien mir bedeutend genug, keine Frage groß genug, ihn zu stören. Klar, hätte ich sagen können, dass ich es ganz außergewöhnlich finde, dass das Unternehmen das Thema Kultur so ernst nimmt, und dass es so viel Energie in die Ausbildung eines echten Miteinanders steckt. Dass ich tatsächlich glaube, dass wir damit über einen unver-

wechselbaren, nicht kopierbaren Wettbewerbsvorteil verfügen. Ich hätte sagen können, dass ich die Ernsthaftigkeit,
mit der die Große Sache betrieben wird, mit einer großen
inneren Befriedigung zur Kenntnis genommen habe. Dass
ich die Offenheit und die Transparenz des Unternehmens
über alle Maßen schätze. Dass ich glücklich bin, zu einem
solchen Unternehmen zu gehören. Dass ich anfangs eher
zurückhaltend war, denn man hört ja nichts Gutes über
die Konzerne – die Sinnlosigkeit, die Entmenschlichung
der Arbeit, das Problem der Überstunden, der Turbo-
kapitalismus, die Fadenscheinigkeit und Floskelhaftigkeit,
das Manipulative, die Bullshit-Sprache … Das alles wird
aber von Leuten hochstilisiert, die noch nie im Leben einen
Konzern von innen gesehen haben, von Leuten, die nur auf
die schnelle Sensationsstory aus sind, von Leuten, die kein
Redemanuskript lesen und nicht richtig zuhören können.
Ich kann zwar nicht beurteilen, wie es in anderen Unternehmen ist, und sicher läuft auch bei uns nicht immer alles
perfekt. Mir sind da zum Beispiel ein paar Sachen aufgefallen. Aber letztlich ist das eine Frage der falschen Erwartungen, denn vieles, was ein bisschen knirscht und knarzt,
ist einfach systemimmanent. Da darf man sich aber nicht
daran aufhalten, sondern muss weitermachen. Immer weiter. Wie meine Oma immer sagte: Wenn ich es schon tun
muss, dann will ich es auch gerne tun. Aber unter Abzug der
systembedingten Nachteile – und wo auf der Welt ist schon
alles eitler Sonnenschein, an der Uni etwa oder in den Zeitungsredaktionen oder auf der Bank? – bin ich mir sicher,
dass ich im bestmöglichen aller Großkonzerne gelandet bin.
Aber hätte ich all das wirklich sagen sollen? Was für eine
ekelhafte Anbiederung! Wie oft hatte ich in den vergangenen Monaten René Meiers Visitenkarte in der Hand, meine

Lizenz zur Kontaktaufnahme? Wie ein Lebensmüder, der die Waffe, die er unter seinem Bett versteckt hat, immer wieder heimlich hervornimmt und sie am Ende doch nicht abfeuert. Dieses Möglichkeitsgefühl, dieses »ich könnte, wenn ich wollte«, ist ein mächtiges Gefühl. Jetzt steht er plötzlich da vorne im Scheinwerferlicht und hat seit unserer Londoner Begegnung sicher keinen einzigen Gedanken an mich verschwendet. Er wird sich kaum gefragt haben, warum der nette junge Mann ihm denn niemals geschrieben hat.

»Was macht der denn hier?«, flüsterte Harald Teo zu.

»Das ist doch der Meier, der Sohn des alten Patriarchen.«

»Ja, weiß schon ...« Ob er Teo erzählen sollte, woher er das wusste?

»Wurde für die Gala hier eingeflogen, um ein paar salbungsvolle Worte im Namen des Verwaltungsrates über die Konferenz und über Duke zu verlieren. Dummerweise hat der ja das Doppelmandat als Verwaltungsratspräsident und CEO und kann sich schlecht selbst beweihräuchern.«

In der blauen Grotte ging es Schlag auf Schlag. Meier gab den Stab an Bale weiter, der die erste Awards-Kategorie vorstellte. Wie bei den Oscars gab es zu jedem der drei Nominierten einen kurzen Einspieler, dann nestelte Bale an einem goldenen Umschlag. »Und der IM-Energie-Gewinner ist ...«, der Topmanager versicherte sich mit einem kurzen Blick auf Lola, die in der ersten Reihe saß, und posaunte heraus: »das Yorkshire-Team!«

Mit einem Jubelschrei, als hätten sie soeben die Fußballweltmeisterschaft gewonnen, rissen zwei Männer in der Saalmitte die Arme in die Luft, ihre Tischnachbarn sprangen auf, fielen sich um den Hals, klopften sich auf die Schultern. Binnen Sekunden erfasste der Jubel den ganzen Saal. Unter Standing Ovations bahnten sich die Sieger ihren Weg zur Bühne. Harald hatte Gänsehaut. Seine Hände schmerzten bereits vom Klatschen, und er tat so, als sehe er nicht, wie Teo sich mit dem kleinen Finger eine Träne aus dem Augenwinkel schnippte.

Das Duo war jetzt oben angelangt. Der Größere von beiden umklammerte die Siegestrophäe, der Kleinere das Mikrofon, das Bale ihm gereicht hatte. Seine Hand zitterte genau wie seine Stimme, als er seine einstudierte Dankesrede ablieferte: Sie stünden hier nur als Vertreter eines viel größeren Teams, von dem alle zu diesem Erfolg beigetragen hätten. Ihre Herausforderung sei unüberwindlich erschienen, aber sie hätten immer an ihre Idee und ihr Team geglaubt. Sie hätten Widerstände überwunden und Rückschläge verkraftet. Und sie hätten am Ende mehr erreicht, als sie sich je hätten träumen lassen. *We are energy! Thank you. Thank you very much indeed.*

Da stand dieser kleine Mann aus kleinen Verhältnissen, der offensichtlich weder fürs Rampenlicht noch für große Reden geboren worden war, im Fadenkreuz der Scheinwerfer und hielt dem tosenden Applaus seiner Chefs und Chef-Chefs und Chef-Chef-Chefs stand. Harald täuschte einen Hustenanfall vor und griff nach seiner Serviette.

Keines der Duos, die im Laufe des Abends die Bühne als Sieger betraten, versäumte es, darauf hinzuweisen, dass sie nur zufällig ins gleißende Licht gespült worden, aber ohne das Team hinter ihnen ein Nichts seien, das Team, das Team … Und so potenzierte sich die Anzahl der geehrten Mitarbeiter durch pure Anrufung. Das war schön. Andererseits, fand Harald, war es für die nach Prag eingeladenen Finalisten ein Leichtes, großzügig und selbstlos aufzutreten, hatten sie doch die einmalige Gelegenheit, sich beim versammelten Topmanagement persönlich einen Namen zu machen. Das war nicht zu unterschätzen.

Auf die Awards-Verleihung folgte das Essen. Noch während die meisten mit dem Dessert beschäftigt waren, baute sich Duke hinter dem Rednerpult auf und hob zu seiner Abschlussrede an. In von Urs sorgfältig gesetzten Worten ließ er die MAGNA-Woche Revue passieren. Harald bemerkte, dass Dukes Sätze kurz und an wörtlicher Rede orientiert gehalten waren, und er war ein bisschen stolz, dass sein Chef seine Anregungen übernommen hatte. Der Sonnenkönig bog in die Zielgerade seiner Rede ein, die, gepflastert von einfachen Appell-Botschaften, in einem großartigen Crescendo endete:

»Jeder Beitrag zählt! Leistung fürs Leben!«

Für lange Zeit prasselte der Applaus wie Sommerregen, unaufhörlich und lebensspendend. Auf ein Zeichen des Sonnenkönigs, der jetzt einen blauen Zettel in der Hand hielt, verebbte das Prasseln. Es war der Moment des Dankes an das MAGNA-Core-Team. Mit klopfendem Herzen lauschte Harald auf die Namen. Nein, alphabetisch war das nicht. Durch die Art, wie Duke beim Verlesen der Liste Namen zu Gruppen zusammenfasste oder Pausen einlegte, steuerte er die Anerkennung, die den Einzelnen zugemessen wurde. Lola löste regelrechte Ovationen aus. Bale war aufgesprungen und schlug kräftig die Handflächen aneinander.

»Und ein besonderer Dank an unseren Kommunikationschef, Urs Huber, und, ähm«, Duke runzelte die Stirn, nuschelte etwas, das möglicherweise, »jetzt kann ich das nicht lesen« lautete, zögerte kaum merklich und rief mit sich hebender Stimme, »seinem Team!« Applaus. Haralds Magen klumpte sich eiskalt zusammen.

Die zwei nackten Oberschenkel in den Overknee-Stiefeln sah er zuerst, dann das Röckchen, das knapp die Stelle verdeckte, wo sich diese Oberschenkel vereinigten, dann die blutrote Federboa, die sich bis zu den Absätzen schlängelte. Die Blonde hatte die Augen geschlossen und ihr Oberkörper zuckte rhythmisch. Sie bearbeitete eine elektrische Violine und die gespreizten Ellenbogen gewährten volle Sicht auf ihre kleinen festen Brüste, die sich unter dem trägerlosen Glitzertop abbildeten. Nippel waren nicht zu erkennen, sie trug wohl einen BH. Eine zweite Virtuosin streifte nah an Harald vorbei und versah ihn mit einem nachtschwarzen Augenaufschlag, bevor sie in der Menge verschwand. Die meisten hatten sich ihrer Anzugjacken entledigt und standen in kleinen, hemdsärmeligen Gruppen zusammen. Über ihr Bier hinweg beobachteten sie die gestiefelten Damen, manche hatten einen distanziert amüsierten Gesichtsausdruck aufgesetzt, den sie jederzeit in die eine oder andere Richtung kippen lassen konnten. Harald kannte die Melodie, es war irgendein Rock-Klassiker, aber der Titel wollte ihm nicht einfallen.

Zur MAGNA-Aftershowparty waren sie in einen kleineren Saal des Žofín-Palastes umgezogen, im Gegensatz zum großzügigen Bankettsaal herrschte hier ein anregendes Gedränge. In der Mitte hatte sich ein kleiner Kreis gebildet, in dem sich wie durch natürliche Diffusion die wenigen Frauen im Raum gesammelt hatten. Sie tanzten rund um die dritte Künstlerin, die ein elektrisches Cello bediente und daher weniger mobil war als ihre beiden Kolleginnen. Die dralle Betsy wogte unter den Tänzerinnen, mit ihren Pumps fest im Boden verankert. Betsy war es auch gewesen, die das infernalische Trio ins Programm genommen hatte. Sie habe schon oft mit den Dreien gearbeitet, die Kunden seien jeweils sehr zufrieden gewesen. Am Rand des Kreises versuchten Anna und Lola, den sich wehrenden Urs auf die Tanzfläche zu zerren. Die Personalerin hatte sich schmeichelnd in seine Armbeuge gehängt, das Sonnenkind glühte und schüttelte die roten Locken. Doch beides war vergeblich. Zu mehr als einem wiederholten »Hu huu, hu huu!« mit ausgestrecktem Arm war Urs nicht zu bewegen. *Sympathy for the devil!* Jetzt erkannte Harald, was gespielt wurde. Nach und nach gesellten sich zwei, drei jüngere Manager zu den Tänzerinnen. Sie standen wohl noch am Anfang ihrer Karriere oder hatten nichts zu verlieren oder waren einfach nur die coolsten Typen im Raum. Harald zögerte. Um das lustige Treiben zu erreichen, musste er sich an Dukes Korona vorbeidrücken. Der hatte an einem Stehtischchen Position bezogen und richtete seinen schwimmbadblauen Blick von allem Äußeren unberührt ins Unendliche. Er schwieg. Und so empfingen auch diejenigen, die ihm am nächsten standen, schweigend den Abglanz der Macht, der sich auf sie legte. Der Einzige in der Gruppe, der sich zu amüsieren schien, war René Meier, der schwarze Riese. Harald versuchte auszuweichen, um sich und ihm die Peinlichkeit einer Wiederbegegnung zu ersparen, doch für einen winzigen Moment zu lang verfingen sich ihre Blicke.

»Wie hat Ihnen die Konferenz gefallen?« Meier reichte dem jungen Mann seine warme, fleischige Hand. Harald starrte auf die gezuckerten Schultern seines Gegenübers.

»Wirklich eine gute Sache diese Große Sache«, stammelte er. »Ich weiß ja nicht, wie das in anderen Unternehmen so ist. Wissen Sie, die Fadenscheinigkeit und die Floskelhaftigkeit und das Manipulative?«

Sie wechselten ein paar freundliche Worte, gefolgt von ein paar höflichen Worten. Als Meier schließlich elegant das Ende der kurzen Unterhaltung einleitete, war sich Harald noch immer nicht sicher, ob der Ex-Patriarchensohn sich wirklich an ihn erinnert hatte. Verzweifelt durchforstete er sein Hirn nach dem Namen des Künstlers, zu dessen Ausstellung ihn Meier in London geschickt hatte. Doch genau in dem Augenblick, da er eine ausreichend intelligente Äußerung mit den Versatzstücken »Tate Modern« und »Doublebind« gefunden hatte, legte sich ein schwerer Arm um seine Schultern und zog ihn mit sich.

Feuriger Atem hauchte ihm ins Ohr und übers Gesicht: »Das ist die beste Nacht! Das ist die beste Nacht, die unser Unternehmen zu bieten hat!« Bales Pupillen bewegten sich in Zeitlupe in seinen geröteten Augen.

»Komm, kleiner Harald«, raunte er und schob seinen neuen Freund zu einer loungeartigen Sofaecke. Harald sank auf die Kissen und mehr liegend als sitzend beobachtete er, wie Bale eine Flasche mit brauner Flüssigkeit auf dem Tischchen vor ihnen abstellte, zwei dickwandige Gläser, die er über den Flaschenhals gestülpt transportiert hatte, rechts und links davon positionierte und kurz in einer segnenden Haltung verharrte. In der Ferne konnte Harald Lolas wippenden Pferdeschwanz sehen. Das infernalische Trio zelebrierte einen Song von AC/DC.

»Ich habe was rausgefunden, das wird dich interessieren.« Bale reichte ihm ein halbvolles Glas. Whiskey, Brandy, Cognac? Harald hatte keine Ahnung, er trank nie Hochprozentiges, aber ablehnen war keine Option.

»Du hast einen Teufelsbeschwörer in deiner Verwandtschaft!«

Dem fürchterlichen Hustenreiz in seinem brennenden Gaumen konnte Harald nicht widerstehen. Mit tränenden Augen presste er ein protestierendes »Was?« hervor.

Bale lächelte sanft: »Prager Kleinstadt, wir schreiben das Jahr 1644. Du weißt doch, dass ich mich für Geschichte interessiere? Wie gerne wäre ich Historiker geworden! Aber ich bin auch so zufrieden, und die Geschichte läuft mir ja nicht weg. Ich habe auch schon ein Promotionsthema: ›Führung von der Antike bis zur Gegenwart‹. Eines Tages mache ich das!«

Er hob drei Finger zum Schwur, schaffte es aber nicht, sich von dem sehr niedrigen Loungemöbel zu erheben. Stattdessen hielt er Harald erneut sein Glas zum Anstoßen hin, und der musste wohl oder übel wieder vom Feuerwasser nippen.

»Alles habe ich gelesen, was es an Biografien über Feldherren und politische Führer gibt. Aber erst das Drumherum macht die Vergangenheit lebendig, die Geschichten der kleinen Leute.« Bale lehnte sich weit zurück und verschränkte die Arme hinter dem Kopf. »Also 1644 – noch tobt der Dreißigjährige Krieg, der ein Vierteljahrhundert vorher in Prag seinen Ausgang nahm – es geht die Mär um, dass einige Knaben der Prager Kleinstadt den Teufel beschworen haben sollen. Daraufhin veranlasst der Rat der Stadt eine Untersuchung. Der dreizehnjährige Waise Kaspar Klein, ehemaliger Schüler des Jesuitenseminars, wird angeklagt.«

Auch wenn sein Kopf Entwarnung meldete, spürte Harald durch den Einklang des Namens doch eine gewisse Verbundenheit mit dem Knaben, dessen Anekdote Bale zum Besten zu geben entschlossen war, und die vermutlich kein gutes Ende nehmen würde.

»Kleins Aussagen vor der Untersuchungskommission sind ungeheuerlich. Zuerst beschreibt er das Beschwörungsritual, wonach in allen Winkeln des Raumes dreimal das Kreuzzeichen gemacht und dabei gesagt werde: ›Khomb, Teufel!‹. Simpel, was? Beim ersten Versuch sei ihm ein Teufel erschienen, der nicht sprach und nur herumhüpfte. Als ihn Klein mit Weihwasser besprengte, sei er verschwunden. Bei seinen weiteren Versuchen soll ihm der Teufel auch in Gestalt eines Frosches und eines Panters erschienen sein. Und schließlich soll er sich in Gestalt einer am ganzen Leib behaarten Jungfrau gezeigt haben. Auf sie habe sich Klein gelegt und sich erotisch erregt.«

Bale blickte Harald forschend an, und der begriff, dass es an der Zeit war, den reichlich vorhandenen Anzeichen seiner Angetrunkenheit nachzugeben. Er grinste blöde:

»Auf die Jungfrauen! Prösterchen!« In seinem Gaumen züngelten die ersten Flammen des Scheiterhaufens.

»Behaarte Jungfrauen waren damals richtig in. Schon mal von dem Affenmädchen gehört? Sie fristete ihr Leben als Sensation an irgendeinem französischen oder italienischen Hof, nur wenige Jahrzehnte, bevor Klein seine haarige Freundin besprungen haben will. In seinen späteren Verhören sagt Klein dann aus, dass das, wovon er früher gesprochen hatte, nur ein Produkt seiner Traumvorstellungen gewesen sei.«

»Das wird ihm reichlich wenig genutzt haben.«

»Wenn das Räderwerk erst mal in Gang gesetzt ist! Sollte man meinen. Aber statt ihn einen ordentlichen Ketzertod sterben zu lassen, bezweifelte die Kommission seine Fähigkeiten. Wohl habe er die Beschwörungen ausgeführt, aber ohne Erfolg. Der Versager! Einzig eine gehörige Tracht Prügel empfahl die Kommission seinem

Vormund. Und dass dieser in Zukunft auf seinen Anvertrauten mit besonderer Strenge achten solle, da der Teufel auch ungerufen zu kommen pflege.«

Das Loungesofa begann, sich um sich selbst zu drehen, und Harald wurde immer tiefer in die Kissen gedrückt. Wie durch Watte drangen die Worte in sein Bewusstsein. Du bist ein miserabler Geschichtenerzähler, Du brauchst dringend Kommunikationsberatung! Hatte er das gesagt? Er wusste es nicht. Plötzlich, als hätte er aus der Ferne ein Signal erhalten, erhob sich Bale erstaunlich mühelos, seine manikürten Fingernägel und der Manschettenknopf schwebten kurz vor Haralds Gesicht, ein verbindlicher Händedruck, dann war er weg.

Mühsam rappelte sich Harald auf und steuerte die Tanzfläche an. Lola und die anderen Frauen hatten den umstehenden Männern den Rücken zugekehrt und tanzten sich gegenseitig an. Die gestiefelten Streicherinnen waren verschwunden und mit ihnen ein merklicher Teil der Partygäste. Musikalisch hatte ein einsamer Gitarrenmann mit einem großen Verstärker und Halbplayback übernommen. Harald hielt inne und wartete darauf, dass Lola ihn entdeckte.

Sie hatte die Augen geschlossen und bewegte sich geschmeidig in perfektem Einklang mit der Musik. Bei jeder Drehung überlief eine schwarz glänzende Welle ihren Körper. Ihre nackten Arme vollzogen die Bewegung als weiß schimmerndes Echo nach. Unkontrolliert war allein ihr blonder Pferdeschwanz, der auf und nieder hüpfte und die Richtung wechselte, wie es ihm gefiel.

Harald wartete.

Da glaubte er plötzlich, ihr warmes Lachen zu hören, ihre Lippen formten die Worte: »Komm, Harald, komm!«

Anna hatte Lola angestoßen und jetzt winkten beide auffordernd in seine Richtung.

»Geht's gut?«

Von schräg unten blinzelten ihn zwei wässrige Äuglein an. Überrumpelt von Urs' seltsamer Frage, ob er kurz Zeit habe, folgte Harald seinem Chef widerwillig ins Treppenhaus. An der Tür drehte er sich noch einmal um, konnte aber Lola auf die Schnelle nicht mehr unter den Tanzenden entdecken.

»Ich finde, du solltest es heute schon erfahren!«

»Was denn?« Harald war auf einen Schlag nüchtern.

»Du weißt, dass ich dich sehr schätze.«

Aber?, dachte Harald.

»Und andere sehen das auch so.« Urs setzte sich auf die Treppenstufen und klopfte mit der Hand auf den Platz neben sich.

Deshalb bedauern wir alle sehr …, dachte Harald. Zögernd ließ er sich nieder.

»Der Deal mit den Kaliforniern. Ich brauch ja nicht so zu tun, als wüsstest du von nichts, oder? Das Ding steht kurz vor der Unterschrift. Große Sache. Wird die strategische Bedeutung des Dritten Geschäftsbereichs erheblich steigern. Wir brauchen jemanden, der das Ganze kommunikativ in den Griff bekommt.« Urs wartete auf die Wirkung seiner Worte.

Das kann ich doch gar nicht!, schrie jemand in Haralds Kopf. »Wann denn?«, sagte er leise.

»Ab sofort.«

»Wie denn? Ich bin doch noch gar nicht fertig mit allem.«

»Nun, wir finden schon eine Lösung für die Übergangszeit. Sobald wir zurück in Basel sind, fangen wir an, für deine jetzige Stelle zu rekrutieren.«

»Und was bin ich dann?«

»Du leitest dann die Kommunikation des neu aufgestellten Dritten Geschäftsbereichs.«

»Und was wird aus Maggie?«

»Sie wird dich unterstützen. Die Sache würde ihr allein über den Kopf wachsen. Ich schätze ihre fachliche Kompetenz, aber kulturell ist sie einfach nicht so weit.«

Harald betrachtete seine Manschettenknöpfe, den roten Teppich, die Kandelaber an den Wänden und die stuckverzierte Decke. Er fröstelte und für einen Augenblick wünschte er sich, in seinem Kinderzimmer zu erwachen, wo auf dem Regal am Kopfende des Bettes der Affe, der Hase und der Bär auf ihn warteten.

»Ich würde es mir gerne überlegen.«

»Aber klar!« Urs' breites Grinsen war über jeden Zweifel erhaben, wie das Ergebnis dieser Überlegungen ausfallen würde. Er streckte sich, gähnte übertrieben und murmelte dazwischen so etwas wie, höchste Zeit für alte Männer.

»Ich habe mir einen Wagen bestellt, zurück ins Hotel. Soll ich dich mitnehmen?«

Harald schüttelte den Kopf: »Ich bleibe noch ein bisschen.«

Urs zog die Augenbrauen hoch und zuckte mit den Schultern. Selber schuld, sollte das wohl heißen.

»Ich schick dir dann noch Lolas Bekanntmachung zum Gegenlesen. Sie wollte unbedingt, dass ich sie persönlich schreibe.« Er zwinkerte.

Jetzt haben sie sie schon wieder befördert, wunderte sich Harald. Was denn, wie denn, wo denn, wann denn? Ich hatte keine Ahnung! Aber das braucht Urs ja nicht zu wissen. Ich hätte ihr auch eine schöne Bekanntmachung schreiben können, eine super Bekanntmachung. Aber nein, Urs musste sie fragen. Immer Urs.

»Sie hat einen richtigen Lauf gerade, beruflich und privat, findest du nicht?« Urs zwinkerte erneut. »Die Entscheidung ist ihr wohl nicht leicht gefallen, aber karrieretechnisch gab's da wenig zu überlegen. Personalleiterin, Mitglied der Geschäftsleitung! Ist zwar nur ein Mittelständler, aber global aufgestellt. Ein *no regret move*, zumal du weißt schon wer höchstpersönlich gesagt haben soll, sie könne jederzeit zurückkehren, für sie gebe es in unserem Unternehmen immer einen Platz. Schon schade, menschlich gesehen, aber als die zukünftige Mrs. Bale werden wir sie ja gelegentlich noch zu Gesicht bekommen.«

Mit dem könnte es klappen! Mit dem! Klipp klapp, klipp klapp, klipp klapp. Klappe zu, Affe tot. Urs' Staccatoschritt entfernte sich durch die Halle.

WESTEN

Faites vos jeux

Der Zug war angenehm leer um diese Zeit, die Gefahr, andere Pendler zu treffen, gering. Nicht, dass er in den zwölf Monaten, die er nun schon zwischen den Welten, oder sollte man besser sagen, zwischen der Welt und seinem Schlafplatz, hin- und herreiste, irgendwelche Bekanntschaften gemacht hätte. Er verspürte keinerlei Verlangen, sich einer dieser Grenzgänger-Cliquen anzuschließen, die mit Vorliebe in den Sechserabteilen anzutreffen waren. Sie eroberten ihr angestammtes Territorium, indem sie sich bei der Einfahrt des Zuges einzeln an verschiedenen Türen positionierten, um die Chancen des Ersteinstiegs eines Gruppenmitglieds zu erhöhen, das dann, nach einem raschen Vorstoß, sippenfremde Sitzwillige fauchend von der Glasschiebetür fernhielt. Auch die Vorstellung, sich unter die Feierabendbiertrinker im ICE-Bistro zu mischen, schreckte ihn. Sie waren eine geschlossene Gesellschaft mit eigenen Regeln und Ritualen. Er hatte beobachtet, wie das Bistro vom Schweizer Bahnhof kommend bereits zur Hälfte mit Pendlern besetzt war, die, zwei oder mehr Biere vor sich, auf den Zustieg ihrer Kollegen am Badischen Bahnhof warteten. Auf Harald wartete natürlich keiner. Und doch war bei all der Zugfahrerei die eine oder andere Blickkontakt-Bekanntschaft nicht zu vermeiden gewesen. Es waren diese immer gleichen Leute, die ihm vor allem morgens am Bahnsteig begegneten. Es waren vielleicht drei oder vier, und auf unerklärliche Weise schien es eine Art geheime Anziehungskraft zwischen ihnen und Harald zu geben, sodass ihre Blicke immer wieder ineinander hafteten, nur für ganz kurz, aber lange genug, dass sich daraus zwangsweise ein kaum merkliches Zunicken ergeben hatte.

Um diese Zeit hatte er jedenfalls ein ganzes Abteil für sich allein. Er saß in einem der alten Interregio-Wagons, die die Deutsche Bahn gnädigerweise an den Nachtzug anhängte, damit auch normale Fahrgäste den 21:22 benutzen konnten. Im Dämmerlicht lehnte Harald seine Schläfe an die kalte Scheibe. Draußen raste das Rheintal vorbei.

Du wärst Teil eines Managementteams, Mann!

Aber Dritte Geschäftseinheit. Diese Geschäftseinheit ist völlig unbedeutend. Das Geld wird in den anderen beiden Einheiten verdient, vor allem in der Ersten. Ich würde ganz an die Peripherie gerückt, weg vom Zentrum der Macht. Sollte ich meine jetzige Position so leichtfertig aufgeben?

Der Plan ist doch gerade, die Dritte ins strategische Zentrum zu rücken! Wieso würde das Unternehmen sonst so offensiv darin investieren? Aus Jux und Tollerei kaufen sie diese kalifornische Firma bestimmt nicht. Das ist alles Teil eines großen Masterplans. Der Stern der Dritten ist am Aufgehen und deiner mit.

Aber ich bin noch nicht fertig, Duke wartet noch auf die Benachrichtigungs-Richtlinie. Wäre doch ungerecht, wenn mein Name nicht damit in Verbindung gebracht würde, jetzt wo ich so viel schon reingesteckt habe. Dann kommt einfach mein Nachfolger, macht noch ein paar Retuschen und schon kann er glänzen. Dafür habe ich mich nicht mit Tick, Trick und Track herumgeschlagen und Dexters gelangweilt-süffisantes Gesicht ertragen.

Ach komm, man muss eben auch Kröten schlucken, wenn man weiterkommen will. Und wie lange dümpelt dieses ach so wichtige Projekt jetzt schon auf deinem Schreibtisch herum?

In der Dritten Geschäftseinheit würde ich überhaupt nicht mehr für Duke arbeiten …

Dafür an ein Konzernleitungsmitglied berichten! Pelargo minus eins, das ist TMG-Level, eins näher dran an der Konzernleitung. Das ist doch was.

Ich muss mehr über Pelargo erfahren! Wie tickt er? Wie funktioniert er? Was braucht es, damit er mich für einen wertvollen, herausragenden Mitarbeiter hält? Wer kann helfen? Maggie? Aber die kommt nicht infrage. Abgesehen davon, dass ich sie kaum kenne, werde ich ihr schließlich direkt vor die Nase gesetzt, auch wenn sie das jetzt noch nicht ahnt. Das wäre ein schlechter Start, wenn ich ihr zu dem Gefühl verhelfen würde, sie sei ihrem neuen Chef in irgendeiner Form überlegen. Wie es wohl die zwei anderen Furien aufnehmen, wenn ihnen ihr Drilling abhandenkommt? Dexter? Der würde sofort Lunte riechen. Anna wäre eine Möglichkeit, aber die schwebt als Großmeisterin immer über den Wassern. Ich glaube nicht, dass sie wirklich beurteilen kann, wie Pelargo als Vorgesetzter ist. Dieser Schwiezer ist doch jetzt in der Dritten Geschäftseinheit. Nein, zu weit weg vom Chef, kann höchstens was vom Hörensagen kolportieren. Wenn ich drüber nachdenke, ist mir Pelargo wirklich noch nicht besonders oft begegnet. Bei der Bilanzmedienkonferenz, Konferenz, ja, MAGNA, in der Bar. Da ging es ganz sicher um den Deal! Und Teo war dabei. Teo. Genau. Der ist gut und eingeweiht und nett. Urs kennt auch jeden, aber Teo ist besser. Urs frage ich lieber nicht, sonst denkt der noch, ich hätte es nötig, mich abzusichern. Nach dem Wechsel wäre ich ganz schön weit weg von Urs.

Ist das jetzt schlecht oder gut?

Zumindest hat er mich immer gefördert.

Und er stand dir auch ganz schön oft im Weg rum und hat Schatten auf dich geworfen. Diese Stelle wäre mal etwas ganz für dich allein!

Stimmt schon. Wie er immer so eilig in der Schleuse verschwindet, ohne auch nur einen einzigen Gedanken daran zu verschwenden, ob es mir nicht auch zustünde, vor dem Sonnenkönig zu erscheinen. Aber dennoch, wie soll ich alles alleine hinbekommen, ohne seine schützende Hand, ohne seinen Ratschlag? Ich bin noch nicht so weit.

Wann ist man schon so weit? Was soll das heißen »so weit«? Wie weit willst du denn noch kommen, bevor du »so weit« bist? Immerhin wärst du endlich eine echte Führungskraft mit einem Team.

Ja toll, mit einem Einfrauteam, bestehend aus Maggie.

Es wäre allemal ein Anfang. Meinst du, jeder steigt gleich mit zwanzig Untergebenen ein?

Und umziehen müsste ich bestimmt auch. Ich weiß nicht mal, wo die Dritte auf dem Areal untergebracht ist. Bestimmt in einem der Betonklötze. Was, wenn ich kein Einzelbüro mehr bekomme?

Jetzt hör aber auf! Als Mitglied des Managementteams? Und mit deiner Rolle hast du alle Argumente auf deiner Seite, zum Beispiel, dass du immer einer der ersten Geheimnisträger sein wirst, wenn's etwas zu wissen gibt, geheime Dokumente, geheime Telefonkonferenzen und so weiter.

Und ich bekomme ein »Head of« in den Titel! Das »Global« will ich aber trotzdem behalten, auch wenn ich ins Business abwandere. Schließlich gibt es da durchaus Präzedenzfälle.

Geheim

In den folgenden Wochen und Monaten lernte Harald die Arbitrarität der Lautfolge »sofort« kennen. Statt seine neue Stelle überstürzt anzutreten, musste er Runde um Runde in der Warteschleife drehen. Die Verhandlungen mit den Kaliforniern zogen sich hin, die Füllfederhalter für die Unterschrift, die sich während der *Last Night* den Vertragspapieren bis auf wenige Millimeter genähert zu haben schienen, waren wieder in den Brusttaschen verschwunden.

Der Sonnenkönig sei verstimmt, hieß es. Das schlug sich auch in der Anzahl von Jahresendbriefentwürfen nieder, die Harald für Urs und Urs für Duke anfertigten. Da mussten Dinge hineingeschrieben werden, die in der nächsten Runde als hanebüchene Behauptungen wieder herausgestrichen wurden, da wurden Türen geknallt wegen vermeintlicher Zeichensetzungsfehler, da wurde moniert, dass sich der Brief genauso anhöre wie der vom letzten Jahr, um sich dann im nächsten Durchlauf darüber zu beklagen, dass er noch nie etwas derart weit von seinem persönlichen Stil Entferntes vorgelegt bekommen habe.

Es folgten der nächste Geschäftsbericht, in dessen Schatten sich Haralds erstes Jahr unbemerkt vollendete, und die nächste Bilanzmedienkonferenz. Beim Einzug der Konzernleitung hatte ihn Bale freundschaftlich begrüßt, doch Haralds einziger Wunsch war es gewesen, dass er bald die Hand von seiner Schulter nähme, die dort bleischwer lastete. Seine verdammte Hand, mit der er jeden Tag und jede Nacht seine junge Frau betatschte, an allen sichtbaren und unsichtbaren Stellen.

Zum Glück war da noch Pelargo. Mit der Überarbeitung der Folien für den Dritten Geschäftsbereich hatte sich Harald dieses Mal besonders viel Mühe gegeben, und mit zärtlichem Blicken hing er an den Lippen seines zukünftigen Chefs, der wie üblich die wenigste Redezeit zugemessen bekommen hatte, und der bei der anschließenden Fragerunde von den Journalisten schlichtweg ignoriert wurde. Pelargo focht das nicht an. Mit halbgeschlossenen Augen schien er ihre Ahnungslosigkeit zu genießen. Die künftige Sensationsstory saß direkt vor ihrer Nase, und sie merkten es nicht! Aber er, Harald, wusste Bescheid. Erschrocken korrigierte er seinen verräterischen Gesichtsausdruck, als er merkte, dass seine Mundwinkel schon fast die Ohren berührten.

Er schielte zu Maggie hinüber, die arglos zwischen ihren beiden Kolleginnen saß, mit denen sie gelegentlich ein Augenbrauenhochziehen oder Nasenkräuseln tauschte. Fast hätte sie ihm leidgetan, wenn sie ihn doch vorhin nicht wieder so herablassend behandelt hätte. Noch immer wusste sie von nichts. Urs hatte Order gegeben, stillzuschweigen, solange alles in der Schwebe war. Und so gärte Haralds Beförderung bis zum Tage der offiziellen Bekanntmachung verschlossen in seinem Inneren. Dass es ein Schritt nach oben auf der Karriereleiter war, daran gab es keinen Zweifel mehr. Und er würde diese Mitarbeiterin führen, auch wenn er noch nicht wusste, wie.

Das Frühjahr kam, und Harald arbeitete sich routiniert durch die bunten Klarsichthüllen auf seinem Schreibtisch. Sooft er der Mappe mit der Benachrichtigungs-Richtlinie gefährlich nahekam, wurde der Stapel wie von Zauberhand mit neuen unaufschiebbaren Aufgaben aufgestockt. So vermied er es erfolgreich, sich vor der Zeit mit Maggie auseinandersetzen zu müssen, denn die Richtlinie war blöderweise einer der wenigen potenziellen Berührungspunkte, die er in seiner gegenwärtigen Rolle mit seiner zukünftigen Mitarbeiterin hatte.

Im dreizehnten Stock brannte nach wie vor jede Nacht das Licht. Ab und zu traf sich Harald mit Teo zum Lunch, um neue Mosaiksteinchen für sein Pelargo-Porträt zu sammeln. Der nette Pressesprecher sah von Mal zu Mal ein wenig schmaler aus. Eines Tages war er ganz verschwunden.

»Er kommt schon wieder. Ich darf eigentlich nicht darüber sprechen«, sagte Urs. »Mehr als hundert Tage akkumulierter Urlaub ist wirklich kein Zustand. Das können wir nicht tolerieren. Auch wenn das vielleicht jetzt gerade kein guter Zeitpunkt ist.«

Von Anna erfuhr Harald, dass es sich bei Teos Abwesenheit keineswegs um Urlaub handelte. Sie saß auf Haralds Schreibtisch vor dem vergitterten Fenster und ihre Locken leuchteten im Gegenlicht wie ein Glorienschein, als sie einfühlsam erläuterte, dass eine Krankschreibung durch den Betriebsarzt unvermeidlich gewesen sei, nachdem Teo auf Urs' Standardgesprächseröffnungsfrage, ob es gut gehe, einen Heulkrampf bekommen habe, gefolgt von einer bedingungslosen Kapitulationserklärung. Es sei doch alles ein bisschen viel gewesen, mit den Awards und den nächtlichen Verhandlungen und dem restlichen Tagesgeschäft. Er brauche mal eine Auszeit, und die solle er auch bekommen. Die Gesundheit der Mitarbeiter gehe hier über alles.

Draußen näherte sich Urs' Staccatoschritt, es klang, als käme die Kavallerie. Er steckte den Kopf durch den Türspalt: »Hast du kurz Zeit?«, und galoppierte weiter. Harald stürzte hinterher ins Büro seines Chefs.

»*Yes, you're going to San Francisco!*«, trällerte Urs und vollführte Drehungen auf seinem Bürostuhl. »Es geht los!

Du fliegst übermorgen mit dem Deal-Team. Jenny sucht dir eine Verbindung.«

Nur mit Mühe widerstand Harald dem Impuls, sich am Türrahmen festzuklammern. »Ich bin ja noch nicht mal offiziell im Amt!«

»Ach, Firlefanz. Die Bekanntmachung können wir immer noch rauslassen. Wer's wissen muss, erfährt's auch so. Wir brauchen einen Kommunikationsverantwortlichen vor Ort, bei dem alle Fäden zusammenlaufen. Das gilt für die Verlautbarungen der Gegenseite genauso wie für unsere eigene externe und interne Kommunikation. Jetzt, wo Teo ausfällt, musst du die Externe mitübernehmen, bei der Internen soll dich Maggie unterstützen. Aber pass auf, dass sie dabei Große-Sache-mäßig in der Spur bleibt.«

Übermorgen! Heilige Scheiße!

»Sie weiß es schon …?«

»Jein. Im letzten Jahresgespräch habe ich angedeutet, dass es Veränderungen geben könnte. Das hat sie ganz positiv aufgenommen. Morgen machen wir eine Übergabesitzung, dann könnt ihr euch ein bisschen beschnuppern«, schloss Urs und schob hinterher: »Ich würde dir empfehlen, bereits eine Grobstruktur für die Kommunikation am D-Day mitzubringen, damit sie was in der Hand hat, während du am anderen Ende der Welt sitzt.«

Erst als Harald zurück an seinem Schreibtisch war, fiel der Groschen: D-Day wie *deal day*! Ha, ha, das war wirklich gut. Er kicherte übersprungsmäßig, denn genau genommen war ihm überhaupt nicht zum Lachen bei der Vorstellung, dass er über Nacht ein Kommunikationskonzept aus dem Boden stampfen sollte, das gut genug war, seine Ahnungslosigkeit vor Urs und Maggie zu vertuschen. Dann gab er in den Browser nacheinander die Begriffe

»Akquisition«, »Übernahme«, »Integration« ein, immer in Kombination mit »Kommunikation«. Bald schwirrte ihm der Kopf vor lauter Top Tipps und Check-Listen irgendwelcher M&A-Gurus. Und was es nicht alles in gedruckter Form gab! Das konnte locker mit dem Literaturverzeichnis seiner Doktorarbeit mithalten. Seltsam, wie wenig doch ein geisteswissenschaftliches Studium aufs reale Leben vorbereitete. Vielleicht abgesehen davon, dass man gehörig die Fähigkeit trainierte, aus großen Sandhäufen geduldig kleine Goldkörnchen herauszusieben. Aber wie sollte er in der verbleibenden Zeit an die entsprechenden Standardwerke kommen?

Dexter! Er würde zu Dexter gehen müssen. Seit Prag hatte er ihn gemieden, um sich selbst vor der Versuchung zu schützen, ihm durch Andeutungen seinen bevorstehenden Beförderungstriumph unter die Nase zu reiben. Die Wintermonate hatten eine gute Ausrede geboten, das Laufen mit ihm einzustellen.

Sehr zu Haralds Überraschung hatte sein Lieblingskonkurrent noch am selben Nachmittag Zeit, aber noch erstaunter war er, als dieser tatsächlich sein ganzes Füllhorn an Fachkompetenz über ihm auszuschütten begann. Der schöne Dexter tänzelte vor seiner Bücherwand hin und her und zog unermüdlich Studien angesehener Kommunikationsinstitute, Artikel aus Fachpublikationen und sogar Fallbeispiele mit den dazugehörigen Vorlagen aus dem Regal. Obwohl die Fachböden überquollen, fand er fast immer auf Anhieb, was er suchte, dabei murmelte er ständig vor sich hin: »Integrations- und Changekommunikation, das sind nun wirklich die Königsdisziplinen! M&A: magisch und anspruchsvoll! Sternstunden in der Geschichte eines Unternehmens!«

Leider war die Fülle an Informationen gleichzeitig das Problem, aber das konnte ihm Harald kaum sagen, ohne undankbar zu wirken. Also ließ er ihn gewähren wie einen freundlichen Eingeborenen auf seiner einsamen Insel, der den gestrandeten Seefahrer im einheimischen Idiom überrollt. Schwer beladen und unter aufrichtigen Dankesbezeigungen machte er sich gut zwei Stunden später auf den Rückweg in sein Büro. An der Tür hielt ihn Dexter zurück:

»Ach, noch was …«

»Was denn?«

»Ich frage natürlich nicht, was für ein Deal ansteht und was du damit zu tun hast. Würdest du mir ja sowieso nicht sagen, oder?«

»Hm«, machte Harald unbestimmt. Irgendwie wäre es ungerecht, nach Dexters großzügigem Entgegenkommen nicht ein klein wenig die Decke über dem Geheimnis zu lüften.

»Stopp!«, rief Dexter und hielt ihm theatralisch seine Handfläche entgegen. »Ich will es gar nicht wissen. Aber ich sage dir, wenn das am Ende des Tages in irgendeiner Form meine Region tangiert, dann sitzt hier ein Stakeholder, an dem kein Weg vorbeigeht!« Den letzten Halbsatz unterstrich er mit einem imaginären Blitz aus dem ausgestreckten Zeigefinger. Und hatte er tatsächlich ein klein wenig aufgestampft?

Als Harald am nächsten Morgen ins Büro kam, empfing ihn eine kernige, kleine Kostümträgerin vor seiner Tür. Sie wünschte ihm formvollendet, aber kühl, einen guten Morgen und betrat ganz selbstverständlich vor ihm den Raum, wo sie hinter einem Besucherstuhl ungeduldig darauf wartete, dass er sie zum Sitzen aufforderte.

Der Tonfall, in dem sie sich als Mitarbeiterin von Herrn Dr. Kirchhoff vorstellte, legitimierte nicht nur ihre bloße Anwesenheit in seinem Büro, sondern ihre ganze Existenz. Harald hatte keine Ahnung, wer Kirchhoff war, schloss aber aus dem Dokument, das seine Besucherin jetzt aus der schwarzen Ledermappe zog, dass es sich um jemanden aus der Rechtsabteilung handeln musste.

»Das CDA hier bitte signiert an uns zurück, dann werden Sie im Geheimhaltungssystem freigeschaltet. Sie erhalten eine automatisierte E-Mail. Erst dann sind Sie befugt, weitere Schritte zu unternehmen.«

Harald schlug gezielt die letzte Seite des Dokuments auf und griff nach einem Kugelschreiber.

»Was tun Sie da?«

»Unterschreiben?«

»Lesen! Alles. Ich warte.« In ihrem dezent geschminkten Gesicht flackerte Panik ob seiner Arglosigkeit.

»Vertraulichkeitsvereinbarung in Bezug auf die Prüfung eines möglichen Erwerbs von Seismo, (die »Gesellschaft«) in San Jose, Kalifornien, USA.

Im Zusammenhang mit der Bewertung eines möglichen Erwerbs der Gesellschaft (die »Transaktion«) im Rahmen eines von Pascal Desmoulins, (»M&A-Manager«) durchgeführten Verkaufsverfahrens ist der Interessent an dem Erhalt bestimmter geheimer und vertraulicher Informationen bezüglich der Gesellschaft einschließlich Informationen zur Geschäftstätigkeit, der Finanzlage, der Geschäftsabschlüsse, den Vermögenswerten und Verbindlichkeiten (nachfolgend: »Geheime Informationen«) von der Gesellschaft interessiert. Als »Geheime Information« gilt auch der Inhalt etwaiger Gespräche über die Transaktion sowie die Tatsache, dass diese stattfinden. Dies vorausgeschickt, vereinbaren die Parteien, was folgt …«

Hier stieg Harald aus. Weil ihn seine Besucherin nach wie vor mit den Augen zu bannen suchte, zählte er still bis zwanzig, blätterte um, zählte bis fünfzig, blätterte um, und wiederholte die Übung so lange, bis er wieder bei der Seite mit der Unterschriftenlinie angekommen war, wo er dieses Mal ungehindert seine in vielen Schreibübungen geschliffene Signatur anbringen konnte. Zufrieden mit ihrem Seelenfang entschwand die Kleine.

Harald stopfte sein Laptop in die Dockingstation und begann nach Seismo zu googeln, schließlich wollte er Maggie mit einem gehörigen Wissensvorsprung entgegentreten. Er hätte auch einfach Urs fragen können, welche Firma denn da gekauft werden sollte, aber der tat immer so, als ob Harald eh schon alles wüsste, und diese Illusion wollte er ihm nicht nehmen.

Zunächst erschienen auf seinem Bildschirm ein Schweizer sozialwissenschaftlicher Verlag und ein Secondhandladen in Kleinbasel sowie eine Treuhand AG und ein erdbebensicherer Backstein aus Zürich, gefolgt vom Schweizerischen Erdbebendienst. Mit den Suchbegriffen »Seismo + *company*« konnte er zwar die Grenzen der Eidgenossenschaft verlassen, kam aber über das Begriffsfeld der Erdbebenlehre nicht hinaus, Unternehmen wie Seismosoft oder Seismoelectronics boten entsprechende Dienste an. Auch »Seismo + *California*« lieferte nichts, was auch nur im Entferntesten zum Profil des

Dritten Geschäftsbereiches gepasst hätte. Entnervt gab er auf. Das Internet wusste eben auch nicht alles.

Ein Fenster poppte auf und erinnerte ihn an das bevorstehende Aufeinandertreffen mit Maggie. Noch fünfzehn Minuten. Hastig begann er die Unterlagen zusammenzusuchen, die er vorbereitet hatte. Die halbe Nacht hatte er damit verbracht, wild aus Dexters gesammelten Werken zu exzerpieren, und er fand, dass ihm eine recht beeindruckende Phänomenologie der Integrationskommunikation von ihren Anfängen bis zur Gegenwart gelungen war. Darüber hinaus hatte er einen kleinen Ablaufplan erstellt, wie er ihn auch bei Dexter gefunden hatte, mit bunten Kästchen und Pfeilen, den er aber noch in dreifacher Ausführung ausdrucken musste. Wieder einmal ärgerte er sich, dass er keinen eigenen Drucker hatte – der hätte ihm längst zugestanden, angesichts der vielen Geheiminformationen, mit denen er ständig umging. Mit einem Klick schickte er die Datei auf die Reise und stürzte hinterher zum Abteilungsdrucker, wo er mit einer Hand über dem Ausgabeschacht lauerte, bis das Gerumpel und Gepiepe und Gemache endlich ein Ende nahm, und die Maschine bereit war, ihre Arbeit zu verrichten.

Er würde hauptsächlich Urs reden lassen und sich darauf beschränken, gewinnend und kompetent zu wirken, um Maggie nicht gegen sich aufzubringen. Jetzt tat sie ihm doch leid. Immer wieder trieb der Wunsch, sich bei ihr zu entschuldigen, wie ein Korken hoch. Sie würden es nett haben miteinander. Ganz bestimmt. Es gab gar keinen Grund, weshalb sie ihn nicht mögen sollte, wenn sie ihn erst ein bisschen besser kannte. Es war nicht seine Schuld, und letztlich ging es um die Sache, nicht ums persönliche Befinden.

Auf dem Rückweg kam ihm sein Chef bereits entgegen.

»Urs, ich bin gleich so weit! Muss nur schnell noch was aus dem Büro holen.«

»Mach das!«, rief Urs im Vorbeiklackern. »Und geh doch schon mal vor. Ich muss noch schnell zu du weißt schon wem. Kann dauern.« Er zwinkerte mit den Schweinsäuglein und verschwand in der gläsernen Schleuse.

Alleingelassen auf den schwarz-weißen Linoleumwellen trieb Harald. Jetzt hieß es schwimmen oder untergehen.

Überflieger

Ich muss mal kurz nach San Francisco jetten, kleiner Businesstrip. Wie cool ist das denn? Beim nächsten Abi-Treffen, falls es je eines geben sollte, lasse ich das ganz locker einfließen. Die anderen werden staunend an meinen Lippen hängen. Und Beate stünde wie zufällig dabei. Und dann würde sie erkennen, was für ein glänzender Brötchenverdiener ihr durch die Lappen gegangen ist, und dann täte es ihr leid, auch wenn sie das niemals zugeben würde. Ach, ich bin recht viel in Europa unterwegs und ab und zu muss ich in die USA. Wie anstrengend! Das würde ich mir gerne sparen, den Jetlag und alles, du weißt schon. Und die Flughäfen und die Businesshotels, die sehen ja überall mehr oder weniger gleich aus. Irgendwann nimmt man den ganzen Luxus gar nicht mehr wahr …

Die Wartenden am Check-in bewegten sich zügig vorwärts. Mitleidig ließ Harald seinen Blick über die lange Schlange am Economy-Schalter gleiten und schloss zu dem Anzugträger vor ihm auf, der viel zu laut in sein Headset sprach, während er seine Lederreisetasche achtlos mit dem

Fuß weiterschob. Harald schielte auf sein schwarzes Rollköfferchen. Aus Leder sah schon edler aus. Er sollte vielleicht seine Reiseausstattung etwas aufwerten. Die fremde
Lederreisetasche hob ab und kurvte auf dem Gepäckband
davon. Dann war er dran.

»*Grüezi!* Tickets und Pass, bitte!«

Weltmännisch beiläufig schob Harald, der Geschäftsreisende, die gewünschten Dokumente über den Schalter
und wandte sich seinem Köfferchen zu. Als er wieder auftauchte, blickte er in das unbewegt freundliche Gesicht der
Flughafenangestellten.

»Den Reisepass, bitte!«

»Ja, hier doch.« Er deutete auf die Theke, die ihn von
ihr trennte.

»Damit kommen sie aber nicht in die USA.«

Wollte sie ihn hochnehmen? »Hören Sie mal …!«

»Das ist ein Personalausweis.«

Die Flughafenhalle begann sich zu drehen. Verzerrte
Gesichter jagten vorbei und verschmolzen zu einem farbigen Wirbel. Jemand lachte laut auf. Im Auge des Sturms
vollkommen regungslos die Check-in-Frau, die Theke und
Harald.

Das konnte nicht sein! Unmöglich. So blöd war niemand!

Ob er nicht vielleicht trotzdem …? Er konnte sich doch
einwandfrei ausweisen. Und er war ein völlig unbeschol-
tener Bürger, wollte keinem was zu Leide tun, hatte sich
noch nie etwas zu Schulden kommen lassen. Sie konnten
sein polizeiliches Führungszeugnis anfordern oder seinen
Chef fragen oder seine Mutter. Es gab keinen Grund, ihn
an der Reise zu hindern. Es war ungerecht! Ungerecht! Er
musste doch da hin! Alle würden auf ihn warten. Wo blieb

denn da das Augenmaß? Der gesunde Menschenverstand? Ein bisschen Menschenkenntnis würde genügen. Herrgott!

Jenny! Er musste Jenny anrufen. Sie musste den Flug stornieren, umbuchen. Das würde furchtbar teuer werden. Wer sollte das bezahlen? Auf welches Budget ging das eigentlich? Kommunikation, Dritter Geschäftsbereich, M&A? Was für ein Start im neuen Job! Er war unten durch, bevor er richtig angefangen hatte.

Geschlagene dreißig Stunden später befand er sich irgendwo über dem Atlantik auf dem Weg nach Chicago, während zehntausend Kilometer weiter südwestlich das Deal-Team um Pelargo, zu dem neben dem M&A-Manager Desmoulins auch der Jurist Kirchhoff gehörte, in die heiße Phase der Verhandlungen eintrat. Harald hatte es nach dem Zusammenstoß mit Maggie, die ihm unmissverständlich klargemacht hatte, welch unverbrüchliches Band den Leiter der Dritten Geschäftseinheit und seine bisherige Kommunikationsmanagerin verband, nicht mehr gewagt, Pelargo vor seinem Abflug direkt zu kontaktieren. Überhaupt hatte er seit seiner von Urs in Aussicht gestellten Beförderung noch kein einziges Wort mit dem Mann gesprochen, für den er künftig arbeiten sollte. Harald fragte sich, warum ihn der COO nie persönlich zum Gespräch gebeten hatte. War sein Vertrauen in Urs' Urteil so grenzenlos? Für Kalifornien hatte er sich jedenfalls vorgenommen, sämtliche in ihn gesetzten Erwartungen überzuerfüllen. Nach der Sache mit dem Pass lag die Latte jetzt allerdings noch einmal ein ganzes Stückchen höher.

Die Abteilungssekretärin hatte dem ganzen Schlammassel wenig Bedeutung zugemessen und sich auch nicht dafür interessiert, warum Harald den Flug verpasst hatte.

Über Nacht hatte sie ein neues Ticket besorgt. Direkte Verbindungen seien leider keine mehr verfügbar gewesen. Weil der Flieger bereits mit erheblicher Verspätung in Zürich gestartet war, machte ihm sein Sitznachbar wenig Hoffnung, dass sie ihre Anschlussflüge in Chicago bekommen würden. Er war Naturwissenschaftler, ein angenehmer Kerl, der sich offensichtlich auskannte.

»O'Hare ist ein Moloch von einem Flughafen«, seufzte er schicksalsergeben und versank in seinem Businessclass-Sessel.

Harald betrachtete die verschiedenen Knöpfe an der Innenseite der mit grauem Leder überzogenen Armlehne. Er hätte seinen Sitz auch gerne in Liegeposition gebracht, aber wollte weder fragen, noch durch Ausprobieren einen Fehlversuch riskieren und sich als Neuling im Himmelreich der an Kleiderbügeln aufgehängten Jacketts, der mit Nüsschen gereichten alkoholischen Aperitifs, der im Porzellangeschirr servierten Mehrgangmenüs, der Kuscheldecken, Schlafbrillen, Bordsocken, Zahnbürsten und Feuchtigkeitscremes zu erkennen geben.

Kurz vor der Ankunft in Chicago vermeldete der Kapitän, dass sie einiges an Zeit gutgemacht hätten, und so blieb zwischen der Landung des Flugzeugs aus Zürich und Haralds Inlandsflug nach San Francisco voraussichtlich gut eine Stunde.

»Das könnte doch reichen?«, wandte er sich hoffnungsvoll an seinen Nachbarn, der eben aus der Tiefe seines Sitzes auftauchte, wo er die meiste Zeit mit Schlafen oder Filmeschauen verbracht hatte. Harald hatte seit siebzehn Stunden noch nicht einmal gedöst.

»Wenn es auch unwahrscheinlich scheint, so ist es doch nicht unmöglich.« Der junge Wissenschaftler straffte die Schultern, beugte mit einer dynamischen Bewegung seinen Rumpf nach vorne und schnürte sich die Sneakers. »Bist du bereit? Dann bin ich es auch!«

Sein optimistischer Flugfreund war gut in Form, und Harald dankte im Stillen Dexter für die vielen Trainingseinheiten entlang des Rheins, von denen tatsächlich noch eine Art Restfitness erhalten geblieben war. Wie in einer irrsinnigen Schnitzeljagd der Beschilderung folgend hasteten sie die schier endlosen Passagiertrassen entlang, überholten die träge Masse auf den Rollbändern, erreichten als Erste die Gepäckausgabe. Hier verstrichen die Minuten.

Komm Koffer, komm!

Ja, sie hatten es verdient, sie hatten es so verdient, dass ihre Gepäckstücke unter den ersten waren, die der silberne Schlund auf das schwarze Förderband spuckte. Noch vierzig Minuten! Bei jedem zweiten Schritt knallte ihm sein Rollköfferchen an die Hacken, die Laptoptasche würgte ihn, aber Harald lief weiter. Immer weiter. Sein Nebenmann schickte ihm anfeuernde Wortfetzen.

Dann sahen sie die Bescherung: Zwischen schwarzem Absperrband in langgezogenen S-Kurven schob sich die halbe Menschheit gletscherartig auf ein Bollwerk aus verspiegelten Kabinen und panzerglasbewehrten Schaltern zu. Immigration! In einem Akt der Verzweiflung, der vollkommen außerhalb seiner Persönlichkeitsstruktur lag, übernahm Harald die Führung und bahnte sich und seinem Freund unter tausendfach gemurmelten Entschuldigungen einen Weg durch die Wartenden. Er musste doch nach San Francisco!

Warum ihn niemand aufgehalten hatte, fragte er sich erst, als er direkt in das fleischige Gesicht des Immigration Officers blickte, der die Drängler jetzt sicher wieder ans Ende der Schlange schicken würde, wenn nicht noch Schlimmeres. Als Harald stammelte, dass das eigentlich gar nicht seine Art sei, und es ihm fruchtbar leid tue, er aber doch nach San Francisco müsse, wo sie auf ihn warteten, geschah das Wunder: Der Wachtposten winkte die beiden einfach durch zu den nächsten freien Plätzen.

Seinen Weiterflug verpasste Harald trotzdem. Gerne hätte er Jenny gefragt, was er jetzt machen solle, aber die lag sieben Zeitzonen von ihm entfernt in ihrem Bett und schlief. Schlafen! Die Anziehungskraft der Erde erschien ihm plötzlich um ein Vielfaches gesteigert. Seit zwanzig Stunden war er auf den Beinen, sein Hirn arbeitete nur noch im Sparmodus, und er brauchte ziemlich lange, bis er herausfand, wie das mit dem Standby funktionierte. Tränen standen ihm in den Augen, sooft wieder ein Flugzeug Richtung San Francisco ohne ihn abhob, was ungefähr jede Stunde der Fall war. Unzählige Namen flimmerten über die elektronische Anzeige, ohne dass die von ihm so sehr herbeigesehnte Buchstabenfolge dabei gewesen wäre. Beim vierten Anlauf war es schließlich so weit: In viereinhalb Stunden würde er da sein, kurz nach Mitternacht, Ortszeit San Francisco.

Er bekam einen Mittelplatz. Ausdünstungen von Schweiß und geschmolzenem Käse drangen von beiden Seiten auf ihn ein und nur bei voller Körperspannung konnte er es verhindern, dass sich seine Schenkel mit den Fettwülsten seiner Sitznachbarn berührten. Er hasste sie alle! Alle, die diese winzige fliegende Dose verstopften. Wenn er je mit dem Flugzeug abstürzen würde, dann bitte nicht mit diesem.

Auch im Taxi nach San José roch es fremd, süßlich, übel. Harald wehrte sich mit Macht gegen den Schlaf. Wer weiß, wohin ihn dieser Mensch in seiner klapprigen Kiste sonst fuhr. Wenigstens akzeptierte er Kreditkarten. Dass er fluchend und mit quietschenden Reifen davonbrauste, streifte Haralds Bewusstsein nur noch oberflächlich. Dann reichte ihm ein Typ im Holzfällerhemd seinen Schlüssel. Die Nase im Kissen vergraben, versank um ihn die unbekannte Welt.

Californication

Die Maschine trudelte und schaukelte, Harald sah die Fleischberge auf sich zu rutschen, sie würden ihn zerquetschen, noch ehe das Flugzeug aufschlug, die Turbinen jaulten, ein allumfassendes Zittern kündigte das Zerbersten der Flugdose an. Grellstes Licht! Harald schloss die Augen wieder, eine Supernova tanzte an der Innenseite seiner Lider. Sein Kopf war wie Watte. Er tastete nach seinem Blackberry: Eine neue Nachricht von Desmoulins und eine Uhrzeit, die keinen Sinn ergab. Die Digitalanzeige auf dem Fernseher zeigte zehn Uhr vierzig. Harald hatte Probleme die winzigen Tasten zu treffen, als er seine Antwort tippte:

»Bin gut angekommen. Habe heute Morgen schon deinen Entwurf für die Pressemitteilung überarbeitet (Danke dafür!). Schicke die neue Version ASAP. Danke und Gruß.«

Wieso in aller Welt preschte Desmoulins in sein Hoheitsgebiet vor? Vermutlich war das eine Art Bestrafung für sein dämliches Zuspätkommen. Oder wollte ihm der

M&A-Mann damit zu verstehen geben, dass sie auch ganz gut ohne ihn zurechtgekommen wären? Wenn er sich da mal nicht täuschte. Dem würde er es schon zeigen. Tausendmal verfluchte Harald sein lahmes Laptop, und während es träge hochfuhr, entledigte er sich seines ziemlich ramponierten Anzugs – bis auf die Schuhe hatte er vollständig bekleidet geschlafen. Nur in Unterhose und Socken öffnete er Desmoulins' Versuch einer Pressemitteilung, der wie erwartet schlecht war. In weniger als fünfzehn Minuten hatte Harald nach dem Muster bestehender Pressemitteilungen, die er auf der eigenen Firmenwebseite gefunden hatte, eine neue Seismo-Mitteilung gebastelt, inklusive salbungsvoller Worte aus Dukes berufenem Mund, den er die Akquisition in den höchsten Tönen als strategisch preisen ließ. Das Zitat konnte man ohne Weiteres auch Pelargo unterschieben, falls es des Sonnenkönigs Beitrag doch nicht bedurfte, was den Vernehmlassungsprozess deutlich erleichtern, aber auch einiges vom Glanz der Transaktion nehmen würde. Das Zitat der Gegenseite hatte er offengelassen. Sichern, anhängen, abschicken.

Trotzig zufrieden begab er sich ins Badezimmer. Es war vollständig aus Kunststoff – Boden, Wände, Decke, Toilette, Duschkabine, alles aus einem Guss, wie in einem hellgrau gesprenkelten Playmobilalbtraum. Durch das Rauschen der Dusche hindurch drang das Bing einer eingehenden E-Mail. Reflexartig tastete er mit tropfendem Arm nach seinem Blackberry, den er in Ermangelung einer anderen Ablagefläche auf dem Rand des Waschbeckens ausbalanciert hatte. Er werde um elf Uhr dreißig von einem Fahrer abgeholt. Eine weitere E-Mail war von Urs, der sich nur mal eben nach dem Stand der Dinge erkundigen wollte.

Die Zimmer des Hotels mündeten direkt in einen Lichthof, in dem unter einem dreckblinden Glasdach ein paar verlassene Tische und Stühle herumstanden. Plastiktabletts, auf denen sich Pappbecher und anderer Verpackungsmüll türmten, warteten darauf, abgeräumt zu werden. Mit einer Miene, als verkünde er den nahen Weltuntergang, erklärte der Typ im Holzfällerhemd, dass Harald fürs Business-Frühstück leider schon zu spät und der Kaffeeautomat in der Halle defekt sei. Aber es gebe nur fünf Minuten entfernt einen *drive-thru* Dunkin' Donut. Er gehöre doch auch zu den Geschäftsleuten aus Schweden? Die seien gegen neun hier aufgebrochen. Schweden. Hatte er Schweden gesagt?

Die automatische Eingangstür schleuste Harald hinaus in eine andere Klimazone. Sofort bildete sich ein feiner Feuchtigkeitsfilm auf seiner Haut. Er kniff die Augen zusammen, geblendet vom weißblauen Himmel über den staubigen Hügeln. Ein paar Waschbetonplatten führten bis zur nahen Straße und mündeten in einen Gehweg, der bereits nach wenigen Schritten endete und die breite Fahrbahn alleine auf die Reise durch die sich bis zum Horizont erstreckende Trockengrasebene schickte. Kein Schatten, nirgends. Das also war Kalifornien.

Von der anderen Seite näherte sich eine schwarze Limousine. Bei laufendem Motor riss der Chauffeur den Wagenschlag auf. Durch die ausströmende Kaltluft hindurch glitt Harald auf die Rückbank, rutschte ein wenig auf dem glatten Ledersitz herum, dann tat er beschäftigt. Sie fuhren durch eine Gegend, die aussah wie ein riesiges Spielfeld für Städteplaner. Straßen und überirdische Verkabelungen erschlossen das Gelände kreuz und quer, die wenigen Gebäude, die ab und zu vereinzelt in erster Reihe standen, schienen auf Nachbarschaft zu warten. Nach etwa fünf Minuten gab es nur noch die Landstraße. Harald arbeitete sich durch seine Inbox und schaute erst wieder auf, als sich das Reifengeräusch veränderte. Sie waren auf einen Schotterweg eingebogen, der von einem der Trockenheit abgetrotzten Grünstreifen gesäumt wurde. Plötzlich breiteten sich weite Rasenflächen wie Teppiche über das verdorrte Land, kleine Bungalows flogen vorbei, dann tauchte das palmenumstandene Clubhaus auf. Die Limousine umkreiste das üppige Blumenbeet in der Auffahrt und stoppte sanft.

Für eine Nanosekunde wünschte sich Harald zurück in den Fernsehsessel seiner Kindheit, um durch die Scheibe als unbeteiligter Zuschauer den Serien-Abenteuern des hier ansässigen Millionärsehepaars beizuwohnen. Fast erwartete er, diesen onkelhaft knorrigen Butler zu sehen, aber es war nur der Chauffeur, der die Wagentür unbarmherzig aufriss und Harald in die Realität entließ. Plötzlich kam er sich vollkommen fehl am Platz vor. Wenn er doch mit den anderen hier aufgelaufen wäre! Als Teil der Delegation seines bedeutenden Konzerns. Sie wären im Gleichschritt erhobenen Hauptes durchs Tor gegangen, erwartet und gefürchtet, herbeigesehnt und verflucht von der keuschen Braut, die drinnen zitterte. Stattdessen stand er hier allein, mittelgroß und mittelblond, wie ein unendlich weit entfernter Verwandter, der zu spät zum Hochzeitsfest kommt.

Schüchtern folgte er einem Angestellten in den hinteren Bereich des weitläufigen Gebäudes und schlich fast auf Zehenspitzen in einen Konferenzraum, der nahezu vollständig von einem mächtigen Mahagonitisch eingenommen wurde. Das graue Grüppchen am einen Kopfende meditierte über seinen Laptops und nahm keinerlei Notiz von dem Eintretenden. In weitestmöglicher Entfernung davon saß ein Herr im dunkelblauen Zweireiher, der ihn so beiläufig grüßte, als wäre er nur eben schnell mal auf der Toilette gewesen.

Harald sprach ihn auf Englisch an, erkundigte sich schüchtern nach seiner Delegation. Der Herr antwortete auf Deutsch.

»Der verlorene Sohn! Sie heißen Kunz oder Kurz, nicht? Können Sie mir noch eine Cola holen, ja? Draußen um die Ecke steht der Kühlschrank. Eis auch. Der Kühlschrank hat so einen Eiskotzer!« Er lachte über seinen eigenen Scherz. »Aber nicht das Diätzeugs!«, rief er hinter Harald her, der bereits kehrtgemacht hatte. Draußen im Gang ärgerte er sich über seine Dienstfertigkeit.

»Mein Name ist Klein«, stellte er richtig, als er die Plastikflasche und den mit Eis gefüllten Becher betont gleichgültig auf den Unterlagen platzierte, die der andere vor sich ausgebreitet hatte. Sofort bildeten sich Wasserringe auf dem Papier.

»Und Sie sind?«, fragte er, obwohl er keinen Zweifel mehr daran hatte, dass es sich um den Juristen Kirchhoff handelte.

»Dr. Martin Kirchhoff, Legal Counsel M&A, sehr erfreut«, kratzte der andere seine Manieren zusammen. Auf den zweiten Blick wirkte er viel jünger mit seinem weißblonden Bürstenschnitt und den Hamsterbäckchen, die jetzt mit dem erzwungenen Lächeln erschienen waren.

»Und die sind …?« Harald machte eine kaum merkliche Kopfbewegung zum anderen Ende des Tisches hin.

»*Outside legal counsel.*«

»Was?«

»Externe Juristen. Arbeiten für uns«, sagte Kirchhoff missbilligend.

Es war ein Trio, zwei Männer in biederen Anzügen und eine Frau im wadenlangen Rock mit flachen Schuhen, die Harald an Frau Wagner aus der Dorfbank erinnerte. Plötzlich rissen alle drei wie eine alarmierte Schafherde die Köpfe hoch. Desmoulins hatte die Tür aufgestoßen. Er dampfte:

»Erst schamhaft tun, dann im kurzen Röckchen rumtanzen und mit dem Popo wackeln, und wenn wir die Hosen runterlassen, schnell wieder die Schenkel zusammenpressen! Seit Monaten versuchen wir, sie von unseren Erzeugerqualitäten zu überzeugen. Wir sind der Garant für den Fortbestand ihrer Art, der beste Versorger, den man bekommen kann. Und jetzt immer noch dieser Balztanz, tagelang. Es ist zum Verrücktwerden.«

Die Schafherde begann wieder zu grasen. Sie hatten kein Wort verstanden.

»Harald! Du hast alles richtiggemacht. Keinen Tag zu früh bist du gekommen. Jetzt essen wir erst mal was.« Er nickte dem Neuankömmling und Kirchhoff zu. Die Schafe hoben wieder witternd die Köpfe, als die Manager den Raum verließen. »*Lunch!*«, bellte der interne Jurist sie an.

Versenkt in einem Korbmöbel auf der weinüberrankten Veranda, versuchte Harald, auch den letzten Miniburger zum Mund zu führen, ohne die jungfräulich weißen Sitzkissen zu beschmutzen. Kirchhoff hatte sich noch eine Cola bringen lassen und lutschte an einem Eiswürfel herum. Grillen, Golfmobile und Rasensprenger sorgten für ein Übermaß an hochfrequenten Tönen, von denen sich Desmoulins' Bariton angenehm absetzte.

»Die machen jetzt einen auf *perfect match* da drin. Dick und Doof haben ein Sechs-Augen-Gespräch verlangt. Sie zieren sich wie junge Mädchen, an denen der Aufklärungsunterricht spurlos vorübergegangen ist. Wenigstens scheint der Chef ihr Vertrauen gewonnen zu haben.«

Kirchhoff machte Hamsterbacken und zerbiss krachend seinen Eiswürfel. »Ist wohl gut, dass Pelargo da raus ist. Mit dem wäre das Ding bestimmt vollends an die Wand gefahren. Was macht der jetzt eigentlich?«

»Hat beim Erzrivalen angeheuert!« Desmoulins spuckte den Satz förmlich aus.

»Ist nicht wahr!« Der Hamster schnorchelte in seinem Colaglas herum. Das Grillenzirpen schwoll an.

Pelargo war weg? Kein Pelargo mehr! Weg. Na, dann hatte Harald doch alles richtig gemacht. Gut, dass er keine Zeit und Energie darauf verschwendet hatte, ihn persönlich kennenzulernen. Manchmal erledigen sich die Dinge eben von selbst. Maggie konnte einpacken! Oder war sie längst im Bilde und hatte ihn auflaufen lassen? Wenn doch ihr Verhältnis zu Pelargo so eng war, wie sie immer behauptete. Oder gab es dieses enge Verhältnis gar nicht, und sie hatte nur versucht, ihn mit Halbwahrheiten einzuschüchtern? Aber viel wichtiger: Wer war Pelargos Nachfolger? Urs hätte aber auch was sagen können!

»Da kommen sie!«, knurrte Desmoulins.

Harald richtete sich mühsam aus seiner halb liegenden Position auf. Die Saucenreste an seiner Rechten hinterließen orangerote Flecken auf dem Polster. Hektisch tupfte er mit seiner Serviette herum.

»Das ist Dick Golding«, raunte Kirchhoff ihm zu. Ein seehundbärtiger Hüne überquerte die Veranda. Auf dem Fuß folgte derselbe Mann noch einmal. Groß, breit, Schnauzer.

Kirchhoff hatte auf Haralds irritierten Blick gelauert. Seine Bäckchen plusterten sich amüsiert: »Und das ist Rick Golding! Oder umgekehrt.«

»Zwillinge!«

»Ja, der doppelte Alptraum. Rick und Dick. Dicky und Ricky. Als ob einer davon nicht schon mehr als genug wäre«, ereiferte sich Desmoulins. »Ihr Vater hat die Firma vor sechzig Jahren groß gemacht. Da waren die doppelten Hosenscheißer noch nicht mal geboren. Vorletztes Jahr ist der alte Patriarch von seiner Firma und Familie gegangen. Seitdem streiten sie sich wegen ein paar Minuten, nämlich die Minuten, die Dicky vor Ricky die Kaiserschnittspalte verließ. Dass Ricky den verantwortlichen Gynäkologen noch nicht verklagt hat, liegt wahrscheinlich nur an dessen vorzeitigem Ableben. Und das, obwohl sie zu gleichen Teilen geerbt haben. Soweit wir wissen zumindest. Auf jeden Fall gehören jedem fünfzig Prozent der Firmenanteile. Dick ist der eingetragene Geschäftsführer, Rick ist Chef für alles andere und versucht, sich durch immer neue, superschlaue Erwägungen aus wechselnden Perspektiven zu profilieren.«

Desmoulins verstummte nachdenklich. Durch das Grillenzirpen hindurch krachten Kirchhoffs Eiswürfelbisse. Harald musterte die Goldings, die sich am Lunchbuffet die Teller vollhäuften. Sie trugen rosafarbene Ralph-Lauren-Poloshirts und Khakihosen, die Freizeituniform der besseren Gesellschaft. Das musste man erst mal bringen: Sie verhandelten das Geschäft ihres Lebens und sahen aus, als wollten sie nur eben eine Runde Golf spielen. Das also war Kalifornien.

»Wo ist hier eigentlich der Golfplatz? Das ist doch ein Golfclub.«

»Das ist nicht ein Golfclub, das ist *ihr* Golfclub«, verbesserte Kirchhoff. »Wenn du die Greens suchst, immer da lang.«

Er wies mit der Hand auf einen geteerten Weg, der sich malerisch, aber sinnfrei am Haupthaus vorbeischlängelte und in einer langgezogenen Kurve verschwand.

»Aber wir spielen hier nicht. Genauso wie wir hier nicht wohnen. Dick wollte uns in den Bungalows unterbringen, aber aus verhandlungstechnischen Gründen kommt das natürlich nicht infrage. Nur meine drei externen Kollegen können sich das erlauben.«

»Ist ein bisschen wie Juristen-Olympiade«, grinste Desmoulins. »Die Anwälte der Goldings sind im Bungalow nebenan interniert und wetteifern mit unseren darum, wo nachts länger das Licht brennt, wer bis zum nächsten Tag den größeren Papierstapel ausdruckt und wer die längere Liste mit neuen, noch zu beantwortenden Fragen kreiert.«

»Ohne uns Juristen käme kein einziger M&A-Deal zustande«, versetzte Kirchhoff bissig, aber Desmoulins beachtete ihn nicht. Er hatte seinen Arm hochgereckt und winkte.

Aus der Dunkelheit ans Licht trat Notter. Wolfgang Notter, der Fliegenträger!

Nah und fern

»Weißt du, Harald, das ist mein erster operativer Job. Ich empfinde es als Auszeichnung und großen Vertrauensbeweis, dass Duke mir die Verantwortung für den Dritten Geschäftsbereich gegeben hat. Mit der Akquisition von Golding werden wir die kritische Masse erreichen, die uns aus unserem Nischendasein ins Zentrum des strategischen Interesses bringt. Wir haben die Chance, uns als ernst zu

nehmende dritte Säule zu positionieren, unser Wachstumspotenzial ist enorm, und wenn wir erfolgreich arbeiten,
können wir langfristig umsatzmäßig auf Augenhöhe mit
den beiden anderen Geschäftsbereichen kommen, deren
Wachstum in Zukunft im besten Fall flach ist, weil der
Markt nichts mehr hergibt. Noch sind wir klein, aber es
steckt eine Menge Zukunft in uns. Und du kannst dir sicher
sein, dass alle, die jetzt zu dieser Einheit stoßen, berufen
werden, weil man sich viel von ihnen verspricht.«

Sie saßen schon eine ganze Weile in Notters Mietwagen
vor dem Hotel, und die rote Fliege knapp unter dem stark
hervorstehenden Adamsapfel wogte sanft auf und ab im
Sprechrhythmus des frisch gekürten Hoffnungsträgers. Auf
der Veranda vorhin hatte Notter seinen Kommunikationschef begrüßt wie einen Hauptgewinn und erklärt, dass er
mit Harald eines der besten Pferde aus Urs' Stall bekommen
habe. Bestes Pferd im Stall! Desmoulins und Kirchhoff waren
deutlich beeindruckt und Harald geschmeichelt gewesen,
auch wenn er sich gefragt hatte, woher Notter das denn so
genau wissen wollte. Während der Rückfahrt ins Hotel hatte er vorsichtig an die wenigen Gelegenheiten gerührt, bei
denen sie sich bisher begegnet waren – der Einführungstag,
das »Große Sache II«-Seminar. Zu seinem großen Erstaunen erinnerte sich sein neuer Chef in allen Einzelheiten,
wofür ihn Harald sofort zu lieben begann. Das Zukunfts-
versprechen in Notters Worten ging wie ein warmer Früh-
lingsregen über ihn nieder. Vollgesogen entstieg er dem Wagen und folgte seinem Wohlmeiner – ob er Wohltäter war,
würde sich noch erweisen müssen – über den Betonplatten-
weg. Bis zur Tür war der lebensspendende Anteil des Lobes
allerdings bereits in brennenden Selbstzweifeln verdunstet,
zurück blieb der salzige Geschmack hoher Erwartungen.

Es blieb nicht viel Zeit, um sich frisch zu machen. Die Goldings hatten zum Dinner geladen, hielten Hof im Nebenraum eines Restaurants, umsorgt von Kellnerinnen und Kellnern, die bemüht waren, trotz ihrer fröhlichen Freundlichkeit nicht den leisesten Zweifel an ihrer untergeordneten Stellung aufkommen zu lassen. Dick und Rick, die offensichtlich Stammgäste des Lokals waren, kommandierten die Schar mit Blicken und unauffälligen Gesten. Gabel für Gabel verschwanden große Fleischstücke unter ihren Seehundschnauzern, während sie sich ausschließlich mit Notter unterhielten, der sein akkurat gescheiteltes Haupt mal dem einen und mal dem anderen zuwandte. Viel mehr konnte Harald durch das Dickicht des Blumenarrangements, das sich in der Mitte des Tisches erhob, nicht erkennen. Neben ihm saß das weibliche Drittel der externen Juristen schweigend die Zeit ab, während sein anderer Tischnachbar, Desmoulins, ununterbrochen mit Kirchhoff flüsterte.

Den ganzen Abend schon hat er keinen Blick und kein Wort für mich übrig. Diese kalifornischen Zwillinge verlangen ihm wirklich alles ab. Er könnte wenigstens mal zu mir rüberschauen, damit ich ihm aufmunternd zunicken kann. Hey, du bist nicht allein. Ich würde dir gerne ein kleines, verschworenes Lächeln schenken. Das hast du wahrscheinlich gar nicht nötig. Aber ich werde dir zeigen, was du nötig hast. Nämlich einen Mitarbeiter, der dir die Wünsche von den Augen abliest, der dir Lösungen anbietet für Dinge, die du noch gar nicht als Problem gesehen hast, der dir den Rücken freihält und dich ins rechte Licht setzt. Selbst als der kleinste von dreien sollst du vor unserem Sonnenkönig glänzen, auf dass die großen Brüder verblassen. Das ist doch dein Ziel! Oder warum hättest du mir sonst erzählt, dass du als der jüngste Spross eines west-fälischen Schweinemastbetreibers alle deine Geschwister übertrumpft hast? Weit hast du es gebracht, du, mit deiner ländlichen Herkunft. Ingenieursstudium, Promotionsstipendium in den USA, Leiter eines Produktionsstandorts, hineinfusioniert in diesen Konzern, auserwählt für strategische Projekte in der Zentrale und jetzt das. Eine schöne Bekanntmachung werde ich dir schreiben, eine angemessen hervorragende. Und Dukes schwimmbadblauer Blick wird milde darüberstreifen und den Text als in keiner Weise beanstandenswert durchwinken.

Die digitale Uhr auf dem Fernseher zeigte drei, null, null als Harald das dringende Bedürfnis, etwas Sinnvolles zu leisten, aus dem Bett trieb. Er hatte schon viel zu viel Zeit verplempert. Dexters Leitfaden folgend, erstellte er bis zum Morgengrauen eine Zielgruppenanalyse für die Kommunikation des Seismo-Deals, setzte Schlüsselbotschaften und ein Fragen- und Antworten-Dokument auf, überarbeitete nochmals die Medienmitteilung, entwarf einen entsprechenden Mitarbeiterbrief und komponierte schließlich die alles krönende Bekanntmachung vom Aufstieg des Fliegenträgers ins Oktagon der Konzernleitung. Alles ging direkt an Notter mit Kopie an das restliche Deal-Team und mit der Bitte, die Lücken, die er mangels Informationen hatte lassen müssen, zu füllen und bereits Vorhandenes nach Bedarf zu ergänzen oder zu korrigieren. Das Ganze fühlte sich wahnsinnig professionell an.

Notters Antwort kam prompt. Er bedanke sich für Haralds Engagement und bitte um Verständnis, dass er ihm seine Rückmeldung lieber im Rahmen eines persönlichen Gesprächs geben wolle, sobald er die fehlenden Informationen von Desmoulins, der sowohl den besten Überblick als auch das größte Detailwissen habe, und Kirchhoff bekommen habe. Zu Recht pochte er als Chef auf die größtmögliche Vollständigkeit, bevor er sich der Sache widmen wollte. In seiner Inbox waren auch zwei weitere E-Mails von Urs, alle mehr oder weniger identischen Inhalts – Wie man denn vorankomme im sonnigen Kalifornien? –, aber in aufsteigender Intensität. In der letzten hielt er es bereits für nötig zu erwähnen, dass Duke womöglich bald persönlich von Urs über den Stand der Dinge informiert werden wollte.

Später im Golfclub fand Harald Kirchhoff ins Laptop vertieft.

»Hast du meine Mail bekommen?«

»Ja, schon«, antwortete der Jurist gedehnt. »Ist ja nicht so, dass ich darauf gewartet hätte, noch ein paar zusätzliche Dokumente durchzuarbeiten.« Er zerbiss krachend einen Eiswürfel.

»Natürlich«, beeilte sich Harald zu versichern, obwohl er sich fragte, wie in aller Welt der andere die Dringlichkeit der Sache so unterschätzen konnte. »Aber wir müssen doch vorbereitet sein. Notter sagte, der Verhandlungsdurchbruch stehe unmittelbar bevor.«

»Hm«, machte Kirchhoff unbestimmt.

»Wo ist eigentlich Desmoulins?«

»Hat eine Telko mit Basel. Irgendein neues Target.«

»Und wo finde ich ihn?«

»Raus, Gang runter, zweite Tür rechts. Bringst du mir eine Cola mit?«

Für einige Augenblicke lauschte Harald an der Tür, die Kirchhoff ihm angegeben hatte. Desmoulins trug etwas vor, ab und zu wurde er unwirsch von einer Lautsprecherstimme unterbrochen. War das nicht Duke? Harald schloss die Augen, um besser zu hören. Die Lautsprecherstimme war ziemlich in Rage. Das war wohl einer von Dukes sagenumwobenen Wutausbrüchen. Den hatte sich Desmoulins bestimmt redlich verdient. Schritte auf dem Gang vertrieben Harald von seinem Lauschposten. Er drehte ab, fischte missmutig im Vorübergehen eine Plastikflasche aus dem Kühlschrank, kehrte noch einmal zurück, um einen Becher mit Eiswürfeln vollkotzen zu lassen, und trat von hinten an Kirchhoffs Stuhl. Der klickte sich gerade seelenruhig durch den Porsche Car Configurator.

»Schwarz oder schwarz metallic? Oder doch Mut zur Farbe?« Der Mauszeiger wischte nervös von einem zum anderen Kästchen, blieb bei kanariengelb hängen. Das Matchboxauto auf dem Bildschirm wechselte die Farbe. »Simsalabim! Sieht auch geil aus, oder?«

»Aber …!«

»Ja, ich weiß, was du meinst. Ich in meiner Position sollte doch eher die seriösere Variante wählen.« Leichter Hand verpasste Kirchhoff dem jetzt schwarzen Boxter eine helle Lederausstattung, fügte Zwanzig-Zoll-Räder hinzu. »Das ist mein Baby! Hör doch mal!«

Er klickte auf ein kleines Lautsprechersymbol und stellte auf Vollbild. Der Boxter meldete sich mit einem entschlossenen Schnauben, scharrte ungeduldig mit den Hufen und schoss kraftvoll in drei langen Atemzügen davon in die Tiefen des Internets. Kirchhoff lauschte verzückt, hob den Zeigefinger zum Signal wie ein Dirigent in Erwartung eines musikalischen Höhepunkts. Von Ferne näherte sich erneut das Wespensurren, schwoll an, Harald holte Luft:

»Martin, ich wäre echt dankbar, wenn wir wenigstens schnell zusammen durch die Fragen und Antworten gehen könnten.«

Kirchhoff seufzte, als ob er Harald schweren Herzens einen großen Gefallen tun würde: »Also los.«

Zu den Schlüsselbotschaften hatte der Jurist nichts beizutragen, nur zu einigen wenigen verfahrenstechnischen und arbeitsrechtlichen Fragen lieferte er Antworthülsen, in denen viel von »sozialverträglich« und »unter Berücksichtigung sämtlicher rechtlicher Vorgaben« die Rede war.

»Außerdem denke ich, dass es selbst aus juristischer Sicht so kurz vor dem Abschluss in Ordnung wäre, die ganzen ›Seismos‹ aus den Dokumenten zu verbannen.«

Harald runzelte verständnislos die Stirn.

»Ersetze Kodename durch Klarname!« Kirchhoff klang leicht genervt, dann breitete sich mit einsetzendem Verständnis ein Grinsen auf seinem Gesicht aus.

Harald kroch die Hitze in den Kopf. Deshalb war die Internet-Suche nach der Firma Seismo so unergiebig gewesen! Das war überhaupt gar keine echte Firma, das war nur ein Codename. Natürlich. Das wusste doch jeder Vollidiot! Und hatte nicht Notter selbst vom Golding-Deal gesprochen. Spätestens da hätte der Groschen fallen müssen. Oh Mann, Klein! Aus welcher Welt kommst du? Von wegen bestes Pferd im Stall. Ein dummer Esel war er. Wenn sich Notter nur mal nicht zu viel versprach.

Die Eiswürfelreste in Kirchhoffs Becher waren bereits geschmolzen, als Desmoulins wieder auftauchte.

»Na, läuft's?«

»Läuft.« Zerstreut sammelte der M&A-Manager ein paar Dokumente zusammen.

»Was steht denn an?«, fragte Harald vorsichtig. Aber er kannte die Antwort schon.

»Streng geheim!«

»Nicht mal mir haben sie was gesagt«, beschwerte sich der Jurist. »Nicht mal den Kodenamen«, setzte er süffisant hinzu.

Desmoulins zuckte die Achseln. »Du bist ja auch raus aus dem Spiel.«

»Wieso?«, fragte Harald arglos.

»Das ist mein letzter Deal hier. Ich leite in Zukunft die Corporate-Law-Abteilung.« Kirchhoffs Stimme hatte das Wörtchen *corporate* mit einem kleinen Überschlag geadelt.

Haralds vegetatives Nervensystem schaltete auf Alarm: Seine beiden Mitstreiter in der laufenden Operation waren also geistig bereits weitergezogen! Der eine war mit dem Kopf irgendwo über den Wolken, und dem anderen saß Duke wegen einer ganz anderen Sache im Nacken. Der Anreiz, die Golding-Geschichte mit Bravour über die Bühne zu bringen, war für sie dementsprechend gering, eine durchschnittliche Vorstellung gut genug. Falls es danach Pfiffe und Buh-Rufe geben sollte, hätten beide nichts mehr damit zu tun. Er schon. Und Notter auch.

Dass Desmoulins, bereits im Abgang, brüsk erklärte, er sei fürs Ausfüllen des Fragen- und Antworten-Dokuments nicht zuständig, überraschte Harald schon nicht mehr.

Es hieß also doch, auf Notter warten. Bis zum Nachmittag belief sich die Leistung des Leiters der globalen Kommunikation der Dritten Geschäftseinheit auf drei Mal Colaholen für Kirchhoff und eine E-Mail an Urs des Inhalts, dass er alles unter Kontrolle habe. Zwischendurch wanderte er wie aus der Zeit gefallen durch die Grünflächen, argwöhnisch beäugt von vorbeisurrenden Golfcartfahrern. Basel war nicht nur am anderen Ende der Welt, die Konzernzentrale mit ihren schwarz-weiß karierten Gängen, dem Treppenhaus aus Eichenholz, dem

Leuchtturm und der brummenden Unterwelt schien in ein anderes Universum zu gehören. Leistung fürs Leben fand in diesem Augenblick woanders statt. Er blinzelte in die Sonne. War das hier Arbeit?

Farbwechsel, morphologisch

In der Welt draußen verhallte die Golding-Akquisition resonanzlos. Es gab weder Anfragen von Journalisten, noch zeigten sich die Analysten sonderlich interessiert. Kein Wunder, dachte Harald, da doch Duke dem Deal den öffentlichen Ritterschlag verweigert und es nicht für nötig gehalten hatte, in der Pressemitteilung zitiert zu werden. Mehrmals hatte er Urs genötigt, mit einem entsprechenden Vorschlag an den Sonnenkönig heranzutreten. Ob er nur das vorgelegte Zitat oder das Zitiertwerden überhaupt abgelehnt hatte, war aus Urs' Antwort nicht zu erkennen gewesen. Insgeheim fragte sich Harald, ob Urs ihn überhaupt darauf angesprochen hatte. Er gefiel sich manchmal in der Rolle des zensorischen Staubsaugers, der alles aus seiner Sicht Nebensächliche und Irritierende verschluckte, bevor es die königlichen Gemächer erreichen konnte.

Ohne die entsprechende Würdigung von höchster Stelle hatte auch der größte Teil der Firma die strategische Erschütterung mit gleichgültigem Achselzucken zur Kenntnis genommen, abgesehen von der Personalie an der Spitze. Die Nachricht von Pelargos Abgang und Notters Ernennung lief immerhin als leichte Schockwelle durchs obere Management. Einer Art Logik des von außen nach innen zunehmenden Erschütterungsgrads folgend, hatten die Mitarbeiter des Dritten Geschäftsbereichs den Kauf des ehemaligen Mitbewerbers mit Genugtuung, den Führungswechsel mit Verunsicherung aufgenommen, während im aus den Fugen geratenen Managementteam das Gespenst der Neukalibrierung umging.

Nicht nur der neue Geschäftsführer wurde wegen seiner fehlenden operativen Erfahrung misstrauisch beäugt wie ein Binnenschiffer, der plötzlich eine Hochseefregatte kommandieren sollte, auch die beiden vermeintlichen Leichtmatrosen, die in Kalifornien an Bord gegangen waren, beunruhigten mit ihrem unverhohlenen Hang zur Meuterei die angestammte Mannschaft.

Harald betrachtete das Mitochondrien-Kunstwerk über seinem leergeräumten Schreibtisch. Dass es ihm noch immer so gut gefiel, machte ihn ein bisschen wehmütig. Er hatte der Walle-Dame im Kunstarchiv einen Besuch abgestattet und sie davon überzeugt, dass mit den gestiegenen Anforderungen seiner herausgehobenen Stellung als Head-of eine neue Art der kreativen Inspiration vonnöten sei. Er hatte virtuos mit dem Vokabular der Großen Sache jongliert und zielsicher ein strenges, grafisches Werk ausgewählt, das graue, zu einem Turm gestapelte Quadrate zeigte. Vielleicht war es nicht schöner als die Mitochondrien, aber auf alle Fälle größer. Soeben war der Karrenmann mit zwei lächerlichen Umzugskisten davongerumpelt. Die bunten Plastikmappen, ein paar alte Geschäftsberichte, Dexters gesammelte Werke, und die ungelesenen Hefte und Broschüren für neue Mitarbeiter hatten die Kartons gerademal bis zur Hälfte gefüllt.

Harald bückte sich und angelte im Papierkorb nach der kleinen Schachtel mit den Visitenkarten, von denen er höchstens zehn oder zwölf unter die Leute gebracht hatte.

Jetzt hatte er einen neuen Job, einen neuen Titel, eine neue Adresse in einem neuen Gebäude, und die Wahrscheinlichkeit, dass er die alten Karten je wieder brauchte, lag unter null. Nicht einmal die Rückseite konnte man benutzen, denn die zierte der Interior Movens in weißer Schrift auf sattem Hintergrund in den Konzernfarben. Er steckte die Schachtel in seine Jackentasche.

Der Karrenmann würde bestimmt nicht lange mit dem Umzug brauchen. Er würde kurz mit dem Aufzug in die Unterwelt abtauchen und am anderen Ende des Firmengeländes wieder ans Tageslicht kommen. Und Harald würde die Zeit einfach hier absitzen. Er könnte auch in die Kantine gehen. Aber allein? Anna war irgendwo in der Weltgeschichte unterwegs, Dexter keine echte Option, Teo immer noch krankgeschrieben, und Urs in der Schleuse zum Konzernleitungsbau verschwunden. Und Lola war weg.

Harald stellte sich in die Mitte des schmalen Schlauchzimmers, schloss die Augen und breitete die Arme aus. Das Blut rauschte in seinem Kopf wie die Autos auf der regennassen Straße jenseits des vergitterten Fensters. Dann ging er, ohne sich noch einmal umzusehen, hinaus.

Sein neues Domizil lag in dem ziegelgedeckten Häuschen, das mit seinen Sprossenfenstern und der schweren Eingangstür wie ein Relikt aus längst vergangenen Zeiten wirkte und an dem die nachträglich angebrachte Schließanlage wie ein Fremdkörper klebte. Der Dritte Geschäftsbereich füllte das Gebäude fast bis in den hintersten Winkel, nur ganz oben unterm Dach hausten Fremde, nämlich die Redaktion der lokalen Hauspostille *Areal Aktuell.*

Das Eckbüro im ersten Stock gehörte Notter, der selbstredend auch noch über einen Glaskasten im Konzernleitungsbau verfügte. Harald war nur zwei Türen davon entfernt untergekommen: Einzelbüro, zwei Fenster ohne Gitter. Er hatte genau darauf geachtet, einen runden Besuchertisch mit vier Besucherstühlen zu ordern. Wider Erwarten war für das Upgrade von eckig auf rund keine Unterschrift eines Vorgesetzten nötig gewesen. Es interessierte niemanden, ob er dazu überhaupt berechtigt war. Die Umzugskisten warteten bereits auf dem Schreibtisch, der wie der Rest der Einrichtung an eine Bankfiliale aus den Siebzigern erinnerte. Das war vielleicht der einzige Wehmutstropfen, dass die schicken USM-Haller-Möbel im alten Büro zurückgeblieben waren. Dafür hatte er endlich eines dieser neuen, leichten Laptops bekommen. Harald fuhr es hoch und sofort poppte eine erste E-Mail auf. Von Urs. Ob er einverstanden sei mit der beigefügten Benachrichtigung bezüglich seines Wechsels? Zweimal las er den Text, und nur nach und nach verstand er, was da geschrieben stand:

»In seiner neuen Rolle als globaler Leiter der Kommunikation des Dritten Geschäftsbereichs wird Harald Klein weiterhin an Urs Huber, Leiter Corporate Communications, berichten.«

Wie konnte Urs ihm das antun? Wollte er sich so den Einfluss auf die Geschäftseinheit sichern? War das der Beginn einer feindlichen Übernahme der eigenständigen Einheiten durch Global? Hatte er gedacht, mit Harald könne er das machen? Vielleicht hatte er das von langer Hand geplant und ihn nur für seine Zwecke benutzt. Harald fühlte sich manipuliert und um sein Konzernleitungsmitglied betrogen.

Wütend hackte er einen Zweizeiler in den Computer, und weg war die E-Mail, bevor er sich besinnen konnte. Dann kam die Reue. Mann, Harald! Erst denken, dann senden! Noch während er versuchte, die übereilte Tat rückgängig zu machen, klingelte das Telefon. Urs, natürlich.

»Geht's gut?«

Mit ungewohntem Zartgefühl flößte er Harald Löffelchen für Löffelchen die bittere Wahrheit ein. Es sei alles von Notter ausgegangen, aber es geschehe nur zu Haralds Bestem. Durch die Eingliederung von Golding sei das Managementteam der Geschäftseinheit derart angeschwollen, dass Notter schon so seinen Vorgesetztenpflichten kaum gerecht werden könne. Im Grunde beweise gerade Notters Weigerung seine Umsichtigkeit. Er sorge sich um die weitere Entwicklung eines geschätzten Mitarbeiters.

Doch der aufstrebende Harald überschlug kurz das Blatt, das er in Händen hielt, und spielte die Selbstlosigkeitskarte: »Das ist ja schön und gut, aber versteht Notter denn nicht die Bedeutung meiner Rolle bei der bevorstehenden Integration der neu erworbenen Standorte? Du hast selbst gesagt, wie wichtig es ist, die Uneingeweihten für die Große Sache zu begeistern und sie mit dem Erfolgsgeheimnis unseres Konzerns vertraut zu machen. Gerade deshalb hast du mir doch den Vorzug vor Maggie gegeben. Notter ist einer der Urväter der Großen Sache selbst! Das kann ihm doch nicht egal sein. Ich brauche den direkten Zugang zu ihm und zum Managementteam der Geschäftseinheit.«

Hatte es Dexter nicht schon immer gesagt: Ohne Teil des Managementteams zu sein, bringt das alles nichts!

»Dann sag ihm das!«

»Echt jetzt?«

Notter sagt: »Urs kann sich besser um dich und dein Fortkommen kümmern, ich bin kein guter Vorgesetzter.«

Harald hört: Ich will mich nicht mit dir abgeben.

Notter sagt: »Es wird einfacher sein, mit Urs regelmäßige Termine zu haben. Ich bin da viel unzuverlässiger.«
Harald hört: Du bist es nicht wert, dass ich meine Zeit mit dir verbringe.

Notter sagt: »Wir werden dich auf jeden Fall zu den Managementteam-Meetings einladen, wenn es um Kommunikationsthemen geht.«

Harald denkt: Und wie stehe ich denn dann da, als zweitklassiger Besuchsmanager! Außerdem geht es am Ende immer um Kommunikation! Um was denn sonst? Was ist Management, wenn nicht Kommunikation?

Und dann spielt er die Effizienzkarte: Wenn er bei den Sitzungen nicht dabei sein könne und die Dinge nicht aus erster Hand erfahre, müsse ihn jemand danach mühsam auf den neusten Stand bringen. Und dieser jemand könne nur Notter selbst sein. Aber es wäre doch unsinnig, die wenige Zeit, die sie zusammen hätten – denn selbstredend würde er seinen Chef nicht mehr beanspruchen als unbedingt erforderlich – mit Updates zu verschwenden, die auch auf anderem Wege zu bekommen waren. Außerdem ginge dabei nicht nur viel wertvolle Managementzeit verloren, sondern es bestünde auch die Gefahr, dass Wichtiges ungesagt bliebe und er kein Gefühl für die Lage entwickeln könne, weil oft gerade das, was in einer solchen Sitzung nicht gesagt werde, fast noch wichtiger sei, als das, was zur Sprache käme. Wenn er aber dieses Gefühl nicht bekäme, dann könne er seine Arbeit nicht richtig machen.

Notters Blick flackert auf, aber er bleibt sehr gelassen und zugewandt. Grün. Doch, sie sind grün. Auch wenn sich Harald nicht traut, ihm noch länger in die Augen zu schauen, ist er sich sicher. Es scheint, als akzeptiere der Fliegenträger den Erpressungsversuch, besser noch, ordne seine flammende Rede gar nicht als solchen ein. Womöglich schätzt er die Beharrlichkeit seines Mitarbeiters sogar.

Die Benachrichtigung ging eine Woche später mit der geänderten Passage über Haralds direkten Vorgesetzten an den gesamten Dritten Geschäftsbereich und an sämtliche Kommunikationskollegen weltweit. Der weltweite Managementverteiler, auf den Harald als neues Führungsteammitglied insgeheim gehofft hatte, blieb tabu. Noch am selben Tag kaufte sich Harald zwei Krawatten in schönen Grüntönen. Leider trat der gewünschte Effekt in Kombination mit seinen alten blauen Hemden nicht ein, erst die konsequente Zusammenstellung von Grün mit Grün brachte den richtigen Farbton in seinen Augen hervor.

»Herzlichen Glückwunsch! Willkommen in der Welt des operativen Geschäfts.« Dexter klang, als säße er direkt in Haralds Ohr, ein erstaunlicher Effekt der vor Kurzem firmenweit eingeführten Internettelefonie. »Jetzt hast du es also in die Minus-eins-Region geschafft. Respekt. Ich nehme an, dass du auch Teil des Managementteams bist, oder?« Lauernde Stille folgte.

Was sollte Harald sagen? Er hatte sich in die Managementteam-Sitzungen eingeklagt, aber der Satz, dass er Teil der Managementteams der Dritten Geschäftseinheit sei, war weder in der Benachrichtigung verbrieft noch je so gefallen. Ja, er berichtete an Wolfgang Notter aus der Konzernleitung, aber er hatte sich dem Konzernleitungsmitglied als direkten Untergebenen regelrecht aufgedrängt.

»Das liegt doch auf der Hand.«

»Und bist du zufrieden mit deinem Kommunikationsbudget? Du brauchst schließlich freie Hand, um die Dinge strategisch voranzutreiben.«

Harald stutzte. Da war ihm gar nicht in den Sinn gekommen. Hätte er denn ein eigenes Budget fordern müssen? Und was hieß das überhaupt, ein Budget? Geld für sich zum Ausgeben? Aber er hätte im Moment nicht einmal gewusst wofür.

»Das ist geregelt. Läuft bei uns ganz unbürokratisch.« Man hörte förmlich das breite Grinsen in Dexters Gesicht, als er leichthin bemerkte, dass die Budgetrunden sowieso längst durch seien.

»Und Personalverantwortung hast du auch! Wird Maggies Stelle neu besetzt?«

»Davon gehe ich aus. Aber ich muss mir erst mal einen Überblick über den Laden verschaffen.«

Zu Haralds großer Erleichterung hatte sich das Problem Maggie von selbst gelöst, so wie manche Probleme sich lösen, wenn man nur lange genug wartet. Es hieß, sie sei Pelargo, der seit über einem Monat freigestellt war, zur Konkurrenz gefolgt. Jedenfalls hatte sie gekündigt und war dank ihres Überzeitkontos und Unmengen ausstehenden Urlaubs von einem Tag auf den anderen verschwunden, sodass Harald bei Amtsantritt nicht mehr zu führen hatte als eine vakante Stelle.

»Ich brauche dir nicht zu sagen, dass bis auf den Hauptsitz von Golding in Kalifornien alle Standorte des Dritten Geschäftsbereichs in Europa liegen. Maggie hat sich da immer sehr zurückgehalten. Wenn sie etwas in den Standorten umsetzen wollte, hat sie das in meiner monatlichen europäischen Telefonkonferenz vorgestellt. Die meisten lokalen Kollegen sind keine Vollblut-Kommunikationsmanager, sondern Sekretärinnen, Marketingassistentinnen oder Mädchen für alles, die nebenberuflich auch noch ein paar Rundmails verschicken oder Poster aufhängen. Denen muss man nicht nur alles vorkauen, sondern darf sie auch nicht überfordern. Ein eigenständiges Kommunikationsnetzwerk für den Dritten Geschäftsbereich wäre da sicher des Guten zu viel. Das war auch immer Maggies Ansicht.«

»Kannst du mir mal die Namen der Kommunikationsverantwortlichen an den Standorten schicken? Dann weiß ich wenigstens, wen ich ansprechen muss, wenn ich zu deinen Telkos komme.«

Harald versuchte so harmlos wie möglich zu klingen, auch wenn ihm seine Scheinheiligkeit rote Flecken im Gesicht machte. Dexter hatte ihn soeben überhaupt erst auf die Idee gebracht, dass er sein Kommunikationskönigreich durch ein virtuelles Team konstituieren musste. Leiter der globalen Kommunikation bedeutete schließlich nichts anderes als Gesamtverantwortlicher für alle kommunikativen Regungen in seinem Zuständigkeitsbereich. So ähnlich hatte es auch in der dürren Rollenbeschreibung gestanden, die er auf mehrmalige Nachfrage von der für den Dritten Geschäftsbereich zuständigen Personalsachbearbeiterin bekommen hatte. Pech für Dexter. Auf einen Schlag hatte sich die Anzahl von Haralds Untergebenen vervielfacht. Gestiegen, gesteigert, Rekord.

Und noch etwas war ihm klar geworden: Er musste sich ein Bild von seinem Einflussbereich machen, er brauchte Zahlen und Fakten. Und er würde das alles in einer hübschen Überblickspräsentation zusammenfassen und, mit einem Schleifchen versehen, dem neu zusammengewürfelten Managementteam zur Verfügung stellen, als Einstiegsgeschenk sozusagen. Bis zur ersten Sitzung blieben ihm noch drei Wochen.

Nach oben

Eine hervorragende Idee sei das, lobte Notter. Die Dritte brauche ein neues, einigendes Narrativ, eine Erzählung, die Begeisterung erzeugen könne. Er schätze es, wenn jemand mitdenke, was leider nicht selbstverständlich sei. Der Gepriesene an seiner Seite streckte sich merklich und federte über den aufgeheizten Asphalt des Innenhofs. Sie kreuzten die breite Ameisenstraße, die der Kantine zustrebte. Mit zuvorkommender Lässigkeit ließ Harald den einen passieren, drängte sich, eine höfliche Entschuldigung murmelnd, vor den nächsten. Habt fein Acht und schaut nur her, wohin ich mich begebe! Voller Vorfreude wanderte sein Blick die steile Fassade des Leuchtturms hinauf. Da rempelte ihn jemand an.

»Hey! Obacht geben, länger leben!«

Dexter. Bingo! Heute war wirklich sein Glückstag. Harald machte eine entschuldigende Geste, deutete wortlos auf Notter, dann nach oben und ließ den angeschossenen Konkurrenten in der Menge zurück.

Andächtig beobachtete er, wie sein Chef den obersten Knopf im Aufzug drückte. Dieses Mal sollte es für ihn nach oben gehen. Ganz nach oben. Der Fliegenträger hatte das erfolgreiche Deal-Team ins Direktionsrestaurant geladen. Als kleine Anerkennung, wie er sagte, und vielleicht auch als Wiedergutmachung für Dukes skandalöses Desinteresse, wie Harald glaubte. Im dreizehnten Stock, eine Etage unterhalb des Restaurants, stoppte der Aufzug, und herein trat Desmoulins.

»Du solltest deine Managementteam-Meetings bei uns abhalten, dann hättest du zwei Probleme weniger«, grinste er und gab Notter die Hand. Harald nickte er nur zu, sodass dieser sich beeilte, seine Rechte unverrichteter Dinge in der Hosentasche verschwinden zu lassen.

»Verrückt, wie abergläubisch man doch sein kann, nicht? Eine regelrechte Phobie der Zwillinge. Die Vorstellung, mit dreizehn Mann einen Tisch zu teilen, hätte sie fast davon abgehalten, nächste Woche zur ersten Sitzung zu kommen.«

»Davor hat euch euer Quatorzième nun bewahrt,« sagte Desmoulins mit einem Seitenblick auf Harald, der fühlte, dass der M&A-Mann einen Scherz auf seine Kosten gemacht hatte, aber nicht verstand welchen. Plötzlich fiel ihm auf, dass er Desmoulins von Anfang an unsympathisch gefunden hatte. Notters gutmütiges Lachen hatte einen tadelnden Unterton, während er seinen Kommunikationschef mit grünen Signalen der Solidarität bedachte.

An einem schmalen Pult erwartete sie der überaus korrekt gekleidete Empfangschef, der Notter und Desmoulins namentlich begrüßte, bevor er sich dem vor sich aufgeschlagenen Buch zuwandte, um die angemeldete Gesellschaft abzuhaken. Hinter ihm öffnete sich ein weiter Raum mit weiß gedeckten Tischen, an denen vornehmlich paarweise Anzugträger ins Gespräch vertieft waren. Kellner eilten lautlos über Teppiche, umkurvten wie elegante Schwalben das immense Dessertbüffet in der Mitte. Außer dem Eiswürfelgeräusch, das Flaschen verursachen, die aus Weinkühlern entnommen werden, war kaum ein Laut zu vernehmen. Harald versuchte, nicht auf einzelne Gesichter zu starren, während er nach ihrem Tisch Ausschau hielt.

»Kommst du?«, rief Notter gedämpft aus einiger Entfernung. Harald drehte sich um. Die anderen waren bereits wieder in Richtung Ausgang unterwegs, kurz davor bogen sie ab. Harald warf noch einmal einen Blick zurück in den eleganten Saal, wie ein Kind, dem im letzten Moment der Eintritt ins Süßwarengeschäft verwehrt wird, und folgte seiner Gesellschaft. Im hinteren Bereich, rechts neben den Toiletten, gab es ein paar Glaskästen, ähnlich den Büros im Konzernleitungsbau, nur dass sie zur Hälfte mit Folie beklebt waren, um neugierige Blicke abzuhalten. In einem davon saß Kirchhoff vor einem Glas Cola – mit viel Eis. Umsorgt von einer der eilfertigen Schwalben nahm das wiedervereinigte Deal-Team die Suppe, den Salat und ein Fischgericht mit leichtem Geplauder über geschäftliches Wer-mit-wem und Was-macht-eigentlich-der ein. Den Hauptgang, der aus Entrecote mit Röstkartoffeln bestand, dominierte Kirchhoff mit einer Litanei über seinen neuen Porsche, die er nur unterbrach, um sich eine dritte Cola zu bestellen. Als er notgedrungen erneut verstummte, um den ersten Schluck davon zu nehmen, ergriff Notter das Wort.

»Lieber Pascal, lieber Martin, lieber Harald! Ich möchte nochmals meinen tief empfundenen Dank für eure Unterstützung und hervorragende Arbeit bei der Akquisition von Golding zum Ausdruck bringen.«

Haralds Herz klopfte schneller. Ungeduldig wartete er darauf, dass Notter die lobenden Sätze über Desmoulins' Professionalität beendete, und dass er die Gratulation an Kirchhoff zu seiner hochverdienten Beförderung hinter sich brachte. Jetzt hob er auch noch das Glas und brachte einen Toast auf den Juristen aus. Die rote Fliege wogte auf und nieder, während er trank. Endlich, endlich ruhte der grüne Blick auf ihm! Die aufsteigende Hitze in seinen Backen machte es ihm fast unmöglich, den Worten seines Helden zu folgen. Aber was sein Kopf und Herz daraus zauberten, war ein einziges: »Ich bin froh, dass es dich gibt. Du bist mein Ein und Alles. Ich liebe dich!« Alkohol am frühen Nachmittag hatte Harald noch nie vertragen. Er versuchte, ein möglichst gleichgültiges und abweisendes Gesicht zu machen, um das verräterische Glühen nicht noch zu verstärken. Notter verstummte, Harald zählte bis zehn und verließ den Raum Richtung Toilette.

Es ist still und kühl. Harald hält eines der kleinen Frotteehandtücher, die es hier statt der sonst üblichen Papierblätter gibt, unter den Wasserstrahl und presst es an seine Schläfen. Dank des gedämpften Lichts blickt er in ein halbwegs erträgliches Spiegelbild. Jemand drückt die Türklinke. Instinktiv weicht Harald in eine der Kabinen fürs große Geschäft zurück. Durch den Spalt unter der Tür sieht er ein Paar abgetretene Schuhe, die sich breitbeinig am Pissoir in Stellung bringen. Der edle Stoff der Hosenbeine, der sich leicht über den krummen Absätzen bauscht, vervielfacht den seltsamen Kontrast. Harald erinnert sich genau an diese Treter, die nur eines bedeuten können: Da draußen steht Duke und pinkelt! Mit nackigem Po, sein bestes Stück in der Hand, für einen kurzen Moment entblößt vom Gewebe der Macht, in eine kreatürliche Verrichtung vertieft. Es ist die Gelegenheit! Aber für was eigentlich? Egal. Irgendeine belanglose Konversation. Mach schon, Harald. Geh raus, sag was! Zeig dich. Eins, zwei, drei … Mist, da kommt noch einer. Sie grüßen sich. Der Eindringling stellt sich direkt neben Duke! Ein Strahl wie eine Kuh.

»Du hast deine Gehaltserhöhung gleich auf die Straße gebracht, wie ich höre.«

»Im wahrsten Sinne, das bisschen geht nämlich schon für den Sprit drauf.«

Sie lachen ein sehr männliches Lachen, gehen zusammen raus. Erst nach einiger Zeit kann sich Harald entschließen, sein Schneckenhaus zu verlassen.

Draußen stolperte er fast über Notter und Desmoulins, die gerade das Dessertbüffet ansteuerten. Harald schloss sich ihnen an. Den süßen Berg langsam umrundend, suchte er das Restaurant nach Spuren des Sonnenkönigs ab. Schon zweimal war ihm so gewesen, als hätte er ihn entdeckt, musste sich aber ein ums andere Mal korrigieren. Vielleicht war er bereits gegangen. Dafür sah er, wie Kirchhoff von einem Tisch zum nächsten flanierte, wahrscheinlich, um sich die Bewunderung seiner Freunde vom *old boys' club* für sein neues Baby abzuholen. Hier schien wirklich jeder jeden zu kennen. Auch Notter und Desmoulins wählten nicht den direkten Weg, sondern wurden mal hier, mal da von irrlichterndem Smalltalk abgelenkt. Harald aber klebte allein gelassen am Berg und wählte mit spitzen Fingern aus den dargebotenen Versuchungen. Er überlegte, was die Art und Menge seiner Auswahl über ihn aussagen könnte. Stand Rote Grütze eher für ein kindliches Gemüt? Sollte er das Konfekt aus dunkler Schokolade mit einem Hauch von Blattgold nehmen, das männlich-herb und wertig wirkte, bei dem man aber nicht wissen konnte, was sich darin verbarg? Oder doch nur etwas frisches Obst als Zeichen gesundheitsbewusster Askese? Oder sollte er den Anspruchsvollen geben, und einen der Schwalbenschwänze in die Küche um einen Crêpe Suzette schicken? Schließlich tauchte Kirchhoff neben ihm auf, in der einen Hand balancierte er einen wahllos vollgeladenen Teller, steckte sich mit der anderen Hand rasch eine der Gold-Schoko-Pralinen in seine Hamsterbacken, und griff dann gleichzeitig ein Schüsselchen Mousse au Chocolat und Rote Grütze, wobei sich sein Daumen und Zeigefinger in die braune und rote Masse senkten.

Mit zwei, drei Kleinigkeiten auf seinem winzigen Dessertteller folgte ihm Harald zurück ins Séparée und beschloss, später Dexter in der Tiefgarage aufzulauern, um ihm von seinem Besuch im Direktionsrestaurant vorzuschwärmen und vielleicht einen Blick auf Kirchhoffs Porsche zu werfen.

Malen nach Zahlen

Weil jeder Winkel des ziegelgedeckten Häuschens vom Erdgeschoss bis unters Dach als Büroraum genutzt werden musste, gab es nur ein großes Sitzungszimmer im Keller, das aufgrund seiner Lage »der Kerker« genannt wurde. In den großen Raum, der entgegen seines mittelalterlichen Übernamens technisch auf dem neusten Stand war, drang kein Sonnenstrahl, es gab nicht einmal einen Lichtschacht. Dafür fluteten acht Neonröhren leise surrend den schlichten Quader, der ringsum mit Whiteboards, Flipcharts und Pinnwänden ausgestattet war. Auf der weitläufigen Tischfläche hockte neben einem Schacht für Stecker aller Art eine Telefonspinne mit kleinen satellitenartigen Auslegern, dazwischen erhob sich ein lichtes Plastikwäldchen aus Wasserflaschen, still und medium. Der unauffällige Wandschrank am kurzen Ende des Raumes barg noch ein ganzes Arsenal davon, fest in Folie verschweißt.

Aus einem Schlitz in der Decke hatte sich pünktlich um acht Uhr eine Leinwand entrollt, auf die der ebenfalls deckenmontierte Beamer mit hochfrequentem Begleitgeräusch seit Stunden Folie um Folie projizierte, nur von sporadischen *one function breaks* unterbrochen: Zeit für einen Toilettengang oder einen Kaffee oder ein Telefonat und so weiter. Es lief die konstituierende Sitzung des neuen Managementteams der Dritten Geschäftseinheit.

Harald war erst am Nachmittag an der Reihe, ihm blieben also noch zwei Stunden Schonfrist, genau genommen drei, wenn man die Lunchpause mitrechnete. Er versuchte, sich auf das aktuelle Geschehen zu konzentrieren, aber je näher der Zeitpunkt seines Auftritts rückte, desto häufiger wanderten seine Gedanken zu seinem eigenen Vortrag. Für jede Folie hatte er eine handtellergroße Karteikarte mit winzigen Buchstaben vorbereitet, deren Reihenfolge er in den letzten Stunden unzählige Male heimlich kontrolliert hatte.

Über der Ausarbeitung der Folienpräsentation hatte er in den vergangenen Tagen immer und immer wieder die Zeit vergessen. Bis spät in die Nacht hatte er das Zahlen- und Faktenmaterial geknetet und geformt, angeordnet und umgeordnet, hatte in einem geradezu schöpferischen Akt der virtuellen Struktur des Dritten Geschäftsbereichs Leben eingehaucht. Er fühlte, dass er erst jetzt so richtig in seinem neuen Zuhause angekommen war.

Und noch jemand war angekommen. Anna war als »Teamlotsin« und Organisationsentwicklerin in das Büro zwischen Harald und Notter gezogen. Kurz hatte ihm dieser unerwartete Zuzug einen kleinen Stich versetzt. Traute Notter ihm denn nicht zu, die Große Sache für die Geschäftseinheit alleine in die Hand zu nehmen? Andererseits sprach es für die gesteigerte Bedeutsamkeit der Dritten, wenn sogar eine Großmeisterin zur Verstärkung bereitgestellt wurde. Die vornehmste Aufgabe der Teamlotsin bestand darin, der Führungsperson einer Gruppe – in diesem Fall also Notter – vor, während und nach einer Sitzung

den Rücken von ablauftechnischen Fragen und gruppen-
dynamischen Herausforderungen freizuhalten und ihm zu
ermöglichen, sich vollkommen auf Inhalte und Ergebnisse zu konzentrieren. In ihrer Funktion als Teamlotsin war
sie auch für den Sitzungs-Spielplan verantwortlich und
hatte Harald ermuntert, seine Überblickspräsentation am
Managementteam-Meeting persönlich vorzustellen, anstatt sie nur als Informationspaket zu verschicken, wie er
es ursprünglich vorgehabt hatte. Sie hatte ihm dafür extra
einen zehnminütigen Slot eingeräumt.

Wie Harald anerkennen musste, waren Annas groß-
meisterliche Fähigkeiten tatsächlich sehr wirkungsvoll.
Als Dick Golding sich empörte, dass es für die zweitägige
Sitzung keine verbindliche Agenda gebe, – und man sah
an seinem herablassend zitternden Seehundschnauzer, wie
viel Genugtuung ihm diese clevere Bemerkung bereitete –
da entgegnete sie nur milde:

»Das machen wir eben hier bei uns so. Damit sind wir
in der Lage, elegant auf energetische Wechsel zu reagieren
oder diese bei Bedarf bewusst herbeizuführen.«

Im Klartext hieß das: Wenn etwas wichtig war, dann
konnte man so lange darüber diskutieren, wie nötig, ohne
sich von den noch ausstehenden Tagesordnungspunk-
ten hetzen zu lassen. Unter Anwendung verschiedenster
Soziofertigkeiten lotste Anna das Teamschiff auf ein den
Teilnehmern unbekanntes, von ihr und Notter im Vorfeld
festgelegtes Ziel hin.

Notter selbst war großartig! Die Aufmerksamkeit aller
Anwesenden gravitierte unweigerlich zu seinem Platz an
der Stirnseite der langen Tafel, teils mit ungebremster
Hingabe, wie die von Harald, der ihm sein Herz mit Freu-
den über die ganze Tischlänge hinweg entgegenwarf, teils

mit zwecklosem Widerstand, wie dem von Dick und Rick, die das Geschehen mit verschränkten Armen und halb geschlossenen Augen meist schweigend verfolgten. Harald war sich sicher, dass ihre Müdigkeit weniger dem Jetlag geschuldet, sondern ein demonstratives Zurschaustellen ihrer Arroganz war. Anscheinend hatten sie sich vorgenommen, so viel Ballast wie möglich ins Boot zu bringen, und während die anderen versuchten, mit gleichmäßigen Schlägen Fahrt aufzunehmen, stocherten sie im trüben Wasser herum, um bestenfalls einen Schlingerkurs zuzulassen. Harald beobachtete die Zwillinge mit wachsender Verbitterung. Warum hatten sie nicht einfach das viele Geld genommen und verbrachten den Rest ihres Lebens mit Golfspielen? Stattdessen mussten sie Notter und ihm hier das Leben schwer machen.

Die Lunchpause kam, und weil Harald fast keinen aus dem Managementteam kannte, hielt er sich an Anna, die ihm half, Namen, Gesichter und Verantwortungsbereiche richtig zusammenzupuzzeln.

»Das läuft doch ganz gut, oder?«

Das Sonnenkind strahlte: »Ja, wirklich. Schon gestern beim Team-Dinner habe ich gespürt, dass da etwas zusammenwächst. Nur unsere amerikanischen Neuankömmlinge bringen sich vielleicht noch nicht ganz so ein, wie sie das könnten. Aber kein Wunder bei ihrer energetischen Verfassung! Durchwandern sie doch gerade den Süden des Schwungrads der Veränderung. Du erinnerst dich, der schattenlose Ort, wo alles offen zu Tage tritt?«

Was für ein Team-Dinner? Es hatte ein Team-Dinner gegeben? Warum war er da nicht gewesen? Deshalb hatte er heute Morgen das Gefühl gehabt, ein unbekannter und unerwarteter Nachzügler zu sein! Er hatte sich nicht getäuscht, er war nur ein Teammitglied zweiter Klasse, das brav seine Arbeit verrichtete, aber aus der Gemeinschaft ausgeschlossen blieb.

Mit der Bemerkung, dass sie sich jetzt um die Stimmigkeit des Spielplans für die verbleibenden Sitzungsstunden kümmern müsse, griff sich Anna ein Thunfischmoussesandwich. Dann trat sie zu Notter, berührte ihn sanft an der Schulter, er neigte vertraut den Kopf, sie hängte sich halb bei ihm ein. So kehrten sie miteinander flüsternd in den Kerker zurück. Harald stand noch ein wenig unschlüssig auf dem Flur neben dem Servierwagen mit den belegten Brötchen herum, nickte dem einen oder anderen seiner Kollegen ermunternd zu, als könne er die Köstlichkeiten nur wärmstens empfehlen, und verstieg sich gegenüber der blau getupften Jungfer von der Rechtsabteilung sogar zu der Bemerkung, dass das Catering heute wieder ganze Arbeit geleistet habe.

»Ewigkeitssandwiches!«, zischte es verächtlich neben ihm. Die drahtige Marketingleiterin steckte sich eine gestiftelte Karotte in den Mund und musterte Harald wie ein seltenes Insekt. Mit heißem Kopf wich er ihrem Blick aus, zückte seinen Blackberry und setzte sich irgendetwas murmelnd in Bewegung. Erst als er im Erdgeschoss angekommen war, bekam er wieder Luft. Dem Impuls, den Rest der Lunchpause auf dem Klo zu verbringen, widerstand er, stattdessen versteckte er sich hinter einer geschäftigen Miene.

Als einer der Ersten kehrte er in den Sitzungsraum zurück und begann, zum wiederholten Male seine Präsentation durchzublättern. Noch drei Slots auf dem Spielplan, dann war er dran.

»Wäre es OK für dich, deinen Slot weiter nach hinten zu schieben? Wir mussten den Spielplan noch mal umstellen.

Die Frage der Standortintegration braucht mehr Zeit«, raunte Anna plötzlich ganz nah. Sie hatte sich von hinten über ihn gebeugt, mit beiden Händen auf seinen Schultern, wo sie ihn wie selbstverständlich leicht massierte.

»Ja, klar.« Harald wand sich innerlich, obwohl er erleichtert über die unerwartete Gnadenfrist war. Ihr gehauchtes »Prima« haftete für einen Moment an der Stelle, wo ihre Lippen sein Ohr gestreift hatten. Und hatte sie ihm wirklich über den Kopf gestreichelt? Jetzt ging sie zurück zu Notter, die roten Locken wogten bei jedem Schritt, beschrieben eine schwungvolle Drehung und fielen auf einer Seite über die Schulter nach vorne, als sie sich setzte. Ein kurzer Austausch mit dem Fliegenträger, dann fasste sie ihre Haare zu einem Pferdeschwanz und hielt ihn für eine vergängliche Weile mit ausgestellten Ellenbogen auf dem Hinterkopf zusammen. Prächtig, durchfuhr es Harald.

In den Nachmittagsstunden fackelte die prächtige Großmeisterin ein Feuerwerk der Soziofertigkeiten ab, das in schneller Folge die Sitzungsteilnehmer zwang, sich damit auseinanderzusetzen, wie die ehemaligen Golding-Standorte mit den bestehenden Prozessen und Strukturen der Firma sowie der Unternehmenskultur in Gleichschritt zu bringen waren. Mithilfe eines Bastelkoffers voll bunter Filzstifte, Post-its und geometrischer Formen aus Karton inszenierte Anna Trialoge und Hexaloge und filterte daraus eine mehrheitsfähige Prioritätenliste und mit Namen versehene Aktionspunkte.

Einer davon hieß »Roadshow« und gehörte Harald. Überhaupt schienen ihn seine Managerkollegen in der zweiten Tageshälfte erst so richtig wahrzunehmen. Sooft in irgendeiner Form von Kommunikation die Rede war, als Verbum oder Substantivum, meist versehen mit

Auxiliarverben wie »müssen« oder »können« und gerne auch mit pejorativen Adjektiven wie »schlechte«, »keine«, »ungenügende«, richteten sich alle Blicke auf ihn.

Kaum hatte Anna die letzten Prioritäten und Aktionen auf ein Flipchart gebannt, da breitete sich eine bleierne Müdigkeit im Sitzungszimmer aus. Wer sich nicht leer geredet hatte, hatte sich totgeschwiegen. Haralds Blick wanderte an die Decke. Eine der Neonröhren flackerte, kaum merklich, aber irritierend. Und irgendwo zwischen Bauch und Brust begann ein anderes Flimmern und kroch langsam durch die Luftröhre in Haralds Kopf, wo es sich zu einem Tremolo verstärkte. Jetzt war er dran. Er sah, wie Notter sich zu Anna beugte, Anna nickte, Notter sprach:

»Danke für diese sehr intensive Co-Kreation heute Nachmittag. Wenn ihr einverstanden seid, dann werden wir an diesem Punkt«, hier ruhten seine grünen Augen kurz auf Harald, »das Tagesprogramm beenden und einen Schritt weiter auf unserer Teamreise gehen. Anna wird euch die Session vorstellen.«

Es war, als hätte ihm jemand an der Kante des Zehnmeterturms erlaubt umzukehren. Während die Angst alleine nach unten plumpste, stieg ein ernüchterter Harald die Leiter hinunter. Mit ihm konnten sie es ja machen!

Aus der Ferne hörte er die Stimme der Teamlotsin: »Einmal in die Hände klatschen, bedeutet, im Raum umherwandern, zweimal in die Hände klatschen, bedeutet, seinem Nächsten für einige Minuten uneingeschränkt positives Feedback geben und eine Botschaft aus dem Ich-Quadranten senden, wieder einmal klatschen, bedeutet, sich den nächsten Nächsten suchen, und so weiter. Dabei dienen folgende Halbsätze als Einstieg: ›Was mir heute an dir aufgefallen ist …‹ oder ›Was ich dir Neues über mich sagen kann …‹ Und bitte!«

Die Häupter seiner Lieben

»Wir brauchen einen Plan für die Roadshow – wann, wo, wer – ein Master-Slide-Deck, individuell anpassbar, Schlüsselbotschaften, ein Fragen- und Antworten-Dokument, ein Einladungsschreiben für alle und eine Vorabinformation für die Führungsebene«, eifrig suchte Harald Notters grünen Blick. Der schielte auf seinen Blackberry und schüttelte leicht seinen akkuraten Scheitel.

»Entschuldige, was hast du gesagt?«

So ging das schon die ganze Zeit. Harald hatte sich bestens vorbereitet, aber sein Held war mit den Gedanken ganz woanders. Geduldig wiederholte er seinen elaborierten Kommunikationsplan. Notter begann, im Zimmer umherzuwandern. Mit dem Rücken zu Harald blieb er stehen und starrte aus dem Fenster, dann drehte er sich unvermittelt um: »Was brauchst du an Unterstützung?« War es Fürsorge oder mischte sich ein Hauch von Zweifel in diese Frage?

»Wieso?« Harald ließ den letzten Vokal zögernd in der Luft hängen. Traute Notter ihm etwa nicht zu, dass er das alles bewerkstelligen könnte?

»Nun, das klingt nach ziemlich viel Arbeit. Außer einer vakanten Stelle, die wir im Moment nicht besetzen können, hast du keine Ressource, auf die du zurückgreifen kannst.« Notter lachte, um sicherzugehen, dass sein Gegenüber die Ironie bemerkte. »Im Consulting-Paket für die Integration ist auch eine Junior-Kommunikationsberaterin enthalten. Ich schicke dir Lorena mal vorbei.«

Hoffentlich hat die nicht tausendmal mehr Erfahrung als ich, zischelte es in Haralds Kopf. Als aber Lorena kurze Zeit später in seinem Büro erschien, spürte er sofort, dass sie so eine Art Sechser im Lotto war.

Mit einer perfekten Mischung aus selbstbewusstem und dienstfertigem Lächeln blätterte sie ihre Visitenkarte mit dem riesigen Logo ihres Arbeitgebers wie ein Pik-Ass auf den Tisch:

»Hallo, ich bin Lorena. *I'm here to help!* Ich mag es, mich in neue Themen einzuarbeiten und diese in kurzer Zeit entscheidend voranzubringen.«

Sie zog schwungvoll den dicken Ausdruck einer Power-Point-Präsentation aus ihrer schwarzen Mappe und blickte Harald an wie ein benutzergesteuertes Programm, das auf die nächste Eingabe wartet. Ein kurzes Hochziehen der Augenbrauen genügte, um ihren Redefluss wieder in Gang zu setzten.

In einer wohl einstudierten Bewegung vom Allgemeinen zum Besonderen setzte sie ihm die Vorzüge ihrer Beratungsfirma, ihres Centers of Excellence – damit meinte sie die Abteilung, die das Thema Veränderung abdeckte, worunter sinnigerweise auch die Kommunikation fiel – und ihre eigenen Alleinstellungsmerkmale auseinander:

»Ich habe einige Jahre an internationaler Transformationsarbeit in meinem Rucksack, die spannend und fordernd waren. Bei verschiedenen Marktführern in unterschiedlichen Branchen konnte ich in zahlreichen Projekten umfangreiche Methodenkompetenz erwerben.«

Dabei arbeitete sie sich Punkt für Punkt auf den dicht bedruckten Folien vor, meist ohne auch nur ein einziges Mal einen Blick darauf zu werfen. Erst ganz am Ende jeder Seite fokussierte sie zielsicher das leere Kästchen, in das sie, nachdem sie sich kurz versichert hatte, dass Harald keine Rückfragen hatte, pflichtbewusst ein Häkchen setzte.

Harald mochte sie sofort. Unter dem Make-up und der Geschäftsuniform waren noch schwache Anzeichen ihres früheren Lebens als Studentin irgendeiner Wirtschaftswissenschaft zu erkennen. Wenn sie tatsächlich aus Italien stammte, wie ihr Nachname Di Lorenzo und ihr Akzent suggerierten, dann war sie wahrscheinlich kaum älter als Mitte zwanzig.

»Die Roadshow dient dazu, die Mitarbeitenden des Dritten Geschäftsbereichs über die Targets und Milestones der Integration upzudaten, Vertrauen zu bilden und sie in die Zukunft zu engagen. Sie ist ein klassisches Mittel der Two-way-Kommunikation, bringt Management und Belegschaft in Dialog«, dozierte Lorena.

Harald versuchte, das Interesse, mit dem er lauschte, so gut wie möglich zu verbergen. Er mühte sich um einen Gesichtsausdruck, der signalisieren sollte: Erzähl mir was Neues, Baby!

»Wir brauchen natürlich flankierende Maßnahmen für die Roadshow, etwa einen Integrations-Newsletter. Und on top machen wir noch einen Temperaturcheck an jedem Standort. Dann wissen wir, wo die Pitfalls sind, und die Leute fühlen sich ernst genommen. Ich denke, da müssen wir zwei, drei Monate Vorlauf investieren. Dafür haben wir dann aber den vollen Return aus unseren Measures. Ich kann dir bis morgen eine Timeline machen.«

Harald brummte unbestimmt zustimmend, wie jemand der in einem französischen Restaurant die Tagesempfehlung nimmt, obwohl er nicht einmal die Hälfte der Ausführungen des Kellners verstanden hat. Zufrieden setzte Lorena ihr Häkchen, raffte alles zusammen und löste sich in Luft auf.

Kurz vor neun am nächsten Morgen materialisierte sie sich erneut in Haralds Büro, mit einer langen Packpapierrolle unter dem Arm, die sie mit seiner Hilfe und doppelseitigem Klebeband an der Längsseite des Raumes befestigte.

»Plotten über Nacht war leider nicht mehr drin«, entschuldigte sie sich, während sie ein paar Post-its, die sich beim Transport gelöst hatten, wieder an die richtigen Stellen pappte. Ein hellgelber Flickenteppich aus Quadraten überzog das Papier, das durch windschiefe Filzstiftstriche in horizontale und vertikale Blöcke zerteilt wurde.

Begleitet von den entsprechenden Armbewegungen, erklärte Lorena: »Senkrecht die Kalenderwochen, waagrecht die Projekt-Streams.« Es sah aus, als bekreuzigte sie sich. »Ich denke, wir könnten in KW 45 die Road hitten!«

»Das ist wann genau?«

»Anfang November.«

»Weißt du, wir hier bei uns verwenden eigentlich keine Kalenderwochen. Kannst du das bitte mit den tatsächlichen Daten ersetzen?«

»Selbstverständlich!« Sie zog einen A4-Ausdruck hervor, der eine detailgetreue Miniaturausgabe des Plans an der Wand war, und machte sich eine Notiz. Es musste sie Stunden gekostet haben, in PowerPoint die vielen Kästchen zu erzeugen, zu beschriften und mit der Maus an die richtige Position zu zittern.

»Prio Nummer eins«, murmelte sie, noch während sie schrieb, »wären momentan die Fokusgruppen für den Temperaturcheck.« Sie wirbelte herum und bohrte den Finger in die oberste Zeile auf dem Packpapier: »Dazu Step eins: Stakeholdermanagement. Wir müssen Notter und das Managementteam onboarden. Und wir brauchen dein Kommunikationsnetzwerk vor Ort.«

Sie wirbelte zurück zum Tisch und zauberte ein neues Slide-Deck aus ihrer schwarzen Wundertasche: »Ich habe da mal was vorbereitet. Schau's dir an und sag mir, ob du OK damit bist.«

Lorenas Entwurf war eine Steilvorlage. Harald fügte noch das eine oder andere aus Dexters Schatzkästlein hinzu, versah das Ganze mit einem Große-Sache-Überbau und nannte es fortan Kommunikationsstrategie, welche nur wenig Tage später in Notters Eckbüro durchgewunken wurde. Dabei versprach Harald vollmundig, sich um die lokalen Vertreter seines eigenen Fachbereichs zu kümmern, die bei der Roadshow im September vor Ort unterstützen sollten. Er war fest entschlossen, sein eigenes virtuelles Team aufzubauen, auch wenn er dazu in Dexters Bereich wildern musste. Nur wer ein eigenes Team hatte, war wirklich Chef von irgendwas. Dass er keine Ahnung hatte, wie er das anstellen sollte, versuchte er, so gut wie möglich zu verdrängen. Niemand hatte es für nötig gehalten, ihm vor oder nach seiner Beförderung auseinanderzusetzen, was seine Kompetenzen waren, oder was von ihm erwartet wurde. Es gab nur eine generische Stellenbeschreibung, die vage Worthülsen lieferte. Aber das war wohl Teil seines Aufstiegs. Die gute Führungskraft schafft sich ihre Stelle selbst! Entscheidend ist, wie man seine Rolle interpretiert.

Für die erste globale Kommunikations-Telefonkonferenz des Dritten Geschäftsbereichs aller Zeiten hatte Lorena die Telefonspinne aus dem Kerker besorgt und auf Haralds Besuchertisch installiert. Jetzt tanzten ihre manikürten Fingernägel über die runden Zahlenknöpfe. Eine weibliche Automatenstimme stieg aus dem Gerät auf und begrüßte sie überschwänglich, dann bettelte sie: »Bitte geben Sie …«, doch Lorenas Fingerspitzen hüpften einfach weiter, schnitten ihr das Wort ab. Harald empfand das für einen Moment als unhöflich, musste dann aber über sich selbst lächeln.

Mein erstes Mal! Sieben wildfremde Leute werden sich gleich in meinem Büro versammeln, geschützt durch die Abwesenheit ihrer Körper. Ich werde nicht sehen können, ob sie mich verachten, ob sie mich belauern, ob ich sie langweile. Allein an ihren Stimmen werde ich erkennen müssen, ob sie der böse Wolf oder die Mutter Geiß sind. Sie sollen gefälligst nett sein und kooperativ, kollegial und loyal – ich bin es ja schließlich auch. Wir sind doch eine große Familie, vereint durch unsere Tätigkeit und mit einem gemeinsamen Ziel: dem Erfolg unserer Geschäftseinheit und unserer Firma. Vielleicht hätte ich doch jeden Einzelnen vorher anrufen sollen, um erste zarte Bande zu knüpfen. Aber was hätte ich dann sagen sollen? Und was, wenn gar keiner kommt? Nur vier von sieben haben die Einladung elektronisch bestätigt, das ist die einzige Rückmeldung, die ich habe. Was, wenn sie die Killerphrasen auspacken: Du bist nicht unser Chef, du bist nicht weisungsbefugt, du hast uns gar nichts zu sagen! Und dann? Ich habe keine Mittel, sie zu zwingen. Ich könnte mich bei ihren Vorgesetzten über ihre fehlende Kooperationsbereitschaft und Kollegialität beschweren. Aber würden die sich wirklich mit mir solidarisieren oder doch eher ihre Mitarbeiter protektionieren? Auf diese Machtspielchen kann ich verzichten. Wer weiß, ob mich die anderen Führungskräfte überhaupt als Kollegen auf Augenhöhe sehen. Und würde ich mich damit nicht selbst disqualifizieren? Wäre das nicht erst recht ein Eingeständnis meiner Unfähigkeit?«

Es rauschte und knackte in der Leitung.

… has joined the meeting.

»Hallo?«, sagte Harald leise, räusperte sich, wiederholte laut: »Hallo?«

»Hallo!« Rauschen.

Harald auf Englisch: »Wer ist da? Hier ist Basel.«

»Grüß Gott, hier ist …«, der Rest ging im Rauschen unter. Ein Mann, ganz sicher. Deutsch. Und er war im Auto unterwegs.

Harald auf Deutsch: »Noch mal bitte, wer ist da?« Eigentlich wusste er schon, dass es sich um den Kommunikationsverantwortlichen des deutschen Golding-Standorts handeln musste, alle anderen waren nämlich Frauen.

»Shanti!«

… *has joined the meeting.*

»Kurz! Der Harald Kurz!«, brüllte der Golding-Mann. Den Vokal in seinem Nachnamen bildete dieser Harald am Handy ganz tief unten im Hals. Harald in Basel war elektrisiert. Er wusste natürlich aus den Due-Diligence-Unterlagen, dass Golding Germany in seiner schwäbischen Heimat lag, aber die landsmännischen Laute schwangen seltsam angenehm in seiner Brust.

»*Spreken we nu werkelijk Duits hier?*«, nölte eine Frauenstimme.

»Bitte noch ein klein wenig Geduld, die Konferenz beginnt in wenigen Minuten. Wir warten noch auf Teilnehmer. Bitte bleiben Sie in der Leitung und stellen Sie Ihr Telefon auf stumm«, flötete Lorena auf Englisch.

»Wir haben doch schon fünf Minuten Verspätung«, tönte die Nölerin, »und ich habe ein Anschlussmeeting in einer halben Stunde. Aber bitte.«

Harald schaute Lorena fragend an, deutete auf seine Armbanduhr und raunte: »War der Call nicht auf eine Stunde angesetzt?« Sie nickte, ihr Blick blieb an seiner Uhr hängen. Sie war neu und teuer. Bevor sie ihrer Bewunderung Ausdruck verleihen konnte, ließ er seinen Arm unter dem Tisch verschwinden.

»Valerie Menarien!«

... has joined the meeting.

»Entschuldigung, ich bin ein bisschen zu spät. Aber es gibt so viel Arbeit!«

Während Lorena ihren Spruch wiederholte, machte die Telefonspinne noch zweimal bing.

Maria aus Italien entschuldigte ihr verspätetes Eintreffen damit, dass sie noch einen Babysitter habe organisieren müssen. Mittwoch sei für sie einfach kein guter Tag, weil die Schulen und Kindergärten geschlossen hätten. Aber ihre Mutter sei dann doch noch gekommen, obwohl sie eigentlich hätte einkaufen wollen.

»*Ciao Maria! Come stai?* Und wen haben wir noch?«, plötzlich hallte Lorenas Stimme, als spräche sie in einen riesigen Schacht.

»Hier ... ist ... Carol ... , Carol ... Bell ... aus *UK*!« Carol schien in einer Raumkapsel die Erde zu umkreisen.

Knacken. Rauschen.

... has left the meeting.

»Ja, äh, also. Es ist bereits Viertel nach. Fangen wir an. Die Amerikanerinnen werden schon noch kommen. Ich weiß jetzt nicht ...«, stammelte Harald. Mit zittrigen Händen suchte er nach seinen Notizen. Er hatte sich doch alles genau aufgeschrieben! Dann holte er tief Luft:

»Präsenz!«

»Kurz!«

... has joined the meeting.

»Präsenz!«, wiederholte Harald beschwörend.

Die vielstimmige Telefonspinne schwieg, nur das Rauschen blieb.

Es war Haralds eigene Idee gewesen, die Soziofertigkeiten der Großen Sache auch für seine Telefonkonferenz fruchtbar zu machen. Auf die IP, die er jetzt in den Äther aufsteigen ließ, war er besonders stolz. Jeder solle sich kurz vorstellen und dann beschreiben, was er sieht, wenn er aus dem Fenster schaut. Für den neu akquirierten Harald Kurz am Handy, dem die Große Sache noch ein Mysterium sein musste, schob er eine extra Erklärung nach:

»IP steht für Interrogatio Praesentia. Diese soll jedem von uns die Gelegenheit geben, ganz präsent zu werden. Nur einer spricht, alle anderen hören zu. Bitte keine direkten Erwiderungen. So machen wir das hier.«

Zu Demonstrationszwecken und weil er der Chef war, machte Harald den Anfang. Wo nur die beiden Amerikanerinnen blieben?

»Shanti!«

… has left the conference.

Blöde Kuh! Per NetMeeting bombardierte Harald die übriggebliebenen Teilnehmer mit einer Vielzahl von Folien, beginnend mit der Heldengeschichte des Dritten Geschäftsbereichs, die er ursprünglich am Managementmeeting hatte erzählen wollen, bis hin zur geplanten Integrations-Roadshow an den verschiedenen Standorten. An dramaturgisch wichtigen Stellen baute er Fragerunden ein, jedes Mal gefolgt von zehn quälend langen Sekunden stummen Rauschens. Anscheinend regte sich wenig Widerstand unter seinen neuen virtuellen Mitarbeitern. Warum auch? Was er präsentierte, hatte Hand und Fuß, und war mit gesundem Menschenverstand leicht nachzuvollziehen.

Vor dem Hintergrund der letzten Folie, auf der in eleganten grauen Lettern der Interior Movens »Leistung fürs Leben« prangte, formulierte Harald schließlich seine Interrogatio Conclusio: »Was ich noch sagen möchte, um dieses Meeting abzuschließen …«

»Ja, Kurz hier.« Rauschen. »Ich bin ja unterwegs und konnte hier im Auto leider die Folien nicht sehen. Können Sie die mir bitte per E-Mail schicken?«

Da meldete sich die Stimme aus dem All: »Vielen Dank für die wunderbare Gelegenheit ...« Der Rest des ausgesucht höflichen Satzes verlor sich leider im Rückkopplungsnirwana.

»Ich möchte mich dem anschließen, was Carol gesagt hat. Aber weißt du, Harald, ich bin hier in Frankreich nur für Marketingkampagnen zuständig, und wir stehen mitten in der Saison. Mit interner Kommunikation habe ich eigentlich nichts zu tun. Vielleicht solltest du besser unsere lokale Personalmanagerin in den Call nehmen?«

»Ja, das ist bei uns genauso«, kam das Echo aus Italien.

Lorena umwickelte die verstummte Telefonspinne mit ihrem Kabel, während sie ein optimistisches Fazit des Calls zog. Harald grummelte herum, dass er Shanti und den Ami-Tussen jetzt hinterhertelefonieren müsse.

Des Glückes Rad

Es kam die erste Halbjahresmedienkonferenz nach Golding, und Harald musste erkennen, dass die Dritte Geschäftseinheit leider noch immer im Schatten der beiden Umsatzriesen des Konzerns stand. Das Verhältnis entsprach in etwa dem des vierzehnstöckigen Turms zum ziegelgedeckten Häuschen. Duke verlor in seiner von Urs geschriebenen Rede nicht mehr als einen Satz über das Konzernstiefkind und würdigte während der ganzen Veranstaltung Notter keines schwimmbadblauen Blickes, was

Harald besonders quälte. Kein Journalist, kein Analyst, niemand maß der Dritten irgendeine Bedeutung bei. Paradoxerweise musste man sich dessen aber eher glücklich schätzen, denn die Geschäfte könnten, gelinde gesagt, auch besser laufen.

Beim kurzfristig anberaumten Offsite-Meeting des Managementteams gab es eine ernste Aussprache, bei der Anna sämtliche Register der Großen Sache ziehen musste, um die Seehund-Zwillinge davon abzuhalten, sich in Notter zu verbeißen. Sie heulten und schlugen mit den Flossen und tauchten elegant unter dem Vorwurf weg, dass sie die Erfolgsaussichten ihres Familienbetriebs während der Vertragsverhandlungen eher zu optimistisch dargestellt hätten. Der Fisch stinke bekanntlich immer vom Kopf, entgegneten sie trotzig und träufelten ihre giftige Schlüsselbotschaft bei jeder Gelegenheit in die Ohren der übrigen Teammitglieder. Unter ihrer Führung sei es stets bergauf gegangen, schließlich seien sie anerkannte Kapazitäten in ihrem Markt und keine branchenfremden Quereinsteiger. Mit dem jetzigen Niedergang hätten sie nichts zu tun, denn sie seien nun nicht mehr verantwortlich. Es war vor allem diese letzte Aussage, die Notters mühsam von seiner Fliege zusammengehaltenen Kragen platzen ließ, woraufhin seine geistesgegenwärtige Teamlotsin den Stecker zog und eine Auszeit bis zum Abendessen ansetzte.

Das Hotel, in dem das Meeting stattfand, lag direkt am Rhein und war das erste Haus am Platz. So furchtbar schlecht konnte die Lage der Geschäftseinheit demnach nicht sein, befand Harald. Schließlich hätten sie sich auch auf dem eigenen Firmengelände treffen können, das in fußläufiger Entfernung lag. Aber die Teamlotsin hatte auf *offsite* bestanden. Zufrieden saß er in der sehr gediegenen

Bar unterm hohen Stuckhimmel, vor sich ein spiegelndes Tischchen mit einem kleinen, silbernen Tablett, darauf eine Espressotasse, ein Wasserglas und ein Porzellanschälchen voll erlesener Konfisseriewaren. Zufrieden war er insbesondere mit seinem neuen offiziellen Status als *extended member* des Managementteams, auf den er sich mit Notter nach einigem Hin und Her geeinigt hatte. Die Bezeichnung war zwar grammatikalisch bedenklich, denn schließlich war das Team erweitert worden und nicht er, und es schwang auch immer noch ein kleiner Rest Randständigkeit mit, dennoch war sie seinem vorherigen undefinierten Zustand deutlich vorzuziehen.

Harald hatte in der Bar Stellung bezogen, um ein Auge auf Anna zu haben, die draußen auf dem Balkon ein Intensivcoaching mit Notter veranstaltete. Dieser hatte inzwischen aufgehört, rastlos von einem Ende zum anderen zu wandern und stand nun ganz dicht bei der prächtigen Großmeisterin. Fast Stirn an Stirn sprach sie ruhig auf ihn ein. Man hätte sie für ein sich versöhnendes Liebespaar halten können. Was machte sie da eigentlich? Harald richtete sich auf. Was wollte diese Frau?

Beim Dinner schließlich positionierten sich die Zwillinge demonstrativ gut gelaunt rechts und links von Notter. Welche Wunder Anna gewirkt hatte, wurde nicht bekannt, dafür machte die Nachricht von einem baldigen »Große Sache III«-Workshop die Runde. Recht früh begann die Gesellschaft sich aufzulösen, aber Harald lungerte herum, bis sich endlich auch Anna mit einem letzten Aufstrahlen vom Tisch verabschiedete. Mit der Frage auf den Lippen, ob er denn wohl auch zum Workshop eingeladen werde, stürzte er hinterher.

Auf der Treppe zu den Zimmern holt er sie ein, ruft ihren Namen. Sie klingt nicht überrascht, nur so, als ob etwas geschehe, womit sie nicht mehr gerechnet hätte, fast jubelnd. Und sie kommt zurück. Sie hängt sich bei ihm ein, und er lässt es nicht nur geschehen, er legt sogar seine Hand auf die ihre, als Zeichen, dass er mit allem einverstanden ist. Und aus einem inneren Impuls heraus gehen sie durch die Lobby, auf die Straße, gehen das kurze Stück am Rhein entlang, Seite an Seite gehen sie – Harald und Anna, Anna und Harald – die steile Gasse des Münsterbergs hinauf. Sie redet davon, dass er alles habe, was Dexter nicht hat, und alles sei, was Dexter nicht ist, nur äußerlich seien sie beide sich so verrückt ähnlich, dass sie es gar nicht habe fassen können, damals in der allerersten Teamsitzung mit Urs. Dann schweigt sie. In Haralds Ellbogenkehlen bildet sich Schweiß, der sich mit ihrem vermischt. Er weiß nicht, was er sagen soll, aber er spürt, dass sein Schweigen völlig in Ordnung ist, ein gemeinsames Schweigen. Zum ersten Mal nimmt er wahr, dass sie auch auf dem Handrücken und den nackten Armen winzige Pünktchen hat, Sonnenpünktchen. Sie sieht ihn nicht an, aber ihr gemeinsames Gehen und Schweigen ist stärker als jeder Blick. Bis ans Ende der Welt könnte er so gehen! Da bleibt sie plötzlich stehen.

»Schau mal!«

Vor ihnen im Dämmerlicht ragt das Basler Münster auf, die roten Quader strahlen die Wärme des schwindenden Sommertags ab. Anna löst sich von seinem Arm, zeigt auf ein großes Rosettenfenster, auf dessen äußerstem Kreis steinerne Figuren reiten.

»Schau, wie weit zurück die Wahrheiten der Großen Sache reichen! Genau wie beim Schwungrad der Veränderung, nicht wahr? Am Anfang, im Osten, wirfst du dich entschlossen hinein ins Ungewisse, du stürzt und fällst haltlos bis in den Süden, den tiefsten Tiefpunkt, das Jammertal, das du durchwandern musst. Aber wenn es erst hinter dir liegt, dann fasst du neuen Mut, sammelst deine Kräfte im Westen, und steigst und steigst, um dich zu den höchsten Höhen aufzuschwingen.«

Während sie spricht, beschreiben ihre nackten, sonnengepunkteten Arme einen großen Kreis. Mit abgespreizten Gliedmaßen wie Da Vincis vitruvianische Figur präsentiert sie ihre ganze Pracht. Ist es wirklich das, was sie will? Sie tut ihm fast leid, wie sie sich so schutzlos darbietet.

Ob sie untenrum auch rot gelockt ist? Harald, was sind das für Gedanken? Hat Beate mal behauptet. Ach, hör doch auf! Bleib weg, lass mich in Ruhe! Schau, wo ich jetzt throne: im 5-Sterne-Hotel als Global-Head im Managementteam mit stattlichem Gehalt und einem heldenhaften Mentor und einem prächtigen Weib, das ich meinem Konkurrenten entrissen habe und das ich nur zu pflücken brauche. Die Stadt, die Welt, das ganze Universum liegt mir zu Füßen!

Harald schaut sich kurz um, keiner da. Er tritt heran, streift ihr an die Brust, wie zufällig, dann hört er, wie sie die Luft einsaugt und anhält, er greift fester zu, ihr Körper beginnt zu rollen, sie atmet hörbar durch den halb geöffneten Mund.

»Komm!« Er nimmt sie bei der Hand, zieht sie den Berg hinunter.

Jetzt ist Harald oben auf.

Der Prophet im eigenen Land

Das Golding-Werk Plüderhausen lag am Ortsrand, nur wenige Minuten von der Ausfahrt der Schnellstraße entfernt. Aus Richtung Stuttgart kommend, konnte man das Fabrikgebäude gut sehen. In seinem früheren Leben musste Harald schon unzählige Male daran vorbeigefahren sein, ohne dass es ihm in der endlosen Kette kleiner und mittelständischer Unternehmen entlang des Remstals je aufgefallen war.

Am Morgen war er mit dem Zug in die schwäbische Metropole gefahren, wo ihn Lorena abgeholt hatte, deren Homebase, wie sie es nannte, praktischerweise die Degerlocher Niederlassung ihrer Unternehmensberatung war. Fast wäre er an dem schwarzen Audi TT vorbeigegangen, als Super-Lorena unter Aufbietung all ihrer Kräfte die überlange Tür aufstieß, sich mit einer geschickten Drehung aus dem Sitz schraubte und fuchtelnd auf sich aufmerksam machte. Den Wagen habe sie ihrem Chef aus der Seite geleiert, als Belohnung dafür, dass sie das ganze Wochenende an den Vorbereitungen für die Fokusgruppen gesessen sei. Auf der Fahrt setzte sie ihm detailliert auseinander, was sie für die nächsten zwei Tage geplant, geplottet und gedruckt hatte, und wie sie die willkürlich ausgewählten Golding-Mitarbeiter zu möglichst ungefilterten Aussagen über den As-is- und Need-be-Zustand bringen wollte.

Gedankenverloren sah Harald die Streuobstwiesen und Weingärten draußen vorbeiwischen. Was seinen eigenen Ist-Zustand betraf, fühlte er sich noch immer elend verkatert, selbst mit drei Tagen Abstand. Alkohol spielte dabei allerdings keine Rolle. Die Aktion mit Anna war wirklich saudumm gewesen. Was würde er dafür geben, das

Rad zurückzudrehen! Für den Rest des Offsite-Meetings hatte er peinlich genau darauf geachtet, in keinem Moment alleine mit ihr zu sein. So viel geistreichen Smalltalk mit seinen Managementkollegen hatte er noch nie produziert. Der Nebeneffekt war, dass er zu vielen davon quasi über Nacht ein deutlich entspannteres Verhältnis gefunden hatte, mitunter hatten sich sogar die ersten Knospen eines freundschaftlichen Umgangs gezeigt. Anna hatte sonnenstrahlend Anteil an seiner neuen Leutseligkeit genommen und ihm verschworen zugelächelt, als wollte sie sagen, ich allein kenne das Geheimnis deines munteren Treibens. Ansonsten hatte sie sich sehr professionell verhalten.

Aber der Schatten auf ihrem Gesicht, als er sich nachlässig aus weiter Entfernung grüßend verabschiedete und sie einfach mitten im Debriefing mit Notter stehen ließ, kroch nach und in ihn hinein und setzte sich fest zwischen Magen und Lunge und schwoll an und verengte ihm die Brust. Oh, wenn man einfach einen Schnitt machen könnte und diesen Fremdkörper packen und von sich schleudern! Stattdessen kroch er ins Herz und in die Schläfen, wo es hämmerte und pulste, so oft er den Gedanken zuließ, dass er ihr nach den zwei Wochen, die er jetzt mit Lorena in Sachen Fokusgruppen unterwegs war, unweigerlich wiederbegegnen musste. Und wiederbegegnen mussten sie sich! Mussten sogar weiter zusammenarbeiten, galt doch ihre gemeinsame Sorge Wolfgang Notter, seinem Helden. Diese dumme Sache durfte auf keinen Fall das übergeordnete Ziel gefährden. Großmeisterin Anna würde das verstehen. Würde sie?

An der Pforte des Golding-Werks grüßte Lorena kurz und souverän über den Rand ihrer Sonnenbrille hinweg und steuerte den Audi direkt auf den Geschäftsleitungs-

parkplatz, wo zufällig bereits sein weißes Ebenbild stand.
Ein blankes Täfelchen an der Wand wies Platz und Auto
als Eigentum von Dr. Josef Hägele aus. Der hatte allerdings heute keine Zeit für den Besuch aus Basel, weil er
noch am Nachmittag nach Kalifornien fliegen musste,
um seine ehemaligen Gesellschafter, jetzt Kollegen, oder
besser gesagt Vorgesetzten, zu treffen, denn bis ins Management des fusionierten Geschäftsbereichs hatte es Dr.
Hägele leider nicht geschafft. Aus Notters Sicht war das
verständlich, denn ein Führungsteam von aktuell dreizehn
oder vierzehn Mitgliedern, je nach dem, ob man Harald
als *extended member* dazuzählte, war sowieso an der Grenze
des Steuerbaren. Für Dr. Hägele war das sicher nicht leicht
gewesen, hatte man doch in der Due-Diligence-Phase hinter vorgehaltener Hand vom dritten Zwilling der Goldings
gesprochen, so eng war die deutsche Niederlassung mit ihrer amerikanischen Mutter verbunden gewesen, auch wenn
stets deren relative Unabhängigkeit betont wurde. *At arms'
length*, war der Ausdruck, den Dick und Rick gebrauch-
ten, wenn die Sprache auf Plüderhausen kam. Für Harald
schwang dabei die Vorstellung von »am ausgestreckten Arm
verhungern lassen« mit.

Eine Sekretärin mit unnatürlichen Locken und über-
natürlichen Glupschaugen fing die Besucher im Eingangs-
bereich des Verwaltungsgebäudes ab. Schaffig, kategori-
sierte Harald sie im Stillen und wunderte sich, von woher
dieses Adjektiv plötzlich aufgetaucht war, das nicht zu
seinem aktiven Wortschatz gehörte. Seine Mutter hatte es
oft im Mund geführt. »Grüß Gott, haben Sie uns gut gefunden?«, fragte die Lockige und lotste sie durch ein kahles
Treppenhaus zu einem Sitzungszimmer im zweiten Stock.

»Ich hab Ihne da einen Kaffee hingestellt. Es gibt au Butterbrezeln, halbe, damit's länger langt. Die Herrschaften kommen dann um zehne, wie besprochen.«

Während Lorena die Wände mit ihren frisch geplotteten Postern tapezierte, schob Harald die Tische zur Seite und formte einen akkuraten Stuhlkreis in der Mitte des Raumes. Sie erwarteten sechs Personen – drei Weiblein, drei Männlein – aus den unteren Chargen: Lager, Produktion, Versand.

Punkt zehn trabten die Probanden herein, angeführt von Kommunikationskollege Kurz. Sie defilierten mit Grüß Gott und Händelschütteln an Lorena und Harald vorbei, nahmen anstandslos im Kreis Platz und verharrten schweigend mit verschränkten Armen und Beinen. Kurz war an der Tür stehen geblieben, wo er sehr freundliche Begrüßungsworte mit seinem Namensvetter Harald tauschte und einen harmlosen Scherz über Stuhlkreise und Kindergärten anbrachte. Der Basler Harald stellte trotz aller Sympathie erleichtert fest, dass der andere Harald außer dem Vornamen nicht viel mit ihm gemein hatte: Er war wesentlich älter und sah wesentlich gewöhnlicher aus als er selbst. Er trug ein ausgebeultes Jackett, darunter sogar eine Jeans. Wenn er sprach, wippte er in seinen Bequemschuhen ein klein wenig auf und ab. Und er sagte tatsächlich »Tschüssle «, bevor er verschwand.

Lorena übernahm die Heroldsrolle, präsentierte Harald mit großer Geste als Kommunikationsleiter und Mitglied des Führungsteams der Dritten Geschäfteinheit und als erfahrenen Manager der bedeutenden Firma, die jetzt auch die neue Heimat des Golding-Werks Plüderhausen und damit der sechs Versammelten war.

Ob die energetische Abwärtsspirale der nächsten Stunden auch Haralds neuem Anzug, mit dem er sich gerüstet hatte, und seinem überakzentuierten Hochdeutsch geschuldet war, war schwer zu sagen.

Noch im Grundstudium hatte er neben den philosophischen auch sprachwissenschaftliche Veranstaltungen besucht, um sich von seinen dialektalen Altlasten zu befreien. Obwohl sich der Student alle Mühe gegeben hatte, das in seinen Ohren reinste Nachrichtensprecherdeutsch zu artikulieren, hatte ihm einer seiner Tutoren auf den Kopf hin gesagt, er könne ja wohl nur ein Schwabe sein. Woran er das merke, wollte der beleidigte Philosoph in spe wissen. Das Wörtchen »aber« sei sein Schibboleth, erklärte der andere und schob eine alttestamentarische Geschichte hinterher, in der die falsche Aussprache eines unscheinbaren Wörtchens Zigtausenden das Leben gekostet hatte, weil sie sich dadurch als nicht als zum rechten Stamm gehörig ausgewiesen hatten. Abends vor dem Spiegel hatte Harald dann zigtausendmal »aber, aber, aber« geprobt, konnte sich jedoch selbst nicht auf die Schliche kommen. Auf den Tipp eines Kommilitonen hin besuchte Harald dann die Vorlesung »Einführung in die Phonetik und Phonologie« und beschäftigte sich fortan mit Querschnitten des menschlichen Mund- und Rachenraums. Auch Beate interessierte sich plötzlich für seine neuen Erkenntnisse, es war das einzige Mal, dass irgendetwas aus seinem Studienbereich ihre Aufmerksamkeit erregte. Und besonders erregte sie, wenn er mit seinem wichtigsten aktiven Artikulator ihre labialen, apikalen und alveolaren Artikulationsorte erforschte. Die Zunge ist ein äußerst bewegliches Organ, das seine Gestalt vielfach verändern kann.

Jetzt verbreiterte jeder apikopostalveolare Frikativ, den die Probanden herauszischten, – *bisch, hasch, machsch, kannsch* – den sprachlichen Graben, den Harald in den vielen Jahren fern der Heimat um sich gezogen hatte.

Dass die sechs anscheinend ein bisschen dumm waren, frustrierte ihn zutiefst. Sie mussten dumm sein, denn wenn sie es nicht waren, dann waren sie verstockt. Dabei war alles doch so einfach. Sie mussten nur auf einer fünfstufigen Skala von »stimme überhaupt nicht zu« bis »stimme voll und ganz zu« angeben, inwiefern sie sich gut informiert fühlten über Strategie, Produkte, Organisation, Ergebnisse und Kultur des Konzerns. SPOEK-Fragen hatte Lorena das genannt. Und nach dem Matrjoschka-Prinzip der Großen Sache – vom Äußeren zum Inneren – wiederholte sich dann die SPOEK-Prozedur für den Dritten Geschäftsbereich sowie für den Plüderhausener Standort. Spiegelachse der positiven und negativen Angaben war der neutrale Punkt in der Mitte der Skala, die so genannte legitime Fluchtkategorie »weiß nicht / keine Meinung«. Am Ende prangten fast alle Kreuzchen dort.

So viel Ahnungslosigkeit konnte nur eines bedeuten: Dieser Hägele hatte das von Harald sorgsam zusammengestellte Kommunikationsmaterial, das allen Standort- und Bereichsleitern für den Tag der Bekanntgabe der Akquisition zur Verfügung gestellt worden war, ignoriert und sich damit einem harmonischen, gleichgeschalteten Ablauf des Integrationsprozesses verweigert. Er hatte sich nicht ans Protokoll gehalten, die Schlüsselbotschaften einfach unterschlagen. Und das, obwohl jedes Wort mit Notter und den Zwillingen abgestimmt worden war. Auf Version vierzehn waren noch die Versionen *pre-final, final* und *final-final* gefolgt, und erst eine Stunde vor der offiziellen Bekanntgabe war die Version *FINAL* an die innere und äußere Welt verteilt worden. Es steckte eine Unmenge an hoch bezahlter Managementzeit darin, es war das bestmögliche Produkt eines zähen Ringens der fähigsten Köpfe, und dieser Schwabenseggel hatte es nicht für nötig gehalten, davon Gebrauch zu machen.

Zeitreise

Eigentlich hatte er nicht vorgehabt, die wenigen Kilometer zurückzulegen, die Plüderhausen von dem Städtchen trennten, in dem er zur Schule gegangen war. Er hatte es nicht einmal zugelassen, die Möglichkeit zu erwägen. Aber seit er am Morgen mit Lorena die ihm altbekannte Bundesstraße an einer unbekannten Ausfahrt verlassen hatte, war das Gefühl immer mächtiger geworden, dass seine Reise hier noch nicht zu Ende war.

Jetzt saß er mit flattrigem Herzen am Steuer und atmete den Geruch des neuen Leders. Er war ein bisschen aus der Übung, aber das hatte er Lorena nicht gesagt, die ihm sofort den Wagen ihres Chefs angeboten hatte. Weder hatte er etwas Bestimmtes vor noch ein bestimmtes Ziel vor Augen, das er ansteuern wollte. Er rollte einfach dem Ort entgegen, der für lange Zeit der Mittelpunkt seines Lebens gewesen war. Wie selbstverständlich fuhr er nicht ins Stadtzentrum, sondern nahm die West-Ausfahrt, Stoppschild, rechts abbiegen, jetzt kam links gleich die Tankstelle, alles war unverändert. Die Abzweigung zur Sonnhalde fand er sofort. Das letzte Haus oben vor der Wendeplatte war Beates Haus, ihr Elternhaus. Langsam steuerte er den

Wagen um die langgezogene Schleife und hielt auf der gegenüberliegenden Straßenseite an. Von hier konnte er gut verschwinden, falls er das wollte. Anscheinend war niemand zuhause, denn die Anwohnerparkplätze vor dem Anwesen waren leer. Es gab keine Garage, nicht einmal einen Carport – Beates Eltern hatten eben auf andere Sachen wertgelegt.

Der flache Bau schmiegte sich in vier Halbgeschossen an ein Hanggrundstück. Von der Straße aus war nur das oberste Stockwerk sichtbar, das durch einen überwucherten Graben vom Gehweg getrennt lag. Ein Holzsteg führte zu einer unscheinbaren Tür, das war der Hintereingang, Beates Eingang. Ihre Mutter hatte ihm einmal amüsiert erzählt, wie die Leute anfangs über den in der fensterlosen Wand schwebenden Zugang den Kopf geschüttelt hätten. Die Brücke war erst einige Zeit nach Baufertigstellung angefügt worden. Es gab manche solche Lässigkeiten und kleine Unfertigkeiten in dem eleganten Haus, das zweifellos die Handschrift der Mutter trug.

Vielleicht war sie ja doch da und nur ihr Mann war unterwegs, auf irgendeiner Baustelle oder bei seinem Stammtisch, und sie saß unten in dem kühlen Zimmerchen und rauchte und schrieb. Er konnte sie sich eigentlich nur rauchend und schreibend vorstellen, seit sie ihm einmal einen Auszug aus ihrem Roman zu lesen gegeben hatte: völlig unverständliches Zeug, das nach Tabak duftete. Sie würde sich wahrscheinlich freuen ihn zu sehen. Aber es war unmöglich. Zwischen ihm und der Klingel lag weit mehr als nur der gepflasterte Fußweg links am Haus vorbei. Der messingfarbene Knopf neben der schlichten, hohen Eichentür lag in einer fernen Vergangenheit. Mit Beate hatte er auch die Selbstverständlichkeit, hier zu verkehren, verloren. Einst hatte er mit der Familie beim Mittagessen gesessen und war anstandslos in den Garten geschickt worden, um Kräuter für den Salat zu holen. Beates Mutter definierte sich nicht über ihre hauswirtschaftlichen Fähigkeiten. Es gab fast immer Kurzgebratenes mit Senfsoße, Bandnudeln und Salat. Manchmal auch einfach nur Kuchen. Dazu kippte sie aufgetaute Himbeeren auf einen Biskuitboden aus der Bäckerei und bedeckte das Ganze mit einer dicken Schicht Schlagsahne. Durch Beates Hintertüre hatte er diese Welt betreten, war über den Travertinboden gegangen, hatte die hell verklinkerten Wände, die Gemälde, das Wohnzimmerfresko mit den schwebenden Zellen auf blauem Grund bewundert, die vereinzelt gestellten Designklassiker. Alles war hier anders als zuhause, wo Eiche rustikal vorherrschte und jedes Zimmer mit einem anderen Fußbodenbelag und einer anderen Tapete nebst farbharmonisch abgestimmten Gardinen ausgestattet war, und wo das Schlafzimmer mit den akkurat geglätteten Federbetten niemals geheizt wurde. Bei Beates Eltern stand im Schlafzimmer ein riesiger schwarzer Kirchenschrank, in dem neben den englischen Jacketts des Vaters und den Kleidern, Röcken und Blusen der Mutter – er hatte sie niemals in Hosen gesehen – auch der Fernseher untergekommen war, was dazu führte, dass er sich ein ums andere Mal mit Beate im elterlichen Ehebett wiederfand.

Mit Beates Abgang hatte sich die Hintertür einfach geschlossen. Nicht mit einem lauten Knall, nur eben so beiläufig war sie ins Schloss gefallen. Ob sich ihre Mutter je gefragt hatte, wie es ihm ginge? Sie hätte sich erkundigen können, sie hätte ihn anrufen können, sie hätte ihn durch den Haupteingang hereinbitten können. Sie war ja nicht nur die Mutter ihrer Tochter, sie war eine eigenständige, reife Frau, die ihre Kontakte pflegen konnte, wie sie wollte. Aber sie wollte wohl nicht.

Harald trat auf die Kupplung und ließ den Audi ein paar Meter bergab rollen, bevor er den Motor startete. Was hatte er sich eigentlich gedacht? War er hier aufgekreuzt in dem dicken Auto, um irgendjemandem etwas zu beweisen?

Unten am Ende der Straße angelangt, bog er unwillkürlich nach links ab, und ehe er sich's versah, befand er sich auf dem Weg, den er schon tausendmal in seinem Leben gefahren war, und den er mit geschlossenen Augen hätte finden können. Zumindest im Halbschlaf hatte er ihn schon des Öfteren zurückgelegt, wenn er beseelt von einer halben Nacht im Schlafzimmer mit dem Kirchenschrank in den eiskalten Kleinwagen seiner Mutter geklettert war, und sich die mitgebrachte Wärme als Nebel auf die Windschutzscheibe legte und sich genau wie der Nebel in seinem Kopf erst aufzulösen begann, als er die kurvige Waldstraße in Angriff nahm. Im Rückspiegel verschwand die Stadt. Der Audi heulte auf. Für einen Moment hatte Harald vergessen, dass der Wagen über mehr als vier Gänge verfügte. »Sorry, Lorena-Chef«, murmelte er.

Seine Eltern hatten bis heute nicht verstanden, was er inzwischen beruflich machte, welch wichtige Funktion er bekleidete, welche Verantwortung er trug, wie nahe er dem Zentrum der Macht stand. Wie auch? Harald telefonierte sehr selten mit seinen Eltern, zu Geburtstagen und Feiertagen, fast nie dazwischen. Genau genommen telefonierte er mit seiner Mutter. Denn wenn ausnahmsweise einmal sein Vater den Hörer abnahm, dann reichte er ihn nach einer peinlichen Sequenz von »So ja, du bist es. Alles gut?« sofort an seine Frau weiter. Harald wusste, dass er das nicht mit allen Anrufern so hielt, und war deshalb gekränkt. Noch schlimmer aber war es, wenn die Mutter nicht zuhause war und die beiden sich durch ein inhaltsloses Gespräch quälten, das mindestens so lange dauern musste, dass der Anschein gegenseitigen Interesses gewahrt blieb. Die Telefonate mit der Mutter liefen immer nach einem ähnlichen Schema ab:

»Hallo, Harald, wie geht es dir?« Es klang mehr nach einer Kontrollabfrage als nach Interesse an einer echten Antwort.

»Ja, gut.« Ab diesem Zeitpunkt musste er unter allen Umständen vermeiden, sich zu räuspern oder gar zu hüsteln, weil das unweigerlich zu einer Bemerkung hinsichtlich seiner stets gefährdeten Gesundheit führen würde.

»Ist bei euch auch so schönes Wetter?« Wahlweise auch »schlechtes, kaltes, heißes Wetter«, gefolgt von einer wetterabhängigen Bemerkung zu irgendwelchen Gartentätigkeiten.

»Ich arbeitet jetzt als Kommunikationsmanager in Basel bei dieser Firma.«

»Ah. Ja kannst du das denn?« Sie fragte nicht, was das für eine Firma sei, auch nicht, was das bedeute, »Kommunikationsmanager«. Sie fragte nicht einmal, ob man da gut verdiene. Wahrscheinlich dachte sie immer noch, dass alle, die keine Banklehre gemacht hatten, sowieso froh sein müssten, wenn sie überhaupt irgendwo unterkamen.

»Und wie geht's bei euch?« Mit dieser Pseudofrage gab Harald üblicherweise das Gespräch dann völlig an seine Mutter ab, die von Leuten zu berichten begann, die er doch kennen musste, an die er sich aber beim besten Willen nicht erinnern konnte, die wahlweise gestorben waren, geheiratet oder Kinder bekommen hatten. Danach wurden die familiären Krankheitsfälle und notwendige Krankenhaus- oder Kuraufenthalte heruntergebetet, wobei im Laufe der Jahre die eigenen Wehwehchen oder die des Vaters immer mehr Raum einnahmen.

»Jetzt fällt mir aber nichts mehr ein. Gibt's bei dir noch was?«

»Nein.«

»Also.«

»Ja, also. Bis bald.«

»Wir telefonieren wieder.«

Dieses Mal werdet ihr staunen, denkt er und drückt das Gaspedal durch. Er hat den Wald verlassen und schießt über die gerade Landstraße. Der Audi TT spricht doch für sich, auch wenn er nur geliehen ist. Nicht jeder bekommt von seinem Unternehmensberater einen schicken Roadster zur Verfügung gestellt.

Der letzte Besuch war Weihnachten gewesen. Das Weihnachten nach der Trennung von Beate. Liegt das wirklich zwei Jahre zurück? Harald rechnet noch einmal nach, zweieinhalb sogar. Letzte Weihnachten hat er die heiße Phase des Geschäftsberichts vorgeschoben, und im Jahr davor hatte er behauptet, dass er sich intensiv auf seine neue Stelle vorbereiten müsse. Arbeit geht ja immer vor.

Vor dem nächsten gelben Ortsschild muss er stark bremsen. In jedem Dorf ein Starenkasten! Kaum hat er den Blitzer passiert, beschleunigt er wieder, wie man das hier eben so macht. Häuser huschen vorbei, dann beginnt die Hochfläche. Die knorrigen Birnbäume am Straßenrand werfen lange Schatten, dahinter dehnen sich Getreidefelder bis zum rosa Horizont. Wie unterscheiden sich noch mal Weizen und Roggen? Vielleicht sollte er kurz anrufen und sich ankündigen? Vielleicht aber auch nicht.

Harald wartet in der Auffahrt. In dem Haus, das Opa Gottlob bald nach dem Krieg eigenhändig gebaut hat, sind die Rollläden geschlossen. Wie immer, sobald es dämmert. Keine zehn Meter von ihm entfernt, verborgen nur von einer Putzschicht, einer Ziegelmauer und einer Tapete sitzen Vater und Mutter auf dem Sofa, das unter dem Schonbezug wie neu aussieht, und der Fernseher läuft. Wetten?

Ich bin ein Zeitreisender, der aus der Zukunft kommt. Meine schwarze Zeitreisekapsel transportierte mich in dieses Paralleluniversum. Was wird passieren, wenn ich ihren Schutz verlasse?

»Ja Harald! Wo kommst du denn her? Mitten in der Nacht.« Seine Mutter drückt ihn unbeholfen an sich, schiebt ihn aber sofort wieder eine Armeslänge von sich weg, als sei sie selbst erschrocken über die Gefühlsanwandlung. Einen Augenblick später hat sie sich gefangen: »Wenn ich das gewusst hätte. Ich hab noch Nudeln und Fleisch von heute Mittag. Oder Maultaschen. Oder soll ich dir ein Vesper richten?«

»Ich war gerade in der Nähe«, sagt Harald in ihren Rücken. Zögernd geht er den dunklen Flur entlang auf das bläulich flackernde Licht zu. Er bleibt stehen, blickt um die Ecke. Erst jetzt erhebt sich der Vater mit gespieltem Desinteresse aus seinem Sessel. Zumindest wünscht sich Harald, dass es gespielt ist. In der Wohnzimmerecke stellt Günther Jauch die Vierundsechzigtausend-Euro-Frage.

»Alles gut?«

Flaschen klirren beim Öffnen des Kühlschranks, Besteck klappert, die Mikrowelle brummt.

»Spanien, Idiot«, antwortet Harald.

Die grüne Leuchtanzeige auf dem Fernsehschirm bestätigt ihn. Der Vater brummt: »Ja, wenn ich deine Möglichkeiten gehabt hätte. Wenn ich gewollt hätte, wie ich gekonnt hätte.«

Die Mutter steckt den Kopf aus der Küchentür: »Ich mach dir das Fleisch warm. Willst du Spätzle, die hab ich noch eingefroren?«

»Nein, ich …«, er läuft ihr nach, »Mama, ich will nichts essen!«

»Aber Brot nimmst du dazu?«

Er sitzt am Esstisch, löffelt Bratensoße und hört sich die Klage über den ausbleibenden Regen an. Erst in der Werbepause stellt der Vater ihm ungefragt ein Bier vor die Nase und setzt sich dazu. Der Fernseher läuft noch.

»So, du hast hier also zu tun?«

Frag doch mal, warum ich mich nicht gemeldet habe. Frag doch mal, warum ich mich nie melde, denkt Harald. Aber er sagt es nicht und der Vater fragt nicht.

»Wir evaluieren mit gruppensoziologischen Methoden die Effizienz unserer Push- und Pull-Maßnahmen im Zusammenhang mit der jüngsten strategischen Akquisition in den USA.«

Der Sohn nimmt die Schultern zurück und blickt den Vater herausfordernd an. Der macht ein wissendes Gesicht und brummt, und Harald lässt es ihm durchgehen, obwohl er genau weiß, dass er kein Wort verstanden hat.

»Das ist aber schön von deinem Chef, dass er dich mitgenommen hat«, wirft die Mutter ein.

»Mein Chef ist in der Konzernleitung!«, Harald sucht vergeblich nach Zeichen der Anerkennung in ihren Gesichtern. »Das sind die allerobersten Chefs«, legt er nach. »Die haben Besseres zu tun, als mit mir Händchen zu halten! Und, Herrgott, ich bin nur eins unten dran, versteht ihr? Und ich brauche keinen, der auf mich aufpasst, wenn ich nach Plüderhausen reisen muss.«

Er sitzt im Anzug vor Mutters Hackbraten. Warum sagt nicht mal jemand was dazu? Aber es bleibt wie immer alles unkommentiert, genau wie das Einserabitur, das ausgezeichnete Examen und die Summa-Promotion. Als ob es das alles nicht gäbe. Kein Lob, keine Bestätigung, nicht einmal eine ironische Bemerkung. Nichts. Er fühlt, wie alle Energie aus ihm entweicht.

Als er schon aus der Tür ist, ruft ihm die Mutter nach: »Hast du ein Auto gekauft?«

»Nein.«

Aus den Augenwinkeln sieht er, dass der Rollladen im Wohnzimmer bläulich leuchtende Schlitze bekommen hat, genug um nach draußen zu spähen. Dann schießt die Zeitkapsel hinaus auf die nächtliche Hochebene.

Und raus bist du

»Hallo Harald, hier ist Anna. Wie laufen die Fokusgruppen? Ich kann mir vorstellen, dass du viel um die Ohren hast, aber vielleicht findest du zwischendurch mal die Zeit, dich zu melden? Du bist nach dem Offsite ziemlich schnell verschwunden ...«

»Hallo Harald, hier ist Anna. Ich wollte gerne mit dir reden. Meld dich doch mal!«

»Anna, nochmal. Ihr habt doch nicht Tag und Nacht zu tun *(lacht)*, oder?«

Betreff:	Update
Absender:	Harald Klein
Empfänger:	Anna Zier

Liebe Anna,

die Fokusgruppen laufen sehr gut. Heute war die letzte in Holland, morgen fliegen wir nach UK. Da wir dazu übergegangen sind, die Ergebnisse umgehend auszuwerten – schließlich soll das Managementteam möglichst zeitnah informiert werden –, sind die Tage sehr vollgepackt. Es wird dich freuen zu hören, dass die Große Sache in den alten Standorten sehr gut verankert scheint. Ich melde mich, sobald ich ein bisschen Land sehe. Spätestens nächste Woche.

Eilige Grüße, Harald

Er klickte auf »Senden«, klappte sein kleines, ultraleichtes Laptop ein und schob es in die schweinslederne Umhängetasche, die er sich extra für diese Reise geleistet hatte. Über sein leeres Amstel-Glas hinweg starrte er auf die dümpelnden Grachtenschiffe und überlegte, wie er die nachmittäglichen Stunden herumbringen sollte, bis Lorena so weit war, ihm die Auswertung der letzten Fokusgruppen zu präsentieren. Ohne zu einem Ergebnis gekommen zu sein, bestellte er ein zweites Bier – gegen sein schlechtes Gewissen.

Nach dem ersten Schluck vom dritten Bier hatte er die Idee: Er würde Anna mit ihren eigenen Waffen schlagen! Waren nicht die Soziofertigkeiten der Großen Sache geradezu geschaffen für die Lösung zwischenmenschlicher Herausforderungen? Freilich war es ein gewagtes Unterfangen, wenn er sich als bestenfalls kundiger Laie mit einer Großmeisterin anlegte. Aber es ging gar nicht ums Gewinnen oder Verlieren, korrigierte er sich selbst. Es ging darum, eine gemeinsame Sprache zu haben, um das, was nun einmal passiert und nicht mehr aus der Welt zu schaffen war, auf eine andere energetische Ebene zu heben. Sie mussten eine neue Sichtweise finden, weg von der

Bauchnabel-Perspektive des Du und Ich, hin zu dem, was für das Team, die Geschäftseinheit, die Firma wichtig war. Eifrig zog er sein Laptop wieder hervor, öffnete eine alte PowerPoint-Folie, die die Matrjoschka-Perspektiven zeigte, als Vorlage und begann, seinen letzten Gedankengang zu visualisieren. Die nächste Folie, die er sich vornahm, war das Schwungrad der Veränderung. Hier, im Osten, waren sie zusammen abgestürzt – vom Münsterberg hinunter in Annas Hotelzimmer, ohne Sinn und Verstand. Er schloss die Augen. Hinter seinen Lidern tanzten Lichtpunkte zum weißen Rauschen in seinem Gehirn. Er fügte ein Textfeld ein und tippte: »Anna & Harald«. Dann der Aufschlag im Süden, der wüste, schattenlose Ort, den sie durchwandern mussten, die Krise! Er war vielleicht ein bisschen zu weit in ihren Ich-Quadranten eingedrungen, aber er war bereit, an seinem Du-Quadranten zu arbeiten und jegliches Feedback, das sie ihm dazu ins Gesicht schleudern wollte, anzunehmen. Er hatte es verdient. Jede Krise birgt auch eine Chance, soufflierte leise ein imaginärer Dexter durch das Rauschen. Und jetzt kam es im Westen darauf an, diese Chance zum Wohle für das große Ganze zu nutzen. Sie würden gestärkt aus dieser Erfahrung hervorgehen. Als Große-Sache-Dreamteam. Mehr aber nicht.

Eine Woche später knallte ihm Anna wortlos ihr Ich-Fenster vor der Nase zu. Das traf ihn mehr als jeder Vorwurf und jede Beschimpfung, die er erwartet hatte. Mindestens genauso schwer wog aber, dass sie sich fortan noch enger an Notter hielt und begann, den Kommunikationschef aus ihren Reflexionen und Planungen für die Geschäftseinheit herauszuhalten.

Wieder wurde es Weihnachten, ohne dass Harald seine Eltern besucht hätte. Die Roadshow im Herbst war ein voller Erfolg gewesen, das Verhältnis zwischen Basler Management und Belegschaft hatte sich gemäß einer internen Umfrage deutlich verbessert. Besonders erfreulich waren die Ergebnisse des Standorts Plüderhausen. Für die Geschäftsergebnisse der Dritten Einheit traf das leider nicht zu. Der arme Notter musste mehrfach in Sondersitzungen vor Duke und seinen Konzernleitungskollegen antanzen, um weit- und immer weiterreichende Restrukturierungspläne vorzustellen, besonders als klar wurde, dass auch das übrige Unternehmen in seichtes Wasser geraten war. Erstmals seit der Stunde Null hatte die steile Wachstumskurve einen erkennbaren Knick in die falsche Richtung bekommen.

Nur zwölf Monate nach den Fokusgruppen saß Harald Klein wieder bei Harald Kurz im Büro. Über die Resopalplatte des Schreibtischs hinweg betrachtete er mit leisem Grauen seinen Namensvetter wie in einem Zauberspiegel, der ihm zeigte, was aus ihm hätte werden können, wenn alles anders gekommen wäre, wenn er sich nicht an Beates Fersen geheftet hätte. Kurz studierte pflichtbewusst die letzte Fassung der Pressemitteilung, die heute zeitgleich mit dem Beginn der internen Informationsveranstaltung in die Welt geschickt werden sollte. Die Welt war in diesem Fall recht überschaubar, bestand sie doch aus zwei lokalen und einer regionalen Zeitungsredaktion. Anderswo würde das Beben, das die Standortschließung auslöste, kaum wahrnehmbar sein.

Vor dem Fenster harkte ein älterer Mann früh gefallene Blätter vom Kiesweg. Er arbeitete langsam und gewissenhaft wie schon im vorigen Jahr und wie vielleicht schon seit zwanzig Jahren. Heute Nachmittag wird er nachhause gehen und seiner Frau sagen, dass er nicht mehr lange harken wird. Heute Nachmittag werden sie alle nachhause gehen und ihren Frauen und Männern und Kindern sagen, dass es sich ausgeharkt hat.

Vor zwölf Monaten hatten sie nach anfänglichem Zögern der Großen Sache Tür und Tor geöffnet. Zwölf Monate lang hatten sie auf den Weg vertraut und die verheißungsvollen Zeichen gedeutet: Auf die Abberufung von Dr. Hägele nach Basel folgte die Installation eines neuen Standortleiters, der große Allwetterbanner mit leuchtenden Lettern an den Gebäudefassaden anbringen ließ, auf denen »Leistung fürs Leben« in der Remstäler Luft flatterte. Sie hatten gelernt, in Stuhlkreisen zu sitzen und der richtigen Energie nachzuspüren, ohne darüber zu lächeln.

Harald war froh, dass er nicht an Notters Stelle war, sondern sich hier verschanzen konnte. Bei seiner Ankunft am Morgen – er war dieses Mal mit Bahn und Taxi gekommen, denn Lorenas Unternehmensberatung war schon längst den Budgetkürzungen zum Opfer gefallen – hatte er drei seiner ehemaligen Fokusgruppen-Teilnehmer aus dem Augenwinkel über den Hof gehen sehen und sich schnell weggeduckt. Notter, der tragische Held, würde ihnen ins Gesicht blicken müssen. Der Leiter des Dritten Geschäftsbereichs war persönlich erschienen, um die schlechte Nachricht zu verkünden.

Das Telefon klingelte. Harald erkannte die Nummer im Display und musste grinsen.

»Dexter, was gibt's?«, fragte er betont gleichgültig.

»Das ist ja wohl das Allerletzte! Ihr schließt einen Standort in Europa, und ich erfahre davon im allerletzten Moment! Was hast du dir dabei gedacht? Willst du mich fertigmachen? Wie stehe ich jetzt vor meinem Managementteam da?« Seine Stimme überschlug sich mehrfach.

»Duke und Notter wollten keine Kommunikation über den Dritten Geschäftsbereich hinaus. Ist also nicht dein Problem«, konterte Harald lässig. Den Namen des CEOs hatte er dabei besonders akzentuiert. Treffer, versenkt. Dexter schwieg.

Draußen lehnte der Mann seine Harke an die Wand und verschwand in Richtung Cafeteria. Jetzt ging es los.

»Dexter, ich muss Schluss machen.«

Kurz drückte das Knöpfchen auf dem Presseverteiler.

»Hier ist Notter. Ich hätte es dir gerne persönlich mitgeteilt, aber leider konnte ich dich nicht erreichen. Ich hoffe, du hörst das ab, bevor die Benachrichtigung rausgeht. Ich habe gestern mein Managementteam informiert, dass ich das Unternehmen verlassen werde. Es war allein meine Entscheidung, und der Schritt fällt mir sehr schwer, auch wenn mich neue, ungemein reizvolle Aufgaben erwarten. Ungern lasse ich etwas, was ich begonnen habe, unfertig zurück. Es steckt eine Menge Zukunft in unserem Geschäftsbereich. Wir hatten noch vieles vor. Ich habe immer sehr gerne mit dir zusammengearbeitet. Wenn du je etwas brauchst, dann zögere bitte nicht, mich zu kontaktieren.«

Harald versuchte die Enttäuschung niederzukämpfen wie einen Hustenreiz im Konzert. Je mehr er sich darauf konzentrierte, desto heftiger schoss ihm das Wasser in die Nase, drückte sich schmerzhaft durch die Tränengänge und trat über die unteren Augenränder. Nicht zu stoppen, von keiner Willensanstrengung der Welt. Er war bereit gewesen, mit Notter diesen Weg zu Ende zu gehen. Sie hätten es schaffen können. Jetzt ließ er ihn einfach zurück, nachdem Harald so viel investiert hatte. Und mit sich nahm er all sein Lob und all seine Vertrauensbezeugungen, von denen Harald so gut gelebt hatte. Zahlreich waren sie gewesen! Er hatte gearbeitet wie im Rausch. Die goldene Zukunft der Dritten Geschäftseinheit war seine große Sache gewesen. Rasch trat er ans Fenster. Niemand sollte ihn so sehen. Das war ja lächerlich. So war das eben im Geschäftsleben.

Er hatte also sein Managementteam informiert. Und dann erst ihn. Natürlich.

Harald fuhr den Computer herunter, nahm seinen Herbstmantel vom Bügel und warf einen vorsichtigen Blick auf den Flur. Notters Tür war geschlossen, wie schon seit Tagen. Wie ein Schatten bewegte er sich durchs menschenleere Treppenhaus und glitt aus der schweren Holztür des ziegelgedeckten Häuschens. Er nahm einen Umweg, der nicht am Konzernleitungsbau vorbeiführte. Sooft ihm jemand begegnete, setzte er ein leidendes Gesicht auf, was ihm nicht besonders schwerfiel, und simulierte Husten. Noch ein bellendes Röcheln für den Pförtner, dann lag die Firma hinter ihm. Unbekannte schüttelten heimlich die Köpfe über den Fahnenflüchtigen. Der Bahnsteig war kein Ort für ihn um diese Zeit. Wie ein Fremdkörper stand er zwischen einem Rentnergrüppchen in Wanderschuhen und einer Frau mit Kinderwagen.

»Geht's gut?« Urs hatte nicht einmal angeklopft. Die Hände auf dem Bäuchlein gefaltet und mit blitzenden Schweinsäuglein dozierte er seit einigen Minuten über Haralds Qualitäten.

»Du mit deiner Erfahrung bist der Einzige, den ich dafür brauchen kann. Du kannst mit Topmanagern umgehen, du hast den Blick fürs große Ganze. Du siehst die Dinge! Du kennst dich mit Veränderungsmanagement aus, mit Integration. Dir brauche ich nicht erklären, was eine streng geheime Operation ist und wie man sich als Insider zu verhalten hat. Mensch, Harald! Wir wollen dich haben, Bale und ich. Und du weißt schon wer hat sich auch sehr positiv geäußert.«

Soso, Bale wollte ihn also. Bale, der Herrscher über alle Stabsstellen. Bekam der eigentlich immer, was er wollte?

»Aber ich bin hier noch nicht fertig. Man kann doch nicht einfach davonlaufen, wenn's am schwersten ist«, zierte sich Harald.

Mit zunehmender Geringschätzung hatte er in den letzten Wochen eine Benachrichtigung nach der anderen verfasst und den Abgang des halben Managementteams der Dritten Geschäftseinheit verkündet. Schon rein formal war das ein reichlich frustrierendes Unterfangen gewesen, da es noch immer keine offizielle Benachrichtigungs-Richtlinie gab, an der er sich hätte orientieren können. Seine alte Stelle bei Urs war nie nachbesetzt worden und niemand hatte den Faden wiederaufgenommen. Abgesehen davon lagen seit geraumer Zeit sowieso alle Richtlinienentwürfe auf Eis, weil jemand auf die Idee gekommen war, dass man zunächst einmal eine Richtlinien-Richtlinie entwickeln müsse, um die Einheitlichkeit aller Richtlinien über Bereichs-, Funktions- und Ländergrenzen hinweg sicherzustellen.

Vor allem aber grämte Harald die fehlende Loyalität seiner Mitstreiter. Die drahtige Marketingleiterin hatte ein Angebot der Ersten Geschäftseinheit erhalten, das sie nicht ablehnen konnte, die Personalleiterin war auf irgendeine globale Stelle befördert worden, und der Produktionschef befand sich auf dem Weg zu einer Leitungsfunktion in Singapur. Nur die Golding-Zwillinge verharrten unbeweglich wie am ersten Tag.

»Warum nehmt ihr nicht Dexter? Er wäre bestimmt mehr als erfreut.«

Urs verpuffte verächtlich ein bisschen Luft mit Spucke: »Dexter! Der wird seine Karriere wohl außerhalb des Unternehmens fortsetzen müssen.«

»Nicht wahr!« Harald sprang auf und starrte in Urs' Gesicht, aus dem das Zahnfleischlächeln für einen Moment verschwunden war.

»Ich sag dir was, aber das hast du nicht von mir. Und du behältst es überhaupt für dich. Dexters Aktivitäten beschränken sich seit Monaten darauf, den Computer morgens an- und abends wieder auszuschalten. Das haben die IT-Fritzen rausgefunden. Hin und wieder betätigt er sich in seinem Kalender, um ihn mit erfundenen Terminen zu blockieren. Er geht nicht ans Telefon, reagiert auf E-Mails nur mit wochenlanger Verzögerung, angeblich, weil er so vielbeschäftigt ist. Er ist fast nie in seinem Büro anzutreffen, angeblich wegen der vielen Meetings und Geschäftsreisen. Ich habe ihn zur Rede gestellt, da ist er zusammengeklappt. Wir verfolgen das jetzt arbeitsrechtlich. Bis dahin ist er freigestellt.«

Unfassbar! Der schöne Dexter war aus dem Rennen. Haralds unerwarteter Triumph zog im Bauch wie ein schwarzes Loch, das alle Freude verschluckte. Das hatte er nicht gewollt.

»Überleg es dir!« Urs' breites Grinsen war zurück.

NORDEN

Metamorphosen

Und Harald sagte ja. Was hätte er auch anderes sagen sollen, als er erfuhr, dass es um nichts weniger als die Zukunft des gesamten Unternehmens ging? Der große Wurf sollte es werden: Vollintegration. Auf dass zusammenwachse, was zusammengehört. Die Business-Development-Abteilung hatte für Duke eine neue Strategie geboren, und der Verwaltungsrat hatte sie aus der Taufe gehoben. Unter dem Kodenamen »Damian« galt es nun, bei laufendem Betrieb alle Bestandteile des Konzerns durch die Luft zu wirbeln, Organigramme zu sprengen, und sich von lieb gewonnen, aber doppelspurigen Abläufen zu verabschieden. Bald schon sollte die frohe Botschaft verkündet werden, und Haralds neuer Auftrag war es, sie zu verfassen.

Im Keller des Leuchtturms formierte sich eine modulare Sondereinheit aus Organisationsentwicklern, Personalreferenten und Kommunikationsverantwortlichen, die dafür sorgen sollte, dass der weltweite Chor der Führungskräfte das Hohe Lied der Veränderung einstimmig und mit Inbrunst zur Aufführung brächte, ungeachtet der Tatsache, dass diese selbst aus den Organigrammen geschleudert werden würden, ohne zu wissen, wo oder ob sie wieder unbeschadet zur Landung kämen.

Der fensterlose »Raum der Veränderung« lag unmittelbar über dem Kunstarchiv und entsprach in etwa dessen Dimensionen. Um zu seinem Arbeitsplatz im hinteren Bereich zu gelangen, musste Harald jedes Mal das Schwungrad der Veränderung überqueren, das aus schwerer Pappe gefertigt als Dauerinstallation den Fußboden bedeckte. Von vier Achsen unterteilt repräsentierte es einen vollendeten Veränderungszyklus, dessen Anfang und Ende sich im Osten vereinigten. Jeden Kreisabschnitt zierte ein Halbsatz, der von tiefen Wahrheiten raunte, klar, einfach und elegant. Schöne Prädikat-Objekt-Fügungen waren das, wie Intention schaffen, Macht und Gefahr erspüren, das Ganze sehen, mit Eleganz umsetzen. Nichts davon war falsch, nichts davon forderte Widerspruch heraus. Und doch blieben diese Halbsätze bei aller Infallibilität seltsam unwägbar: Je mehr Worte man gebrauchte, um sie zu erklären, desto mehr entzogen sie sich. Es war große Kunst.

Alles trug die Handschrift der Unsichtbaren, allein sie blieben unsichtbar. Urs hatte etwas von »Ende des Mandats« und »nicht mehr im Budget« und »Wissenstransfer« gemurmelt. Die schwarze Gestalt, die die Mitglieder der Sondereinheit im Zentrum des Rades um sich versammelte, um den unterschiedlichen Energien, die den acht Kreisabschnitten zugeordnet waren, nachzuspüren, und die Statusberichte der einzelnen Teammitglieder abzufragen, war nicht Gottman, es war auch nicht der andere John, es war: Anna. Seit Notters Austritt hatte Harald sie nicht mehr gesehen, und sie war fast bis zur Unkenntlichkeit verändert. Ihre Kurven verhüllte sie in einem zeltartigen Gewand, und niemand, der sie erst jetzt kennenlernte, konnte auch nur ahnen, welche Lockenpracht die Haarstoppel auf ihrem Kopf hervorzubringen im Stande waren. Nichts erinnerte mehr an das Sonnenkind von einst. Sich rhythmisch wiegend hob sie zu sprechen an:

»Inspiriere! Disputiere! Vertiefe den Kontakt!
Inspiriere! Disputiere! Finde deinen Weg!
Inspiriere! Disputiere! Nutze den Moment!«

»Amen!«, zischte es aus dem hintersten Winkel des Arbeitsbereichs. Jemand saß dort im Halbschatten mit dem Rücken zum Rest der Anwesenden.

»Wenn ich es nicht besser wüsste …« Harald starrte angestrengt ins Dunkle, um seinen Verdacht zu bestätigen. Der Spötter hatte die Arme hinter dem Kopf verschränkt, sein Gesicht war vom Bildschirm matt erleuchtet. Wer immer das war, er hatte es offensichtlich nicht für nötig gehalten, seine Arbeit für die Gruppenzusammenkunft zu unterbrechen.

Annas Singsang fing Haralds Aufmerksamkeit wieder ein. Jetzt war er an der Reihe, vom Stand seiner Aufgabe zu berichten: Er habe Einsicht in den von Duke an den Verwaltungsrat gerichteten Brief erhalten, in dem er die neue Strategie umrissen hatte, und werde diesen als Grundlage für die Ausformulierung der Storyline verwenden.

Genau genommen handelte es sich bei dem Schriftstück um einen durchnummerierten und mit Bulletpoints durchsetzten, aber dennoch wirren Text, den jemand aus der Strategieabteilung für Duke geschrieben hatte. Darin war allein stilistisch und grammatikalisch vieles beklagenswert und hätte sicher mit Gewinn von der Kommunikationsabteilung vorher überarbeitet werden können. Mit einiger Mühe war es Harald gelungen, dennoch folgende schlichten Tatsachen herauszudestillieren: Im Grunde ging es bei der neuen Strategie darum, sich aufs Kerngeschäft zu konzentrieren, also die Erste und Zweite Geschäftseinheit zum Wohle der Kunden, Aktionäre und Mitarbeiter zusammenzulegen. Der Dritte Geschäftsbereich kam in den Überlegungen nicht vor.

Mit Ungeduld erwartete Harald die Interrogatio Conclusio, mit der Anna für gewöhnlich die Kreisbegehung abschloss, und kaum war die letzte Antwort verklungen, strebte er neugierig dem Mann in der Arbeitsecke zu. Noch bevor dieser sich umdrehte, hatte Harald ihn erkannt.

»Teo! Mensch, Teo! Ich freue mich«, brach es aus ihm hervor.

»Schön, einen normalen Menschen hier unten zu treffen!« Teo lächelte aus seinem Bubengesicht, freundlich wie eh und je. »Hatten sie dich nicht in die Peripherie hinausgelobt? Willkommen zurück im Epizentrum des Geschehens.«

»Und du? Seit wann bist du wieder da? Es geht dir doch gut?«

»Ja, klar.«

Irritiert vom ungewohnt scharfen Ton seines Kollegen forschte Harald in Teos Gesicht nach Spuren, die einer vollständigen Genesung widersprochen hätten. Genesung von was eigentlich?

»Du siehst auch gut aus!«

»Weißt du, ich habe ein paar Sachen geändert. Essen zum Beispiel. Ich esse jetzt regelmäßig. Dann habe ich auch meine Pause. Essen und Pausen sind ganz wichtig. Und ich arbeite nicht mehr als meine vierzig Stunden. Für was auch? Für wen denn? Fünf mal acht Stunden, das muss reichen. Es gibt fast nichts, was so dringend wäre, als dass es nicht noch bis zum nächsten Tag warten könnte.«

Harald machte ein zustimmendes Geräusch, aber mehr, um Teos Stimmung nicht zu verderben. Manchmal musste man die Dinge eben durchziehen, fand er.

»Weiß du, was ich echt erhellend fand? Als ich nach drei Monaten zurückgekommen bin, da waren all die wahnsinnig dringend zu erledigenden Projekte, die unbedingt heute, nein besser noch gestern hätten fertig sein sollen, noch da. Unverändert! Als ob sie in einen Dornröschenschlaf gefallen wären. Zum Beispiel die Medien-Richtlinie, die Duke ASAP auf seinem Schreibtisch haben wollte. Noch da. Niemand hatte daran weitergearbeitet, niemand hatte danach gefragt. Und trotzdem ist die Firma nicht untergegangen!« Er lachte verächtlich auf, dann fügte er hinzu: »Jedenfalls noch nicht ganz.«

»Na, von Untergang kann nun wirklich nicht die Rede sein! Schließlich sind wir kurz davor, eine neue Ära einzuläuten.«

»Man könnte auch sagen, wir versuchen mit dem Rücken zur Wand, die Versäumnisse der alten, ach so erfolgreichen Fusion nachzuholen, nachdem wir jahrelang lieber Ringelpiez mit Anfassen gespielt haben, als die fusionierten Teile tatsächlich zu integrieren. Wieso gibt es hier drei COOs, drei IT-Infrastrukturen, drei Lieferketten, drei Finanzsysteme, drei Kommunikationsabteilungen und hundert verschiedene Arten, die Welt aufzuteilen?«

»Jetzt mach aber mal halblang. Der Ernst und die Hingabe, mit der hier die Kulturveränderung vorangetrieben wurde und wird, ist einzigartig. Die Große Sache durchdringt und eint alle Bereiche, sie sprengt alle Grenzen. Mit der Großen Sache verfügen wir über ein Alleinstellungsmerkmal, das sich nicht kaufen und nicht kopieren lässt. Alle Mitarbeitenden, egal ob in der Schweiz, in den USA oder in China, haben inzwischen die erste Transformationsstufe erreicht, die gesamte Führungsebene ist mindestens einen Schritt weiter mit »Große Sache III«. Selbst in den neu akquirierten Standorten haben wir die Workshops ausgerollt.«

»Ja, und dann habt ihr einen davon gleich wieder dichtgemacht. Aber wenigstens unter Anwendung sämtlicher Soziofertigkeiten und mit einem energetisch ausgewogenen Spielplan.«

»Teo?«, sagte Harald zweifelnd. Was war denn mit dem netten Pressesprecher los? Wo war der glühende Eifer geblieben, mit dem er damals in der Awards-Nacht von der Wirkungsmacht der Großen Sache geschwärmt hatte? Aber Harald vermied es nachzufragen und lenkte lieber ab: »Was ist denn eigentlich in Anna gefahren?«

»Anna? Die ist inzwischen nicht mehr nur von der Großen Sache durchdrungen, sie ist die Große Sache selbst. Es heißt, sie und der andere John verbrächten viel Zeit miteinander. Privat natürlich.« Teo hob vielsagend die Augenbrauen, dann machte er Anstalten, aufzustehen: »Kommst du mit?«

»Wohin?«

»Essen.«

»Ach, du, ein anderes Mal. Ich muss jetzt echt noch mal ran an diese Geschichte.«

Nur mit Mühe gelang es Harald, seine Gedanken von Teo zu lösen und sich auf seine Aufgabe zu konzentrieren. Immer wieder trieb das Bild des netten Pressesprechers durch seinen Kopf, wie er vor ihm gestanden hatte und mit einer Mischung aus Mitleid und Resignation die Schultern gezuckt hatte, bevor er verschwand.

Vor Harald lag das wirre Damian-Dokument der Strategieabteilung wie ein falsch zusammengesetztes Puzzle. Es gab Teile, die offensichtlich nicht zusammenpassten, aber mit Gewalt ineinandergefügt worden waren, und statt ringsum mit einer geraden Linie abzuschließen, fransten die Ränder hässlich aus. Wie es möglich gewesen war, dass der Verwaltungsrat diesem Machwerk tatsächlich zugestimmt hatte, konnte sich Harald nicht erklären. Vermutlich hatten sie es gar nicht gelesen, sondern sich auf die mündlichen Ausführungen Dukes verlassen. Kein Zweifel, dass hinter dessen mit spärlichem Silberhaar gekrönter Stirn die herrlichste Klarheit herrschte. Harald stellte sich vor, wie er die schwimmbadblauen Augen ernst, aber nicht streng in die Ferne gerichtet, am Kopfende des langen Sitzungstisches stand und ihm die Herzen und das *nihil obstat* des von ihm geführten Gremiums zuflogen. Aber leider war Harald nicht dabei gewesen, und so blieb ihm nur dieses eine überlieferte Schriftstück, um ansatzweise die Genialität des großen Firmenlenkers so weit zu rekonstruieren, dass er in der Lage war, einen präsentablen ersten Entwurf zu fabrizieren. Anschließend wollte er dann verschiedene Konzernleitungsmitglieder aufsuchen, von denen er sich Berichtigung und Ergänzung erhoffte, bevor er es wagen konnte, mit seiner Nacherzählung wieder vor Duke zu treten. Den Rest des Tages und die halbe Nacht verbrachte Harald damit, die einzelnen Puzzlestücke herauszulösen.

Auf dem Weg zum letzten Zug biss er hungrig in das aufgeweichte Sandwich, das ihm der fürsorgliche Teo bereits am Mittag auf seinen Schreibtisch gelegt hatte.

Des Kaisers neue Kleider

Die Invasion der Unternehmensberater erfolgte innerhalb weniger Tage. Während unten im Raum der Veränderung die Große Sache schwelte, füllte sich das zwölfte und dreizehnte Stockwerk des Leuchtturms bis auf den letzten Platz mit Figuren in schmal geschnittenen Anzügen und einfarbigen Hemden, die lediglich vom Hals aufwärts voneinander zu unterscheiden waren, und selbst das nur bedingt, da der starke Einsatz von Wachs und Gel in den kurzgehaltenen Haarschnitten die Nuancen zwischen Mittelblond und Braun fast vollständig einebnete.

Extreme, etwa ins Weißblonde oder Rabenschwarze gehende Tonwerte fehlten völlig. Sie waren allesamt blass, brillenlos und frisch rasiert und verströmten den Duft des Erfolgs. Auch Kai Leuchte vereinte diese Merkmale auf sich, aber wenn er den Raum betrat, wichen die anderen Klone ehrfurchtsvoll zurück, wenn er die Stimme erhob, schwiegen sie und hefteten ihre bettelnden Musterschüleraugen auf ihn, danach lechzend, dass er sie aufrufen und ihr ABC herunterbeten lassen würde. Kai Leuchte war Partner, der Einzige der Truppe, der direkten Zugang zu Duke hatte.

Jeden Morgen um zehn hielt er eine Lagebesprechung im dreizehnten Stock ab. Am Laptop-gesäumten Versammlungstisch klebten die blassen Kai-Leuchte-Klone mit den Nasen an den Bildschirmen und den Händen an den Tastaturen, pausenlos tippend. Gegenstand ihres unablässigen Bemühens war das Handbuch der Handbücher, die Integrationsbibel für Manager, die jeder Führungskraft Anleitung und Wegweiser durch die ersten hundert Tage der anstehenden Transformation sein sollte. Nach zähem Ringen mit den Keller-Leuten, deren esoterisches Raunen ihm suspekt war und die er voreilig als Relikte aus vergangenen Tagen abgehakt hatte, und einem nicht unerheblichen Machtwort aus dem Konzernleitungsbau hatte sich Kai Leuchte dazu durchgerungen, auch ein Kapitel über Sinn und Zweck der neuen Strategie in den Kanon aufzunehmen.

Seitdem war Harald Teil der morgendlichen Rapportrunden. Aufgestiegen aus dem Keller, genoss er die Panoramafenster, und in die gleißende Wintersonne blinzelnd stellte er sich vor, sie glitten in einem Luftschiff über die Stadt, vorbei am Messeturm, über den Rhein und weiter über das im fernen Dunst gelegene Areal des lokalen Erzrivalen. Wenn die dort wüssten, was seine Firma vorhatte! Pech für Pelargo und Maggie, dass sie ausgerechnet dort angeheuert hatten. Die würden ihre Fahnenflucht noch bereuen, diese Überläufer, wenn sie sie nicht sowieso schon längst bereuten. Es hieß, die Kultur sei dort sehr amerikanisch, *hire and fire* und solche Sachen. Von ihrem CEO erzählte man sich, dass er bereits am Anfang seiner Karriere ein Schild an der Bürotür hängen gehabt habe, auf dem stand: *Perform or go!*

»Status Chapter eins? Darf ich bitten!«, erging die knappe Aufforderung des Vorsitzenden an den Gast aus dem Keller.

Du arrogantes Arschloch hast mir gar nichts zu befehlen! Harald versuchte den Ärger, der in ihm aufstieg, zu ignorieren. Komm, bringt ja nichts, der kann auch nicht aus seiner Haut. Ist doch ein armes Würstchen, wie er da so sitzt. Kann einfach nicht verstehen, wie das bei uns hier so läuft. Er lehnte sich betont lässig in seinem Stuhl zurück und verschränkte die Arme hinter dem Kopf, so wie er es in letzter Zeit häufig bei Teo beobachtet hatte, wenn der sich dazu herabließ, die beißenden Gedanken, die sich schon Minuten vorher in seinen Gesichtszügen abgezeichnet hatten, schonungslos kundzutun. Um größtmögliche Distanz zu den ihn umgebenden Leuchte-Klonen zu wahren, sprach Harald auf hermetische Weise in der Diktion der Großen Sache. Virtuos produzierte er verschachtelte Bandwurmsätze, in denen er – nicht ohne Wirkung – so viele Autoritätenanrufungen wie möglich unterbrachte: Bale, Reed, COO eins und zwei und immer wieder Duke, Duke und nochmals Duke. Die Botschaft war klar: Ich habe wichtigere Ansprechpartner als dich und deinen Bibelkreis, und ich arbeite nach meinem Tempo und meinen Regeln.

Falls sich Kai Leuchte über ihn ärgerte, dann gelang es ihm gut, das zu verbergen. Äußerlich unbeeindruckt rief er die nächsten Chapter auf. Für seine Klone war es der Moment der Wahrheit, in dem sie zeigen mussten, was sie in den letzten vierundzwanzig Stunden zu bewegen vermocht hatten. Wer an der Reihe war, unterbrach kurz sein Tippen, ratterte seine Aktivitäten herunter, und feuerte jeder Aktivität eine Bewertung hinterher:

Started, completed, ongoing, on track.
Ticke di ticke di ticke di tack.

Und Leuchtes Managerbibel wuchs und wuchs und hatte schon nach kurzer Zeit einen beeindruckenden, der Komplexität der Aufgabe in jeder Weise angemessenen Umfang erreicht. Immer mehr Teile aus dem Keller wurden kanonisiert, neben Teos Medienplan fand schließlich sogar ein Kapitel über die Große Sache Eingang, auch wenn es zwischen all den Checklisten, Szenarien, Ablaufplänen, Musteranalysen und Monitoring-Tools wie ein Fremdkörper wirkte.

Unterdessen hatte Harald seine lückenhafte Verbalisierung der neuen Strategie zusammen mit einem Fragenkatalog denjenigen Konzernleitungsmitgliedern zukommen lassen, die nach den Gesetzen der Logik den innersten Kreis der Integrationsbewegung bilden mussten. Es war die erste Garde aus dem ersten Stock des Konzernleitungsbaus: Supervorstand Bale, Herr der Produktion und aller Corporate-Funktionen und damit auch Chef des Chefs der Strategieabteilung, die COOs der beiden zu vereinigenden Geschäftseinheiten und Finanzchef Reed. Die Rückmeldungen waren recht unterschiedlich.

Bale hatte sich seines alten Freundes erinnert und in einer sehr persönlichen E-Mail seine Begeisterung über dessen Arbeit ausgedrückt. Er gratuliere ihm zu seiner hervorragenden Zusammenfassung der neuen Strategie, er habe ja schon immer gewusst, welch wertvoller Mitarbeiter Harald sei. Er habe das große Wachstumspotenzial der Firma sehr gut umrissen und die neuen Wege, die es zu beschreiten gelte, um Werte zu schaffen, in anschaulicher Weise dargestellt. Im Übrigen stünde ihm Bales Tür jederzeit offen. Auf den Fragenkatalog ging er mit keinem Wort ein. Hieß das jetzt, dass er die Fragen nicht gesehen hatte? Oder dass Bale die Fragen für überflüssig hielt? Oder dass Harald zu ihm kommen sollte, um die Fragen zu diskutieren? Das war nun aber das Letzte, wonach Harald der Sinn stand. Noch immer konnte er den Namen Bale nicht ohne das Echo Lola denken, und allein die Vorstellung, dass er auf dessen Schreibtisch sein in zierliches Silber gerahmtes Familienglück finden könnte, machte ihn furchtbar müde.

Harald seufzte und klickte auf die E-Mail von Reed, die nur kurz nach der von Bale eingegangen war. Sie enthielt nichts als die zwei Anhänge, die Harald in den Konzernleitungsbau hinübergeschickt hatte, beide waren im Korrekturmodus bearbeitet worden. Das Hauptdokument hatte Reed von vorne bis hinten durchgeackert, schon beim ersten Scrollen fielen die zahlreichen rot unterstrichenen Stellen auf. Doch während sich Harald Markierung für Markierung durch die Seiten hangelte, musste er erkennen, dass nichts davon inhaltlicher Natur war. Der Herr der Zahlen erwies sich als Sprachpedant! Kommasetzung, Rechtschreibung und immer wieder Ausdruck, Ausdruck, Ausdruck war, was er beanstandete und höchstpersönlich berichtigte. Schwer zu sagen, welche Laus ihm über die britische Leber gelaufen war, denn bisher hatte es keinerlei Beanstandung an Haralds englischen Texten gegeben und für die Feinarbeit gab es schließlich den Sprachendienst. Inhaltlich unergiebig war auch Reeds Bearbeitung des Fragendokuments. Zumindest hatte er fein säuberlich aufgelistet, wen Harald zur Beantwortung welcher Frage kontaktieren solle: Personalabteilung, Rechtsabteilung, Strategieabteilung und so weiter. Angesichts des näherrückenden Veröffentlichungstermins – die Verkündung der strategischen und strukturellen tektonischen Verschiebungen konnte einzig mit der kommenden Bilanzmedienkonferenz Anfang Februar erfolgen – löste diese Art der Handreichung eher Panikgefühle bei Harald aus.

Wenig zu seiner Beruhigung trug auch die erhebliche Verzögerung bei, mit der endlich das Feedback von COO Nummer eins einging, welches sich fein säuberlich auf Angaben seine eigene Geschäftseinheit betreffend beschränkte. Immerhin ein Teilerfolg. Leider verhallten die beiden freundlichen Erinnerungs-Mails an COO Nummer zwei unerhört, und ein drittes Mal traute sich Harald nicht nachzufragen.

Angesäuert und mit einem Anflug von Verzweiflung machte er sich bei Teo Luft: »Ja bin ich denn der Einzige, der sich darum schert, ob diese neue Strategie Sinn ergibt? Wie in aller Welt soll sie denn umgesetzt werden, wenn wir den Führungskräften des Konzerns nicht vermitteln können, warum wir das machen und wie wir das alles machen wollen?«

»Lass mal überlegen«, brummelte der nette Pressesprecher und verschränkte die Arme hinter dem Kopf. Nach einer Kunstpause stieß er hervor: »Wir vertrauen dem Weg!«

Und Harald kicherte, oder besser, er wurde gekichert. Das Kichern kam tief aus dem Zwerchfell und eruptierte in unkontrollierbaren Stößen. Es war wie etwas Fremdes, das von ihm Besitz ergriffen hatte.

Ehrlich erschrocken löste sich Teo aus seiner ironischen Pose. Harald spürte den freundschaftlichen Druck einer Hand auf seinem Arm.

»Komm, lass gut sein für heute. Geh nachhause.«

Wie, nachhause? Was sollte er denn da? Aber Teo sah ihn nur an. Da war einer, der sich wirklich um ihn sorgte. Wenn er ihn noch eine Sekunde länger so ansah! Harald kämpfte mit den Tränen.

»Du kannst den Konzern auch morgen noch retten.«

Wolkenkuckucksheim

»Noch dreißig Tage bis zum D-Day!« Urs kam mit eiligen Staccatoschritten quer über das Schwungrad der Veränderung, in der Hand schwenkte er eine Klarsichthülle mit Dokumenten. »Kirchhoff muss zum europäischen Betriebsrat. Nicht, dass wir die über Damian informieren *müssten*. Ist so eine Goodwillaktion. War Bales Idee. Wie weit bist du mit dem Strategiepapier?«

»Es läuft ein bisschen schleppend. Da gibt es noch immer ein paar Fragezeichen«, begann Harald zögerlich und überlegte, wer oder was zum Teufel der europäische Betriebsrat war. Auch nach drei Jahren in der Firma gab es immer noch Dinge, von denen er noch nie gehört hatte.

»Ich habe Kirchhoff versprochen, dass du ihm das Strategiepapier in ein paar Folien gießt, mit denen er die Wichtigtuer einseifen kann. Das ist das Restprogramm der Veranstaltung.« Er warf die Klarsichthülle mit einer kleinen Frisbeedrehung auf Haralds Tastatur. »Da kannst du sehen, was noch so geboten ist.«

Mit einem augenzwinkernden »Geht's gut?« in Richtung Teo, der aus der Mittagspause zurückkehrte, klackerte Urs davon. Bereits am Ausgang angelangt, drehte er sich noch mal um und rief durch den ganzen Raum: »Bis heute Abend, ja? Kirchhoff sagte, spät sei auch in Ordnung.« Und weg war er.

»Ach ja, der europäische Betriebsrat«, säuselte Teo.

»Nie gehört!« Harald verdrehte die Augen und überflog das Programm. Es schien hauptsächlich aus Besichtigungsterminen und Restaurantbesuchen zu bestehen.

»Das wundert mich nicht. Erfüllt dieser doch seine staatstragende Funktion meist im Stillen und Verborgenen. Einzig in unserem Nachhaltigkeitsbericht findet er Erwähnung, als weit über die gesetzlichen Forderungen hinausgehendes Zeichen der Transparenz und des Kooperationswillens unseres Managements. In Wahrheit ist es ein zahnloser Papiertiger. Kirchhoff vertritt die Managementseite in den jährlichen Zusammenkünften und macht sich immer einen Heidenspaß daraus, seine intellektuelle Überlegenheit auszuspielen. Er lässt die armen Fabrikarbeiter und Sekretärinnen nach allen Regeln der Kunst auflaufen, und die Krönung ist, dass sie es nicht mal merken. Selbst die deutschen Berufsbetriebsräte hat er im Griff und genießt deren höchsten Respekt.«

»Aber wieso die neue Strategie preisgeben? Das ist geheimste Geheimhaltungsstufe!«

»Ich nehme an, das ist mal wieder so ein Zückerle von Kirchhoff. Er gibt ihnen vorab unter dem Siegel der Verschwiegenheit exklusive Informationen und macht sie so nicht nur zu Mitwissern, sondern auch potenziellen

Mittätern. Damit zieht er sie auf die Seite derer, die schon immer alles kommen sehen haben.«

»Trotzdem wäre es ein großes Risiko, den Kreis der Eingeweihten so stark zu vergrößern«, beharrte Harald.

Teo stutzte: »Moment mal. Du denkst doch nicht im Ernst, dass Damian noch nicht die Runde gemacht hat? Mit fast dreihundert Leuten auf der Geheimhaltungsliste, die täglich länger wird? Mensch, Harald!«

Wortlos legte er das Sandwich, das er wie immer ungefragt mitgebracht hatte, auf Haralds Schreibtisch. Auf der Papiertüte stand: Ein Brötchen ist mehr als die Summe seiner Krümel.

Kurz vor zehn Uhr abends drückte ein ob der Unvollständigkeit seines Produkts unzufriedener Harald auf den Senden-Knopf. In der Begleit-E-Mail an Kirchhoff entschuldigte er sich in knappen Worten für die Lücken und Brüche in der beigefügten Präsentation, so sei eben der Stand der Dinge, damit müsse man im Moment leben. Er klappte sein Laptop zu und griff nach seinem Mantel. Wenn er sich beeilte, würde er noch den Zug um zweiundzwanzig-zwanzig erreichen. Da klingelte das Telefon.

»Kirchhoff hier. Ich habe eben deine Mail bekommen. Sehen so weit gut aus, die Folien. Aber ich brauch noch ein Redemanuskript oder wenigstens ein paar Notizen, um die Bildchen zum Sprechen zu bringen. Bin ja nicht so drin in der Materie.«

»Kann ich dir morgen machen«, bot Harald an, obwohl er wirklich Besseres zu tun hatte, als die Sonderwünsche des Juristen zu bedienen.

»Da gibt's nur ein Problem. Die Sitzung ist schon morgen Nachmittag …«

»Ich mach's gleich in der Früh.«

»… in Brüssel.«

»Oh.«

»Hör mal, du musst mitkommen. Wir machen das unterwegs. Ich schreib ne kurze Nachricht an Urs.«

»Aber ich habe hier zu tun. Und überhaupt, wo soll ich denn jetzt in der Nacht noch ein Flugticket herbekommen?«

»Brauchst du nicht«, sagte Kirchhoff und machte eine bedeutungsvolle Pause. »Wir nehmen den Firmenjet.«

Ein Kribbeln überlief Harald. Es gab einen Firmenjet? Das war ja wie im Kino! Er kannte die silbernen Mercedes-Limousinen mit den getönten Scheiben, die im Schatten des Konzernleitungsbaus bereitstanden, und die gelangweilten Chauffeure, die am Hinterausgang in den Le-Corbusier-Sesseln lümmelten. Aber ein Firmenflieger, das war ganz etwas anderes. Er, Harald Klein, unterwegs mit dem Privatjet! Jetzt bloß nicht zeigen, wie aufregend er das fand.

»Ja, dann«, sagte er gedehnt. »Wann geht's los?«

Kirchhoff teilte ihm Treffpunkt und Abflugzeit mit und setzte gönnerhaft hinzu: »Aber du brauchst keine zwei Stunden vorher da zu sein.«

Für einen Moment saß Harald im Halbdunkel des Turmkellers und hörte das Blut in seinen Ohren rauschen wie einen Gebirgsbach. Alle Müdigkeit war verfolgen. Er fuhr den Computer wieder hoch, rief die zuletzt geöffnete Präsentation auf, änderte die Ansicht auf Notizblatt und begann zu tippen:

»Durch die Erfolge der vergangenen Jahre haben wir bedeutenden Shareholder-Value geschaffen. Von dieser Basis aus machen wir jetzt den nächsten Schritt auf unserer Reise.«

Den Zug hatte er sowieso verpasst.

Angeführt vom Piloten bahnte sich die dreiköpfige Delegation ihren Weg durch die Hallen des Flughafens, durchquerte ohne ersichtliche Kontrolle die Sicherheitszone und trat hinaus auf einen abgelegenen Teil des Flugfelds, wo die dünne Schneeschicht, die sich seit dem frühen Morgen gesammelt hatte, das mahlende Geräusch der Rollköfferchen abdämpfte.

Harald hielt sich besonders aufrecht und entgegen seiner Gewohnheit plauderte er viel. Auch Kirchhoff, der in seinem dunkelblauen Wollmantel gravitätisch ausschritt, war auffallend aufgekratzt. Er hatte Harald überschwänglich begrüßt und gescherzt, dass er jetzt, nach dem er den Dritten Geschäftsbereich in Grund und Boden geschrieben habe, wohl mit der verbalen Vernichtung des restlichen Konzerns betraut sei. Den beiden Herren folgte mit zwei Schritten Abstand Kirchhoffs kernige Assistentin.

Der kleine Jet mit der langgezogenen Nase bot reichlich Platz für die wenigen cremeweißen Ledersessel. Raumteiler aus rötlich glänzendem Holz verbargen das Cockpit vorne und das kleine Reich der Flugbegleiterin hinten. Kaum hatten sich die Reisenden installiert, rief Kirchhoff auch schon nach Champagner. Harald betrachtete die eilig sprudelnden Bläschen, die aufstiegen und an der Oberfläche zerplatzten, immer und immer wieder, als gäbe es kein Ende. Stilvoll abstürzen, dachte er, aber bevor das mulmige Gefühl überhandnehmen konnte, riss ihn ein Krachen aus seinen Gedanken.

Kirchhoffs glückliche Hamsterbacken zerkauten eine der riesigen Nüsse, die sich in dem Schälchen zwischen ihnen türmten. Gleichzeitig mühte er sich mit einem handtellergroßen Werkzeug an der nächsten Kugel.

»Harte Schale, weicher Kern«, kalauerte er. »Macadamia. Kennst du? Die härteste und teuerste Nuss der Welt. Und die beste sowieso.« Und er setzte hinzu: »Ich knacke jede Nuss!« Als ob jemand daran gezweifelt hätte.

Auf Reiseflughöhe kramte Harald den Ausdruck der Sprechernotizen aus seiner Tasche und reichte ein Exemplar über den Tisch. Aber Kirchhoff winkte ab, er solle ihm lieber vorlesen, und fuhr fort Nüsse zu zermalmen.

»Durch die Erfolge der vergangenen Jahre haben wir bedeutenden Shareholder-Value geschaffen. Von dieser Basis aus machen wir jetzt den nächsten Schritt auf unserer Reise. Die Aussichten in unserer Branche sind robuster denn je, aber es fehlt an Innovationen, die Verbesserungen für unsere Kunden bringen und gleichzeitig endliche natürliche Ressourcen schützen.«

Die Flugbegleiterin machte Anstalten, den Tisch abzuräumen, aber Kirchhoff hielt abwehrend seine Hand über die Nüsschen.

»Nie wurden technologische Durchbrüche dringender gebraucht als heute. In einem sehr umkämpften und komplexen Markt sind wir mit unserem breiten Technologieangebot und unserem weltumspannenden geografischen Fußabdruck einzigartig positioniert, um eine integrierte Strategie zum Leben zu erwecken, die Werte schafft, Innovation liefert und auf globaler Basis Wachstum generiert.«

Ein affirmatives Krachen und Malmen unterstrich das Wörtchen Wachstum. Die Flugbegleiterin verteilte Geschirr und Stoffservietten.

»Dazu ist es notwendig, unsere Organisation zu verändern, neue Rollen, neue Verantwortlichkeiten, neue Arbeitsweisen und neue Denkweisen zu etablieren. Unseren Führungskräften kommt während des Veränderungsprozesses eine besondere Aufgabe und Verantwortung zu.«

Das Tischlein deckte sich mit Canapés, kleinen Meisterwerken in Handwerksqualität, die in etwa so viel mit den in der Konzernzentrale üblichen Ewigkeitssandwiches zu tun hatten, wie diese Flugreise mit einem amerikanischen Inlandsflug. Es gab rosenförmig drapierten Räucherlachs, Kaviarhäufchen und Hummer mit grünem Spargel. Harald brauchte einen Moment, um den Faden wiederzufinden.

»Blablabla ... eine besondere Aufgabe und Verantwortung zu. Sie müssen Ihre Mitarbeiterinnen und Mitarbeiter inspirieren, unsere zukünftige Ausrichtung umzusetzen. Sie müssen ihnen helfen, neue Wege der Wertschöpfung ausfindig zu machen und gleichzeitig die Integrität und Leistungsfähigkeit des laufenden Geschäfts zu erhalten. In dieser Zeit der Veränderung wird uns die Große Sache wertvolle Dienste leisten. Unsere Kultur ist ein Alleinstellungsmerkmal. Sie ist vielleicht das am wenigsten greifbare, aber sicherlich das mächtigste Werkzeug, das uns zur Verfügung steht.«

Kirchhoff griff nach einem Kaviarbrötchen, begutachtete es kurz und sagte: »Sehr schön. Und wo sind jetzt da die Lücken?« Dann verschwanden die Fischeier im Mund des Juristen.

»Die Dritte Geschäftseinheit passt nicht ins Bild«, bemerkte Harald.

»Ja«, sagte Kirchhoff und nahm sich vom Lachs.

Kurz schwiegen sie beide, dann versuchte Harald, sich verständlich zu machen: Weder werde bisher der Strategiewechsel ausreichend begründet – waren es äußere Zwänge oder eine innere Notwendigkeit, die den Konzern zu diesem Schritt bewegten? – noch sei klar, wie die neuen Strukturen aussehen sollten. Was würde sich mit Damian wie ändern und warum? Was hieße das für die Große Sache? Ganz zu schweigen von der einen Frage, die jeden einzelnen Mitarbeitenden als Erste beschäftigen würde: Was bedeutet das für mich?

»Versuchen wir es doch einmal damit«, Kirchhoff leckte sich die Finger, holte Luft, und begann aus dem Stegreif eine Argumentationskette für die geplante Integration zu entwickeln, während er mit seinen Blicken die restlichen Häppchen fixierte, als gelte es diese mit seinem Plädoyer zu überzeugen. Harald beeilte sich, alles fein säuberlich mitzuschreiben.

Später vor der vielköpfigen und vielstimmigen Betriebsratsversammlung bewunderte Harald Kirchhoffs Fähigkeit, jeden Punkt und jede Position mit dem Brustton der Überzeugung zu vertreten, als gelte es sein eigenes Leben. Er hörte ihn Dinge sagen, von denen er kurz davor noch das genaue Gegenteil behauptet hatte. Der Konzernjurist verwandelte sich ansatzlos vom Managementvertreter zum Anwalt der kleinen Angestellten und zurück und wirkte dabei in jeder Rolle so authentisch, dass Harald sich fragte, ob dessen proteische Kunst vielleicht auf einer Art willentlich steuerbaren Persönlichkeitsspaltung gründete. Zweifel am Schicksal der Dritten Geschäftseinheit ließ er gar nicht erst aufkommen, sondern sprach mit Verve von den bisher gemeisterten Veränderungen und schwor die Anwesenden auf den langen Weg ein, den es gemeinsam noch zu gehen gelte, und an dessen Ende eine goldene Zukunft läge.

Die Kirchhoff'sche Argumentationskette zur neuen Konzernstrategie aber verblieb auch über die Versammlung in Brüssel hinaus als Platzhalter in der Strategiepräsentation.

Advent

Die Leuchtanzeige zählte rückwärts, stoppte im hohen einstelligen Bereich, zählte rückwärts, stoppte im Erdgeschoss. Nochmals die Geräusche des Anfahrens und Abbremsens, dann der helle Glockenton. Sekunden dehnten sich unendlich, bis die Metalltüren zur Seite ruckelten und den Weg in die Kapsel freigaben.

Mehrmals täglich pendelte Harald jetzt zwischen Dunkelheit und Licht. Welch seltsamer Ort war doch so ein Aufzug! Man stand reglos in einem ewig gleichen Raum, während die Welt unbemerkt vorüberrauschte. Als betrete man einen Zauberschrank, der einen durch Raum und Zeit schleusen könnte. Dass er es noch nie geschafft hatte, die dreizehn plus eins Stockwerke ohne Zwischenhalt zurückzulegen, entwickelte sich zu einer Art fixen Idee. Wenn es ihm doch nur einmal gelänge! Dann würden sich vielleicht die Türen zu einem Paralleluniversum öffnen, oder dann würde er vielleicht im Lotto gewinnen, obwohl er gar nicht spielte, oder dann würde ihn vielleicht Duke anrufen und ihn zu seinem persönlichen Ratgeber ernennen, weil er so gut zuhören könne und in der Lage sei, den Gedanken des Konzernlenkers in treffenden Worten Form zu verleihen. Aber irgendwo stiegen immer irgendwelche Ahnungslosen ein und hemmten Haralds Auf- oder Abstieg.

Oben in Kai Leuchtes Vorhimmel bastelte, malte und verpackte seiner Engelein Schar für die große Bescherung. In ihrem blinden Eifer steckten sie alles unbesehen in den Gabensack, und Harald staunte nicht schlecht, als er das Brüsseler Strategiepapier dort wiederfand. Bisher hatte er sich standhaft geweigert, den emsigen Sammlern die unreifen Früchte seiner Arbeit auszuhändigen.

»Kommt direkt von Kirchhoff«, posaunte Kai Leuchte und schob triumphierend hinterher: »Wir brauchten was für die Review-Runde mit Duke. Das Managementhandbuch ist auf dem Weg zu ihm, und da konnten wir das erste Chapter doch nicht einfach leer lassen. Eine aussagekräftige Überschrift haben wir auch gefunden: ›Die neue Strategie – mehr als die Summe unserer Teile‹! Ist natürlich alles als Draft gekennzeichnet. Du kannst das dann mit deiner Version abgleichen.«

Dreizehn plus eins Stockwerke tiefer trug Harald seinen Zorn in die Unterwelt, wo jenseits aller Soziofertigkeiten ein Geschrei anhob, das den Turm in seinen Grundfesten erschütterte.

»Was fällt denen da oben ein? Dieses Vorpreschen widerspricht allen Prinzipien der Co-Kreation! Das kann man bei uns hier so nicht machen. Aber sie werden schon sehen, was sie davon haben, wenn sie dem Weg nicht vertrauen.«

Dass Anna für ihn so vehement Partei ergriff, sorgte für ein wohliges Gefühl im Bauch und Herzen, wie warme Suppe. Er fühlte sich dieser Person so nahe wie lange nicht mehr. Gerne hätte er mit ihr über Dexter gesprochen oder sie gefragt, warum es so weh tat, dass Notter einfach verschwunden war.

Plötzlich stand der Karrenmann mitten im Raum. In der Aufregung hatte ihn niemand hereinrumpeln hören. Auf seinem Wagen stapelten sich hunderte Schächtelchen.

»Bescherung!«, schallte es von hinten, wo Teo saß.

Anna griff nach einer der Boxen und öffnete sie feierlich. Augenblicklich legte sich der Sturm. Während sie zu einem langen Vortrag über die Energie von Artefakten und von begreifbaren Symbolen als Intervention ausholte, strich sie unablässig über den kleinen Handschmeichler, den sie probeweise aus der samtenen Vertiefung gelöst hatte. Es war ein Medaillon an einer rotblauen Kordel: das Schwungrad der Veränderung im Mitnahmeformat. Die Rückseite war graviert: Vertraue dem Weg!

Wie Teo später Harald mit hinter dem Kopf verschränkten Armen aufklärte, sollten damit alle Führungskräfte weltweit bedacht werden, um für die große Transformation gerüstet zu sein. Logistisch sei das der blanke Wahnsinn, und die Herstellungs- und Versandkosten des Talismans verschlängen fast das gesamte Budget, das in diesem Jahr für die Große Sache zur Verfügung stünde.

Achselzuckend wandte sich Harald seiner Inbox zu. COO Nummer zwei hatte sich doch noch zurückgemeldet. Endlich einmal eine gute Nachricht! Allerdings sollte sich herausstellen, dass die Anführer der beiden zu fusionierenden Geschäftseinheiten in so ziemlich jedem Punkt fundamental anderer Meinung waren. Es schien, als lebten sie Lichtjahre voneinander entfernt in verschiedenen Galaxien.

Mitten in der Nacht, nachdem es ihm in Ansätzen gelungen war, die Positionen der COOs zu konsolidieren, kam ihm plötzlich auch die Lösung für sein anderes Problem: Der beste Zeitpunkt für eine ungebremste Fahrt durch den Leuchtturm war jetzt! Vor zwei Stunden hatten sich die letzten Kollegen des Keller-Kommandos verabschiedet, und auch das übrige Gebäude stand jetzt sicher leer.

Er schlurfte durch den Gang und drückte den Knopf. Der Aufzug, der im Erdgeschoss vor sich hingedöst hatte, reagierte prompt. Mit einem großen Gähnen verschluckte er den späten Fahrgast und glitt träge bis zum Dreizehnten, wo er seiner Programmierung gemäß die Tür öffnete und auf neue Eingaben wartend verharrte. Erschrocken bemerkte Harald, dass auch knapp unterm Sternenzelt noch ein paar unentwegte Klone zu Gange waren, betätigte eilig den Schließen-Knopf und entfloh. Er presste die Stirn an die kühle Kabinenwand, atmete den Metallgeruch. Mit geschlossenen Augen war es schwer zu sagen, ob die Reise nach oben oder unten ging. Dann ein Ruckeln. Unmöglich! Die Kabine füllte sich mit Anzugstoff und Macht.

»Es ist Zeit, Sohn«, sagte eine Stimme.

Harald stellte sich tot, dann besann er sich. Der Entschluss, sich doch noch umzudrehen, kam aber zu spät. Im Türspalt verschwanden schäbige Schuhe mit krumm abgelaufenen Absätzen.

Noch dreiundzwanzig Tage bis zum Damian-Day.

Randerscheinungen

Es war ein frostiger Januarmorgen als Harald fast mit der Nase auf die Mauer aus Rücken, gereckten Hälsen und Hinterköpfen aufgelaufen wäre, die sich vor dem Badischen Bahnhof aufgebaut hatte. Er brauchte nicht lange nach dem Grund der plötzlichen Stockung zu suchen: Auf der gegenüberliegenden Straßenseite in luftiger Höhe überspannte eine riesige Stoffbahn die Fassade des Leuchtturms. Trotz der morgendlichen Dunkelheit konnte man die Botschaft darauf schon recht gut erkennen: *There is no plan B!*

Für gewöhnlich gab es eine derartige Beflaggung nur zu hohen Firmen-Feiertagen, aber bis zur Bilanzmedienkonferenz und dem großen Moment der Strategieverkündung waren es noch fast zwei Wochen. Wenn das eine Aktion des Große-Sache-Teams war, warum hatte er nicht davon erfahren? Oder war das wieder so ein Alleingang von Kai Leuchte? Er musste verrückt geworden sein!

Harald zwängte sich durch die Gaffer, überwand das Dickicht der abgestellten Fahrräder, watete den schneematschigen Trampelpfad des Grünstreifens entlang und nahm den direkten Weg quer über die Durchgangsstraße zum Firmenportal, wo sich eine lockere Traube von Nachobendeutern, Kopfschüttlern und Schulterzuckern gebildet hatte.

Noch nie hatte eines ihrer Banner eine solche Aufmerksamkeit erregt! Allerdings stimmte etwas mit dem Branding nicht. Er kniff die Augen zusammen und analysierte: zu wenig Weißfläche rund um den Textblock, kein Logo. Und im selben Moment, als er erkannte, dass es *planet B* und nicht *plan B* hieß, entdeckte er die schwarzen Spinnenmänner, die an langen Fäden vom Turmdach baumelten. Er ahnte sie mehr, als dass er sie sah. Und sie machten ihm Angst.

»Hier ist gesperrt! Sicherheitsgründe! Nehmen Sie einen der anderen Eingänge. Hier ist gesperrt!«, bellte der Pförtner mit dem Bulldoggengesicht durchs geschlossene Gatter.

Nein, nein, nein! Auch Harald schüttelte jetzt den Kopf. Das durfte nicht wahr sein! Er musste aufs Areal und er musste in diesen Turm, und zwar so schnell wie möglich. Was gingen ihn diese lebensmüden Weltverbesserer an? Hatten wohl nichts zu tun, diese beschäftigungslosen Berufsaufreger. Er aber schon.

Plötzlich hörte er, wie jemand seinen Namen rief. Neben der Bulldogge tauchte Kirchhoff auf, seine Hamsterbäckchen glühten vor Ärger oder vor Frost.

»Gut, dich zu sehen«, schnaubte er, und seine Worte kondensierten in der kalten Luft.

Harald glitt durch den schmalen Spalt, den der Pförtner auf Kirchhoffs Wink freigegeben hatte. »Wer sind die denn?«

»Greenpeace. Haben uns schon lange nicht mehr beehrt. Normalerweise kraxeln die lieber auf den Schornsteinen unseres Lokalrivalen herum. Der bietet wesentlich mehr Angriffsfläche, versaut die Umwelt, quält Hunde und Äffchen, verklagt seine eigenen Kunden. Aber nachdem sie dort die Sicherheitsmaßnahmen drastisch erhöht haben, sind wir wohl wieder interessant geworden.«

»Sind die da außen hoch?« Harald beäugte mit offenem Mund die steil aufragende Fassade. Man brauchte schon einiges an Mut und Können und eine gehörige Portion Sendungsbewusstsein für eine solche Aktion.

Kirchhoff dampfte: »Über den Zaun und hoch! Ungesehen, ungehindert. Unfassbar, wie leicht das ging. Diese Pforte ist noch nicht einmal videoüberwacht. Ich sage dir, wir haben ein echtes Sicherheitsproblem. Und ich sage dir noch was«, er senkte die Stimme, »dieser Turm muss fallen! Ich mache es zu meinem persönlichen Ziel als Vorsitzender des Bauausschusses, dass dieses Relikt im Zuge der Neugestaltung des Areals verschwindet.«

Harald horchte auf. Es gab Umbaupläne für die Konzernzentrale? Es wäre nur konsequent, wenn sich der Geist der Großen Sache nun auch in Architektur verwandelte, die Arbeitsumgebung dem neuen, grenzenlosen Integrationsgedanken Rechnung trüge. Anscheinend ging Kirchhoff davon aus, dass Harald – nach dem Motto, einmal Geheimnisträger, immer Geheimnisträger – auch über diese Pläne informiert war. Also ließ er sich seine Verblüffung nicht anmerken.

»Und jetzt?«

»Jetzt steh ich mir hier die Beine in den Bauch, bis sie wieder runterkommen, dann eskortiere ich sie hinaus und schicke ihnen eine Anzeige wegen Hausfriedensbruchs und eine Rechnung für die Demontage ihrer Kunst am Bau hinterher«, knurrte der Jurist.

Harald stutzte: »Warum rufen wir nicht einfach die Polizei und lassen sie runterholen?«

Kirchhoff blickte ihn zweifelnd an: »Du bist doch von der PR-Abteilung? Auf solche Bilder warten die doch nur, dass wir sie gewaltsam von der Fassade reißen. Nicht mit mir. Von mir aus können sie sich da oben ihren Arsch abfrieren.«

»Aber ich muss in den Turm rein! Kann ich? Ich kann doch? Du weißt schon warum: Bald ist D-Day! Die Zeit läuft uns davon. Es kann ja wohl nicht sein, dass diese vier Vollidioten uns Leistungsträger von der Arbeit abhalten.«

Kirchhoff blickte ihn wohlwollend an und zuckte dann bedauernd die Schultern. »Pass auf«, er besann sich kurz, »ich brauche deine Hilfe. Teo ist bereits an einer Presseerklärung dran, aber es muss auch schnellstmöglich ein Statement an die Belegschaft rausgehen. Ich geb dir die Eckpunkte, und du marschierst damit zu *Areal Aktuell* und sorgst dafür, dass sie dort den richtigen Ton treffen.«

Der Gedanke streifte Haralds Bewusstsein, dass es weder Kirchhoffs Sache war, ihm Aufträge zu erteilen, noch, dass die interne Standortkommunikation in sein Aufgabengebiet fiel. Aber was getan werden musste, musste getan werden. Das war schließlich auch etwas, was ihm an seiner Firma außerordentlich gut gefiel: Man brachte Einsatz, egal ob man dafür auf dem Papier zuständig war. Und so eilte er dem ziegelgedeckten Häuschen zu, aus dem er erst vor wenigen Wochen ausgezogen war.

Während seiner Zeit bei der Dritten Geschäftseinheit war Harald dem Areal-Aktuell-Team unter dem Dach praktisch nicht begegnet. Historisch betrachtet waren sie die Redaktion der einstigen Hauspostille von Meier & Söhne, bestehend aus zwei Redakteuren – oder Redaktoren, wie es hier hieß – und einem Fotografen. Im fusionierten Konzern hatte das gedruckte Wort mehr und mehr an Bedeutung für den lokalen Kommunikationsmix verloren und bediente inzwischen hauptsächlich die allmählich aussterbende Zielgruppe der Pensionäre, die ihr ganzes Berufsleben lang der Firma die Treue gehalten hatten und noch immer hielten. Entsprechend war die Erscheinungsfrequenz von *Areal Aktuell* von monatlich auf vierteljährlich gesenkt worden. Das neue Tagesgeschäft der Redaktion bestand im Abfassen von griffigen Online-Meldungen und leicht verdaulichen Texthappen fürs Intranet.

Ohne innezuhalten, hastete Harald durch das wohl bekannte Treppenhaus. Auf seiner ehemaligen Etage angelangt, konnte er sich einen Seitenblick nicht verkneifen. Niemand war zu sehen und doch oder gerade deshalb stach ihn plötzlich die Abwesenheit Notters wie ein Phantomschmerz. Weg. Einfach weg. Bald schon würde ihm der gesamte Geschäftsbereich folgen, da war sich Harald sicher. Noch ackerten und schwitzten sie mit einem lohnenden Ziel vor Augen, durchlitten die Härten der Restrukturierungsmaßnahmen im Glauben an eine glückliche Zukunft. Aber was sollte man machen? Man konnte sie doch nicht einfach ihrer Illusion berauben!

Harald schnappte nach Luft, sein Herz raste. Er war schon mal fitter gewesen. Die letzten Stufen hievte er sich regelrecht hinauf. Schnaufend entledigte er sich seines Mantels und trat durch die weiß lackierte Kassettentür.

Automatisch streifte er den Rest des mitgebrachten Wintermatsches auf der Kokosmatte am Boden ab, lächelte still vor sich hin, weil er darauf statt *salve* zunächst *slave* gelesen hatte, und sah sich suchend in dem dielenartigen Bereich um, als erwarte er irgendwo filzene Schlosspuschen vorzufinden, die er sich über die Straßenschuhe ziehen könnte, um das schöne Fischgrätparkett zu schonen. Ein Schatten huschte vorbei, der sich auf den zweiten Blick als sein eigenes Abbild entpuppte. An der Wand, neben einer Reihe von Messinghaken, von denen nur zwei belegt waren, hing ein bodentiefer, mit einem Sinnspruch bedruckter Spiegel. Harald las, las langsam, las ein zweites Mal:

> Wer jeder sei, wird dem vertraut,
> Der in den Narrenspiegel schaut.
> Wer sich recht spiegelt, der lernt wohl,
> Daß er nicht weise sich achten soll,
> Nicht von sich halten, was nicht ist,
> Denn niemand lebt, dem nichts begrist,
> Noch der behaupten darf fürwahr,
> Daß er sei weise und *kein* Narr.

Drei Türen führten von der Diele aus tiefer hinein ins traute Heim der Redaktion. Harald entschied sich für die mittlere und klopfte zaghaft mit gekrümmtem Zeigefinger. Die Tür wurde schwungvoll aufgerissen und eine deutliche, gleichsam geschulte Stimme deklamierte:

»Es klopft? Herein! Wer will mich wieder plagen?«

Erschrocken wich Harald zurück und musterte aus sicherer Distanz die elegante Gestalt, die fast den gesamten Türrahmen einnahm. Auf Augenhöhe spiegelten ihn zwei dicke, schwarz gerahmte Brillengläser an. Ebenfalls schwarz war das glänzende Hemd, von dem sich die

silberne Krawatte mutig absetzte. Helles Silber durchzog
auch das wellige Haar seines Gegenübers, das sorgfältig
zurückgekämmt die breite Stirn ganz freigab. Obwohl vermutlich nicht weit von der Pensionierung entfernt, verlieh
ihm diese vom häufigen Hochziehen der Augenbrauen
quergefurchte Stirn den staunenden Ausdruck der Jugend.

Nachdem sie sich – formvollendet der Chefredaktor, etwas stotternd der junge Bote – einander vorgestellt hatten,
und Harald auf einem unbequemen Stühlchen mit rund-
gebogener Lehne und Rattanbespannung gelandet war,
brachte er in umständlichen Sätzen Kirchhoffs Auftrag
und Ansinnen zu Gehör. Dabei wanderte sein Blick erst
heimlich, dann immer offener verblüfft in dem Stübchen
umher, das weder zu den übrigen Büros des Unternehmens
noch zu den ihm bekannten Zeitungsredaktionen passen
wollte. Jeder Zentimeter, der dem durch die Dachschräge
beeinträchtigten Raum abgewonnen worden war, wurde
von Bücherregalen ausgefüllt. Bücher drängten sich in
Zweierreihen, lagen quer obenauf und stopften den letzten
Hohlraum bis zum darüberliegenden Bord. Es gab nur ein
winziges Fenster an der Giebelseite, keinen Besuchertisch,
weder eckig noch rund, und kein Kunstwerk aus der firmeneigenen Sammlung. Wo hätte es auch hängen sollen?

Längst hatte der Redaktor Kirchhoffs Auftrag wohlwollend entgegengenommen und seine sofortige Ausführung zugesichert. Jetzt wartete er geduldig schweigend
darauf, dass sich sein junger Gast genug gewundert hatte.
In die Stille platzte plötzlich ein langer Mensch mit einem
Bücherstapel, den er mit dem Kinn fixierte.

»Entschuldige, Beat, ich wusste nicht …« Der Bücher-
träger deutete auf Harald und wollte wieder abdrehen, aber
der Chefredaktor hielt ihn zurück.

»Schon in Ordnung, Peter. Was bringst du denn Schönes?« Er reckte sich erwartungsvoll.

»Diese hier mit Dank zurück. Und drei neue von mir für dich!« Damit schichtete der als Peter angesprochene die Bücher zu zwei Stapeln auf Beats Schreibtisch. Auf dem höheren obenauf lag Llosas *The Feast of the Goat*, auf dem anderen Moritz' *Anton Reiser*.

Bevor Harald wusste, wie ihm geschah, hatte er nach dem *Reiser* gegriffen: »Es gibt kein Buch, das ich verstörender fand als dieses!« Kaum war der Satz heraus, fingen seine Backen an zu brennen. Was machte er denn da?

Aber Peter war wie elektrisiert, griff sich einen der geflochtenen Stühle und schaute Harald erwartungsvoll an: »Sie interessieren sich für Literatur?«

»Ich weiß nicht. Früher habe ich viel gelesen«, murmelte er ausweichend.

»Was denn?«

»Nun, auch wenn es seltsam anmutet: Klassiker hauptsächlich. Aber irgendwann hatte ich die alle durch.«

Peters Gesicht glühte vor Begeisterung: »Oh, das kenne ich. Mit der Literatur ist es wie mit dem Wein: Ich muss nicht den ganzen Schrott eines Jahrgangs durchprobieren oder gar trinken, dazu ist mir meine Leber zu schade, abgesehen davon, dass es ganz unmöglich wäre. Ich warte ab, was übrig bleibt, wenn alles andere längst ausgetrunken oder weggeschüttet ist, was an Wert gewinnt, was sich als lagerfähig und von Dauer erweist. Die neuen Jahrgänge interessieren mich nicht. Ich kann warten. Meine Bacchanalien speisen sich ausschließlich aus der Vergangenheit.«

»Nur ein toter Dichter ist ein guter Dichter!«, stieß Harald hervor.

»Das nenne ich ein vernünftiges Auswahlkriterium!«

»Wissen Sie, warum Spitzenmanager keine Romane lesen?«, mischte sich Beat ein. Seine Brillengläser blitzen. Es klang wie eine Scherzfrage, der Anfang eines Witzes vielleicht.

»Keine Zeit?«, versuchte sich Harald an einer wenig geistreichen Antwort, während er über den verborgenen Sinn der Frage nachgrübelte. Wollte ihm dieser Beat zu verstehen geben, dass er es als ehemaliger Leser nie ins Topmanagement bringen würde, oder dass er froh sein könne, sein Laster rechtzeitig aufgegeben zu haben?

»So ähnlich. Sie fürchten sich davor, etwas zu tun, was nicht effizient ist und direkt zum beruflichen Erfolg beiträgt, etwas, das sie ablenken, weglocken könnte aus ihrer kleinen Welt, aus der für sie einzig möglichen Welt. Sie fürchten das Wort und sie hassen die einsame, wenig prestigeträchtige Auseinandersetzung mit einem Buch. Es sind studierte Leute, ja, doch in Wahrheit sind sie bildungsferne Existenzen durchseucht vom ökonomischen Prinzip. Schon ihr Studium war eine Investition, es musste sich lohnen.«

Peter signalisierte enthusiastische Zustimmung: »Und um ihre kulturelle Legasthenie breiten sie das Deckmäntelchen der Kunstaffinität. Die moderne Malerei ist ein leichtes Opfer! Man muss sich nicht damit auskennen, geschweige denn auseinandersetzen. Man muss sie nur kaufen und aufhängen. Je abstrakter desto besser, damit es auf vielfache Weise deutbar bleibt. Je hohler das Werk, desto reiner kann es der Glaube beseelen, mit desto mehr Kredit kann man das Werk ausstaffieren. Jeder kann es für sich vereinnahmen. Das mag dann nicht im Sinne des Künstlers sein, aber der interessiert sowieso nur als Marke.

Ein Blick im Vorübergehen und schon steigt der Status des Besitzers. Wo sonst bekommen Sie so viel Reputation für so wenig geistigen Aufwand?«

Beat griff nach dem Llosa. »Aber zum Beispiel das hier lässt sich bei allem Interpretationsspielraum sicher nicht als Loblied auf antidemokratische Staatsformen deuten!« Harald erinnerte sich vage, dass es in dem Buch um irgendeinen süd- oder mittelamerikanischen Diktator ging.

»Wollen Sie?« Er reichte den Band über den Tisch.

»Im Moment ist grade schlecht.« Harald fühlte sich, als sei er in einen intellektuellen Hinterhalt geraten.

»Sie brauchen sich damit nicht zu beeilen.«

»Aber es ist eine englische Ausgabe«, wich Harald aus.

»Nun, mein Spanisch ist eben nicht gut genug.« Beat hob bedauernd die Augenbrauen.

»Nein, ich meine, warum lesen Sie es nicht auf Deutsch? Sie sind doch Schweizer, nehme ich an.«

»Da ich bei den Südamerikanern sowieso mit einer Übersetzung vorlieb nehmen muss, ziehe ich üblicherweise die englische vor. Da bleibt deutlich mehr von der Magie erhalten.«

Draußen dämmerte es jetzt. Irgendwie hatten sie ja Recht, dieser Beat und sein Famulus da oben hinter dem Dachfensterchen, überlegte Harald, während er versuchte, auf einem Bein balancierend das dicke Buch in seine Laptoptasche zu quetschen. Er wollte es lieber nicht offen in der Hand herumtragen. Damals in Plüderhausen hatte er sich auch gefragt, warum der Zauber der Großen Sache nicht mehr so recht wirken wollte, sobald die englischen Originalbegriffe ins Deutsche übersetzt wurden.

Urplötzlich überkam ihn der frohe Gedanke, dass sein Konzern auch für Ausderzeitgefallene und Übriggebliebene Nischen bot. Und für einen Moment gefiel ihm die

Idee, dass auf diesem Dachboden der glückseligen Geistes-
wissenschaftler auch ein Platz für ihn gewesen wäre, wenn
er nur früher davon erfahren hätte.

Ei der Daus!

Am Ende der polierten Eichentreppe zum ersten Stock,
zwei Biegungen nach der wundersam makellosen Marmorvase, dringt der Abglanz des Sonnenkönigs als schwacher
Lichtkegel auf den Gang. Oh, wenn es mir doch gelänge,
ihn zu beeindrucken. Wenn er mir doch die Gnade einer
verblüfft nach oben gezogenen Augenbraue gewährte.
Aber viel wahrscheinlicher ist es, dass mich sein schwimmbadblauer Blick durchbohren und die Leere meines Hirns
durchleuchten wird. Er wird mich wiegen und für zu leicht
befinden. Von den Unterlagen, die er zu sehen verlangt,
habe ich so gut wie keine Ahnung. Wie soll ich ihm nur
Rede und Antwort stehen? Aber hätte es eine andere Antwort gegeben außer »Ja, sofort, selbstverständlich, überhaupt kein Problem«, als er mich rief? Also bin ich hier,
mit meinem Klarsichtfolienstapel, der alles enthält, was ich
von dem Gewünschten auf Teos und Annas Schreibtisch
finden konnte, nebst meinem bescheidenen Stückwerk.
Noch sieben Tage bis zum D-Day.
    Im Dämmerlicht wirkt er viel kleiner als ich ihn in Er-
innerung habe. Er sieht müde aus, wie er da ganz alleine
am fernen Ende des Konferenztisches sitzt. Ein alter Mann
mit hängenden Schultern! Wie Vater am Esstisch, den
Kopf in die Hände gestützt. Komm, geh nachhause. Du
kannst den Konzern auch noch morgen retten!

ER: »Wen haben wir denn da?«

Nicht schon wieder! Nicht immer noch! Vor zehn Minuten hat er mit mir am Telefon gesprochen! Wen hat er denn erwartet? Tief durchatmen! Atmen!

ICH: »Klein. Harald Klein, ich arbeite mit Urs Huber. Wir haben telefoniert.«

ER: »Weiß ich, weiß ich doch längst. Du bist doch der, der die Dinge sieht. Der Philosoph im fremden Land, kulturell bewandert mit Hang zum Idealismus und zur Pflichterfüllung.«

Sie haben über mich gesprochen! Urs und Duke oder vielleicht auch Bale und Duke. Vielleicht fiel mein Name hier an diesem Tisch oder dort hinter der Tür, in Dukes sagenumwobenem Wohnbüro. Es heißt, dort gäbe es lederne Ohrensessel vor einem unechten Kamin und ein echtes Tigerfell, selbstgeschossen. Er hat mich geduzt! Was um alles in der Welt soll ich jetzt machen? Soll ich ihn zurückduzen? Unmöglich! Aber Sie sagen kann ich auch nicht mehr. Ist das eine Einladung auf ein Gespräch unter Gleichen? Ein vermessener Gedanke! Oder ist das seine Art zu zeigen, wie groß die Kluft zwischen uns ist, zwischen dem großen Firmenlenker und dem unbedeutenden Hilfsmanager? Wohin soll ich mich setzen? Ein Stuhl Abstand ist gut, denke ich. Jetzt warte, was er will.

ER: »Das ist schön, dass hier mal jemand reinkommt, der Ahnung hat! Dann leg mal los.«

Wie er mich belauert! Wo ist denn mein Geschreibsel? Mensch, sind diese Klarsichthüllen glitschig. Hoffentlich bemerkt er nicht, wie meine Hände zittern. So, jetzt.

ICH: »Also, das ist die Strategiestory. Die war ja schon im Managerhandbuch, das ... äh ... von Kai Leuchte.«

ER: »Ja, ja. Die Kleinen von den Meinen. Immer emsig.
Meinst du, ich habe Zeit mir den *ganzen* Mist anzuschauen?«
Nicht aus der Hand reißen! Oh Mann. Ich muss doch noch
was erklären. Ohne Erklärung geht das nicht, die Lücken,
die offenen Fragen, die Kirchhoff'schen Ergänzungen.
Lass gut sein. Könntest dein Entschuldigungsgestammel
genauso gut der Marmorurne im Treppenhaus erzählen.
Oh Gott, bitte lass es vor seinen Augen bestehen! Es ist
doch ganz gut, oder etwa nicht? Bräuchte mich aber auch
nicht zu wundern, wenn er es in der Luft zerrisse. Wenn er
doch mal innehielte!
ER: »Woher hast du das alles?«
Sein Getrommel auf der Tischplatte. Was für lange Fingernägel er hat! Und schwarze Ränder. Folgt jetzt ein Tusch
oder fällt gleich das Richtschwert auf mich nieder? Meine
Damen und Herren, Salto mortale!
ICH: »Also ich ... da gab es doch diesen Brief an den
Verwaltungsrat ...«
ER: »Nein, nicht den! Ich meine das.«
Jetzt zerreißt er mein Papier gleich in der Luft! Und eins,
zwei, drei ...
ER: »Das ist nicht schlecht.«
Tusch! Tusch! Tusch! Das mit Kirchhoff wird ihn eh nicht
interessieren, und die Schwierigkeiten mit den COOs be-
halte ich auch lieber für mich. Rumgejammere kommt nie
gut an. Und es tut ja eigentlich nichts zur Sache. Wichtig
ist nur, dass es für ihn funktioniert. Und das tut es ja offen-
sichtlich.
ER: »Nicht, dass wir das so verwenden werden können!«
ICH: »Ja, es gibt noch das eine oder andere Fragezeichen.«

ER *(enthusiastisch)*: »Im Gegenteil, mein Junge! Die Argumentationskette ist viel zu klar und nachvollziehbar. Das können wir nicht so lassen. Die Sprache eines guten Unternehmensführers funktioniert wie ein Rorschachtest: Jeder kann sie auf seine Weise interpretieren, und im Ernstfall kann man immer sagen, man sei missverstanden worden.«

Das ist ja allerhand! Seit Wochen jage ich bis spät in die Nacht dem Phantom der neuen Strategie nach, ordne, gewichte und suche nach Antworten, um eine voll funktionierende, glaubwürdige, mitreißende Geschichte zu erzählen. Ich drehe, schraube und feile so lange, bis sie lückenlos an den alten Firmenmythos anschließt, geradezu die einzig mögliche, logische Fortsetzung desselben darstellt. Und jetzt sagt er mir, das sei alles unnötig gewesen?!

ICH: »Aber wieso braucht es dann die Kommunikationsabteilung?«

Habe ich das jetzt gerade wirklich gesagt? Wenigstens habe ich nicht »mich« gesagt.

ER: »Jetzt wird's interessant. Was ist der Grund unseres Daseins? Das ist doch mal eine richtige Philosophenfrage.«

Er sieht überhaupt nicht mehr müde aus. Jetzt hast du ihn geweckt, den schlafenden Tiger. Wie er die leeren Stühle abschreitet. Mit jedem Schritt gewinnt er an Größe und Spannkraft. Er macht tatsächlich die ganze Runde. Nein, er bleibt stehen. Kann ihn nicht mehr sehen, raunt mir ins Ohr. Zu nah!

ER: »Weißt du, es gibt eine ganze Menge Jobs, die haben wir einfach erfunden! Ganze Abteilungen, einfach erfunden. Ganze Branchen, einfach erfunden. Eine eventuelle Sinnlosigkeit des Arbeitsinhalts steht nicht

zur Debatte. Da es keinen Sinn ohne Arbeit gibt,
gibt es auch keine Arbeit ohne Sinn. Du brauchst
gar nicht so erstaunt zu schauen, denn tief in deinem
Inneren ahnst du schon lange, dass es so ist. Was
würde passieren, wenn heute Nacht irgendein Dämon
sämtliche mit ›Corporate‹ markierten Mitarbeiter
dahinraffen würde? Nichts. Gar nichts.«
Das soll lustig sein, oder? Gewitzt, geistreich, ironisch?
Hätte ich nur nicht versucht zu lachen. Was für ein kläg-
licher Ton! Aber warte, ich spiele das Spiel mit.
ICH: »Dann weg mit dem Gesindel, das nur kostet und
nichts bringt!«
ER: *(mit aus der Zeile gesprungener Augenbraue)*: »Aber
mein Junge. Wir haben doch eine soziale Verantwortung! Was würdet ihr denn alle machen da draußen,
arbeitslos, führungslos, wertlos? Ist nicht die größte
Schmach, die einer erleiden kann, die Arbeitslosig-
keit? Wie soll einer denn wissen, ob er etwas wert ist,
wenn er nichts verdient? Das hast du doch auch mit
der Muttermilch eingesogen! Man muss es zu was
bringen. Wer nicht schafft, verdient auch nichts.«
Für jeden Einser im Zeugnis zehn Mark, für jeden Zweier
fünf, aber natürlich in die Sparbüchse, nicht auf die Hand.
Erfolg wird umgemünzt. Er hat es schon früh geübt mit
mir, der Opa Gottlieb. Du musst an dich glauben, du hast
es in der Hand. Wer wirklich will, der schafft alles. Und
wer's nicht schafft, ist selber schuld. Misserfolg beweist,
der Erfolglose war des Erfolgs nicht wert.
ER: »Wolltest allen ein Schnippchen schlagen, mit deiner
Philosophie. Bist nicht etwa ausgezogen, dir ein
goldenes Näschen zu verdienen, wie es deiner Bestimmung entsprochen hätte. Was hätte nicht alles aus dir

werden können mit deinen Voraussetzungen?
Was hättest du nicht alles studieren können mit
deinem Schnitt! Nein, die Philosophie musste es sein.
Da ist der wirtschaftliche Schiffbruch schon
einkalkuliert. Keine Erwartungen, kein Scheitern.
Fallhöhe gleich null. Und um wie viel steiler ist dein
kometenhafter Aufstieg jetzt? Ist ein Rätsel, das du
schwer lösen kannst: Du glaubst, dass Anerkennung
von der Leistung des Einzelnen abhängt, gleichzeitig
bist du davon überzeugt, dass du wenig anzubieten
hättest und ergo nichts wert seist. Wenn dir nun aber
Anerkennung widerfährt, dann kann das nur heißen,
dass du leistungsfähiger bist, als du gedacht hast, oder
dass alles ein Irrtum ist. Weil du an deiner Wertlosig-
keit nicht zweifeln kannst, fängst du an, das System
infrage zu stellen. Und so sitzen zwei Teufelchen auf
deinen Schultern und rufen ins linke und ins rechte
Ohr: »Du bist ein Genie! Du bist ein Nichts!«
Mund zu, Harald! Du siehst aus, wie der tumbe Tor, der du
bist. Wie kommst du jetzt aus dieser Nummer wieder raus?
Lächle selbstironisch und schweig. Nimm's nicht persönlich. Nicht persönlich?
ER: »Höre! Wärst du Mittelmaß, dann säßest du jetzt bei
den emsigen Kleinen im Turm. Für Betriebswirtschaft
braucht es keine besondere Begabung, nur ein bisschen
Speicherkapazität im Hirn und Fleiß, viel Fleiß. Im
Gegenteil, echtes Talent schadet hier nur. Talentfrei-
heit ist eine Schlüsselqualifikation. Ein betriebswirt-
schaftlicher Abschluss garantiert das bedingungslose
Besserverdienereinkommen für Unbegabte. Denn wo
sollen sie denn alle hin, die nicht begnadeten Kinder
mit höherem Abschluss?«

Jetzt fehlt nur noch, dass er sagt, ich hätte Talent. Woher will er das wissen? Hat er mich tatsächlich beobachtet, meinen Werdegang verfolgt, die ganzen Beförderungen? Oder ist er einfach nur bösartig? Zurück zum Wesentlichen. Ich muss ihn zurück zum Wesentlichen holen. Annas Unterlagen! Wo ist die rote Mappe?

ICH: »Das hier …!«

ER: *(diabolisch)*: »Ah! Die garantiert tödliche Mischung für alle, die an etwas glauben wollen oder müssen! Kombiniere Autonomie, Kreativität und Flexibilität mit den guten, alten Arbeitstugenden Pflicht und Leistung und schon beginnen die Menschen bis zur Unkenntlichkeit mit ihren Aufgaben zu verschmelzen. Leistung fürs Leben, leben für die Leistung. Großartige Sache! Eine unserer besten Erfindungen, eine sich selbst erhaltende Höllenmaschine! Hörst du, wie herrlich das große Räderwerk knirscht und knarzt? Je mehr Sand im Getriebe, desto besser. Das hält die Leute in Bewegung und fühlt sich an wie echte Arbeit. Die perfekte Simulation, gefühlsecht. Und dabei immer schön lächeln! Schließlich geht es hier um Selbstverwirklichung. Euer Wunsch und Wille geschehe. Welch Höhepunkt, wenn Pflicht und Neigung sich naturhaft vereinigen, wenn Sollen und Wollen zur wollüstigen Deckung kommen! Mit klopfendem Herzen, ohne Schlaf und Nahrung taumelst du herum und kannst dein Glück nicht fassen, dass gerade du erwählt wurdest, dich zu ergießen, immer und immer wieder. Dabei saugt sie dich aus mit ihrer Gnadenwahl und macht dich die Welt da draußen vergessen. Und so verprasst du Jahr um Jahr im Venusberg und hältst deine eigene

Gängelung für Freiheit. Und wie auch nicht? Denn
wir bieten dir alle Bedingungen, in denen sich ein
freiheitlich gesinntes Individuum überhaupt erst
entwickeln kann: Wohlstand, Werte, spirituelle Er-
füllung und soziale Legitimität. Unser Zauberberg ist
ein kohärenter Raum, in dem alles so ist, wie es sein
soll: Er ist partizipativ, aber undemokratisch, fried-
voll, aber autoritär, fürsorglich, aber unantastbar.«
Schau, wie sein Bild zittert und verwischt … Was ist das
für ein Grollen?

ER: *(immer leiser werdend)*: »Und warum das alles?
Weil ich es liebe! Ich kann mich hier voll und ganz
verwirklichen, ich kann mein eigenes Wesen völlig
zur Entfaltung bringen und meine Möglichkeiten
und Talente umfassend ausschöpfen. Ich tue das, was
wichtig für mich ist. Was andere von mir denken,
interessiert mich nicht. Ich folge meinem Herzen und
höre nicht auf die, die mich von meinem Weg ab-
bringen wollen.«

Postludium

»Irgendwelche Veränderungen?«

»Nein, bisher nicht. Er ist stabil, aber nicht bei Bewusstsein.«

»Kann er uns hören?«

»Nein, glaube ich nicht.«

»Hat gearbeitet bis zum Umfallen! Haha.«

»Normal. Warum soll es den Manager-Fuzzis anders gehen als uns?«

»War ein ziemlicher Schlag. Großes Marmording auf den Hinterkopf. Mehr Glück als Verstand gehabt!«

»Wenigstens war er nicht in dem Hochhaus.«

»Irre, nicht? Bei uns auf Station sind nur ein paar Bilder von den Wänden gefallen. Und auch sonst gab es in der Stadt und im ganzen Baselgebiet keine größeren Schäden. Nur dieser eine Büroturm musste dran glauben!«

»Stammte noch aus den sechziger Jahren. Muss man sich mal vorstellen: Da bauen die so ein nicht erdbebensicheres Ding mitten im Oberrheingraben! Vierzehn Stockwerke hoch.«

»Lunch?«

»Lunch!«

****

Monster-Merger in Basel:

Lokalrivale übernimmt angeschlagenen Konzern

DIE FIRMA steht kurz vor der feindlichen Übernahme durch ihren großen Konkurrenten am Ort. Durch den Zusammenschluss der beiden auf ihren Gebieten führenden Unternehmen entsteht ein »Powerhouse« mit einer unübertroffenen Marktdurchdringung. Beide Konzerne zusammen kommen auf Basis ihrer jüngst veröffentlichten Zahlen auf Umsätze, die um ein Zweifaches höher als die des nächsten Mitbewerbers liegen.

DIE FIRMA war selbst vor neun Jahren aus einer Großfusion verschiedener Vorgängerfirmen, darunter das über 90 Jahre alte Basler Familienunternehmen Meier & Söhne, hervorgegangen und galt über lange Zeit als eine der wenigen erfolgreichen Fusionen überhaupt.

Die letzten drei Quartale in Folge wies DIE FIRMA jedoch einen Erlös aus, der deutlich geringer war, als man am Markt erwartet hatte. Die Konsensschätzung der Analytiker wurde im ersten Quartal dieses Jahres nochmals um nicht weniger als 9 % unterboten, was an der Börse erneut zu einer markanten Kurskorrektur führte. Eine so deutliche Kluft zwischen prognostizierten und ausgewiesenen Leistungsdaten ist ungewöhnlich und lässt darauf schliessen, dass die Kommunikation zwischen Management und Markt nicht optimal funktioniert hat. Die Baisse habe nach Darstellung von DIE FIRMA-Pressesprecher Teodor Schiller keineswegs mit fundamentalen Faktoren zu tun. Das hinderte die lokale Konkurrenz indessen nicht daran, sich die angeblich vorübergehende Schwäche zunutze zu machen.

Inhalt

© 2017 Klöpfer & Meyer Verlag GmbH & Co. KG, Tübingen.
Alle Rechte vorbehalten.
ISBN 978-3-86351-452-5

Umschlaggestaltung: Christiane Hemmerich
Konzeption und Gestaltung, Tübingen.
Lektorat: Petra Wägenbaur, Tübingen.
Herstellung: Horst Schmid, Mössingen.
Satz: Christiane Hemmerich
Konzeption und Gestaltung, Tübingen.
Druck und Einband: Pustet, Regensburg.

Mehr über das Verlagsprogramm von Klöpfer & Meyer
finden Sie unter: *www.kloepfer-meyer.de*